李《イ》清俊《チョンジュン》

あなたたちの天国

姜信子訳

みすず書房

당신들의 천국

이청준

あなたたちの天国　目次

第一部

第二部

第三部

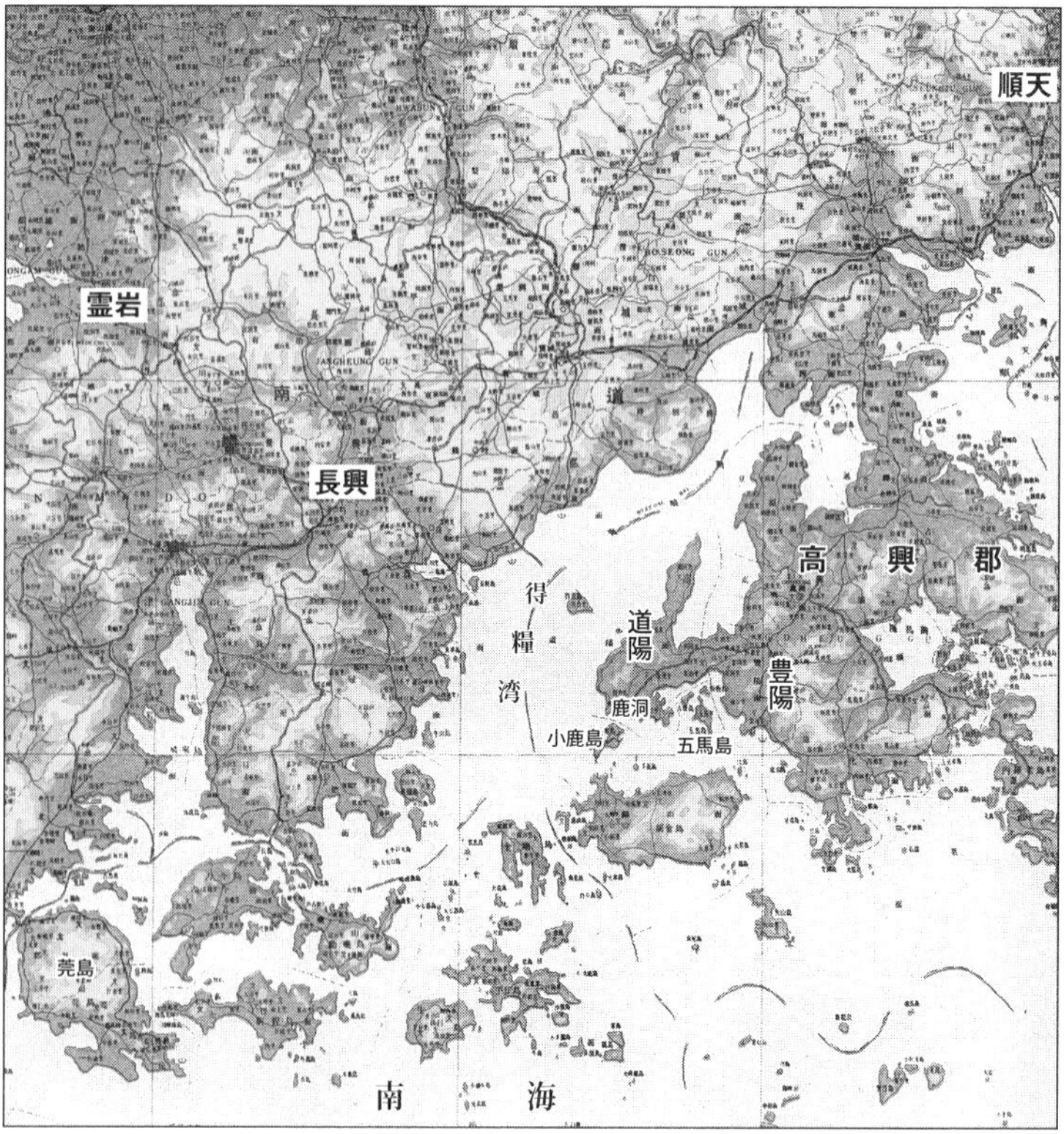

全羅南道南部

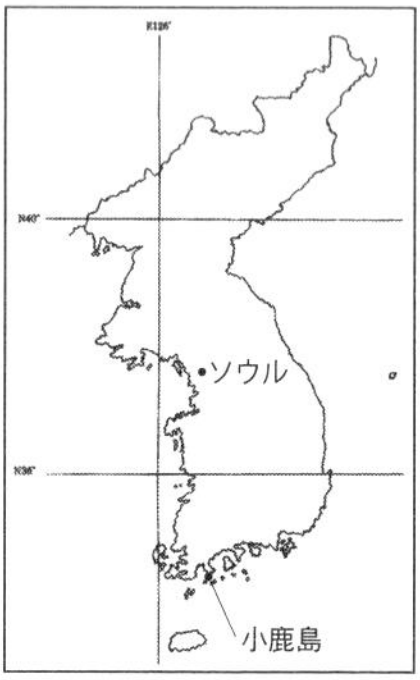

第一部

死者の島

1

新院長が赴任してきた日の夜、島では院生二名による脱出事件が起きる。

偶然の出来事ではない。それは新院長への贈り物。

新院長は赴任の挨拶をすることなく、脱出事件の経緯の調査にとりかかる。


病院に新しい院長が赴任してきた。

李承晩《イ・スンマン》政権が倒された四・一九革命〔一九六〇年〕の後、しばらくの間、病院は院長不在のまま運営されていた。キム・ジョンイル（金政一）医療部長が院長代理として二か月近く病院を取り仕切ってきた。そして、夏のあいだじゅう酷暑にあえいでいた島が、海からの涼やかな風に息を吹き返しはじめた八月下旬のある日の夕刻、思いがけなくも現役の医務将校がこの島の病院の新しい院長として赴任してきたのである。

チョ・ベクホン（趙白憲）大領。

日に焼けているというよりは、生来の浅黒い顔に、青い軍服が実にすっきりと映える。誰よりも軍服の似合う男。この長身の現役軍人院長が、この日、この夕刻に、補佐官一名とともに島に第一歩を踏み出したその様子は、早くもその尋常ならざる気質をひしと感じさせた。

「あれは、いったい何事だ？」

「なぜ、みなが自動車で出てきているのか？」

船着場に出迎えにきている病院の職員たちと車を見て、意に染まぬといった風情でしきりに首を振る。出迎えの挨拶や車にはついに見向きもせず、医療部長ただひとりの案内で病院地帯へとしっかりと道を踏みしめて上ってゆくその足取りは、北方の平安道訛りの無愛想な抑揚がにじみでる話しぶりと同様、無骨だ。

どこか手ごわそうな新院長の第一印象であった。

新院長は病院官舎で一夜の休息をとり、明くる日が初出勤だった。が、やはり赴任の挨拶はない。もちろん前夜の脱出事件が原因である。とはいえ、それは慣例上、新院長が扱うべき事柄ではなかった。赴任挨拶前に起きた事件について、新院長が責任を感じたり、すぐさま事態収拾に乗り出したりする必要はない。事件の後始末は医療部長か課長級の職員が適当に事務処理をするなりすれば済むこと。院長は事後報告を受けさえすればよい。

ところが新院長はそうはしなかった。

赴任挨拶も済ませていない院長に事件の報告をするのは行き過ぎたことだったかもしれない。だが、いずれにしても、事態はそうなるほかなかった。院長の出勤前に既に指導所（病舎地帯の治安業務を担当しているかつての巡視所の新名称）から事件の報告が病院本部まであがってきていた。保健課長イ・サンウク（李相旭）が新生里の指導分所からの報告を受けていたのだ。新生里の独身男性舎の院生二名が夜中に村を抜け出し、海を渡ったという。十分にありうる話だった。

遅れて出勤してきた医療部長や他の幹部職員は、報告は新院長が赴任挨拶をしてからにしようと言った。

「われわれだけでまずは事後処理をして、それから報告をするようにしましょう」

しかし保健課長イ・サンウクはそれには反対だった。脱出事件は院長が新たに赴任するたびに必ず、院生たる患者たちが忘れることなく、まっさきに用意して差し出す新院長への贈り物なのだ。こっそりと握りつぶして済ませるわけにはいかない。なにより、この赴任早々の贈り物に対する院長の反応を見てみたい。

「隠す必要はないと思います」

「……」

「隠すのではなく、今日は院生を集めて赴任挨拶もしなくてはいけないわけだから、報告はそのあとでは」

「ありのままをお見せしましょう」

「今回の件はイ課長の所管事項だということは承知しています。でも、もう少し考えてみたほうがよいので
背も小柄で、性格もかなり細かいこの皮膚科専門医は、一切のもめごとを嫌う。院長不在だったこの数か月間も、院長代理として患者の治療と院生の厚生事業のような仕事には誰よりも熱心であったが、もめごととなると到底我慢ができない、そういう人物だ。

サンウクはそれ以上はなにも言わなかった。黙して院長の出勤を待った。二百余名の本部職員とともに会議室に腰をおろし、院長の出勤を待つ。医療部長の忠告に従うつもりはなかった。

八時五〇分頃、ようやく院長が庶務課長に案内されて（というよりも肥り気味の庶務課長が息を切らせて逆に院長のあとを追っているようなありさまだったが）、軽快に二階の院長室へとあがってきた。医療部長をはじめとする幹部職員数名が院長付属室に行き、院長の初出勤を迎えた。

そして、院長の最初のひと言、それはあたかもサンウクの心の中を読んだかのような言葉だった。

「昨夜は何事もなかったか？」

新院長の初出勤の第一声としては、このうえなく味気ない。皺ひとつない軍服を端正に着込み、腰には拳銃まで下げている、そのいでたちにはまるでそぐわない、病院職員たちとはもう長いこと互いに顔を見知っているかのような、なにげないひと言。素っ気なくもあり、いくらか性急さも感じられる院長のその最初のひと言は、軽い緊張のなかで院長を待っていた付属室の人々を戸惑わせた。

医療部長キム・ジョンイルは思わずイ・サンウク保健課長を見やった。サンウクは医療部長のその視線に気づかぬ素振りで、

「ご報告申し上げることが……」

既に背を向けて院長室に入ろうとしているチョ院長の足を止めさせた。

「本部職員全員を会議室に集めてあります」

サンウクをさえぎるようにして医療部長が向き直る院長の前にすっと出た。しかし、院長は医療部長の言葉を聴いてはいない。

「報告とは、何か？」

まっすぐに院長を見つめて立っているサンウクの眼差しに、なにかただならぬものを感じ取ったようだ。答えを促すようにサンウクをぐっと見つめかえす。

サンウクは不意に胸苦しくなった。室内の人々の視線がすべて自分に集中している。そんな時にはいつもこうなるのだ。物心もつかぬ幼い頃からサンウクは人々の視線にさらされることをひどく嫌った。嫌うというより、怖れた。視線がサンウクをどうしようもなく不安へと追い込んでいくのだ。いったん視線を意識してしまうと、幾日もひどい幻覚にさいなまれることがままある。耐え難い苦しみ。部屋に独りでいようとも、

背後のどこかに息を潜めて自分を睨みつけている真っ黒な瞳がある。そんな幻覚を振り払うことができない。

サンウクの背を汗が流れ落ちた。こうなるともうどうしようもなくなる。院長が重ねて問うた。

「場をあらためて報告するまでもない。今、ここで、言いなさい」

「昨夜、脱出事件がありました」

「なんだって？」

サンウクが言い終らぬうちに、院長の眉がぐっと逆立った。

「脱出事件と言うからには、誰かがこの島から逃亡したということか？」

「そのようであります。ときおり起きる事件ではありますが……」

医療部長がそれ見ろと言わんばかりに目くばせしてサンウクを黙らせ、話を引き取り、なんとかお茶を濁そうとする。しかし、院長はまたも医療部長の対応が気に入らぬようであった。

「そのようであります、とはどういうことだ、そのようでありますとは？　逃げたならば逃げた、そうでないのならばそうでないと、はっきり言うものだろう。で、いったいどこだ？　その者たちが島を脱け出したという場所は」

「新生里という村です」

「村を訊いているのではない。その者たちはどこからどうやって逃亡したのか、その経緯を訊いているんだ」

「ああ、それならば、新生里の裏手の海岸のほうにトルプリという海に突き出た場所があるのですが、そこが通常ヤツらの脱出地点として利用されております」

「では、行ってみようか」

「今ですか？」

「君はどうやら同じことを二度言わせる趣味があるようだな」

「でも、今、病院職員たちが院長にご挨拶申し上げようと会議室で待機しているのですが」

「かまわん。行ってきてから会えばよかろう」

「それに今日は院生も召集しなければいけないと思われるのですが」

「かまわんと言っただろう。私がそうしたくなったら、それなりに段取る。君が心配する必要はない」

「でも……」

医療部長キム・ジョンイルは思わず直立不動の姿勢をとっていた。付属室にいた他の職員たちもいつのまにか医療部長にならって直立不動、身をこわばらせている。院長は院長室に入ろうともしなかった。院長付属室で直立不動の姿勢をとっている職員たちをそれ以上見ようともせずに身を翻す、次の瞬間、ふっと思いついたようにくるりと振り返り、まっすぐにサンウクを指さした。

「医療部長は私のふるまいが気にいらぬようだから、君が案内をしてくれないか」

こうして新院長は脱出事件のために赴任挨拶を省略したまま、病院出勤初日を過ごすことになった。

これはまずありえぬことだった。

2

理由はどうあれ、新院長が赴任初日に赴任挨拶をせぬことは、この島の病院では到底ありえないことだった。赴任挨拶をしなかったところを見るに、この新院長は、もしかしたら、ついにして現われた、自身の銅像を持たぬ院長であるのかもしれぬ。それは、院長が代わるごとにサンウクが一度は抱く希望であった。

この島では新院長がやってくるたびに必ず二度の赴任挨拶が行われてきた。

一度目は、早朝に職員地帯の病院本部で二百名あまりの職員を集めてのもの。新たな病院運営方針や職員の処遇改善について、新院長が赴任にあたっての構想めいたことをぶちあげてみせる。職員の惰性のごとき勤務態度や事なかれ主義（赴任初日にどうしてそこまで断定できるのか？）が槍玉にあがり、病院運営の刷新策についての大変な熱弁が繰り広げられ、献身的な奉仕と博愛精神が繰り返し強調される。

職員地帯での赴任挨拶はたいていこんなものだ。しかし、実のところ、真の赴任挨拶は病舎地帯で行われる二度目の挨拶なのだ。新院長がやってくるたびに、職員地帯とは幅百五十メートルの緩衝地帯で隔てられている病舎地帯の七つの部落、五千名あまりの院生が中央里公園広場に集まる。若干名の歩行不可能な身体不自由者を除いた島の全人口が集まるのだ。新院長は、たいていの場合、職員地帯での赴任挨拶を兼ねた朝会を終えると、車で中央里公園まで下ってきて院生たちと最初の対面をすることになっている。そこでももちろん病院の新しい運営方針や院生のための意欲的な福祉施策がいまいちど強調され、病舎地帯の住民たちに患者としての権利擁護やさまざまな事業計画が約束される。

病院が設立されて四十年あまり、新院長を迎えること十数回、その間ずっとこうだった。今度の新院長も当然そうあるべきだった。それが慣例だった。

しかし、この新院長は赴任挨拶のことなどまったく念頭にないように見える。

この男は本当に自分の銅像を持たぬのかもしれない。

引きずられるようにして院長のあとをついてゆくサンウクは考え込んでいる。ともかくも、この男は性急なたちらしい。思いもかけず、興味がかきたてられる。

病院玄関前に院長のセダン車が迎えに出ていた。

「医療部長はわれわれが戻ってくるまでに業務報告の準備をしておくように」

玄関まで見送りにきた医療部長にひと言指示を与えると、院長はすぐに車に乗り込んだ。院長が先に助手席に乗ってしまったので、案内役たるサンウクが後部座席に乗ることになった。

「では、いってらっしゃいませ。イ課長、きちんとご説明申し上げるように……」

医療部長が車窓の外から丁重に頭を下げながらも、どこか心配そうな目でサンウクを見る。

院長はやはり医療部長のほうには注意を払っていない。

「さ、車を出して」

運転手に声をかけると、それからあとは今さらながら腹立たしげに脱出者たちに毒づく。

「こんちくしょうめ——いったいどこのどん百姓だ、俺の顔も見ずに逃げだしやがって！」

怒って毒づけば、その言葉の抑揚に強い訛りが滲み出る。そうこうするうちに車が小さな丘を下り、職員地帯と病舎地帯を隔てている百五十メートルの緩衝地帯に入りつつあるとき、ようやく院長は気を取り直したのか、後部座席のサンウクに声をかけた。

「君はこの病院では何をしている？　職責は何か、ということだ」

「私ですか？　私は保健課の業務を担当しているイ・サンウクであります」

問いを放り出したきり、院長はまたもや顔を前に向けるものだから、サンウクも身をこわばらせて返答する。するとふたたび、

「保健課……、保健課という部署では何をするのか？」

赴任当初にことさらにあれもこれも病院の事情をすべて見抜いて知り尽くしているかのように振舞ったこれまでの院長たちとはまったく正反対の、なんら飾り気のない問いだった。

「医療部に属する部署であります。私どもが担当している仕事は患者の細菌検査とリハビリなどが主なものですが、他に特別な仕事として患者たちの死体を火葬、管理するという死体処理業務も受け持っています」

「ならば、患者たちの事情についても比較的詳しいほうなのだろう。ちょうどよかった。手間をかけて申し訳ないが、今日は私につきあってもらおう」

「知っていることはすべてお話しいたします」

車は緩衝地帯を抜け、病舎側の鉄条網のところから長安里区域へと入りつつあった。右側の風景の一角には海が涼しげに見える。海に沿って走る車道は、明るい黄土に覆われ、鬱蒼とした松林を突き抜けて長く延びてゆく。湖のように澄んだ海、得糧湾を行き来する帆掛け舟が点、点と。多島海の風光は美しい、なかでもこの島の風光は、夏も冬もいつ見てもとびぬけて美しい。

「すばらしい……。最高の景色だ」

院長もまたこの島の美しさに魂を奪われている。脱出事件のために害われていた気分もいくぶん和んだようだ。院長はしばし窓外を流れゆく島の風景に目がひきつけられていたが、ふたたび、ふっと後部座席を振り返った。

「この島の大きさはどのくらいのものか？」

「面積はおおよそ百五十万坪と存じております。それから官舎地帯にあたる島の三分の一ほどを除いた残りの三分の二が病舎地帯。そこに七つの村があります。ちょうどいま通り過ぎているところが長安里です。患者たちが言うところによれば、職員地帯は島の都、だから都に近い村ということで長安という名をつけたということです」

心地よい景色に包まれたからだろうか。院長付属室からずっとサンウクを苦しめていたあの緊張感も少しずつ緩んでいた。島の美しい風光に酔う院長に対しても、今までになく大らかな心持になっていた。サンウクは院長が求めてはいないところまで長い説明を加えていた。

「島全体がひとつの大きな公園のようだ」

村の名前だとか、その謂われだとか、そのようなことは知ったことではないとでも言うように、院長は独り言めいた讃嘆の声をただただ漏らしている。サンウクもようやく、この院長がなにか大きな錯覚に陥っていることに気づいた。だが、それをあえてはっきりさせようとは思わなかった。新院長としては、おそらくそれはあまりに当然の錯覚なのかもしれぬと考えたのだった。

それが錯覚だったことを思い知る時が遠からず来るだろう。

「そう言えば、この島の名が小さな鹿だということはご存知ですか。小《ソ》鹿島《ロクト》と名づけられたのは、島の形ゆえのことではなく、この素晴らしい風光ゆえのことというのが、より適切な解釈だとされています。でも、公園というならば、本物の公園があります。すぐ先の村が中央里というのですが、のちほどお寄りになればお分かりになることですが、そこにこの島の院生全員のための公園が造られているのです」

「ああ……」

院長はそう言ったきり口を閉ざして、なにやら考え込んでいる。

長安里をゆく車はときおり、ひとり、またひとり、院生とすれちがった。女はたいてい白いチマチョゴリに身を包み、男は洋服のズボンに夏物のシャツといういでたち。この島のこの村でなくとも、どこでも見かけるような、そんな人々だった。籠を頭に載せて市場に行ってきて足がくたびれてしまった老婆。野良仕事に夢中になるうちに乳が張ってきて、幼子のもとに小走りに駆けていく若い母親。さんざん惰眠をむさぼって、遅くなって慌てて背負子を担いで出かける麦藁帽子の青年。誰もがそんなふうに見える。そんなふうに通り過ぎてゆく老婆に若い女に青年たち。山裾《やますそ》の小さな大根畑の縁に座り込んでいる女たち、晩夏の日差しをよけようと手ぬぐいを姉さんかぶりにしている。その姿ののどかなこと。近づいてよくよく見れば、男も女もその多くが色のついた眼鏡をかけている。そこのところは他所と違うといえば違う。さらには、たった一度きりではあったが、自転車に乗った中年の男が近づいてくるのを見てみれば、片足がない。残された片足だけで呆れるほど巧みに、口笛まで吹いて自転車を楽々乗りこなしている姿は、一風変わっているといえば確かに変わっている、そんな風景だった。

だが、院長はやはりそういうところには特段感じるものがないようだった。

「脱出事件というのは、昨夜だけのことではなく、たびたび起こることなのか?」

窓外へと視線を投げかけていた院長が不意にふたたび問うてくる。このようなところから逃げ出そうとする者たちの気持ちを理解することなど到底できないといった口ぶりだ。やっぱり錯覚している。サンウクの口元にうっすら笑いが漂う。

ずいぶん前の出来事だが、ある優雅な女流画家がこの島を訪れたことがあった。女流画家は島でひとりの憐れな少女に出会った。少女の母親は病ゆえにひとりこの島にやってきて、世間と縁を断って生きていた。あとに残された少女は母親を想いつづけた。やがて看護師となり、母のあとを追って島に来た。以来ずっと少女は島で母親に寄り添いつづけている。画家は少女に出会ってからまもなく島を去った。画家は少女を忘れることができなかった。二十年もの間、画家は折に触れては少女のことを想った。そして二十年が過ぎたある夏の日、画家は少女の顔を描きだした。数限りなく少女の顔を描いた。ある時は花の髪飾りをつけた顔、ある時は結婚式を挙げようとしている新婦のように眩いばかりのベールをかぶった顔。横顔も描き、正面からの顔も描いた。絵には藤の花の薄むらさき色と柔らかなだいだい色が多く使われていた。どの絵の少女も美しい唇、しかし、その唇は二枚の花びらがただ重なり合っているだけ。なにも語りはしない。少女は目で物語を語る。少女の目は数限りない島の物語を語った。悲しい物語だった。美しい物語でもあった。画家の個展が開かれた時には、数多くの人々が少女のその瞳から美しい島の物語を聴いたという。少女と島を愛するようになったという。美しき少女よ！　愛おしき少女よ！　少女の島よ！

人々にとって島は夢のように美しかった。

人々にとってそこは少女の島だった。

「たびたび、とは言えないでしょう。でも、ほどほどにはあります」

サンウクは曖昧に答えた。

「ほどほどとは……」

院長は首をかしげる。

「特に新しい院長がやってこられる時には……」

「新院長が来る時を狙いすましてのことだというのか？」

「偶然かもしれませんが、このような脱出事件が起きなかったことがないように記憶しております」

「なにか特別な理由でもあるのか？」

「さあ、特別に申し上げるような理由などありようもないでしょう。ただ……」

「ただ？」

「同じ偶然が度重なれば、もはや偶然だと見過ごすことはできないのではないでしょうか。まことに申し訳ないことではありますが、今回の事件は新たに赴任なさった院長への贈り物、というふうにお受け取りくだされば……」

「赴任の贈り物だと……、うむ、贈り物としてはあまり嬉しいものではないな。で、私はこれをどう受け取ればいい？」

「そうですね……」

「話してくれないか。彼らが島を脱け出す理由が、その赴任の贈り物という言葉のなかに潜んでいるなら、それを正確に知っておかねばならぬだろう？」

「説明申し上げられかどうか、自信がありません」

サンウクはすっと身をかわす。院長はふたたび何を思ったか、

「自信がない……、なるほど、君はさっきから言葉遣いがいやに訳知りの様子であるが、理由を知ってはいる、でも私にはまだそれを教えることはできない、そういうことか？」

まずは性急にサンウクをなじり、

「よかろう。話したくないのならば、私が突きとめよう」

断固とした表情でふたたび視線を前に戻す。サンウクの口元にふたたびかすかな微笑が漂った。

車はその間に長安里を過ぎ、治療所本部と産業部、そしてカトリック教会といった建物が集まっている中央里の通りを走っていた。サンウクが、車を降りてちょっと覗いてみませんか、と意向を尋ねる。帰り道に立ち寄ることにしよう、と院長。まっすぐにトルプリ海岸の事件現場へと車を走らす。

ようやく車は新生里のトルプリ海岸付近で二人を降ろした。そこはもともと人家や人の往来がほとんどないところだ。夏の海が足もとに涼しげに波を打ち寄せてくる。海の向こう、真向かいの対岸には鹿洞港《ノクトン》。手

を伸ばせば届きそうなくらい、近い。鹿洞港までは発動汽船で十分ほどしかかからない。距離にして六百メートルあまり。この一キロにもならない距離の海こそが、患者たちが鹿洞側から船に乗って一度越えたならば、二度と生きて戻る日はやってこないという、恨《ハン》の海峡なのだ。

「ここからどうやって海を越えたというのだ?」

しばらく無言で鹿洞港を見つめていた院長が、どうにも想像できぬといった様子でサンウクのほうを振り返った。

「沖を通る船に乗せてもらったり、あるいは、板切れにつかまって泳いで渡るのです」

「潮が速いようだが?」

「だから泳いで渡ろうとする者たちの多くは、潮の流れに巻き込まれてしまうようです」

「ゆうべの連中はどうなったのか?」

「おそらく漁船に乗せてもらったのでしょう。でも、万一泳いで渡ろうとしたとすれば、連中もどうなったことか」

「……」

「脱出を防ごうといろいろと対策を立ててはいるのですが。いま車で通ってきた島の外郭道路も、もともとは脱走防止のための沿岸巡視を目的に造られたものなのです。それでも防ぎようがありません」

「まかり間違えば波にのまれて死ぬかもしれぬことを承知の上で冒険に乗り出す者たちに、そんなものが役に立つというのか?」

「実際、あまりにも決死の行動です」

「……」

院長は黙り込んだ。そして、もうこれ以上確かめることもないかのように、ひとり車のほうへと歩きだす。確かに、人っ子ひとり姿を見せぬこのトルプリ海岸では、もうなにも得るべき情報はなかった。

院長はすぐに車の向きを変えさせた。新生里の病舎地帯へと車をやって、院生の何名かに会わせてほしいと言うのだ。それは特にサンウクの手を借りるまでもないことだった。新生里の病舎地帯に入るや、車は男性の院生数名とすれ違ったのであるから。院長は慌てて車を飛び降りる。

ところが、その時だった。赴任にあたり脱出事件という贈り物を差し出されて困惑する院長は、この新生里病舎地帯の村で、ふたたび困惑させられたのだ。車を降りた院長が男たちのほうへと向かう。すると、それまで車は通り過ぎるものとばかり思っていた男たちは、近づいてくる院長を見て、奇妙なことにそろそろとあとずさってゆく。

「ちょっと尋ねたいことがあるのだが。きのうの晩、この村から青年二人が脱出したということをあなたがたは知っているかな？」

いきなりあとずさる男たち。そのわけもわからぬまま、院長は近づいていって尋ねる。男たちは院長が近づいただけ、あとずさって、きょとんとした表情で院長を見つめている。問いに答える気配はなかった。

「私は新しく赴任してきた院長だ。質問に答えてもらえないだろうか。きのうの夜、あなたたちの村の人間が二人、島から逃げ出したのではないか？」

やはり答えはない。青い軍服に拳銃まで下げている新院長の姿は、彼らの目にはどれほど恐ろしく映っていることか。よろめくような、怯えたような表情。いざとなれば脱兎のように逃げ出しそうな、そんな空気だ。院長と男たちの間には、異様な、居心地の悪い、どちらがどちらを怖れているのかもわからない、重く、危うげな沈黙が立ち込めている。晩夏の真昼、熱い日差しが院長と男たちの間にじりじり沁みこんでゆく。

ついにサンウクが間に入った。

「この方は新しく来られた院長なんですよ。あなたがたは昨晩の出来事を知っているでしょう？」

男たちはサンウクとも五、六歩ほどの距離を保ちつつあとずさった。が、今度はやむなく軽くうなずいてみせた。

「なぜ逃げた？　理由を知っているのか？　何のために島から逃げ出そうとする？」

院長がまたもや性急に畳み掛ける。ふたたび男たちは黙り込む。院長はいよいよ堪えきれなくなった。

「口を開け、口を。どうしてなにも話さない？」

「……」

「知っていることを話してもらえないでしょうか、さあ」

サンウクがなだめるように言葉を添えた。すると、ようやくのこと、男たちのひとりが片方の手のひらをゆっくりと口のほうに持っていき、顔を半分ほど横に向けて、口を覆った手のひらの向こうからあざ笑うように言い捨てた。

「あなたがたがわからぬことなら、わたしたちにもわからぬことだ」

怯えているように見えたこの男の目に、不意に得体の知れぬ憎悪の炎がめらめらと燃えあがった。言い終えると、男はさっと身を翻した。傍らに立っていた男たちも同じ目で院長を見やり、つづいて身を翻す。

「話せ、話さないのか。お前たちは知っているじゃないか。話せといってるんだ！」

院長の右手がふっと拳銃のほうに伸びて、痙攣しているかのように震えている。もうほとんど狂人のようにわめいている。しかし、一度身を翻した男たちは、雷が落ちようとも動じない足取りで悠々と坂道を上っていった。院長はひとたび火がついてしまった感情をどうにも抑えられないようだった。男たちが坂を上りきると、男たちのことは諦め、今度はいきなり近くの病舎に飛び込むようにして駆け込んでいった。そして我を忘れて、他人の家の中庭で、誰かいないかと叫ぶ。病舎の室内では騒ぎに驚いて、先ほどよりはかなり歳のいった男が扉を開いて出てきた。

だが、院長は今度も戸惑わされるばかり。

この男もなにも言わない。院長との間に何歩かの距離をとってあとずさりながら、まるで檻の中の猛獣でも眺めるようにして、この見慣れぬ軍服の男を冷たい目で見つめているだけだった。

「どいつもこいつもどういうことだ！」

車に戻ってきても、院長はまだ肩で息をしている。それこそ院長にはわけのわからぬことだったのだろう。わけもわからず、したたかにやられた。そう簡単に気持ちの昂ぶりが収まるはずもない。サンウクとしても、院長に明確に伝える言葉をまだ持たなかった。ひと言二言の簡単な説明で納得できる話ではないのだ。

——あなたがたがわからぬことなら、わたしたちにもわからぬことだ。

その言葉は、実のところ、自分たちも、院長も、もう百も承知のことのはず、という意味だった。この島の院長として来たのならば、なおのこと、知っておかねばならぬことではないのかという意味だった。それを知らずにいる院長ならば、説明をしたところでわかりはしないだろうという意味だった。

脱出事件が起きた理由についてだけのことではなかった。男たちが院長の前で頑として口を開かなかったことについても、それは同じこと。

——ご自身で突き止めてください。あの人たちはなぜ島を逃げ出そうとするのか、なぜあなたに対してはあの人たちは言葉を発しようとしないのか、なぜあなたを恐れ、正直に答えることを恐れるのか、たとえ時間がかかっても、あなた自身がそれを学んで知るようにしてください。おそらくあなたがこの島でなすべきことのうち、なによりも最初に必要なのがそれかもしれません。

銅像を持たぬ院長ならば、赴任演説すら念頭にないこの男ならば、もしかしたらそれが可能かもしれぬとサンウクは思った。

しかし、院長の質問に沈黙で答えることは、サンウクの立場では無理なことだった。

「ああ、さっきあの男たちが院長を前にして、しきりにあとずさりしていた、あのことについてですか。あれはここの規則なんです。患者が健常者と対する際は必ず五歩以上離れること、話す際には四十五度顔を横に向けること、手で口を覆うこと……、そんな規則があるから、規則を守ろうとしてああなったものです」

「……」

おそらく院長はサンウクが答えをはぐらかしていることに間違いなく気づいている。もはやサンウクの的外れな答えなど聴いてはいない表情だった。

病院本部への帰途、サンウクはさらにこの島の名物とも言えるいくつかの施設をまわって院長に見せることにした。いまだ気持ちの昂ぶりが収まらぬ院長は、なにを見ても上の空の様子だったが、サンウクはそれでもなお、ことさらに案内することにした。院長にまずは島をありのままを理解してもらうためだった。誰もがそうであるように、この院長もはなから島を誤解しているかもしれぬ。病舎地帯へと車で下っていくときに、島全体が公園のようだと言ったところを見れば、もうそこから院長の誤解ははじまっている。それは少なくとも、あの女流画家の少女やその少女の瞳から人々が物語を聴いて理解していたのとそう変わらない、悲しい島の姿だ。だから院長には脱出事件の真相はわからないのだ。

　サンウクにはわかっていた。院長があれほどまでに感嘆してやまぬ島の美しさとは、実のところ、島そのものの美しさではない。風光の美しさについて言うなら、それは、島ではなく、島の外側に属するもの。島においては、ただ眺めるばかりのもの。画家が伝えた少女の物語も、島の内側にある時には美しくなりようのないものだ。それは画家とともに島を離れ、外に出て、ようやく美しい物語となる。サンウクは院長に本当の島の姿を見せたかった。誰かを訪ねて話を聞くとか、部下である職員の事務的な報告のようなものを座して聞くとかいうことよりも、院長みずからが島を見て歩き、肌で島を感じ取るようにさせたかった。

　まず最初に車が停まったのは、新生里の山裾に建つ万霊堂の前だった。円筒形のコンクリートの建物の上部には笠のような形をした屋根。ここには、この四十年間に島にやってきて、ついには島で果て、一握りの主なき灰となった五千あまりの魂が眠っている。死者たちの家。そして今なおこの島に生きる五千人ほどの生き霊たちも、遅かれ早かれいつかは仲間たちの手によって一握りの灰となってここに眠ることになる。恨《ハン》に満ちた島の生活の終着地。この島に暮らす人々は、いつかは病も癒えて島を出ることができるかもしれないという希望を持ちながらも、万霊堂を眺めるたびに誰もが一度は、ここからは出られぬという深い怖れを抱く、そんな建物だった。納骨堂、もしくは納骨塔と呼ばれる場所である。

「安置されている遺骨はどれほどの数になるのか？」

　人間というより、もはや死霊としか言いようのない堂守りの老人の恐ろしい顔を院長は直視できぬようで、しきりに塔の中を覗き込んではサンウクに尋ねる。

「およそ五千あまりにもなると存じております」

「遺骨を訪ねてくる者はいないのか？」

「縁故者がいる場合には火葬の後に連絡をするのではありますが、訪ねてくるケースはほとんどないのが実情です」

死後に遺骨を訪ねてくるどころか、身内に患者がいるという事実を知られたくないばかりに、生きている間も手紙のやり取りすらしようとしない家族がほとんどなのだ。患者もまた島に来たならば、おのずと名前も故郷も隠すことになる。それはこの島の病院生活における慣習のようにもなっていて、それを咎めだてする者もいない。死に物狂いで過去を隠そうとする彼ら患者を前にしては、病院当局としてもどうすることもできない。知らせを受けて遺骨を訪ねてくる家族はめったにないが、故郷と名前を一切隠したままこの世を去った院生の場合、まずはその死を知らせるべき縁故者を探し出すことからが容易ではないのだ。

そんな事情を仔細に理解できるはずもない院長である。

院長はただただ言葉もなくサンウクの説明をじっと傾聴するばかりだ。

次にサンウクが院長を案内した場所は、東生里の海辺の桟橋。この島の病院の四代目院長であった日本人の周正秀という人物が患者たちを動員して、長期にわたる工事の末に完成させた病舎地帯の玄関口だった。病舎地帯へと入ってくる補給品や、搬出される生産物のすべてがここを通ることから、島の生命線でもある要地であったのだが、海岸沿いに走る外郭道路や島の北側に建てられた煉瓦工場の建物とともに、この桟橋工事は多くの院生に無念の犠牲を強いたとも言われ、人々の間に根づいた深い恨みが消えることのない場所でもあった。

「四番目に赴任してきた周正秀院長が、職員地帯を通らずに直接ここに船を着けることができるよう建設した桟橋です」

今度は院長が尋ねる前にサンウクのほうから背景を説明した。すると、それまで言葉のなかった院長も、それくらいはもう知っていると言わんばかりに、サンウクの先回りをする。

「第四代院長周正秀といえば、この島の病院を現在のように建設した人物ではないのか？」

「そうです。そして、その方こそがこの棧橋と外郭道路を造りあげた功績によって、自身の銅像を贈り物として受け取った院長です」

「銅像を贈り物として受け取ったとは？」

サンウクの言い方にどこか引っかかりを感じたのか、院長が問い返す。

「あの方の銅像は、この棧橋築造や道路建設作業に動員された患者が、その労賃を集めて建てて贈ったものですから」

「なるほど。今もその銅像はあるのか？」

院長はただちにサンウクの言わんとするところを聴き取ったようだった。銅像を見たいという気持ちがその言葉に明らかに滲み出ている。

ふたたび車を走らせる。今度は道を引き返し、中央里に戻って、開院四十周年を記念して建てられた中央里公園広場の救癩塔前に車を停めた。

「この塔のある場所が、もともとは先ほど申し上げた周正秀院長の銅像が立っていたところです」

サンウクは説明をつづけた。

「周正秀院長は、ここで、日帝末期までずっと島を見おろして立っていました。生身の銅像の主が、銅像の前で刃物で切られて倒れた後も、ずっと立っていました」

「それはどのようにして撤去されたのか？」

院長は好奇心が大いに刺激された表情である。

「銅供出のためにです。物資がひどく欠乏した日帝末期に銅像は銅供出の対象となり、島から姿を消したということです。その後、その場所に、開院四十周年になる数年前に、銅像の代わりにこの塔が建てられたのです」

桟橋工事の主人公を救癩塔が建てられた経緯とからめて説明したのには、サンウクなりの考えがあった。院長もうそんなサンウクの意図に気づいたようでもある。院長はしばし口を閉ざしたまま うんうんとうなずき、なにも言わずにサンウクのほうを振り返った。次なるサンウクの案内を待っているような表情だ。

サンウクはそんな院長の態度に、不意になにか執拗で熾烈な闘志めいたものを感じた。この院長には、最初から、その愛想のない話しぶりといい、浅黒い顔の色といい、どこか激しいものが感じられるのは事実だ。それは院長の顔つきや徹底した軍服の雰囲気ゆえでもあるし、あるいは、赴任のさまざまな段取りを棚上げして、脱出事件の経緯からまず調べるという、その性急な気質や思考の具体性ゆえでもあった。サンウクのあとについて島の各所を見てまわる間も、院長は疲れを知らぬようだった。見ておくべき場所があるならば何であれ、避けて通ることなく、事実を見てやろうと、熱心にサンウクの案内を受ける。熱心に質問し、熱心に考える。それは、この島と自身の職責に対する院長の透徹した使命感から生じるものだった。だが、サンウクはなにより新院長のこの使命感を怖れた。院長がこの島をただ美しいとだけ見るのではなくなるなら、それはとりあえずは良いことであろう、だが、それがゆえに、院長がそこでふたたび何らかの新たな闘志と意欲をかきたてられたなら、島にとってそれ以上に恐ろしいことはない。

うんざりするほどに院長を疲れさせなければいけない。

サンウクはさらに説明をつづけた。

「興味をお持ちではないかもしれませんが、ここでもうひとつ、ご説明申し上げることがあります。院長が踏んで立っておられるその花崗岩の石の台についてです。その石には驚くべき来歴が潜んでいます。周正秀院長が月に一回《報恩感謝の日》を定めて、島の全院生から、後には自身の銅像とともに、感謝の黙禱を受け、さらに院生たちに訓話を与えたという威厳ある演壇がその場所なのです。そのような良い石を島内では手に入れることができず、莞島《ワンド》あたりから桟橋まで船で運んできて、桟橋からここまでは院生たちが担いで運搬したということであります」

救癩塔をあとにして、最後に院長を案内した場所は、やはり中央里の一角にある留置場だった。

「かの院長も、もちろん、この島の院生を三十日以内の拘留刑に処す処罰権をお持ちでした。といっても、院生たちにとっては、留置場行きというのは、三十日ほどの拘留生活のゆえにではなく、刑期を終えて出てきた者には本人の同意なしに無条件に断種手術を行うという規則のゆえに、恨みの深いものでした。昔は、院長でもない看護部長や巡視たちまでも無闇に院生をこの留置場に叩き込んでは、無念極まりない断種手術をやたらと行っていたといいますから」

留置場の前でどこか戸惑った様子の院長にサンウクがまず説明する。院長の顔に疲れが見えた。

「一体全体この島には気持ちのよい背景を持った場所など、どこにもないようだな。どこに行こうと、なにもかもが怨念のこもった、恨《ハン》にまみれた場所ばかりだということか？」

いきなりサンウクに向かって不機嫌に言い放つ。その声には疲れゆえの苛立ちがにじんでいる。サンウクはひとりひそかに微笑んだ。

「実際、この島全体が巨大な恨《ハン》の塊りではないでしょうか。鉄条網で仕切られて、患者も健常者も出入りすることのないあの忘却の緩衝地帯、そこからはじまって……」

「ああ、わかった、もう言わなくてもいい」

いいかげん本部に戻りたがっている気配がありありと伝わってきた。

そう、この男をいま一気に疲れ果てさせる必要はない。

サンウクは院長の疲れた姿を見て、漠然とながらも安堵めいたものを感じていた。案内はもうこれくらいにしておこう。そう思った。

「もう戻られますか？」

「戻ろう」

思ったとおりだ。

「治療所と教会には立ち寄られないのですか」

「また今度にしよう」


車を回して病舎地帯を出る。走り出した車の中で院長は沈黙している。院長にとっては、この日のことすべてが突然すぎたのかもしれない。見聞きするひとつひとつがあまりに思いがけなく、想像すらしていなかったであろうことは明らかだった。

院長は目を閉じている。目を閉じたまま、しばし、何事かを必死に考えているようだった。その姿はひどく自信のないように見えた。

バックミラーのなかに映り込む院長の顔を覗き見ていたサンウクの口元に、安堵したようにふたたびかすかな微笑が浮かぶ。

だが、院長はやはり気質が性急なようである。いや、あるいは、これだけ多くの新事実を知ったにもかかわらず、赴任当夜の脱出事件に関しては未だ解明できずにいるからだろうか。

「患者たちの治療成果はどうなっている？」

車が職員地帯に入るや、院長はふたたび尋ねてきた。

「DDS〔ジアジフェニルスルホン。錠剤の治らい薬〕が使用されるようになってからは、確実に成果があがっています。治癒の速度も速く、完治した患者も数多くいます」

サンウクが院長の思惑を計りかねたまま答えると、さらに問う。

「患者たちの闘病態度はどのようなものか？　治療を受ければ治るという信念や確信のようなものを持っているのだろうか？」

「自分の目で直接見てもいますし、啓蒙も受けていますから、治る病だということはある程度わかっています。でも、彼らの信念というのは、この島の病院でよりも、陸地へ行きさえすれば、もっと良い薬でもっと早くもっとよくなるというほうに、かなり傾いたもののようです」

「だから島を逃げ出そうとする輩が現われる、ということではないのか？」

結局は脱出事件の原因を探るほうに話が戻る。島をほぼまわってみたというのに、院長はやはりより明快な理由を必要としているようだった。

「いたずらな噂に惑わされて、逃げ出そうとする者がいないこともありません」

サンウクは院長の言葉を部分的に肯定した。しかし、すぐにも院長の言葉を根こそぎ否定する。

「でも、それが脱出の明確な動機だとは信じがたいことです」

「それはまた、なぜ？」

「最近、病院では完治した患者までも島に縛りつけておこうとはしません。むしろ島の外に出そうとしています。あるいは、病が癒えた者ではなくとも、島を出たいという院生がいれば、誰でも一定期間の帰郷休暇をとって、島の外に行ってくることもできます。ところが、そうやって外に出られるときには、かえって出ようとはしないのです」

「では、命がけで、わざわざ海を選んで、泳いで島から出る者というのは、どういう者たちなんだ？」

「結局のところ、島を出ようとしない者たちと常に同じ人々です」

「おい、君、なにを寝言みたいなことを言っているのか。島を出ろと言われたときには出ようとしない者、いつでもその気にさえなれば自分の思いどおりに島を出ることのできる者と、あえて死を賭して島から逃げ出そうとする者が、常に同じ者たちだと？　自分の足で歩いて島を出ても、誰も止めはしないというのに、何のためにわざわざそんな馬鹿げた真似をするというのか？」

　どうにも理解できないといったふうに院長の声が高くなる。

　しかしサンウクのほうは寝言どころか、ますます確かな声になってゆく。

「まさか、彼らだって、なにかの趣味でそんな冒険を仕出かすわけではないでしょう。でも、やはり、島を出ようとしない彼らが、島から逃げ出す彼らであるというのは、動かしがたい事実なのです。さて、どうしたものでしょうか」

「どうにも理解しがたい。いや、そもそも君の言葉からして、いったい何を言っているのか、まったくつかみがたい」

「実のところ簡単な話です」

「その簡単な話とやらを聞こうじゃないか」

「私はこのように理解しております。島を出ろと言われても出ることのできない者が患者です。この者たちは病を得て、世間からこの島へと逐われ、この島にやってきてからは島の外の世間に対する恨みと恐れを限りなく育ててきた、そんな患者たちなのです。しかし、冒険に乗り出し、島から脱け出そうという者たちは、もう患者ではありません。彼らは患者である前に、人間です。患者としての生存様式の特殊なありようから脱け出して、より深い生存の衝動に突き動かされて、人間として島を出ようとする者、それが彼らなのです。ところで、その患者と患者ではない者とは、実のところは同じ者なのではないでしょうか。言うならば、この島に生きる者たちは誰もが、患者としての特別なありようと人間としての普遍的な存在条件を二重に同時に生きているということになりましょう。われわれにはすぐには理解しがたい彼らの行動の矛盾というのは、まさにそこから生まれでているのではないかと思われます」

サンウクは思わず熱弁をふるっていた。だが、院長はなおも首を横に振っている。

「さっきも言ったが、君はやはり難しい。言葉があまりに高尚すぎる。簡単な話だと言いながら、いったいどんな妖術を使っているんだ？」

とはいえ、それはもちろん、サンウクの言葉を理解できないということを言っているのではない。院長はすでにサンウクの言わんとしているところを十分に聴き取っていた。

「そういうことであるならばだ、いま君が言ったことすべてが本当に事実そのままだとしてもだ、君の言うように患者ならぬ人間が島を出るのに、必ずやそんな危険な冒険を選ぶ必要はないのではないか。本当に島を出たいときには、いつでも堂々と島を出ることができるのではないか、ということだ」

院長がふたたび問いつめてくる。

今度はサンウクが口を閉ざす。院長はひとり問いつづける。

「まだある。その者たちが本当に人間らしくあろうとして、そのようにして島を出るということであるなら、つまりは、この島は人間らしく生きられないところだということにならないか？　この島は本当にそんな場所なのか？　人間らしくありたい誰もがこの島から逃げ出さねばならぬほどに、この島は禍々しい地獄だということなのか？」

いたしかたない。口を閉ざしたままでは済まされない。

「私は、ただ、彼らの脱出事件が、病院の扱いに大きな不満があるからとか、陸地で良い薬を手に入れるためにだとか、そんな簡単な動機をもってしてだけでは説明がつかないということを申し上げたかっただけです」

答えを適当にはぐらかしてしまうと、サンウクは窓外にすっと視線をそらした。

問いつめる院長に対する答えは、実のところ、もうすぐそこにあった。あまりにも明快な答えが喉元でざわざわと蠢いてサンウクを突き動かす。しかしサンウクは堪えた。まだもう少し待たねばならぬと感じていた。

車はようやく病院本部前へと上っていくところであった。

3

新院長は自身の銅像を隠し持っていないかもしれない。次第に期待が高まっていた。院長は島をひとめぐり見て戻ってきてからも、依然として赴任挨拶など念頭にはないようだった。脱出事件の動機や島を巡って見聞きしたことについても、意外にも、性急な結論を出すまいとしている様子がありありと見てとれた。その代わり、院長は本部に戻るとすぐに、かつてない指示を出した。本日の午後、日が暮れるまでに、病舎地帯のすべての村に意見箱をひとつずつ設置せよ、そして今夕、本部職員は全員病舎地帯に下っていって、住民に、病院の施策に関する不満や是正の要求、あるいは提案・訴え・告発など、どのような形式の文書でもよいから、率直な個人の意見を書いて投函するよう、積極的に勧奨せよ、というものだった。さらには、院生の投書が集まった意見箱はけっして開けることなく、翌日正午までに院長のもとに集めて、そこで院長が直接に院生の書いたものを見るようにせよということであった。院生の《意見開陳》が自由に行われるよう、徹底した秘密保持を院長は確約した。してみると、意見箱を自分が直接開けるというのも、そのような秘密保持策の一環として、下級職員たちの間で行われるかもしれぬ投書内容の改竄の可能性を事前に排除しようという意図のようでもある。

院長はそのような指示を出した後も、特に公式の集会のようなものを召集しようとはしなかった。ただただ院長室の奥深く引きこもって、何事かひとりでじっと考えこんでいる。ときおり幹部職員をひとりずつ個別に呼び出し、棚上げされている赴任挨拶および所管業務に関する現況聴取のようなことをするのがせいぜいであった。

実のところ、院長はただ時を待っているようにも見えた。意見箱設置に対して、かなりの期待と希望を抱いて待っている。

職員たちはそんな新院長の一挙一動に神経をきりきりと尖らせていた。みなが緊張した面持ちでこの現役軍人の院長を注意深く見つめている。同時に、この少しばかり言動が激しく、簡単には考えの読めない男を前にして、職員たちは信じられないほどに、それこそあっという間に圧倒されていたのである。

指示が下されるとすぐに職員たちは規格どおりに意見箱をつくり、村々に散っていった。島全体に突然に異様な緊張感が漂いはじめた。

程度の差こそあれ、もちろんサンウクもまた緊張していた。サンウクの場合は、むしろ、新院長がとった方策の結果が手にとるようにわかるからこそ湧き起こる強い好奇心がもたらす緊張だった。

そのうえ、この日の夜には、保育所の教師ソ・ミョン（徐美妍）までもが院長のことを口実にサンウクを訪ねてきた。仕事を終えたサンウクがまっすぐに宿所に帰り、一息つこうとしていたその時に、あとを追ってきたソ・ミョンがドアを叩いたのだ。保育所の教師という立場ならば、新院長の病院運営施策の方針にそこまで大きな関心を払わずともよかろう。保育所の仕事をみずから志願して島にやってきた女性の立場からすれば、なおのことだ。

つまり、ソ・ミョンは、一か月ほど前からこの島の未感染児童の世話をしている保育所の保母であり分校の教師だった。この島の小学校や保育所にはときおり彼女のような若い女性が訪ねてくる。しばらく働いてみるものの続かずに、その多くは島を去る。ある日突然島にやってきては、可哀想な島の子どもたちのために身を尽くしたいのだと切々と願い出て、飛び込んでくるのである。病院側としては、もちろん、そんな若い女性たちの願いを簡単に受け容れるわけにはいかない。島の事情を仔細に説明し、もう少し考えてごらんなさいと送り返しもする。たいていの者はそれに従った。もう少し考えてみます、両親に相談してみます、そんなことを言って船着場から島を出れば、そのほとんどはもう二度と島を訪ねてはこなかった。だが、そんななかにも時には意志を曲げない者たちもいる。言葉を尽くして説得し、そのうえで話を聞いてみても、覚悟が揺らがない者たちの場合は、いったんは島を訪ねてきたその思いや信念を受け容れてやりたい時もある。そうして病院の仕事を与えられ、島で暮らすようになる者が何名かいた。保育所や分校の教師のなかにも、看護員のなかにも、一、二名ずついた。

ソ・ミヨンもまたちょうど一か月ほど前に、島を訪ねてくる若い女性の誰もがそうであるように、その正体不明の信念と奉仕の精神を厳しく問いただされた後に、ようやくのことで保育所の仕事についた陸地出身者だった。ソウルのどこかの神学大学に進んだもののやめてしまい、あれこれと悩んだ末にこの島にわが道を見出してやってきたという、小柄で可愛らしくて強情な女性であった。そして、誰であろうと、島に志願してやってきて、ここに身も心も落ち着けたようであるならば、もう互いのつぶさな個人的な事情については訊かないというのがこの島での暗黙の了解だった。患者であれ健常者であれ、この島に関わる人々は、それぞれに語ることのできない過去や秘密を抱えているであろうからだ。ソ・ミヨンに対する島の人々の態度ももちろん、そのようなものだった。ソ・ミヨンが島に落ち着いてしまうと、彼女の正体不明の信念の背景に対しては、もう誰も関心を払わなかった。とりあえず、この島では、彼女は神学大学を中退していろいろ思い悩んだ末にこの行き止まりの島にたどり着いた変わり者のソウル娘だ、だから、少しはありがたがられもする、同時に、健常者に対する患者特有の嫉妬まじりの視線に少しは耐えなければならぬ、そのくらいの存在として受けとめられつつあった。

ソ・ミヨンには特に院長を怖れる理由はなかった。

実のところ、院長のことがなくとも、これまでもソ・ミヨンはサンウクを宿所に訪ねている。保健課長の職責には保育所の子どもたちの健康管理も含まれている、だから会う機会が多いということもあるが、サンウクをどう思っているのか、彼女は島にやってきてからというもの、サンウクただひとりだけを相談相手として、しばしば訪ねてきた。宿所や炊事に関するこまごまとした雑用から、保育所勤務の要領や病院のきまりごとのようなことまで、ほとんどすべてのことをサンウクに相談し、頼っているのだった。

ソ・ミヨンは、病院職員のなかでは誰よりサンウクに打ち解けていた。保育所にはユン・ヘウォン（尹海原）という男性教師もいる。健康な女とみれば、とんでもない仕打ちに出て島から追い出そうとするような男だ。そのユン・ヘウォンからおかしな気配を感じとったミヨンが、そのことを相談したいということでサンウクを訪ねてきたのがきっかけだった。以来、夜に男の一人住まいの宿所にまで何度もやってきているというわけだ。しかし、サンウクは実のところ彼女が持ち込んでくる相談事などよりも、それ以上のなにか切羽詰まった告白の言葉のようなものを彼女の雰囲気からしばしば感じていた。相談をしながらも、彼女の目はいつもそれ以上の深い話をサンウクにしているようなのだ。彼女は確実になにか別の話をサンウクにしたがっている。もっとはっきりとした声でサンウクにそれを話したがっている。しかし、彼女はいつもそれを話せないのだ。ついに話せぬまま、心残りの様子で席を立つ。サンウクはときおり、彼女の秘められた話が何であるのか、ひとり想像しもする。それは、たぶん、間違いなく、彼女の秘められた過去や経験のようなものに関わることなのだろう。それがどんなことであろうと、そこのところは重要ではない。どんなことであれ、ミヨンがほかならぬサンウクに話したがっている、それは彼女がサンウクを信じようとしていることの証拠だった。ミヨンがサンウクに示す信頼。それだけがかけがえなく思えた。サンウクはいつからか、自分でも気づかぬうちに、ひそかに、感謝の思いすら抱いて、彼女の話を待つようになった。

この日の夜もソ・ミヨンはいつもどおりのはずだ。彼女がサンウクに期待するなんらかの話というのは、この日の昼に新院長が下した措置となんらかの関係があるものなのか、計りかねることだった。そして、それゆえに、院長のあのような振舞いに対して、ソ・ミヨンもまた既になにか恐怖や気がかりを感じているのかどうか、それも計りかねた。

だが、ミヨンがサンウクを訪ねてくる動機がなんであろうと、彼女の秘められた話がどのようなものだろうと、サンウクはこの日の夜にかぎってはいつものように心穏やかに彼女に向き合うことができない。彼女の話に心を傾けて聞くということができなかった。

「すべてわかったうえでやっていることではないのでしょうが、今度の院長は物事の進め方は知っています。たとえわからずにやっていることであろうとも、明日はおそらく実に面白いことが起こるはずです……」

院長のせいだった。ミヨンがなにか話そうとしても、この日の夜ばかりはサンウクの心はただただ院長のことでいっぱいになっていた。

島全体がそんな様子だった。院長の指示ひとつで、島全体がなにか奇妙な緊張感に包まれて、じっと息をひそめている。

そして二日目の朝が来た。


第二日目。院長は朝から目にも明らかに緊張していた。八時前には早くも出勤、それからはひたすら自身が定めた十二時だけを待ちつづけた。なにも手につかない。檻に閉じ込められた猛獣のように、ひっきりなしにひとり院長室のなかを行ったり来たり。時とともに、院長の一挙手一投足がますます高まる緊張を伝える。職員たちも張りつめる空気にすっかりのまれ、その顔は興奮の色を隠しきれない。

ついに十二時になった。予定どおり病舎地帯から、昨夜に設置された十二個の意見箱が病院本部の院長付属室へと運ばれてくる。意見箱がそろった。すぐさま病院幹部は一人残らず付属室に集まった。もちろん院長の事前の指示によるものだ。

院長もすぐに付属室へと入ってきた。なにも言わずに十二個の意見箱の異常の有無を確認した。付属室はあたかも総選挙中の選挙管理事務所のような重い空気だ。投票箱を開封する直前の重圧にも似た沈黙が付属室を包み込んでいる。

「さあ、ひとつずつ開いていこう」

開票宣言をする選挙管理委員長のように厳粛な、院長のひと言。

ついに最初の箱が開封される。職員地帯に一番近い長安里の箱である。

ところが、どうも、妙なのだ。箱にはなにも入っていない。期待と惧れで付属室は異様な緊張に押し包まれていたというのに、長安里の意見箱には院生の投書どころか紙きれ一枚も入っていない。

そんなはずが？

戸惑ったのは院長だけではない。病院職員たちも、そんなはずはないとばかりにしばし言葉を失い、お互いに顔を見合わせている。箱を開く前よりもさらに重苦しい空気が付属室に立ち込めている。

「他の箱も開いてみよう！」

院長がたまりかねて二番目の箱の開封を命じた。声にはあの平安道訛りの強い抑揚が入り混じっている。

今度は旧北里方面の箱だ。

しかし結果は同じだった。やはり意見箱の中には紙切れひとつ入っていない。院長の浅黒い顔があっという間に赤く上気する。山のように積まれた箱を取り巻いて立つ職員たちは息を押し殺している。だが、院長は顔色をただ赤く上気させたまま、言葉を発する気配はない。口をぎゅっと閉じ、じっと次の箱の開封を待っている。もどかしくてたまらぬとばかりに、医療部長キム・ジョンイルが飛び出して、気が急く様子で次から次へと箱を開けはじめた。どの箱も結果は同じ。どの箱にもなにも入っていない。中央里、新生里、東生里、旧北里、南生里、どれもこれも見事に空っぽだ。ひとつひとつ箱を開いてゆく医療部長の指先が怯えているかのように小さく震えている。ひとつひとつ箱が開くにつれ、院長の顔色が平静になってゆく。

「本当に、こんなはずが……」

十二個の箱すべてを開いた医療部長はひどく気まずそうに、ゆっくりと腰を伸ばして立ち上がった。顔は青ざめ、血の気はすっかり失せている。医療部長は院長に代わって、なじるような目つきで周囲を見回した。

「いったいこれはどういうことなんだ？」

答えがあるはずもない。誰もが茫然とした顔をしている。医療部長の視線を避けようともしない。そんななかにあって、ただひとりサンウクの口元に、例のあるかなしのかすかな微笑がふっと浮かんで消えた。

「なにか言うことはないのか。いったいどんな仕事のしかたをしているんだ？」

その時だった。ひとり言葉もなくうなずいていた院長が、不意に医療部長を叱責した。

「もういい。これ以上何を知ろうというのか。もう十分だ。知るべきことはすべて知ったではないか」

4

それはひどく奇妙なことだった。いや、実のところは少しも奇妙なことではないのかもしれない。最後には何度もうなずき、医療部長を叱責した院長にしても、後ろのほうに隠れるように立って人知れず密やかな微笑を口元に浮べていたイ・サンウク保健課長にしても、少なくともこの二人だけはこの出来事をそれほど奇妙に感じていないのは明らかだった。

その日の午後のこと。

その日はちょうど未感染児保育所の児童の父母面会日だった。面会は月に一度、日にちを定めて行われる。それは庶務課と保健課の協同業務であり、サンウクは慌しく昼食をすませると、両課の実務担当職員数名と連れ立って未感染児保育所へと下っていった。未感染児保育所は、緩衝地帯と職員地帯の境界線の鉄条網の職員地帯側にある。乳児保育園と職員地帯にある島の小学校の分校の役割を兼ねた、いわば半病舎地帯の施設だ。三百名余りの未感染児中、学齢期の児童は、峠の向こうの健常者の小学校に書類上の入学手続きをしたうえで、ここの分校で授業を受ける。それ以外の乳幼児は、発症しないかぎりは、学齢期に至るまで、無条件に、ここでの隔離生活に耐えしのんでゆくことになる。

既に子どもたちの父母が病舎地帯から緩衝地帯へとやってきていた。緩衝地帯と職員地帯を分かつ鉄条網の後方に一定間隔で並んで、子どもたちがやってくるのを待っている。

まもなく面会がはじまった。まずは大人たちが、鉄条網から二メートルのところに並ぶ。ところどころに監視の職員が配置されている。子どもたちはそれぞれ、自分の親を探して鉄条網の前にやってくる。そして、子どもたちもまた、鉄条網から二メートルのところに引かれた直線に沿って一定間隔で立つ。そして、ようやく、この島に病院がつくられて以来、長きにわたり、数多くの哀話と悲願を生みだしてきた伝統の年中行事が今また始まる。

面会時間は五分。この五分は、いつ、どこよりも、多くの言葉や話が行き交う時間だ。大人たちはなによりもまず、鉄条網の向こう側のわが子の健康を確認し、学校の成績や会えなかった間の気がかりを尋ねる。そんな話がひととおり終ると、今度は、病舎地帯の家の様子や面会に出てこられなかったもうひとりの親の安否を、出てきた親が伝えたりもする。そして次の面会日まで元気でいるようにと切ない想いの言葉を残す。その間にも監視の職員の目を盗んで、懐に隠し持ってきた食べ物の包みや小遣いといったものを子どもにこっそり手渡すのも、欠かすことのできない面会行事の一場面だった。

もちろんサンウクは、この面会行事の場で繰り広げられることにいちいち細かく干渉しようとはしない。むしろ、このような行事への違和感を常にぬぐえずにいた。任された仕事だから、現場の近くまではやってくる。しかし、列のそばで面会の様子を見守ったり、行き交う言葉に聞き耳を立てたりというようなことは一切しない。サンウクはいつも面会の列から少し離れて、そわそわと落ち着きなくこの行事が終るのを待っているのだ。

しかも、この日は、新院長までもがこの面会の光景を見ようと出てきていた。

「これは、ちょっとした見ものではないか」

意見箱の件についてはは自分なりにひそかに思うところがあるようで、院長は何事もなかったような顔で、不意にサンウクの傍らにやってきた。サンウクは院長と並んで、院長が言うところの「見もの」を一緒に見るほかなくなった。

「あの人々は癩病がいかにして伝染するのか知らないようだな」

行事がはじまるや、院長はまるで他人事のように、いきなり言い捨てた。

「鉄条網を張りめぐらしたうえに、何を怖れてあんなふうに恐る恐る距離を置いているのやら」

サンウクは院長の言わんとするところを理解した。やはりまっすぐな気質の人なのだ。同時に、サンウクは、こんなまっすぐな性格であるからこそ、より容易に、とてつもない裏切りを犯すであろうことを知っていた。サンウクは用心深く院長の顔を眺めた。

「鉄条網をめぐらして距離を置いているのは、思いがけない感情の爆発があるからです。子どもたちがときおり頑是なく駆け寄ってきて、父母の懐に飛び込んでいくことが多いのです」

「当然のことだろう。病んでいても、親は親なのだから」

「院長のお言葉どおり、この島では口で言うことと実際の行動が食い違っているのは事実です。それがむしろ常識とも言えましょう」

「具体的には、どういうことなのか？」

　院長は面会の列を見つめながらも、サンウクの言葉を聞き逃さなかった。

「私たちは常にあの子どもたちに、癩病は遺伝ではないと教えています。他のどんな病気よりもこの病気は伝染性が弱いのであるから、おまえたちは他の健常者の子どもたちと変わるところのない、なんら後ろめたいことのない子どもなのだと教えています。でも、見てください。あの子らは職員の子女が通う峠の向こうの小学校には通えません。それだけではありません。この保育所の分校の授業を引き受けようという健康な教師はほとんど皆無です。保育所の未感染児童教室の教師のほとんどすべてが、癩病の菌が陰性となって治癒したとされる病歴者なのです」

「それはやはり気持ちの問題もあるのだろう」

「もちろん、それは気持ちの問題です。でも、治療所に一度行かれてみてください。あそこに行かれれば、その気持ちの問題がどの程度のものなのか、おわかりになることでしょう」

「治療所では、また、いったい、何がどうなっているというのだ？」

「患者に薬を出す看護員の例をひとつだけ挙げましょう。患者に薬を渡す看護員たちは白衣に衛生手袋にマスクをして、そのうえなお忌まわしげにピンセットまで使って、こわごわと薬を手のひらに置くのです」

　院長は返す言葉がなかった。口を閉ざしたまま、しばし丘の下の面会風景を見おろしている。

　その時、他の職員たちとともに面会の監視をしていたひとりの職員が面会の列からすっと列を離れ、サンウクたちが立っている丘のほうへと上ってきた。保育所の問題人物、ユン・ヘウォンだった。

「イ課長ではないですか。そうじゃなくとも、一度お訪ねしなくてはと思っていたのです。ここでお目にかかれるとは運がいい」

健康な女性を見ると、とんでもない目に遭わせて島から追い出そうとするユン・ヘウォン、保育所の同僚教師であるソ・ミヨンにまでも既に不穏な気配を見せはじめているというユン・ヘウォン、そのユン・ヘウォンもまた目元にほのかに赤い病痕を残す陰性病歴者だ。このユンという人間こそが、この島でもっとも不可思議な、なにかと騒ぎを起こす問題の人物なのだ。その発病の経緯や闘病の過程での出来事はひとまずおいて、ユンが未感染児保育所に在職しているこの数年間にしでかしたさまざまな奇行だけをとっても、島の人々はユンをほとんど狂人と看做しているようなありさまだった。そうかと思うと、ユンはこの島の院生たちの呪わしい病に対してだけは楽天的なほどに鷹揚でこだわりがなく、時にはなんら問題のない単なる他愛ないいたずら者くらいにしか感じられぬような一面もあった。

そのユン・ヘウォンが、傍らに立つ新院長の存在など少しも気にかける様子もなく、サンウクのほうへと近づいていった。

「面会時間は終ったのですか?」

サンウクはユンの出現に、なぜだか心が落ち着かない。

院長はユン・ヘウォンの出現には特に関心がないような表情だ。だが、このユン・ヘウォンこそ、院長に真っ先に紹介すべき人物でもあった。とはいえ、わざわざサンウクが紹介するまでもないことだ。サンウクとユン・ヘウォンの間で二言三言行き交ううちに、おのずと院長もユンを知ることになるはずだ。

今日はまたどんないたずら心をこいつは起こしたのだろうか。

サンウクは不意に昨夜のソ・ミヨンのことを想い起こし、ことさらに問い詰めるような口調でユン・ヘウォンに尋ねたのだ。ユンの反応は思ったとおりのものだった。

「ひっきりなしに泣いてばかりの七面倒くさいやつらを見ていて何になりますか。それよりも、今日、私は課長にお願いしたいことがあるんです」

兎にも角にもいきなり用件から入る勢いだ。

「お願いとは、さて、どんな？」

「ええ、先日私が申し上げたチョなんとかというガキがいるじゃないですか。あいつを近いうちにもう一度連れていって検査を受けさせなければいけません」

「その子なら検査を受けて、まだ一週間にもならないじゃないですか」

サンウクにはユン・ヘウォンの言わんとしていることがわかった。そして、ひとまず、安心した。ほんの数日前のことだった。ユン・ヘウォンはチョ某という保育所の子どもを連れてきて、わざわざ細菌検査を受けさせたのだ。外見を見るかぎりまったくなんの兆候もない子どもだった。にもかかわらず、ユン・ヘウォンは強く検査を願い出た。どうにも良からぬ予感がしてならないというのだ。検査結果はやはりマイナス。それを見て、奇妙にも落胆した表情で帰っていったユン・ヘウォンの姿をサンウクは今もはっきりと記憶している。

「いくらも日は経っていません。でも、どうも……」

「どうもあの検査結果は信じられないということでしょうか？」

「それは……」

「そうでないとすれば、ユン先生は、また、春でもないのに桜のことをあんまり考えすぎているのではないですか？」

「春ではないからこそ、ヤツの桜色があまりにかけがえなく思えてそうなるのかもしれません。いずれにしても、今頃になれば、ひとりふたりの子どもから花便りが届きそうなものなのですが……」

桜色とか桜の花便りとか、それはこの病気の兆候が最初に顔に現われた時に、しばしば桜の花の薄紅色に見えることに由来する言葉だった。桜色や赤紫色は病が癒えた後も上瞼のような部分に残って終生消えることのない、この病気固有の色調と言えるものだ。島の人々は誰もがこの絶望的な桜色の経験をし、今もそれを呪っている。だが、なんという因縁なのか、この島には赤みがかった黄土色が多く、春になればあの薄紅色の桜が雲のように島をおおう。陸地の人々は春には群れなして島にやってきて、この桜色の島を見物して帰っていくのである。黄土の道と桜と、そしてその桜の薄紅色が呪いの影のように美しく刻まれた人々の顔を見て帰っていくのだ。桜色は絶望の色だった。誰もがその薄紅色を呪った。

ところが、この島にたったひとりだけ桜色を呪うことのない者がいる。彼は桜色を呪うどころか、本当になにかの花びらの跡だとでもいうように、それをかけがえのないもののように讃えてまわる。春が来て、島の通りがすっかり桜の花でおおわれてしまうと、彼はあたかも桜色に魂を奪われた者のように、詩を書く、絵を描く、やたらとその桜色と桜色の島のことを言葉にして歩く。言わば、桜色狂だった。なによりも自分自身への桜色の到来を待ち、ついには桜色の絶望までも他の人々と同じように経験した人間だった。彼が最初にこの島の未感染児保育所の管理員の仕事を志願してきた時には、この病気とはまったく関わりのない健常者であったのは間違いのないことだった。だが、そののち何年もの間、彼は理解しがたい桜色執着症に陥り、自分自身にまで桜色の斑点が現われることをじりじりとしながら待つようになり、ついにそのどうしようもない桜色の絶望をみずから経験することになったのだ。

彼は桜色の症状が現われるや、幸福に満たされて鉄条網の向こうの病舎地帯へと移っていった。島の病院の四十年の歴史において、記録上、健常者地帯の病院職員が発症した最初のケースだった。だが、人々はその時まで、病舎地帯に彼の姉がひとり病んで暮らしているという事実をまったく知らずにいた。彼は三年近くの間、病舎地帯の姉の傍らで療養生活を送った。その三年間の初期治療の効果があがったのか、病の跡もそう目立たない姿で、すっかり健康を取り戻した。しかし、治療をすべて終えても、彼は一向に島を去ろうとはしなかった。彼の姉は症状が重篤だということだった。彼の姉は病に苦しみつづけ、彼は島を離れることなく、鉄条網をふたたび越えて、職員地帯の片隅にある未感染児保育所に出入りしはじめた。未感染児分校の教師と言えば、いつも人数が足りないものなので、彼はふたたびそこで働くようになった。ユン・ヘウォンの桜色執着症は彼の姉に対する病的な愛情同様、ますます強まるばかりだった。一度きりのことではあったが、子どもたちのなかから発病者が一名出たことがある。どうしたことか、ユンはまったく慌てず騒がず、失意に陥ることもなく、それどころかむしろ異様なほど生き生きとした表情になったものだ。

——そろそろ、ひとりふたりの子どもから花便りが届きそうなものなのだが……。

サンウクの冗談めかした口調に対して、ユン・ヘウォンはきっぱりと強く否定しようともしない。冗談交じりの言葉に、自分もまたにやりとしてみせる。その笑いは寂しげな愁いを残して消えていく。

「あのソ先生という女とも、今度も、どうもうまくいってないようじゃないですか」

サンウクは少しばかり事情に通じているような素振りをしてみせた。ユン・ヘウォンと向き合っていると、どうしても、あのソ・ミヨンの顔が頭から離れないのだ。ユン・ヘウォンを前にしていれば、それもゆえなきことではなかった。若い女性たちが病院の仕事をしたいと志願して島にやってきて、さまざまな曲折の末に意志を貫いて島に身を落ち着けることとなる、そんな彼女たちであっても、自分が最初に考えていたほどに島の暮らしに長く耐えぬく者は、そうはいない。ほんの一か月も耐え切れず、あっという間に島を逃げ出すこともある。ユン・ヘウォンのせいなのだ。ユン・ヘウォンという人間は、いつも、女たちを、耐え切れぬところまで追いつめる。ユンは実に異常な方法で彼女たちを苦しめ、ついには島を去らずにはいられないようにする。

ソ・ミヨンという女性に対しても、ユンの振舞いは変わらない。ミヨンが島で暮らすことが決まるや、ユン・ヘウォンの目がたちまちに新たな陰謀で輝きはじめた。しかも今度は尋常ならぬ変化が起きていた。ユン・ヘウォンが、あのチョという未感染児をサンウクの元に連れてきて、とんでもないことを言い出したのは、ソ・ミヨンが保育所に来た数日後のことだった。

「この坊主をちょっと詳しく調べていただけませんか」

あたかもその少年の発病を待ってでもいるかのような口ぶりだった。サンウクは日頃のユンをよく知っている。だから、別段なにも思うことなく検査をしてやったのだが、後で知ったことには、ユンが連れてきた少年は、新しくやってきた女教師が特に可愛がっている子どもだったのだ。サンウクはにわかに異様な感覚に捕らわれた。ユン・ヘウォンがあの少年に特別に細菌検査を受けさせたのには、なにかたくらみがあるのだろう。保育所の子どもらに対する女性教師たちの愛情を、健康な女たちの傲慢な同情だと言い切ってはばからないユンなのだから。少年に対するミヨンの関心のうちに、ユンがおのれに対する侮辱を感じているのは間違いない。つまり、ユンは、ソ・ミヨンがチョ少年を裏切る姿を見たいのだ。少年に対するミヨンの愛情が、傲慢な健常者のつまらぬ同情以上のものではないことを証明したかったのだ。そうなれば、ユンが特に手を下さなくとも、ソ・ミヨンは島にはもういられない……というようなことから、ユンは自分でも気づかぬうちに、チョ少年を小さな癩者にしてしまいたいという恐ろしい執着に陥っているのかもしれぬ。

ユン・ヘウォンの考えていることは、やはりサンウクの推測とそう違いはないようだった。ユンはサンウクの言わんとするところをすぐに理解した。

「ええ、確かに。ここに来る女たちと私が折り合いのよかったことなんてありますかね?」

やはり物寂しげな愁いが滲む声だった。と思うと、ユンはまたすぐに、なにか隠し事がばれてしまった人間のように、サンウクに含みのある微笑を向けるのだった。

とたんに、今度は、サンウクのほうがユンになにかを隠しているように感じられて、うしろめたくなる。

「まったく、そのとおり。たいていはユン先生に耐えられずに半月ももたないようなのに、あの女教師はもうひと月以上にもなるじゃないですか」

「なんだか私のことを、女教師を追い出す癩者の化け物くらいに思っていらっしゃるようで。あの女のことで私をそのようにおっしゃるとは、心外このうえないですね。でも、いずれにせよ、あの女はものを知りません。ガキどもをあまりに可愛がりすぎます。それは、特にあの坊主に対しては、大いに危険なことでもあるのです」

ユン・ヘウォンは次第になにか嫉妬めいたものが滲みだした目で、まことしやかに話している。

癩者、癩者。自虐のほかは、この島ではけっして誰も好んで言ったり聞いたりするはずもないこの言葉を、なんでもないとばかりにやたらと口にするのも、このユンがほとんど唯一の人間だった。

「ほうっておけばいいでしょう。そのうち疲れ果てて自分から辞めることになるでしょうから。子どもにもまだそう害は出ていないようですし」

「ええ、坊主にはまだ害は出てはいないのですが、でも……」

「ユン先生がそれほどまでソ先生のことを気にかけていたとは、私はまったく気がつきませんでしたよ」

「ともかくも、もう一度、あの子の検査をお願いします」

そうこうするうち、丘の下では面会時間が終ったようである。鉄条網のこっち側とあっち側に人々がゆっくりと別れて去ってゆく。

ユン・ヘウォンはいま一度念を押すと、人々がもう散りはじめている面会所のほうへとゆらゆらと丘を下っていった。

「保育所の子どもたちにも、ときおり発症事例があるようだな」

ユン・ヘウォンが丘を下ってゆくと、院長がふたたびサンウクのそばに来て、独り言のように呟く。思ったとおり、院長はサンウクとユン・ヘウォンのやりとりを聞いていたようだ。

「そういうケースがまったくないわけではありません。一年に一、二名ほど、症状が出て病舎地帯に戻ってゆく子どもたちがいます」

サンウクは率直に伝えた。しかし、さらにこう付け加えずにはいられなかった。

「あとで確かめてみれば、そういう子らはそもそも隔離処置が遅かったというような、不注意ゆえの発症事例ということが明らかになったりもします。なんにせよ、子どもたちに与える影響はひどくよくないものです。子どもらはいつか自分にもそういうことが起きると思い込み、そうであるならば、むしろ早く病が現われでて父母のもとに帰れるようにと願うようなありさまなのですから」

「説明を信じようとはしないのだな」

「子どもらに対しては、言葉で教えたことを信じさせるというのがなにより一番難しいことです」

「なるほど、言いたいことはわかる。で、その子はどうなんだ？　さっきの男が子どもの細菌検査を頼んでいたようだが」

「ああ、あの子はなんでもないでしょう。あの男がいたずらに……」

「なんでもないのに細菌検査をいたずらに二度もつづけて受けさせるというのか？　そうでなくとも、あの男、子どもたちが病気になるのを待ち望んでいるようではなかったか？」

院長も既に気づいているようだった。

「よくおわかりで。あの男はふだんからそういうふうに見えることがあります。この病気に対しては、まったくなんの嫌悪感もなければ、気遣いもないような、そんな鷹揚な行動をしてみせるものですから。この病気をまるでなにか過労程度のものと、事もなげに考えているふうなのです。島の人々は、だから、もうすっかり狂人扱いです。でも、よくよく知れば、恐ろしくもある人間です。病を避けたり、打ち勝とうとするどころか、むしろ、あの男は病に心を奪われ、病にまとわりついているように見えることが多いのです。その意味では、この島で誰よりも難しい症状を抱えた患者が、他でもないあの男なのだといえるでしょう」

「保育所の教師なのか？」

院長はそれも既に知っているに違いなかった。なのにわざわざ尋ねるのは、いったいどうしてそんな気のふれたような人間が、子どもへの気配りがなによりも求められる保育所の仕事をしているのか、ということなのだ。

「あの男はユン・ヘウォンといって、ここで、もう、十年ほど子どもたちの世話をしています。少なくとも子どもたちに手出しして傷つけたことはありません。表向きはそれなりに明朗で、子どもたちもなついていて、よく言うことを聞きます。ユン自身もこの十年の間に、発症して三年ばかり休んだこともあります」

「ならば、その男はこの島に来てから病を得たということか？」

院長はここに至って声が変わった。例の終ることのない質問の洪水が、またもや我を忘れて溢れだしてきそうな勢いだ。

「島では初めてのことでした。ユンよりも先にまず、ユンの姉が病舎地帯で病んでいたという事実があとから分かりはしましたが、いずれにせよ、ユンは健康体でこの島にやってきて、病を得て、病が癒えた後にはふたたび保育所の仕事をしているのです」

「おそろしく業の深い男のようだな」

「いろいろと風聞の多い人間のようではありますが、その風聞ほどは、確かな過去を知られていない人物でもあります」

丘の下ではもう人々の姿は消えていた。サンウクもようやくゆっくりと事務本館へと足を向けた。だが、一度堰を切った質問の洪水はまだ勢いが衰えそうにはない。何歩か黙って歩いていた院長が、思い出したように不意にサンウクのほうに向き直った。

「ところで、ソ先生という女は何者なのか？　その女はいまユンという男と何やら事情があるようだが……」

今度はソ・ミヨンの話だ。

「事情というほど大したことではないのですが……」

「大したことではないというならば……あの男がその女となにか恋愛でもしているということなのか？」

ことさらに語尾を濁すサンウクに、院長は無闇に答えを急がせる。

「それこそ、恋愛と呼べるようなものではありません。あの男は健康な女とさえ見れば、島から追い出そうとして、苦しめる方法がそんなふうではあるのですが」

「ことさらに女を苦しめる？」

「院長がおっしゃるとおり、あの男は女がやってきて数日もすると、求愛するということらしいのです」

「うまくいったことはないようだな」

「だから、それはむしろ、あの男が女たちを追い出す方法だと申し上げたのです。女たちはみな驚いて島から逃げ出すのですから」

「女たちをそれほどまでに耐え難い目に遭わせるのは、健常者に対する患者特有の嫉妬ゆえのことなのだろう……」

「もちろんそうです。しかし、嫉妬心に火をつけるのは、女たちのほうかもしれません。ここにやってくる女は誰もがこの病を深く理解することを誓うのですが、ユンという男はそれをまったく信じようとはしないのです。そして、いつも、ああいう厄介事を引き起こしては、女たちの化けの皮を剝ぐことにもなるのです。それは結果的に、どうあがいてもユンはけっして健常者とは同じではありえないということを、女たちがユンに繰り返し確信させることにもなるというわけです」

「嫉妬に間違いあるまい。だから、あの男はソ先生という女が例の子どもを可愛がることすら耐えられないのだろう。その子を自分の心のなかで本当の癩者にしてしまいたくなるほどまでに、女のことが耐えられなくなったということだ」

　サンウクは、ユン・ヘウォンとソ・ミヨンの関係にチョ少年がどう関わってくるのか、まだ説明をせずにいた。なのに、院長はいつのまにかそこまで勘づいている。自信を持って判断を下している。サンウクはもう少し話を飛躍させてもよかろうと考えた。

「しかし、おそらく、どんな形であれ、その子が癩者になる必要はないでしょう。いずれにしても、いつかはユン先生は女に求愛することになるでしょうし、ソ先生もそうなると結局は耐えられずに島を去ることになるでしょうから」

おそらく、今回のソ・ミヨンだけは、そうはならないかもしれない、ソ・ミヨンだけにはそうなっては欲しくない、そう願う自身の密かな期待を押し殺し、サンウクは落ち着き払った声で言い切った。

「それはちょっと面白いことになりそうだ」

やはり院長はサンウクの言葉をすべて理解している。院長は言葉遊びでもするかのようにぽんぽんとサンウクの言葉に合いの手を入れてゆき、そしてふっと黙り込んだ。しばらく無言で歩いていたが、たまりかねたように、沈鬱な声で呟いた。

「誰も彼も実に恐ろしい病気を抱え込んでいるものよ……、このままでは、どうしたって脱出は食い止めようがなかろう。体を病む以上に、もっとずっと恐ろしい病に蝕まれているのだから……、島を逃げ出そうとする者たちを責めることはできまい」

5

新院長が赴任早々の脱出事件について少しずつ理解しはじめたのは、よろこばしいことと言えよう。院長はもはや、この島が院生たちの楽園だとは思っていないようだった。なぜ脱出事件が起こるのか、自分なりの理解を示しはじめたというわけだ。だが、それゆえ、事態はあらぬ方向に向かっているようでもある。いきなり院長のうちに闘志が湧き起こってきたのだ。

赴任三日目の朝、ついに院長は赴任挨拶をすることに決めた。

この日はいつになく遅い出勤だった。どうも、この院長には、何を考えているのか分からぬ部分が少なからずある。夜中に人知れずひとりで病舎地帯へと下ってゆき、そのままそこで一夜を明かして戻ったらしいという噂があった。院長室でも官舎の周辺でも夜中に院長の姿を見た者はないのだが、明け方に病舎地帯を巡回していた指導所巡察員が中央里のあたりを通った時に、新院長がカトリック教会の扉をあけて、なかからふらりと出てくるのを見たというのだ。教会で夜を明かしたのか、ちょうど教会に立ち寄ったところを見られただけなのか、確かなことは分からない。が、ともかくもそういったわけで、院長の出勤がひどく遅くなったことだけは間違いないようだった。

その院長が、事務室に出てきて突然に、慌しく、赴任挨拶の準備に取り掛かったのである。

「今日、院生たちに会わせてもらえないだろうか」

その言い回しこそは謙虚だが、つまりは院生たちに言いたいことがあるということだ。そもそも、新院長が島にやってきたというのに赴任挨拶もせぬままでは、病院の長として仕事をしていくうえで差し障りがあるということなのかもしれぬ。それまではただただ沈黙を守っていたというのに、この日の赴任挨拶は思いもかけず大がかりな行事になろうとしていた。

院長の指示は遅滞なく下達された。歩行が不可能な身体不自由者を除く、病舎地帯七か村、五千人あまりの院生は、午前十時までに、ひとり残らず、中央公園広場に集合せよ、という命令だった。それからすぐに今度は、遅ればせながら、この島にやってきてから初めての職員朝会の召集をかけた。一度も公式の集会をしなかったからということもあるが、院生たちと向き合う前にまずは職員たちに言うべきことがあるのは、院長としても当然のことだろう。院長の少しばかり尋常ならざる挨拶は、この遅ればせの朝会から既にして始まっていた。

ことさらに諸君に言うべきことはない、本日、私は院生たちに対面することになっている、しかし、これは、私ひとりが対面するのではなく、諸君とともに対面するのである、本日、諸君も私とともに院生たちにふたたび対面しなくてはならぬのだ、したがって、これから私が院生たちと対面し、彼らに出す注文というのは、諸君が私とともに彼らと結ぶ約束でもあるのだということは心に銘じておいてほしい……。

今までの院長たちとはまったく違う。朝会はすなわち院生への挨拶の前提としてのみのものであり、序《じょ》の言葉にすぎないものだった。何を約束し、どんな注文を出すというのか、具体的にはなにひとつ明かされていない。だが、その簡単でわずかな言葉のうちに、院長の意図は明確に現われていた。院長が何を院生たちに約束し、また、何を要求しようとも、それは院長ひとりのことではなく、「われわれ」全員の名前で、「ともに」なされねばならない。そしてそれはまさしく、全病院職員に向けた、院長に対する無条件の信頼と服従の要求でもあった。

サンウクは不安だった。結局はこの男のうちにも銅像が潜んでいたということなのか。

院生に何を約束し、何を求めるというのか。

院生が集合するのを待って職員たちとともに病舎地帯に下っていくサンウクの胸のうちには、院長のその思わせぶりな行動へのかぎりない惧れが湧きおこっていた。

そもそも人間の皮をかぶった者であれば、たとえ仏さまであろうとも、みずからの銅像を心のうちに持たぬ者があるだろうか。誰もが心の奥深くに銅像を隠しもっているのだろう。違いがあるとすれば、人それぞれ、それをどう隠して生きていくかということによるのだろう。銅像を隠し持つ生に耐え、いかにして銅像の幻想から身をかわしつづけるか、それが問題なのだ。さらに無理な注文をするならば、その固くこわばりきった銅像を、いかにして痛みをこらえてみずから破壊するか、そういう問題なのだ。これからはじまろうとしている赴任挨拶のようなものには耐えられぬと、院長をなじることはできないように思われた。約束自体はどうでもよいことだ。重要なのは、その約束が院長の胸の内にひそかに隠れているであろう院長の銅像とどれほど密接な関わりをもっているのか、ということだ。狭苦しい胸のなかから飛び出して、万人の前で誇らしげに立ちたいという、そのひそかな銅像の衝動に院長自身が背を向けてこそ、約束は意味あるものとなる。

だが、サンウクはそれを信じることはできなかった。

中央公園広場には既に病舎地帯の五千人あまりの院生が集まっている。院生たちは村ごとに分かれて整列し、静かに新院長を待って立っていた。咳の音ひとつない、恐ろしいほどに静かな会衆だった。

職員たちは院生たちと向かいあう形で、前方に整列している。キム・ジョンイル医療部長がまず最初に壇上にあがった。病院設立四十周年を記念して建立された救癩塔の前の石の台が、この広場の演壇だった。その演壇とは、二十年余り前にかつての院長、日本人・周正秀が島外からその岩を取り寄せたもの。そして、いま救癩塔が立つその場所に周正秀の銅像があった。かつて、銅像を前にして、一か月に一度、院生たちが院長への報恩感謝の祈りを捧げたという由緒ある場所だ。

「ええ、今日、このようにみなさんにお集まりいただいたのは、他でもない……」

医療部長が集会の目的を説明する。しかし、依然として列のなかからはなんら反応はない。指ひとつ動かすこともない。じっと沈黙したまま演壇を見つめて立っている。医療部長キム・ジョンイルは、そのようなことにはもうすっかり慣れているので動じない。

「……ということで、もうご承知のことかと思われますが、わが病院ではこのたび新しい院長をお迎えいたしました。新たに来られた院長が、ここにいらっしゃるチョ・ベクホン大領であり、これまでは現役の軍人として前後方のさまざまな病院で傷病兵の衛生管理と疾病の治療に全力を尽くしてこられましたが、このたび憐れみ深い主の恩寵により、私どもの病舎の仕事の責任者として赴任されることになったのです。これまでの数か月、本病院では正式な院長をお迎えできなかった関係で、治療業務やその他の諸般の事業も滞りがちでありましたが、こうして素晴らしいお方を新院長としてお迎えするにあたり、みなさんとともに私たち全員で歓迎し、赴任をお慶び申し上げたいと存じます。さて、院長よりお言葉をいただきます」

やや冗長な紹介の言葉を終え、壇をおりる。列のなかからは、やはりなんの反応もない。首筋に刺すように降り注ぐ夏の日差しに首をすくめる気配すらもない。子どもたちを引率してきた保育所のソ・ミヨンとユン・ヘウォンが最前列にいるのが見えたが、彼らもまた忍耐強く日差しに耐えていた。会衆は、ただただ海の底のような、重く大きなひと塊りの沈黙となって、そこにあった。

医療部長がその沈黙の真っ只中に院長を案内した。

院長が壇上に立った。

その瞬間、言葉もなく向かい合う一万余りの眼差しが院長に注がれたようだった。院長は、院生を代表して出てきた指導所要員から挙手敬礼を受けても、しばし口を開かなかった。新院長の新任の挨拶にもかかわらず、そして、あの医療部長が冗長な紹介においてわざわざ新院長の赴任を歓迎して欲しいと付け加えたにもかかわらず、拍手ひとつない。ただぼんやりと立っている。もちろん、院長はそんな院生たちの非礼を責めはしない。院長は自身に集中している言葉なき視線がじりじりと前へ前へと迫ってくるような錯覚に捕らわれ、顔から血の気が引いていた。息もできないような表情をしている。すらりとした長身にあれほど似つかわしく見えた軍服までもがひどく不似合いに見えた。軍帽と両肩に付けられている銀白色の大領の階級章も、奇妙なまでに威厳を失っていた。

「チョ・ベクホン大領であります」

ようやく院長が口を開いた。どうにかして、まずはこの重苦しく不可思議な沈黙を破らんとばかりに、いきなり声を高めて第一声を発する。

「暑いですから、単刀直入に、まずはこちらにきて数日の間にこの島で見聞きして感じたことをお話しします」

院長はそう言うと、いきなり本題に入った。

「率直に言いますと、私はここに来るまでは、この島がどんなところであるのかをよく知らずにいました。そうは言っても、もちろん、最低限の基礎知識すらなかったわけではありません。治癒して社会復帰を待つ陰性病歴者や、今もなお闘病生活を送っている人々がこの島全体で何名ほどになるのか、国がみなさんを支援するための年間国庫支出規模はどのくらいか、というようなことはあらかじめ私がこの島に関して知っていたことです。そのような知識のなかで、とりわけ私がなにより注目して心に刻んでいたことは、今やこの島は呪わしく絶望的な汚辱の歳月から抜け出て、みなさんにとって二つとない楽土となり、誇るべき故郷になっているということでした。天刑《てんけい》の病によって呪われた傷も癒え、生活や福祉のための施設も増え、踏みにじられてきた人権も日ごとに回復されつつあり、その結果、今ではこの島はみなさんの紛うことなき楽園になろうとしているのだと。そして、私もまた、そのように考えてこの島にやってきました。来てみて感じたのは、それは根拠のない噂ではなかったということです。実際、みなさんは必要なだけいくらでも治療を受け、病は日々よくなっています。この風光明媚な島ほど、素晴らしい療養の環境は他にありません。みなさんが必要としているあらゆる生活の利器や福祉施設も拡充されつつあります。昔のようにみなさんに干渉して虐待する者たちもいません。ここは、私の目にも、みなさんの誇るべき故郷であり楽土のように映りました。

しかし、であります。しかし、ここにひとつ私が誤解していたことがあります。数日前――つまり、私がこの島にやってきて、最初の夜を迎えていたとき、みなさんのなかからこの島を脱けだした人が出た。それは、この私に対する、みなさんの思いを込めた赴任の贈り物でした。どういうことかと言いますと、みなさんはまだこの島をみなさんの楽土とは思っていないということです。脱出事件はそれを私に伝えるものでした。なぜそう思うのか、理由はわかりませんでした。しかし、少しずつでもこの島を巡ってみるうちに、私はその理由がわかってきました。私は誤解していました。みなさんはいまだに恐ろしい病とともにある。もちろん肉体の病は驚くべき速さで癒えつつあります。でも、みなさんは体を病むよりも、もっと恐ろしい病を心に抱え込んでいる。そのことに気づいたのです。この島は、その隅々まで、不信と裏切りに満ち満ちています。みなさんとこの島は、これまでみなさんを苦しめてきた肉体の病よりも、もっと致命的な、不信と裏切りという病に骨の髄まで蝕まれているのです。

なんの意味もありません、私がなにをどう思ったところで、みなさんが楽土ではないと思うのならば、この島はみなさんの真正なる楽土にはなりえません。私にはそのような事実だけが重要です。そして、私はついにこの島で私がなすべきことを見出したのです」

必死の声で院長は語りかけていた。

しかし、列のほうからはやはりなんの反応もない。院長の言葉を聞いているのかどうかも分からない。院長はその海の底のような重い沈黙の塊りに向かって、必ずやなんらかの反応を引き出してやろうと、さらに必死に声を張り上げる。

「私たちはこの島を、いま一度つくりかえねばなりません」

ようやく院長が言うところの約束の全体像が浮かび上がってきた。この島と島の人々のために、もっとも怖れていたことが院長の口から語られはじめたのだ。院長は島をつくりかえると宣言した。島をつくりかえて、今度こそ本当に、この島に足を踏み入れて暮らすすべての者がここを幸福な楽土と心から思えるようにするのだと、力強く誓った。たとえ遠く離れても、ふたたび帰りたくなる懐かしい故郷をつくろうと、切々と説いた。生活環境ももっと改善して、この島に生きる者ならば誰もが自分なりの暮らし方を切り拓いていけるよう、自活への対策も研究しようと約束もした。

「国全体が再建に総力をあげている今この時に、私たちもまたこの島をつくりかえようと立ち上がることは、他のどの再建事業より価値もやりがいもあることではないでしょうか。しかし、これをやるためには、重要な前提があります」

ここで、ついに、院長は院生に求めることを話しはじめた。

「それはまず、みなさんの協力と率先垂範です。ここに立っているこの私や職員一同は当然にこれを成し遂げるために命をかけます。私たちもみなさんとともにやります。ただ、これは、なによりもまず、みなさん自身がやるべきことなのだということを忘れてはなりません。みなさんの自発的な意欲と使命感がしっかりとあってこそ、可能となることなのです。さて、みなさんはどのようにお考えになるでしょうか」

院長はそこでいったん言葉を切って、問うような目で列を見おろして立っていた。と思うと、院長は不意に激しい口調で断じはじめた。

「自信がないのです。自信がないから、昔からの醜悪な不信と裏切りに対する思いばかりが先に立つのです。より踏み込んで言うならば、みなさんはいまだに不信と裏切りの悲しき奴隷でありつづけている。みなさんは今も恐ろしいほどに身を竦《すく》めている。そしてぎりぎりと口を閉ざしたその胸のうちでは、この私を疑い、とんでもない裏切りを夢見ている。理解しようと思います。みなさんにもそれなりのわけがあるのでしょうから。この世の中を堂々と生きてゆくことができなかったということもありましょう。誰もみなさんを赦そうとはしなかったのですから。それゆえにみなさんは自信を失ってしまい、自信を失ったまま生きてきた、その人生のなかでは、不信と裏切りしか身に馴染むものはなかったことでしょう。しかし、今や、みなさんが赦しを乞うようなことはないのです。誰に何を赦してもらうというのですか。誰が今さらみなさんを赦すというのですか。この島を再建するためには、みなさん自身がもっと堂々としていなくてはなりません。そして不信と裏切りの習性を捨て、団結して、力を合わせるのです。みなさんが堂々とすればするほどに、それは容易になります。みなさんがまずは自分自身の人間改造を成し遂げてください。この島をつくりかえるには、それが絶対に必要なのです。

私の話を、いま一度、手短かに要約します。まず第一に、われらの島の再建です。そしてそのために、正々堂々、一致団結、相互協力、この三つを生活目標としてほしいということです。これが私からのお願いです。正々堂々とは、もちろん、みなさん自身に対してであり、隣人に対してであり、そしてここに立っている病院職員と外の世界の人々すべてに対してでもあります。一致団結や相互協力も、やはり同じことです。これもまた、病友のみなさんの間で、あるいは職員との間でも、すべて当てはまります。この私をはじめとして、ここに居並ぶ職員一同、喜んでそのようにいたします。でありますから、みなさんも必ずや自身の人間改造を達成してください。みなさんの新たな楽土のために、この私は命をかけて尽くします。無理をおしてでもやりぬきます」

口を開いてからと言うもの、自信が湧いてきたのだろうか、時間が経つにつれ、だんだんと声が高圧的に強い調子になっていった院長の、その必死の赴任の演説はそこでようやく結びとなった。

演説を終えた院長は、自身の言葉に感動したかのように顔が赤く上気していた。

しかし、列のほうからは依然として反応はなかった。演説が終っても、列は微動だにしない。新院長の次の動きだけを黙ってじっと待っている。頭上に降り注ぐ晩夏の日差しを、その巨大な沈黙の塊りは恐るべき忍耐強さで耐えつづけていた。


「あの人々には私の話など、耳にもかすりはしないようだな」

その日の夕刻のことだった。

院長は幹部職員数名を宿所に呼び、特別に酒席を設けた。そのような場を借りて、職員たちの口からでも胸がすっきりとする話を聞こうという心積りらしい。昼間の演説への反応はもちろんのこと、島全体の雰囲気をあらためて確認しようとしているのは明らかだった。医療部長キム・ジョンイルと庶務課長・教導課長たちが酒席に参加していた。保健課長イ・サンウクも勤務時間が終る少し前に、他の者といっしょに院長の呼び出しを受けていた。

そういうことではじまった酒宴なのだが、しばらくは誰ひとりとして昼間の院長の演説に触れようとしない。ことさらになにか言うべきことがあるはずもない。院長もまた自分から切り出すのもどうかと思っているのか、ひとまずは特に変わった様子を見せることもなかった。儀礼的な会話が行き交うなかで、酒盃だけは熱心に飲み干されていく。

またたく間に座に酔いがまわりはじめた。すっかりできあがった顔が並ぶ。院長とサンウクだけがまったく乱れのない表情だった。院長はあちこちから次々と差し出される酒盃を受けては返している。表情には微塵の変化もない。院長が酔うまいとしていることに気づくと、サンウクのほうでも、血管を流れてじわじわと効いてくる折角のアルコールの気配をできるかぎり抑え込んだ。だが、院長のほうは、自分のほかにもうひとり、イ・サンウク保健課長が、具合が悪いのではないかと思うくらいに顔面蒼白のこの男が、いつものように緊張の糸を緩めずにいることにはまだ気づいていないようだった。部屋の雰囲気がある程度ゆらゆら酩酊しはじめたところで、ようやく、もうこらえ切れぬとばかりに院長が内心の積もる想いを語りだした。

「私は、今日、息をして生きている人間たちの前で話しているようには思えなかった。彼らはあれでいった い私の話を聴いていたのだろうか」

揺らめきはじめていた空気が、院長のその言葉で一気に固まった。誰も答えない。

「なにも言うことはないのか？　私が思うに、彼らは私の言葉をあまりに熱心に聴き入っていた、あるいは、なにひとつ聴いてはいなかった。そのどちらだと思う？」

「それは、おそらく、院長の言葉を注意深く聴いていたのだと思われます」

問いつめる院長をかわすこともならず、医療部長は自信のない声で答えた。そうとしか答えようがなかった。

その時だった。それまで雑談のほかは酒盃だけを相手に座していたサンウクが、不意に医療部長の言葉を引き取ってこう言ったのである。

「しかし、それは、おそらく、なにも聴いていなかったのだとも思われます」

座がふたたび水を浴びせかけられたように静まり返った。

「聴いていたかもしれない、そうでなかったかもしれない……、それはまたどういう意味か？」

院長が口元に酒盃を運ぼうとしていた手を止め、釈然としない様子でサンウクを見つめた。島にやってきた翌日から、なにかと顔を突き合わせることになったサンウクだった。なにかと院長の周囲を窺い、時には唐突な印象を与え、時にはわけのわからぬ不安めいたものを隠しきれずにいるサンウクだった。

「何度か感じたことだが、いつも君は簡単なことを幾重にもひねって話す。生憎《あいにく》私にはそういう趣味はない。少しは分かるように話してもらえないか」

院長の声には苛立ちが入り混じっていた。サンウクもこうなれば、もう、なんの遠慮もしない。

「簡単にお話ししようとも、やはり同じことです。あの人々が院長の話を聴いていようといまいと、そもそもそこにはなんの違いもないのですから」

「ますます分からぬことを言う」

「それは、私が……」

困惑した医療部長がサンウクをさえぎろうとしたが、サンウクはそれを押さえてさらに言葉を続ける。

「もう少し率直に申し上げるならば、昼間に院長が話されていたとき、あの人々が聴いていたのは院長の声ではありません。彼らの心の中に長いことしまわれていたもうひとり、別の人間の声を聴いていたのです。彼らは今日の院長の声を借りて、もうひとつの声をいま一度繰り返し聴いていたとも言えるということです」

「ならば、私が今日声を貸してやったヤツというのは、いったい何者なんだ？」

院長はようやくサンウクの言わんとすることを理解したようだった。サンウクにもう迷いはなかった。

「唐突な話ではありますが、お許しください。それはおそらく、院長がここにいらっしゃるまでに、この島にやってきては去っていった歴代の院長たちであり、その声でありましょう。なかでも分かりやすい例を挙げるならば、この島の病院の四代目院長であった日本人、周正秀のような人物でありましょう」

「……」

「今から三十年ほど前にも、彼らは新院長を迎えるために今日のように整列して、あの場所に立っていました。そして、そこで彼らはそれまでどこでも聞いたことのない新院長の感動的な就任の言葉を聞きました。彼らは新院長の演説に未だかつてない慰めと励ましを見出し、新たな希望と勇気を得たのです」

サンウクは我知らず声が昂ぶっていた。

「では、今日の私は、三十年後にもう一度、その人がした約束を繰り返した、ということなのだな」

院長は少しばかり気抜けしたような顔をしている。とはいえ、もともとが余裕に満ちた男である。熱がこもりはじめたサンウクの言葉を遮ろうとはしない。気抜けしたようではあっても、サンウクに向かってまぜっかえすようにニヤリとしてみせる。

サンウクはそんな院長の表情や言葉などまったく気にかけない。

「その人は、なによりもまず、この島を癩病患者の幸せの地とすることを約束しました。虐待され、逐われて、寂しい流浪の生活を重ねていくのではなく、互いに仲睦まじく慰めあい、支えあって生きる故郷をつくろうと説きました。人間としての最小限の矜持と生きがいを持とうと励ましました。病舎と医療施設を増やし、環境と厚生施設をよりよくしようと言いました。そのためには、まず患者たち自身が絶望と悲嘆から抜け出して、醜悪な流浪の習癖を捨て、新たな人間として生まれ変わらねばならぬと忠告しました。そして、みずからの幸せの地をみずからつくっていくのだという自負の心と自活の意欲をかきたてねばならぬと促しました。患者たちは惜しみない拍手を送りました」

「彼は約束を守ったのだろう」

「でも、約束を守る代わりに、この場所に自身の銅像を建てました」

ここに至って、院長の顔から笑いが消えた。

「どうも君は奇妙なノイローゼにかかっているようだ。銅像の話はもう二回は聞いた。いったいその銅像とやらで、君は何を言いたいんだ？」

院長は明らかに困惑していたが、サンウクの話を止めようとはしなかった。目には見えぬ二人の対決に圧倒されて、周囲はひたすら沈黙している。

サンウクの声にこもった熱は引きそうにもない。

「銅像が何を意味するかは、院長はもう十分にご推察のことと思います。それよりも、私が二回も銅像という言葉を院長の前で口にしたのは、昼間に院長の前に立っていた人々がこれまでにあまりに多くの銅像を見てきたからです。彼らは周正秀の後にも、新しい院長がやってくるたびに、いつも、その院長の新しい銅像を、いえ、実のところは、もうひとつの周正秀の銅像を見てきたのです。彼らは、今日の昼間に院長に会う前に、既にもう十回以上、あの場所に並んで、新しい院長たちが隠し持ってきた周正秀の銅像を見てきたのです。誰であろうと、ここに来たならば必ず、周院長の銅像を新たに建てたがりました。時には成功し、時には失敗もしました。いずれにしても、院長たちが島を去る時に残されるのは、裏切りだけでした。しかし、率直に申し上げるなら、成功して去ってゆくほうが、事態はなお悪いのです」

「……」

「彼らは、結局、そういうかたちで、どの院長からも同じように周正秀院長の演説を聴き、周正秀の銅像を見ることになったのです。そんなことを彼らは十回以上も繰り返し経験してきました。院長は昼間に、この島全体が不信と裏切りで満ちているとおっしゃいましたが、その不信と裏切りこそ、あの数多くの周正秀の銅像からはじまったことだと言えるでしょう。申し訳ないことですが、そうであるならば、あの人々はおそらく院長に対しても同じようにしかなりえないでしょう。院長が話されている間ずっと、彼らはふたたび、あの周正秀の演説を聴いていたのであり、院長のうちにあの銅像を見つけようとしていたのは間違いないことです」

酒席が思いがけなくも銅像をめぐる論議の場になってしまった居心地の悪さに、他の者たちは風にでもあたろうというような素振りで、ひとり、ふたりと部屋から出ていく。

だが、院長とサンウクの話は行くところまで行きつつあった。

「実に理解に苦しむことじゃないか」

ついには院長が独り言のように呟きはじめた。

「この島ではどこでも死者たちだけが話している。生きている者たちは誰もなにも話さない。それどころか、姿かたちの見えぬ銅像までが話をし、島を抜け出そうとして溺れ死んだ幽霊たちが話し、そしてあの納骨堂に眠る数多くの亡霊たちが話すという……、話すのはこんな者たちばかりだ。どうやら、この島では死者たちがよみがえり、死者たちだけが口を持ち、死者たちばかりが話すらしい。いったいどういうことなのだ」

「ご明察です。まさしく、この島では、死者たちだけが話します。おっしゃるとおり、生きている者たちは話す必要がないのです。死者たちが既にすべてを語りつくしていますから。その意味で申し上げるなら、この島はまさに死者たちの魂が生きている、死者の島と言えましょう。でも、生きている者たちもいつかは自分の言葉を発する時がやってきます」

サンウクはようやく院長の言葉に同意していた。話は今や最後の標的へと向かおうとしている。島の人々にそれほどまで広く蔓延している不信と裏切りの風潮、それが奇妙な方法で院長に理解を強いていた。

「死者の島、死者の島か……、むしろ、そう考えたほうが腑に落ちる」

院長もようやく事情を飲み込んだふうに、何度か深くうなずいた。

「ところで、その、生きている者たちが言葉を発するようになるのは、いつの話なのだ？」

院長は最後にふたたびサンウクに尋ねた。

サンウクがこともなげに院長の疑問を解いた。

「それはもちろん彼らが息を引きとる時です。息を引きとるや、彼らは話しはじめるのです。死者の島ではいつでも死者たちだけが話すのですから」

6

院長の赴任演説の結果は、どうやら思わしいものではないようだった。サンウクの言うように、島の人々がいま一度、院長にかつての周正秀の影を見たのかどうか、断言はできない。だが、少なくとも院長自身が願ったような大きな信頼と新たな勇気を与えられなかったのは確かなようだった。

よりによって、演説の明くる日のこと、島でまたひとつ、院長の約束をないがしろにする事件が起きた。中央里独身舎で夜の間に自殺者が出たのだ。

自殺は新院長への二つ目の赴任の贈り物になったというわけだ。サンウクが事務室を出た時にはもう、院長は医療部長を伴って中央里の自殺現場に駆けつけていた。

「院長が現場に向かう時にイ課長をお探しでしたよ」

本部事務室に残っていた庶務課長がその様子をサンウクに伝える。ところが、その態度がいつもとは違う。

「きのうの夜、イ課長は院長に対してちょっとやりすぎたかもしれませんね。イ課長を探すうちに、ふっと、履歴をお尋ねになったんですよ」

「履歴を、ですか？」

「イ課長の経歴ですよ。院長がおっしゃるには、どうやらイ課長はここの事情を誰より知り尽くしているようであるが、なにか特別な来歴でもあるのかと。それだけ言うと、すぐに笑ってはいましたがね。イ課長、昨晩はちょっとやりすぎたんじゃないですか」

やはり、ただならぬことだった。

サンウクは思わずひやりとした。院長が自殺現場に行くのに保健課長を探したというところまでは、もちろんおかしなことはなにもない。だが、冗談めかしていたとはいえ、院長が既に自分の過去にまで関心を持ちはじめているとすれば、それは歓迎すべきことではない。とはいえ、院長がサンウクの過去を掘り起こそうとしたところで、そう簡単にあらわになるはずもない。庶務課長に尋ねたとしても、そんなところからサンウクの過去に関するなんらかの話を聞きだすことができるわけでもない。医大本科を一年で中退の短い学歴と朝鮮戦争当時に陸軍病院で衛生兵として四年ちかく勤務したという履歴書上の経歴以外、この島では庶務課長だけでなく誰もサンウクの確かな過去など知りはしない。秘密があるといえば、あるともいえるサンウクであった。その人生を通じて、三十年以上もの間、ひとり胸の内に隠しこんできた秘密だった。この島の病院にやってきてからの十年近い歳月の間、大切にしまいこまれていたものだった。けっして必死に守ってきたわけではない。島にやってきた者の誰もがそうであるように、そのようなことを互いに尋ねもしないから、おのずと秘密は守られることになる。そして、そのような秘められた過去というものは、言うまでもなく、ただ口にはせぬだけのものとして誰もがひとつくらいは持っている。サンウク自身も、もうそのことには気を遣うこともない、そのような類のものだった。院長が望むならば、ことさらに隠しだてする必要もない。

ただ過去を明かす時期は考えねばなるまい。まだその時期ではない。院長に無用の偏見を植えつけてしまうやもしれぬ。昨日の演説でも既に油断のならぬ気配を見せはじめている院長だ。この島を真の楽園につくりかえると言い切った院長だ。でも、まだそれだけだ。院長が夢見る楽園に、院長自身の銅像を建てさせてはならない。それは用心深く失敗させねばならない。そして、ついには、院長の胸の内に隠されているかもしれぬ銅像への執着を断ち切ってやらねばならない。

いたずらな言動によって院長にどんな偏見も植え付けてはならない。しかし、院長が早くもサンウクの過去にまで関心を持ちはじめたとは。

サンウクは、どこかから、また、あの目には見えない黒々とした瞳がひそかに自分を見つめているようで、寒気を覚えた。そんな落ち着かない気分で中央里へと下っていった。

ところが、村まで下ってきたところで、もう一度サンウクはひやりとすることになる。

自殺の状況は朝に本部に報告されたとおりのものだった。ハン・ミン（韓敏）という中央里の独身舎に暮らす青年が夜中に薬を飲んで絶命したということだった。サンウクが村に下ってきた時には、薬のために全身が火で熱せられたかのように赤黒く変色したその体は既に治療所に移されたあとだった。

サンウクは意外に思った。ハンという青年については、以前からたいていの事情は聞き知っていた。ハンはもう患者ではなかった。島にやってきてから六年後には治療はすべて終っていた。顔と指に何個所か目立たぬ痕が残ってはいたが、三度にわたる細菌検査でも毎回陰性の判定を受け、希望に胸膨らませていた青年だった。ところが、ハンもまた、陰性判定を受けた他の者たちと同様、病が癒えて一、二年が過ぎても、容易には島を出られずにいることも事実だった。だが、彼は諦めてはいなかった。忍耐強く、しっかりと、島を出るという希望を握り締めていた。そして熱心に自分の話を書いていた。闘病記や島の生活の哀歓の記録を書いていたのだ。休むことなく文章を書き、それを自分の代わりに陸地に送った。雑誌社や新聞社にひたすら送りつづけた。

――私の作品が貴誌にて紹介されるに値するものかどうか、ご高見を賜りたく、思い切って拙稿をお送りする次第です。

――一度なりとも原稿にお目通しいただけますならば、このうえない励みであり、幸甚であります。ご教示よろしくお願い申し上げます。

――ご教示いただけますことをお待ち申し上げます。

ノンフィクション作品の懸賞に応募するたびに、別紙にそのようなお願いの言葉を書き添え、精一杯希望を失うまいとしているハン・ミンだった。とはいえ、そんな言葉を添えたからといって、待ち望んでいるような「幸甚なるご教示」を受けることなどほとんどなかった。陸地からの返信はない。作品への評価がいったいどのようなものなのか、批評を聞く機会もない。原稿だけがそっくりそのまま戻ってくる。なんの音沙汰もないのが、あたりまえのことになっていた。

だが、ハン・ミンは諦めるということを知らぬようだった。

ご教示をお待ち申し上げます、幸甚なるご教示を……。

「僕の書く話は、どうも気持ちのいいものではないようです。まあ、文才がどうしようもなく不足しているからなのかもしれませんが。だからといって、こう突っ返されてばかりではね……。今日もまた原稿だけが戻ってきました。封筒を開けた形跡もないんです」

数日前にもサンウクにこんな愚痴めいた冗談を言っていたハン・ミンだった。サンウクはその時のハンの顔に深刻な色を読み取ることができなかったというわけだ。

そしてハン・ミンはみずから命を絶った。

サンウクは口中の渇きを感じた。

だが、いつもどおり、感情を顔に出したり、長く心に感情をとどめおくようなことはしない。

治療所では院長を含む数名が自殺の経緯を確認していた。院長は赴任早々からもう二度目となる、相次いで起きた事件に少なからず苛立っている様子だった。

「こん畜生め、そうか、こいつは死ぬというのに遺書ひとつ残さなかったというわけか」

「……」

「結構だ、それでは、こいつのふだんの言動や態度から、なにかふだんと違う様子を感じていた者はいないのか？」

ハン・ミンの自殺騒動で院長はまたもや自尊心をひどく傷つけられたようで、声が興奮している。

しかし、このような自殺に特別な経緯のようなものがあるはずもなかった。島でよくある自殺のひとつに過ぎないのだから。経緯を調べたところで、その結果は、いつも同じ理由、同じ事情なのだから。めったに遺書など残さぬ者たちの自殺については、理由や事情を追究しないのが通例だった。そんなことは突き止める必要もなかった。追究せずとも、既に死者が喋っている。だから、この自殺者たちについては死後の処理も簡単だ。死亡診断書が出されるとすぐに、火葬場を経由して万霊堂の片隅に遺骨が置かれる。そこに至るまでの簡単な書類上の手続きと仲間の協力があれば、それで十分だ。

ハン・ミンについてももちろん同じように進められた。

その手順は、ハンが人生に終止符を打つ前から、既にすべてそのように決められていたこと。そのように予め決まっていることに関して、自身の所管業務として、イ・サンウク保健課長はごく簡単な処理をするだけ。自殺の動機などには誰も注意を払わない。そんなことにまで関心を示すのは、院長ただひとりだけだった。だが、このあまりに自明な自殺の原因を、院長とはいえ、はなからまったく分からぬはずはない。

「イ課長、君は最初から私を信用していないようだが、たぶん、この自殺者もまた私の約束を信用できなかったということなのだろう？」

治療所から出てくると、院長が今度は突然にサンウクに矛先を向けた。赴任演説で語ったあの楽土の話のことのようだった。サンウクが院長の約束を気に入らぬように、ハン・ミンもまた院長の約束など信用できぬから、性急にこんな自殺劇を引き起こしたのではないかと言っているのだ。サンウクのように断固として院長の約束に背を向ける勇敢な人間がもうひとり現われたことで、院長が困惑するのをいい気味と思っているのではないか、院長はそう言おうとしている。それをサンウクははっきりと感じ取った。こんな突然の出来事（少なくとも院長の立場では）に出くわしても平然としているサンウクの態度に、院長が怒りを抑えられぬのも当然のことかもしれない。

サンウクは院長のほうを振り返り、ことさらに柔らかな微笑を浮べた。いずれにせよ、院長はそれなりに事態を少しずつ冷静に理解しつつあるようだ。

「この私が院長の約束を信用するとかしないとか、どうしてそのようなことがありましょうか。でも、やつがまだこの島を自身の楽土と思っていなかったということだけは事実のようであります」

院長の言葉に、注意深く、応じてみせる。ところが院長は、そのサンウクよりさらに先をゆく。

「今のこの島を楽土と思っていないだけでなく、こやつは明日の楽土も信じてはいないということだ。だから希望もない」

そう言うと院長は治療所の前庭から本館事務室へと戻る車に乗ろうして、ふっと動きを止め、念を押すかのように独り呟いた。

「それではだめだ、それでは――」


それではだめなんだ、本当にそれでは――

院長と別れたサンウクは、独り、とりとめのない心持で、院長の最後の言葉を嚙み締めながら、ハン・ミンの独身舎へと足を向けた。ハンがなにか遺品を残すはずもなかった。ここでみずから命を絶つ者は誰ひとりとして、遺品はもちろん、言葉ひとつも書き残すことはないのだ。遺書を残さぬことは、もちろん、この場所ならではの切実な慣習であった。

だが、サンウクは気分がどこかすっきりとしない。今回ばかりは直接自分の目で確認したかった。ハン・ミンがどれほど島から出たがっていたのかを、そしてその願いがどれほど無残に裏切られて虚しく倒れていったのかを、自身の目で直接確かめてみたいという思いもあった。だが、それよりもまず、サンウクには、ハン・ミンの死に際して確実に片付けておかねばならぬことがあった。サンウクは以前に、自分が知っているある少年の島からの脱出の物語をハン・ミンに話して聞かせたことがある。ハンはその話にひどく喜んだ。島に関するいろいろな話を集めてはいるけれども、その少年の物語はその日初めて聞いたと、きらりと目を輝かせた。その後、ハンが少年の物語を書いていたのは明らかだった。待っててくださいよ、イ課長をびっくりさせてあげますから。あの子の話は本当にいい作品になりますから。

しかし、サンウクは実際にハンが書いた少年の物語を見たことはない。ハンが本当に書いていたのかどうかも特に確かめてはいない。あれからハンは少年のことを特に口にすることもなく、少年を素材に書くと言っていた作品についても経過や結果を話すこともなかった。書きあぐねているのだろうと、そのことに関してサンウクのほうから尋ねることもなかった。そうこうするうちにハンが死んだ、というわけだ。少年の物語がどうなったのかを確かめておかねばならない。書き上げられたのかどうか、については関心はない。少年の物語がハン・ミンとともにこの世から消えたかどうか、それをサンウクは確実に知りたかった。

扉が開かれたままの、空っぽのハン・ミンの独身舎は、掃除も消毒もすっかり終っていた。独身舎とはいうものの、未婚の同性同士が二人で一部屋を使うのであって、個室での生活を意味するわけではない。だが、ハン・ミンの同室者はひと月ほど前から休暇で島外に出ており、今日までハン・ミンはひとりで部屋を使っていた。そして、その部屋を掃除・消毒するのは、院生自治会衛生部の者たちや隣人たちなのである。本部に伝えられていない遺品がまだ部屋に残っているはずもない。

室内にはなにもなかった。いつもハン・ミンのまわりに広げられていた原稿用紙のかけらすら見当たらない。原稿用紙のようなものが残っていた場合、所管の事務責任者の確認なしには、衛生部の者も仲間も勝手に処分はできない。ハン・ミン自身が事前にすべてを片付けたのは明らかだった。

ようやく台所でそれらしき痕跡が見つかった。台所の練炭の焚口のあたりに原稿用紙の切れ端を燃やしたあとが黒く残っていた。沢山の紙を燃やしたあとに、その灰に水をかけ、掃き出したあとがはっきりと確認できた。水をかぶった紙の燃えかすが台所の床のそこかしこに乾いて張りついていた。

少年の話も他の原稿用紙といっしょに火の中に投げ込まれたのは確かなようだ。これ以上気を揉むこともなさそうだ。だが、確認できたらできたで、サンウクはなぜだか虚しい気持ちになっていく。

それではだめなんだ、本当にそれでは——

台所を出たサンウクは、空っぽのハン・ミンの部屋の扉の前の床に腰をおろして、もう一度院長の言葉を繰り返す。

院長の言葉どおりだ、本当にそれではだめなのだ。それはサンウク自身も最初からはっきりと意識していることではあった。だが、院長がそれではだめだと言うのと、サンウクが言うのとでは、けっして同じ意味ではありえない。サンウクはいま自分が院長と同じ言葉を口にしながらも、実のところ、二人はまったく正反対のことを言っているということは、痛いほどによくわかっていた。

院長はハン・ミンの自殺を赴任初日に起きた脱出事件と同じように考えている。楽土をつくろうという院長の約束を信用せずに、力を合わせて楽土をつくろうとは考えもせず、ハンはこれ見よがしに院長を裏切ってみせた。それはこの島と楽土の夢に背を向けた、もうひとつの脱出事件。方法の異なる二つの脱出。院長はきっとそう思っている。だからこそ、二つの事件を前にして、それではだめだとぎりぎりと苦々しい思いを噛み締めている。それも当然のことだろう。

もちろん、サンウクはそうは思っていない。サンウクは院長の考えを目をつぶって見逃すことができなかった。二つの事件はむしろ正反対の性質のものなのだ。一方を島からの真の脱出だとするなら、もう一方はその執拗な脱出の意志の最後の最後での挫折だ。この島への帰依だ。ハン・ミンの自殺は脱出ではなく、この島への悲しくも永遠なる最終的な帰依なのだ。

死が、この島に縛りつけられた呪わしい運命から脱け出す最後の手段と考えられていたこともあったのは事実だ。不治の病と考えられていた頃、この病こそ天の呪いを受けた醜悪な遺伝性の疾患とされていた頃、そして、そんな病を抱えこんで、この忘れられた南海の果ての小島に打ち寄せられ、絶望と悲嘆のうちに息絶える瞬間まで過酷な労働を強いられた頃、そのような頃には、この島の人々にとって、島と島の恐ろしい桎梏《しっこく》から脱け出る道はただ二つだけだった。ひとつは、死の危険を冒して海を泳ぎ渡る道。もうひとつは、運命を静かに受け入れ、主が定めた死の時を、つまり、新たな幸福と慰安が約束されている《主の日》を迎えるという道。勇気ある人々は命がけで海に向かい、そうではない大多数の人々は約束された主の恩寵の日をひたすら静かに待ちつづける。島のあちこちに無数にある礼拝所や教会は、そんな人々の深く哀切な願いの表象に他ならなかった。

しかし、そんな人々のなかから、時には、約束の日を待つことに疲れ果ててしまう者も出てくる。そして、そのなかには、待ちきれずに、みずから主の日を早めて迎える者がいる。この島では、自殺さえもがその過酷な運命に終止符を打つ最後の手段でありえた時代があったのだ。そのような意味では、院長がハン・ミンの自殺をもうひとつの脱出と看做《みな》したのも無理のないことだろう。

病が癒えるという希望もなく、島はひとつの巨大な奴隷収容所と化し、とても耐えられぬ労役を強要され、ついには島に悲しき癩者の運命を埋める、そんな絶望だけしか見えなかった時代がかつてあった。だが、今は事情がまったく違う。病気は治る。遺伝ではないことも明らかになっている。昔のような強制労働もなくなり、生活環境も日々改善されている。願い出れば、誰でも島を出ることもできる。島を脱け出すために命を賭ける必要はない。

自殺は島への帰依にほかならぬのだ。

ハン・ミンの場合、それはさらにはっきりとしていた。ハンは実に忍耐強く、諦めることなく、島から出ようとしていた。病はもう癒えていた。その気にさえなれば、いつでも、思いのままに、島を出ることができるようにも見えた。なのに、一歩も島から出られずにいた。

もうひとつ、とてつもない絶壁がハンの前に立ちふさがっていたのだ。島を出たい、だが、それは患者としてではない。ハンは世の人々のもとへと行き、そのなかへとなんの気がねもなく溶け込みたいと願っていた。病が癒えた患者としてではなく、ありとあらゆる人間的欲望を取り戻した一個の人間として、外の世界の人間たちのなかへと自身を溶け込ませるためにこそ、島を出たかったのだ。それは、言うならば、病が癒えた者がただおのれの病める間のすみかから遠く離れんがために島を出ようすることよりも、もっとずっと痛切な願いだった。ハンにとっては、特別な境遇の人間集団のために特別につくられる楽土など、楽土ではありえなかったのだ。たとえ島を出ようとも、島のほかに癩者が心安らかに暮らせる場所などないという病院管理者たちの脅しの類は、ハン・ミンからすれば問題外だった。

だが、ハンが天性のように身にしみついている恐怖を振りはらい、世の中の人々のなかへと溶け込んでいこうとして、どんなに根気強く働きかけようとも、なんの反応も返ってはこなかった。そして、ついには、その絶壁の前で疲れ果て崩れ落ち、この島から出られなかった数多くの人々がそうであったように、万霊堂の片隅に自身の骨を納めることを選んだのだ。それは脱出ではない。ハン・ミンがあれほどまでに断ち切ろうとしていたこの島と島の運命、そして永遠なる癩者への帰依なのだ。薬物で赤黒く変色したハンの姿が、それを、なおいっそう、痛ましいほどに実感させた。

院長にそれが理解できるはずもない。院長は、ハン・ミンのためにも、これまでとなんら変わることのない楽土をつくろうとするような人間なのだ。島を出ろと言われても出ない者たちも、死の危険を冒してまで海を泳いで渡ろうとする者たちも、同じ島の同じ人間であることが理解できずにいるのだ。どこからどのようにして裏切りが生まれてくるのか、見抜けずにいるのだ。この島が楽土だとは思えずに、それゆえに島の人々に新たな楽土を約束し、その約束を守りさえすれば、島が抱え込む矛盾もおのずと解消されるはずとただただ信じている、そんな院長なのだ。その院長の目にハン・ミンの自殺までもがひとつの単純な脱出行為として映るからといって、それを責めても仕方あるまい。

　だが、どうでもいいことだ。

　サンウクは頬を柱に当てて床に座り込み、十字峰の彼方へと広がる空をぼんやりと眺め、ひとり呟く。吸い込まれそうに青い遥かな晩夏の空に、黒い煙が一筋、二筋、かすかに広がりつつ上っていた。おそらく、頂きを越えたところの火葬場では、ハン・ミンの魂を肉体から解き放とうと、最後の作業が慌しく進められているのだろう。

　サンウクは、空をひとしきり薄墨色に濁らせ、やがてかすかに消えゆこうとしている煙を見やり、そして不意に立ち上がった。

「やつがいよいよ本当に喋りだすというわけだ。いいや、やつはもう喋っている」

　サンウクはゆっくりと事務室のほうへと歩きながら、ひとり呟きつづけている。

「だが、院長は彼らの言葉を聞き取ることができるだろうか……。院長があの死者たちの言葉を聞き取るようになるのは、いつのことだろうか……」

7

チョ院長が島内に長老会を組織することにしたのは、それから数日後のこと。よからぬ兆しである。

赴任早々に相次いで起きた事件をうけて院長がどう出るのか、病院関係者たちは興味津々であった。なにより院長の一挙手一投足のすべてに神経を尖らせているサンウクにとっては、少なくともここのところの最大の関心事だった。特別な気配があるわけではもちろんなかった。赴任演説の時に感じられた意気込みのようなものを除けば、特に警戒すべき動きはなかった。赴任演説での約束のようなことは、院長が替わるたびに必ず繰り返されてきたことでもある。チョ院長はここ数日はひたすら、熱心に質問し、じっと観察し、慎重に考えをまとめようとしていた。なかなか自信を持てないようでもあった。院長のそんな様子は、サンウクにとって、ひとまずは安心材料だった。相次ぐ事件はますます院長を迷わせるだけのようにも思われていたのである。

ところが、結果は正反対だった。

院長がついに穏やかならざる気配を見せはじめた。サンウクが期待したようには、一連の事件は院長に作用しなかった。それどころか、事態は期待とはまったく逆の方向へと動いたのだ。

ハン・ミンの自殺から数日後、院長は突然に行動を起こした。なるほど、熱心に質問し、慎重に考えを整理していたのは、その前触れであったのか。しかも、さまざまな危惧や迷いがあるなかで、自問自答をやり尽したうえでの考えであり、行動であるから、なおのこと揺るぎのない確かなものとなっているのも、当然のことであろう。

その日の朝、院長は病院の新しい運営方針を職員に伝えた。事務本館と治療所の正面の壁に掲げられていた前院長の病院運営方針が降ろされ、この日のうちに、すぐさま、チョ院長の運営方針を書いた新しい額がかけられた。「人和団結」「正々堂々」「相互協助」「再建」という四つの新運営方針は、数日前の院長就任演説で述べたことを、簡潔なスローガンにしたものだ。

なにがあろうと当初の考えに変わりはない、という無言の断固たる主張である。

だが、チョ院長がこの島の院生たちに浸透させたい言葉は、これだけではなかった。「癩病は治ります――癩病は遺伝しません」。この数日の間に、島内のいたるところに、そんな言葉が書かれた大きな看板が立てられた。

次に院長が取り組んだのは、病院職員の患者に対する施療態度の改善だった。

「病気というものは、怖れれば怖れるほど、ますます恐ろしくなるものである。患者についても同じこと。患者を嫌悪し敬遠すればするほど、患者は悲惨で醜悪な存在となって復讐するようになる。あなたがたは、この病気のことは、もう十分に知っているではないか。知っている人間から、態度を改めるべきである」

白衣に衛生手袋にマスクまでして、そのうえさらに院生に薬を渡すのにピンセットを使うような馬鹿げたことはやめるよう、申し渡した。保菌者ではない陰性の院生の場合はもちろんのこと、陽性の患者に対する時も特に必要とされる場合でなければ、マスクや衛生手袋の着用は禁止となった。医師も看護師も病院職員全員が院長の指示に従うよう命じられた。同時に、島の全院生に向けても、陽性であれ陰性であれ、健常者に対する時には四、五歩離れ、顔を横向きにして、なおかつ手で口をおおって話さねばならぬ、というような規則を一斉にすべて撤廃した。

病舎地帯の環境改善のためには、周正秀院長在任時代以来のつらい労役と虐待の歴史の象徴としてそびえ立つ中央里の煉瓦工場の高い煙突を撤去した。そうすることで、院生の心のなかに巣食っている恨みの念を根こそぎ引き抜いてしまおうとしたのだ。その一方で、院生の心に暗い影を落とさぬよう、公園と病舎は常に整然かつ清潔に管理されるようになった。

職員地帯と病舎地帯の境界線となっていた鉄条網も撤去された。ひと月に一度、鉄条網を挟んで執り行われてきた未感染児と親の面会も、必要に応じて個別に面会日や場所を定めるよう、制度を変えた。

院長は事務本館と病舎地帯の治療本部の間を行き来して、休む間もなく次々と新しい措置を考えては実行に移していた。

なかでも、もっとも周囲を驚かせたのは、未感染児童と職員地帯の子どもの共学断行だった。院長は、ある日突然に、未感染児保育所内に設置されている国民学校課程の分校の授業を中止させた。それはもちろん職員地帯側にある本校のソン校長とあらかじめ話し合っていたことで、それまで分校で授業を受けていた子どもたちも、今後は職員地帯の本校に登校して本校の子どもたちと同じように授業を受けさせるというものだった。

それにしても性急な感はぬぐえない。病院関係者たちは呆気にとられた。職員地帯の住民は病院職員の家族であり、それだけに他のどこよりも理解が得られるはずだ。ところが、まさにその職員地帯からまっさきに反発が起きたのである。

「確かにそのようなお話も院長からありました。簡単なことではないから、時間をかけて慎重に検討したいと私は申し上げたのです。この件はまだなにも決まっていませんでしたよ。なのに、お話があった次の日の朝にはもう、院長からの指示が……」

本校のソン校長までもが、驚いて二の句がつげないありさまだった。

しかし、院長の決定はもう覆らない。職員地帯からの反発などには、耳を傾けようともしない。一度決定を下したことには、ただただ一心不乱の実行あるのみ。指示の翌日には、断固として、保育所の子どもたちの本校への登校が敢行された。職員地帯の子ども数名が学校を休んで不満の意を表したが、この日をもってすべてが既成事実になったということなのだろう、院長はまったくとりあおうとはしなかった。

「見るからに大物の風貌じゃないか。まあ、ことをなすには、あんなふうにぐいぐい力で押し切っていかなくちゃあね……、でも、われら、保育所の癩者の先生にまで、本校に行って授業をしろとは言わなかったことだけは、ありがたいやらなんやら。本校に行けと言われて、そのあげくにむやみにクビにでもされちまったらね……」

保育所のユン・ヘウォンは、力ある「巨人」を前にして、滑稽な道化になりさがっている。これもまた、力をめぐってついに正体をあらわにしつつある、危うい「病」であった。問題は、無謀で型破りな院長の指示に対する病舎地帯の反応だった。

島の各所に立てられたスローガンから自身の病に関する新たな覚醒を求められても、新院長の統率方針に触れても、院生たちは相も変わらず、ただただ他人事のような無感動な表情なのである。押し黙ったまま、公園内の道を手入れせよと言われれば手入れをする、煉瓦工場の煙突を崩せと言われれば、ただ崩す。院長の決定や指示に対して一切無言、ほんのひと言も喋りはしない。医師や看護師がいきなり素手で薬を渡すようになっても無表情、自分の子どもが職員地帯の本校の建物で職員の子どもらと一緒に授業を受けるようになったということを聞いても、やはり無表情。

心が固く閉ざされていた。底なしの沼のような沈黙のなかで、じっと院長の一挙一動を凝視していた。何を考えているのか、いつまでそのじっとりとした沈黙を守りつづけるのか、心のうちを計りかねた。

院長もついには耐え切れなくなった。沈黙は言葉よりもずっと陰湿で威嚇的な拒否反応の一種とも言えるだろう。巨大で虚しい沈黙の壁の前で院長は途方に暮れた。なんとかしてその迷宮の如き沈黙の壁を突き崩そうと、ひとしきり精一杯の努力を重ねた。

島に長老会組織をつくろうというチョ院長の決心は、つまりは、あれやこれやの紆余曲折を経てのもの。病舎地帯の住民の心を読み解くための、言うならば、その不安な沈黙の壁を突き崩すための方策として、苦悩の末にひねりだした構想にほかならない。

それにしても、サンウクにとっては、歓迎すべき兆しではなかった。

チョ院長にとっても、今回も万事がそう簡単に運ぶはずもなかった。良かれ悪しかれ院長の指示に反応しない院生たちだ。今回のことにしても、特になにか違う反応を見せるはずもない。病舎地帯七か村からそれぞれ一人ずつ、もっとも年長でもっとも影響力がある者を選び出すようにという院長の指示が下るや、これまでも村の世話役だった者たち七名が代表として選ばれ、ただ黙々と、決められた日時に中央里の公会堂の会議室に集まった。この七名の村代表もやはり院長の新しい提案に対しては、まったく反応を示さない。

「今後、この島と病院のあり方をあらためていくにあたり、長老会のみなさんの総意をあらゆる施策の基本としたいと考えています。長老会には、病院当局の代表者たる私、チョ・ベクホンの諮問機関になっていただきたく、また、病舎地帯七か村に関わることのなかでも、みなさんご自身が解決すべき自治に関わることについては、最終的に審議決定する公式議決機関の役割を担っていただくつもりです」

院長がひとりどんなに熱を込めて語ろうとも、七名の代表は終始無関心な表情のまま、岩のように重苦しい沈黙に包まれて座っていた。

「みなさんはそれぞれに七か村を代表して、ここにおられます。そして今、この私の考えるところでは、今後、病舎地帯に関することは、病院当局の基本施策の範囲内において、可能なかぎり、あらゆる事柄をみなさんが決め、みなさんが実践していくよう、自治機能を高めていく予定です。みなさんの村と院生の利益のために、そしてこの島をみなさんの楽土にするために、みなさんの忌憚なきご意見をお聴かせいただきたいと願っています」

院長がどんなに必死の声で語りかけても、一向に代表たちの心が動く様子はない。関心を持つどころか、むしろ、恐ろしい予感に襲われて口が凍りついてしまった人間のように、じっと黙って院長を凝視するばかりだった。

だが、院生の反応がどうあれ、一度口にした以上は、もうあとには引かないのがチョ院長という人間だ。そのようなことがあった次の日の朝、サンウクが院長室に業務報告のために入ると、院長は実に自信満々の様子である。

「ところでイ課長、あなたがなにかと周正秀という人物のことを言い立てるから、その経歴を調べてみたんだがね、まことにさくさくとした人物であったようだな」

業務報告を聞き終るや、院長はどういう風の吹き回しか、突然に周正秀院長について話しはじめたのだ。

「そのとおりです。あの方が多くの仕事を実に鮮やかにさばいていったのは事実です。いつでしたか、院長に申し上げましたように、この島を建設したのはあの方なのですから」

サンウクは脈絡もわからぬまま、とりあえずそう答え、院長の次の言葉を待った。

院長は話しつづける。

「数多くの仕事をしただけでなく、そのやり方も最初は非の打ちどころがなかったようではないか」

「おっしゃるとおりです。少なくとも最初のうちは素晴らしいものでした。あの方の事業計画を聞いて、島全体が感動に包まれてしまったというくらいですから。労役への動員も最初はほとんどが院生の自発的なものだったということでありますし」

「院生をして自発的に作業場に向かわせるとは、たいしたものではないか。だが、そうなるには、どうしたって院生自身の自治意識や創意が発揮されうる制度的な裏づけが必要だろう」

「だから周正秀院長は、各村から患者代表を十名選び、評議会という機構をつくったわけです。新しい病院の施策の決定過程において、院長の諮問にも応じ、院生の権益も代表して、その意思を集約、反映させもする、半自治、半諮問の機関であったということです。それはまさしく、院長が目下構想されている長老会の性格と重なるものではありませんか」

結局はこの話だ。サンウクには、院長が周正秀の話を切り出してきたわけが十分すぎるほどによくわかった。だから、院長を出し抜いて、いきなり話の核心を突いた。サンウクがそう出れば、院長も本音で語りはじめる。

「やはり、イ課長は察しがよくて、ありがたい。そういうわけで、今日、イ課長にちょっと確かめたいことがあったのだ」

「……」

「いったい、連中は、いつまであああしているつもりなのか」

まるでサンウクになにか非があるかのように、不意に強く大きく声を高めた。

「長老会のことだ。あの者たちは、この院長に対して、まるで牛か鳥でも見るような目つきではないか。いったいどういうことなんだ？　なぜ、あんなに固く口を閉ざしている？　なにかわけでもあるのか？」

「……」

「今度もまた、この島は死者たちのものだから、とでも言うのか？　だが、死者たちに島を任せるのも限度というものがありはしないか？　私は生きている人間どもに話しかけているのではないか。それとも私がやつらを取って食うとでもいうのか？　なにか困ったことや建議すべきことがある場合は、あなたがたが話し合った結果を公式に病院の施策に反映させてほしい、そして、この若い院長が不適切なことをしたなら、五千名の患者を代表するあなたがた長老会の名で是正の建議を出してほしい、いったい私のこの提案のどこが間違っていて、貝のように押し黙る？」

「院長のおっしゃることが間違っているからではありません。あの人々は裏切りを怖れているのです」

サンウクがようやく口を開いた。激しい院長の語気とは対照的に、低く穏やかな落ち着いた声だった。

「裏切り？　誰が誰を裏切るというのか？　このチョ・ベクホンがあの連中を裏切るやもしれぬと、それを今から怖がっているというのか？」

院長はついには目を剝いて、真正面からサンウクに詰め寄っている。しかし、サンウクは、その院長の態度を見て、自分が言った裏切りという言葉が院長にはずいぶんと軽い意味で受け取られているように思った。冷静にサンウクは話しつづける。

「周正秀院長のことをもう一度だけ話させていただくならば、あの人々は最後の最後に周正秀院長が自身の銅像を建てるのを見てしまったのです。そして、その銅像建立に至るそもそもの始まりというのは、実のところ、周正秀院長が院生代表を選んで評議会を組織した、まさにその時だったと言えます。周院長の銅像は、この島があるかぎり、永遠に彼らの心から消え去ることはないようにも思われます」

「……」

「さらに、あの人々が怖れているのは、直接的に院長がどうこうということではなく、自分自身の裏切りにまつわることと言えるかもしれません」

「わかりやすく言ってくれないか。自分自身の裏切りとは、また、いったいどういうことだ？」

ここにきて院長の口調が少し和らいできた。

「正確に言うならば、あの周正秀院長の銅像は、実は、院長自身が建てたものではありません。そもそも銅像建立は、院長がつくった評議会の委員の側から発議されたものでした。銅像は院生を代表する評議会の委員たちがみずからすすんでつくって捧げたものだったのです。いったい、なぜ、そのようなことが起きたのか、不審に思うところもあおりでしょう。でも、この島では実際にそのようなことが起きたのです。より率直に申し上げるならば、この島では、周正秀院長時代だけではなく、他のどんな時期においても、それと同じようなことはいくらでも繰り返し起こりうるのです」

サンウクはもう少し突っ込んで話したかった。周正秀時代の評議会について、院長にもう少し説明しておきたいことがあった。なんと言おうと、評議会が患者の権益を代表し、患者の意思を病院当局に反映させうるのは、あくまでも院長の統治原則の範囲内に限られる。統治という言葉は、適切ではないかもしれない。だが、この島の病院の院長とは、実のところ、病院と島全体を統治していると言っても過言ではないほどに、あらゆる権限を手にした絶対的支配者にほかならないのだ。院長は、病院だけでなく、島の住民の生活全般に至るまで全責任を負う。それだけに、それ相応の力も持つ。島の秩序を維持するための基本的な規律を定め、その規律を施行し、違反者に対しては必要な処罰まで加えることもできるのだ。それが、院長という職分だった。院生の利益を代表する評議会の機能には、当然におのずと限界があるというわけだ。支配する院長と支配される院生の間で利害の衝突が起きたなら、どちらが引き下がるべきかは、言わずもがなのこと。その場合に相手方の意向を汲んでやるかどうかは、院長の腹ひとつだ。院長がどんなに院生の利益に反したことをしようとも、評議会にはその院長を替えるようなことまではできない。実際、そこのところがもっとも根本的な問題であるのだが、院生側が院長に対して自己主張したり、その利益を守ったりするための力の根拠というものは、院長に対する最終的な選択の機会が与えられぬかぎりは、なきに等しい。

評議会は当然に院長との対立は避けるほかない。院長に度量があろうと寛容であろうと、ことさらに院長とぶつからないようにするのは、力の論理の当然の帰結。そして、そのようにふるまううちに、だんだんと、支配を受ける者よりも支配する者の力に寄り添うほうが自分のためには有利だという、きわめて利己的な力の哲学を学び取る。人間的な欲望は、病者にも、そうでない者と同じようにあるのだ。さらに言うなら、支配を受ける者の苦痛が大きければ大きいほど、そこから脱け出したいという願望も強まるのであり、それは自身のうちで機会を窺っている脆くも弱い人間的な欲望と手を結び、いとも簡単に支配する者の力のほうへとすり寄ってゆく。

周正秀がそこまで計算してことを起こしたわけでは、もちろんなかろう。だが、周正秀が、殺人的な労役と日ごとに厳しくなるさまざまな規制をとおして、結果的に評議会をそのようなものに変えていったということは否定できぬ事実だった。評議会は徐々に、支配を受ける側から支配する側へと近づき、ついには支配する者のためにすすんでその銅像を建てた。より決定的な裏切りは、まず最初に評議会側からなされたのだ。

サンウクは順を追って裏切りの経緯を説明した。そして説明を終えると、かすかに興奮気味の目で院長を見つめた。

「問題の核心は、評議会といえども、自分たちで院長を選ぶことができないというところにありました」

これは言いすぎたかもしれぬと、少しばかり気にはなった。だが、院長は、思ったとおり、気分を害した様子はない。サンウクの考えにはできるだけ口を差し挟むまいとでもいうふうに、その表情には反応も動きも見られない。だが、実のところは、手に持つ煙草の灰が今にも落ちそうに長くのびているのにも気づかぬほどに、真剣に耳を傾けている。

「でも、それは、彼らが自分自身を裏切ったというより、周正秀の業績に心から感謝していたからとも言えるのではないか」

サンウクの話が終ると、ようやく院長が反応を見せた。目元ににやりと笑みが浮かんでいるのを見れば、それが院長の本心ではないことはサンウクにもすぐに見てとれた。今は院長にも冗談を言うくらいの心の余裕はあるようだ。

「そうですね。彼らの裏切りというのは、少しずつゆっくりとなされたものだったから、彼ら自身もその時はそのことに気がついてはなかったでしょう。裏切り者の真実というものがあるではないですか。裏切り者とは、いつでも、新しい主人に対してより忠実であるのですから。心から感謝していたのかもしれません。少なくとも自分たちが建てて捧げた銅像の前でもうひとりの生身の周正秀を見上げて立った時には、そして、月に一度の報恩感謝の日ごとに、周正秀の銅像の前で周正秀を讃える歌を声のかぎり歌い、周正秀を褒め称えている時には……、しかし真実はすぐにあらわになりました。ある日の朝、評議会委員のひとりが患者仲間の刃物で斬られて死んだのです。そして、ついには、あの銅像の主人公までもが、報恩感謝の日の朝に、自身の銅像の前で血を流して死んでゆきました。評議会の人間は、そこにいたってはじめて、自身がはたらいた裏切りをとことん見せつけられることになったのです」

サンウクの顔色が蒼白になっていた。

「だが、それはもう数十年前の話ではないか」

「この数十年間、この島の人々は、繰り返し、あの銅像の悪夢に苦しみつづけてきました」

「そんなところに今度は私がその悪夢をまたよみがえらせようとしている、と言いたいわけだな。でも、いいかげん、そんな悪夢から目覚める時が来てはいないか？　いずれにせよ、私は銅像など建てはしないのだから」

院長の口調には、やはり冗談めかした色が入り混じっていた。しかし、サンウクの血の気が失せたように蒼白な顔色はいっこうに変わる気配がない。

「院長が銅像を望むか望まぬかは、むしろ、その次の問題です」

「だからといって、いつまでも、このままではいいわけがないだろう」

「いまはまだどうにもなりません」

「いまはまだ、ではない。いまはまだ、とは……。もう、この島で、二度とそんな裏切りは起こさないと言ったではないか」

院長がついに断固とした口調で言い切り、思わずぐっと立ち上がった。そして、サンウクに向かって安心しろとでも言うように何度も力強くうなずいてみせると、いきなりとんでもないことを言い出したのである。

「その代わり、おそらくイ課長が誰より適任だと思われるのだが、時間をつくってあの人々に一度会ってはくれまいか。私としてはもう十分に説明をしたことではあるが、イ課長があの人々を訪ねて、もう一度こちらが意図しているところを丁寧に伝えたほうがよかろうと思ってのことなのだが」

「……」

「いや、なに、これは必ずしも今日明日に慌ててする必要はない。いつかそのうち、イ課長の気が向いた時に……」

「院長も頼みごとをなさることがあるのですか」

「いや、これは頼みではない。院長の命令だと思ってほしい」

院長はまた笑みを浮べた。

「わかりました」

サンウクは院長室を出た。

8

治療所へと下ってゆく車は、既に出てしまったあとだった。玄関には院長のジープだけが主人のやってくるのを待っていた。だが、院長がいつ治療所に行くのか、その予定はわからない。サンウクはひとり治療所まで歩いていくほかない。

——これは頼みではない。院長の命令だと思ってほしい。

治療所に立ち寄ったあとにファン・ヒベク（黄希帛）老人に会いに行こうかと考えた。長老会の代表のなかで誰に会うかということになれば、やはりファン・ヒベク老人であろう。当年六十余歳の中央里の長老だ。島内五千人あまりの院生のうちで、恨《ハン》にまみれぬ過去を持たない者はひとりもいないと言っても過言ではない。この島の悲劇は、ここにたどり着いて、ここで暮らして死んでいった者の数だけ、今もここで生きている者たちの数だけある。だが、そのなかでも、このファン・ヒベク老人には、他の者とは比べようのない、凄まじい、知られざる過去があった。病を得て島にやってきた老人は、今日までの人生において、恐ろしくもむごたらしい数多くの経験をしてきた。老人は伝説の多い人物だった。この島の悲しい歴史の表象だった。生ける神話の主人公だった。しかし、いつもなにも語りはしない。毅然として、目を瞑《つぶ》って、試練を耐え抜き、いつかこのすべての試練が終る日を待ちつづけていた。島のすべての人々の心のうちに、ファン・ヒベク老人はいた。誰もが無言で老人につき従った。老人が祈ればともに祈り、老人が天を恨めばともに恨んだ。

ファン・ヒベク老人に会うことは、長老会の代表たちだけでなく、島の全住民に会うことでもあった。

ほどなくサンウクは鉄条網の下のほうへと、病舎地帯を見おろしながら、ゆっくりと坂を下りはじめた。中央里区域の内側へと弓なりに入り込んでいる海が、この日にかぎってひどく青かった。

しかし、老人に会って何を話すというのか。その前に出るだけで息が詰まりそうになる、老人の沈黙の深淵。あの人の前でいったいどんな話ができるというのか。

——いいかげん、そんな悪夢から目覚める時が来てはいないか？　いずれにせよ、私は銅像など建てはしないのだから。

不意に院長の自信満々の声が耳の底によみがえってきた。サンウクは一瞬何事か思いついたかのように、足をぴたりと止めた。と思うや、すぐさま立ち止まった足を前に踏み出し、ひとり首を横に振る。

本当にそう言い切れるのか？

だが、今はまだ、院長から明確な答えを得られるはずもない。どんなに自信を持って院長が言い切ったとしても、まだそれを信用するわけにはいかない。

サンクは周正秀院長のことを考えた。答えはむしろ周正秀院長の側にある。あの周正秀院長の亡霊がこの島をいまだに生きて彷徨っているかぎりは、答えは周正秀院長のもとにあらかじめ用意されている。周正秀院長もまた、最初からひそかな銅像の夢を隠し持っていた、というような痕跡はない。当初は、本当に、この島をこの世から逐われた者たちの楽園にしようという極めて純粋で熱い願いに満ち溢れているように見えたのだ。周正秀院長の赴任は、当時一千名を超していたこの島の院生にとって、かなりの活気と興奮を引き起こすものだった。島内には、いまだに、周院長の赴任の日のことを忘れずにいる者も数多い。

ある年の初秋、ある日の朝、病舎地帯の一千名余りの院生は慣例に則って、新院長の赴任演説を聴くために、ずらりと公会堂の前庭に集まっていた。時間になると、職員地帯から車に乗って下ってきた新院長が、整列している院生の前にその姿を現わした。ざわめいていた集団が瞬時に静まり返る。壇上に立つ新院長の風貌は、院生たちを一瞬にして緊張させたのだ。六尺（百八十センチ）の長身巨軀で圧倒するかのように、しばしの間じっと声を発することなく院生たちを見つめている。浅黒い顔、先が大きく曲がったわし鼻。威厳のある体格や顔の輪郭に似合わず、目だけは小さくて細い雀の目だった。

——みなさん、おはようございます。

周院長がようやく口を開いた。女のように細く高くキンキンとした声だ。強い名誉欲や野心を持つ秀才型の人間によく見られる目であり、声であった。

だが、整列している院生たちはすぐに自身を慰めた。雀目やキンキン声ごときで、やたらと人を判断してはならない。

周正秀は、この島と院生のために、みずから院長職を望んでやってきたという噂のある人物だった。日本のある優秀な大学で医学を学んだ後に、総督府の衛生官を皮切りに周が歩んできた官界での経歴だけを見ても、なかなかに華麗なものだ。そんな人物が、保証されている出世の道を捨て、この人里離れた島で院生の治療をしようという。なにか深い考えがあってのことなのだろう。周は島に赴任する前に、既に救癩協会の基金を引き出して、それまではまだ一部入手不能の状態にあった島の土地をすべて買収したという噂まで流れていた。見かけだけでその人を判断してはならなかった。

しかも、この日の朝の周正秀院長の赴任演説から判断するに、その外見からもたらされた先入観を振り払おうとした院生たちの努力は、果たせるかな、そう的外れなものではなかったようだ。

周正秀は女のようなキンキンと細い声で、精力的な赴任演説を繰り広げた。

——私はみなさんに約束します……

周はなによりもまず、この島を院生の楽園にすると約束した。施策の第一目標は、新しい病院施設と患者村の収容施設の拡充ならびに療養環境の改善事業に置くと宣言した。そして、この島を東洋一、いや世界一の癩患者の療養所にしよう、捨てられ逐われてきた人々の新しい故郷、誇るべき楽土をつくりあげようと言い切った。

——みなさんは、みなさんの隣人たちから、かぎりない蔑視と虐待を受けてきました。その悲しい蔑視と虐待の記憶を胸に、みなさんは絶望的な流浪の道を数千里、数万里、彷徨い歩かねばなりませんでした。もうみなさんは流浪に疲れ果てています。そして今では、ここにこうして新たな隣人として肩を寄せ合っているのです。われら哀れな隣人同士、ともにここでみなさんの新しい故郷をつくりましょう。故郷をつくり、今もなお隣人や家族からさえも悲しい虐待を受けているみなさんの兄弟たちをここに迎えて、心優しい隣人として仲睦まじく希望に満ちた暮らしをしましょう。

感動的ですらあった周正秀の演説は、早くもそこに集まっていた院生たちの杞憂をきれいに洗い流してあまりあるものだった。その演説が終る頃には、院生の列のいたるところで静かなすすり泣きの声があがっていた。

周正秀の赴任の記憶は、このように心をかきたてるものだったのだ。

周正秀は、しかし、慎重な態度を保っていた。その程度の反応で簡単にことを起こそうとはしなかった。赴任演説の後も、周は楽土建設のための幾つかの事前作業を徹底して確実にこなしていった。まず院生のなかから十名の代表を選び、「患者評議会」という名の諮問機関を設置した。そして、その評議会に、院長と院生を結ぶ中間の橋渡しの役割を与えた。さらに、週に一度、土曜日には必ず評議会を開き、新しい楽土の建設工事の必要性を繰り返し力説した。院生自身が新たな楽土の夢を膨らませるようになるまで、意を尽くして語りかけつづけた。

ついには院生みずからが工事協力を確約するまでになった。周正秀はようやく本格的な作業にとりかかった。

島を新たにつくりかえていくには、なによりもまず煉瓦が必要であり、その煉瓦を作る工場から建てなければならないと周は考えた。

そして評議会代表十名とともに煉瓦工場を建設する敷地を決定し、すぐに起工式を行った。周が赴任して一か月余り後の、爽やかな秋の朝のことだった。工場を建てた当初は、しばらくは中国人の煉瓦工を雇い入れ、院生たちはまず煉瓦を焼く技術を覚えていった。技術を身につけると、中国人技術者を辞めさせた。院生みずからが煉瓦を焼きはじめた。こうして焼きあげられた煉瓦は、すぐにも新しい病舎の建築に欠かせぬ資材として使われるようになった。

院生の誰もが一生懸命に働いた。病舎地帯三部落（当時）から作業が可能な者が毎日、煉瓦工場で、あるいは病舎新築現場で、きつい労働に励んだ。誰もが疲れも知らずに働いた。労賃というものを受け取ることだけでも満足であったが、自分の手で煉瓦を焼き、自分の手で自分の住む家を建てるということが、このうえない慰安となった。自分の力でわが楽園をつくりあげるという自負心が、今までにはない胸一杯の希望をもたらしたのだ。

作業は当然に順調に進んでゆく。煉瓦が十分に確保された明くる年の春から三年間にわたって継続していた施設工事は、成功裡に終えられた。こうして病舎地帯に、それまでの三部落に加えて、東生里、中央里と命名された二つの新しい村が生まれ、四千名の院生を収容できるまでに施設が大きく拡充された。病舎地帯にはそのほかにも、体が不自由な患者のための共同炊事場、洗濯所、公会堂、精米所のような公共施設が新たにつくられ、療養生活の便宜ができるかぎり図られた。

院生はすべてに満足した。院長を恨む者などひとりもいなかった。工事期間中に配給の物資が足りなくなることもなければ、作業のために治療がおろそかになることもなかった。院生たちは院長の功徳を褒め称えるようになった。工事が終ると、新築の公会堂で院生が唱劇「薔花紅蓮」〔韓国の古典的怪談。一九二〇年代から繰り返し映画化されている〕を演じ、祝賀行事を開催しもした。周正秀院長は、院生たちが楽しむがゆえに、ともに楽しみ、院生たちが満足するがゆえに、ともに満足した。

だが、問題はまさにそこからはじまるのだ。周正秀の楽園設計は、それよりももっと完璧で、信念に満ちたものだったのだろう。しかも、既に第一次工事をやり遂げた経験をとおして、より大きな自信を得ていた。

周は第二次施設拡張工事を急いだ。そして、その時から、周正秀院長にとってはとんでもない悲劇で幕を閉じることとなる運命の種が、少しずつ芽を吹きはじめていたのである。

——誰も確約してはならない。誰も確約などできない。

サンウクはいつのまにか治療所の前にたどり着き、足を止めていた。頭がひどく混乱していた。頭のてっぺんから爪先まで、全身になにか恐ろしい戦慄のようなものがザワザワと走った。サンウクは心を落ち着かせようとするかのように、しばし空を見上げて立ちつくし、やがて治療所の玄関に向かって歩き出した。

9

この日、サンウクは、治療所で仕事を終えた後も、ファン・ヒベク老人を訪ねはしなかった。老人を訪ねたところで、何をどう言うべきか、今はまだ言葉が見つからない。昼食時を過ぎて治療所を出たサンウクは、老人を訪ねる代わりに旧北里側のトルプリ海岸のほうへと足を向けた。

頭が混乱すると、ときおりではあるが、頭を冷やすためにトルプリ海岸にやってくる。もちろん、ここに来たからといって、特になにをするわけでもない。ただ海辺の岩に腰かけ、波の向こうの鹿洞側の海辺を眺めやり、久しく忘れていたある少年の物語を想い起こす。その少年の耳をとおして、島の沖をゆらゆらと通り過ぎてゆく釣り舟からの歌声を聴く。いつも、そうやって、ここで時を過ごす。

旧北里トルプリ海岸と言えば、昔から、この島の人々が陸地へと海を越えゆく脱出地点として知られた場所だ。裏切りと屈従についに耐えかねた者たちが、今度はみずからすすんで裏切りをたくらみ、ここをその敢行の場所とする、つまりは、もうひとつの裏切りの現場こそがこのトルプリ海岸なのだ。そして、このトルプリ海岸には、かつてここからこの島を脱け出したひとりの少年の物語がある。

サンウクが釣り舟の歌を聴くのは、その少年をとおしてのこと。釣り舟からの歌声は、少年の耳をとおして聴く奇妙な幻聴なのだ。少年には異様な来歴があった。

少年の異様な来歴、もちろんそれは釣り舟の歌声にまつわることだけではない。少年には、実のところ、この島で生まれて、この島を去るまでに、恐ろしくないこと、異様ではないことなど、ひとつもなかったのである。

少年の最初の記憶は、自分が育った部屋に関することだった。部屋の扉は常に固く閉ざされていた。いつも、ずっと、少年はその固く閉ざされた部屋の中に潜んで暮らしていた。指一本、扉の外に出したことがない。外に物音を漏らすまいと、幼い頃から泣き声すらこらえた。外で物音がすると、むしろ怯えて、死に物狂いで体を隠した。ひょっとした調子に話し声が少しでも大きくなったなら、まっさきに少年の母親がおのき、その顔色は蒼白になる。少年はいつも固く閉ざされた真っ暗な闇の中で、それも布団のようなものを頭まですっぽりかぶって、ひたすら人目を避けて生きていた。母親が仕事に出ている昼間は、いたずらに扉を開けて出たりせぬよう、体に紐が括りつけられていた。母親が帰ってきても、やはり隣人の目を怖れて、真っ暗な布団の中からやたらと外に出ることはできなかった。

すべては母親のせいだった。そもそもは少年の母親がそうやって人を怖れた。やがて少年も母親のように人を怖れるようになった。人を見たことがなかった。誰かが家の前を通り過ぎる、その足音だけで心臓が激しく脈打った。恐怖に耐え切れず、布団の中に逃げ込んで息を殺した。布団の中に潜んでいても、心休まることはなかった。もう遅い、どこからか、黒々とした目が自分を睨みつけている、そう感じることが多かった。どんなに深く布団に潜り込んでも、いつのまにか暗闇の中にまで恐ろしい目が現われ出て、全身鳥肌が立っている。そんなこともしょっちゅうだった。

そんな少年にも、母親のほかにただひとりだけ、恐怖を感じたことのない人間がいた。ときおり夜の闇にまぎれて少年の母親を訪ねてくる男がいたのだ。深夜に音もなく家に入ってきて、夜明けが近くなると足音を殺して帰っていく男。少年が男を怖がらないのは、その男もまた自分や母親のように人を怖れているのを知っていたからだった。男は少年よりももっと人を怖れていた。いつも不意に扉を開けて家にすべりこんでくる、その男の姿を見れば、声を出すなと、二本しかない右手の指を口に当てている。蒼ざめている母親の顔には、玉のような汗が浮かんでいる。男はそうやって入ってきても、まだ安心できぬと、しばらくは耳を立てて外の様子をじっと窺う。その目は常に怯えている。

だが、それよりなにより、男が人をひどく怖れているのはその息遣いでわかる。男はようやく腰をおろすと、自分がそれほどまでに怯えていることを少年の母親にだけはできるだけ隠そうとした。少年の母親の前では、あの息遣いを必死に押し殺していた。しかし、どうにも押し殺しようがないのが、息遣いなのだ。男は少年の母親の前でも、それだけはどうしても隠しようがないようなのであった。男はむしろ少年の母親を見ると、なおいっそう怯えて、だんだんとこらえきれなくなるのでもあった。その息遣いを押し殺そうとすればするほど、じりじりと不安が募った。

男は少年の母親のもとにやってくると、いつも、夜明けまで、黒々とした闇の中で怯えた息遣いを押し殺しつづけ、そして帰っていった。時には、少年がふっと目が覚めると、男がいつ家に入ってきたのか、いつのまにか暗闇のなかで母親とふたり、あの恐ろしい息遣いを押し殺していることもある。

少年は男を怖れる必要がなかった。母親もまた男に対しては少年をまったく隠さなかった。とはいえ、妙なことではある。少年の誤解だったのだろうか。というのも、後に少年は、まったく恐怖を感じなかったその男のために母親から引き離され、ついには島を出ることになるのだから。

時季はずれの長雨が降る初秋のことだった。十日に一度くらいのわりで少年の母親のもとにやってきていた男が、ある時、何日か続けて闇に紛れてやってきた。訪ねてきては夜明けまでひそひそと話し合っていた。怯えた男の息遣いの代わりに、今度は母親の消え入りそうなため息が夜明けまで聞こえてきた。ふたりがなにか言い争っていることもあれば、ときおり女が静かにすすり泣く声がすることもあった。

そんなある日、母親は仕事には出ず、一日中少年のそばを離れることなく、声を殺して泣きつづけた。夜になると、男がまた闇に紛れて現われて、まだ目を泣き腫らしている女から少年を奪いとった。男は少年を背負って真っ暗な雨のなかを矢のように走った。そして、どこか海辺の林の中の草むらまで来ると、少年を降ろした。

沖の釣り舟の歌声が聴こえてくるか――

男は少年を草むらに押しこむと、自分も少年の脇にうつ伏せになって身を潜め、行き過ぎる釣り舟の歌声に耳を澄ませた。

だが、この晩は徒労に終った。もともと真っ暗闇のうえに、雨脚も激しく、沖を通る釣り舟の歌声など、まったくなにも聴こえはしなかった。木の葉を叩く雨と波と風の音だけが四方に響き渡っていた。

男はふたたび少年を背負って村に戻った。だが、少年は明くる日もまた男に背負われて、あの海辺の林のなかで沖を通る釣り舟の歌声を待った。それが三日つづいた。三日間毎日雨が降り、少年は雨の中を男に背負われて出て、男と二人、釣り舟の歌声を探した。そして三日目の夜に、ついに釣り舟の歌声を聴いたのである。

ゆらゆらと歌声がすぐ前の海を行きすぎようとしていた。男は歌声のするほうに向けて、胸元でマッチの火を一、二回つけたり消したりする。歌声がやんだ。少しして一隻の釣り舟が闇の中を島の海辺まで近づいてきた。男は漁師と慌しく二言三言やりとりをすると、すぐに少年を船に乗せた。少年が雨に打たれぬよう、男が上着を脱いでかぶせた。舟は少年を乗せて、ふたたび暗闇の中へと、慌しく櫓《ろ》を漕ぎはじめた。男はしばし波打ち際に残って、雨に打たれていることも忘れ、少年を乗せた舟が闇の中に次第に消えてゆくのを見つめていた。

ところが、奇妙なことに、少年はこの日の夜、家に戻ってきてしまうのである。

舟が島を離れてゆくと、少年はこらえきれずに泣き出した。声を出すこともならずに泣き声を噛み殺していた母親のことが思い出された。漁師が怖かった。真っ暗な夜の海も、ものさびしい雨音も、少年にはたまらなく恐ろしかった。男がかけてくれた上着をかぶって座り込んだまま、少年は抑えようもなく怯えて泣きつづけた。

漁師は何を思ったのか、少年をふたたび島へと運んで降ろした。少年は雨に打たれて家までひとり夜道を歩いた。ああ、そして、家で、男の想像だにしなかった恐ろしい顔を見たのだ。それまでいつも怯えてばかりいた男の顔が、思いもかけず少年が戻ってきたのを見るや、凄まじいほどに恐ろしく歪んだ。

――この汚らわしい癩のガキが！

どうしようもない怒りに突き動かされて、今にも少年を殺してしまいそうに、男は全身を震わせている。少年はそれほどまでに恐ろしい男の姿を夢にも見たことはなかった。想像したことすらなかった。この日が初めてだった。それが最後でもあった。

男はけっして少年を許さなかったのである。明くる日の夜、男はふたたび少年を海辺の林へと連れていった。少年は夜の海辺の林で雨に打たれて、釣り舟の歌声を待ちつづけた。そしてついに暗がりの中をゆく夜明けの釣り舟の歌声を聴き、とうとう島を去っていった。

周正秀院長がその野心に満ちた楽土の建設に夢中になっていたまさにその頃に、トルプリ海岸で起きたことだった。

サンウクはトルプリ海岸へと来ればかならず、少年の耳をとおして、あの時あの夜の釣り舟の歌声を聴いた。その歌声にじっと聴きいっていると、いつのまにか、われ知らず胸が高鳴る。興奮で心がひりひりするような感覚にも襲われる。サンウクがこの島にやってきたのも、実を言えば、あの奇妙な舟歌の幻聴ゆえのことなのだ。

あまりに早くから少年の物語を知っていたからだろうか。サンウクは島にやってくるかなり前から、この奇妙な歌声の幻聴をよく聞いていた。学校に行っていた頃も、戦火を逃れる避難の道でも、軍隊時代のあの規律厳しい軍服生活の中にあっても、サンウクはいつも、あの南海のはずれの小島を思い、島を行きすぎる夜釣りの舟のゆったりとした歌声を聴いていたのである。そして、ある寒い冬の日の午後についにこの島の船着場で船を降りたサンウクが、何ゆえにこの忘れられ捨てられた人々の土地へとみずからすすんでやってきたのか、その理由を見つけかねていた時にも、今さらのようにあの舟歌を思い出しては苦い笑いを浮べていたのだ。

だが陸地にいた時とは異なり、いざ島にやってきてみれば、あれほど長きにわたって幻聴で聞いていた釣り舟の歌声は、どこからも聞こえてはこなかった。今も島の沖を行き過ぎる舟はある。昼と夜とでは違うのだろうか。いいや、いま沖をゆく釣り舟には歌声はない。舟は島を忘れてしまったかのように、声もなく行きすぎる。

サンウクは失望した。釣り舟の歌声が聞こえぬこの島は、あれほどまでに久しく心の中に思い描いてきたあの島とはちがう。サンウクは歌声を見つけ出そうと必死になった。ふっと思い立つとトルプリ海岸に行き、ゆきすぎる釣り舟に耳を澄ませた。そして、とうとう舟歌が聞こえるようになったのだ。そう、あの少年をとおして。

この日もサンウクは少年の耳をとおして、あの茫洋とゆったり流れる舟歌を追って、しばし胸を高鳴らせていた。

そして日が暮れかかる頃になって、ようやく立ち上がった。

ところが、サンウクはこの日にかぎって、奇妙なことにも心の安定を失っていた。宿所に向かって病舎地帯を抜けたところで、不意に保育所のソ・ミヨンに会って話をしたくなった。サンウクは宿所ではなく保育所へと向かい、ソ・ミヨンを呼び出した。サンウクのほうからミヨンを訪ねたのは、もちろんこれが初めてのことだった。だが、サンウクはミヨンに会っても、少しも気持ちが落ち着かない。ミヨンは一目でサンウクのそんな心模様をすっかり読み取ってしまったのだろうか。表情にしても話しぶりにしても、いつも冷静沈着なサンウクが動揺しているのを見て、ミヨンは久方ぶりになにかひそかにほっとするところがあったのだろうか。不安げに揺れ動くサンウクの心を慰めるどころか、この日の夜、ミヨンはサンウクに対してさらにもうひとつ、とんでもなく厄介で悩ましいことを差し出したのだ。

朱紅色のカンナの花が萎れている保育所の前庭の草むらに座ると、ミヨンは今まで何度か話そうとしてはのみこんできたことを、いきなり話しだした。サンウクがうすうす気づいていたとおりだった。それは出生の秘密にまつわること、そして、ある温厚な牧師の家の養女として育った幼少期と神学校に進学してからこの島にやってくるまでの間に、彼女の人生を賭けてなされた重要な選択とその動機に関することであった。ひと言で言うなら、わざわざこの島へとやってきて、自分なりの奉仕と献身の確かな意思をもって島に住み着くことも、そう不自然には思えないような過去を彼女は持っていた。彼女はそんな過去を洗いざらい、まるでサンウクに対してなにか反発でもするように、自分自身に対する身にしみついた自虐のように、ため息ひとつ吐かずに、淡々と囁くように、告白したのだった。そして、まるで彼女がサンウクに自分の一番奥深い秘密を手渡したかのように、今度はサンウクのほうからなにか彼の一番奥深い話が彼女へと返されてくるのを待つかのように、静かにサンウクの目を見つめた。

しかし、サンウクはもう心を平静に保つことが難しくなりつつあった。最初からまったく予想していなかったことではない。彼女がなにかしきりに話そうか話すまいか迷っている気配に気づいてからというもの、その予感はあった。もちろんサンウクはそれを望んではいなかった。むしろ、彼女の話がそういう秘密にまつわるものでないことを、ひそかに願っていた。しかし、予感は、今はもう、あらわな事実となっていた。おそらくミヨンは自身の秘密を吐き出すことで、彼女がサンウクに伝えたかった話も同時にしてしまったというわけだ。そう驚くようなことではない、かといって喜ぶべき話でもない。出生の秘密を明かすことで彼女がサンウクに仄めかしている話を、どう受け取り、どう応じればいいのか、サンウクはどうにも確固とした自信を持てずにいた。不意に少年の物語を話して聞かせたい衝動に突き動かされもした。少年の物語ならば、おそらく彼女の慰めにもなるだろう。だが、サンウクは少年の物語を語りはしなかった。ミヨンに対するどうしようもない嫌悪感ゆえのことだった。彼女に対する慰めや同情よりも、得体の知れぬ失望が先に立ってしまう自分に対する、耐え難い嫌悪感のゆえだった。その嫌悪感の間でじたばたとしている自分自身の混乱ゆえだった。なにより、あの少年の物語はミヨンを慰めるもっとも低劣な方法にほかならなかった。それはむしろ彼女にとっても、耐え難い侮辱でしかないからだ。少年の物語はもう少し待たねばならない。

結局ミヨンを訪ねたことは、厄介ごとをひとつ増やしただけだった。

10

院長はサンウクが長老会の老人たちに会っていないことを知っていた。最初からサンウクには期待していなかったようでもある。その後どうなったのかと、尋ねもしない。老人たちに会わないことを不快に思う様子もない。だからといって、院長が長老会の構想を断念したわけではもちろんない。

院長はひとり、黙々と、ことを進めていた。中央里教会で何度か集まりが持たれていた。きわめて曖昧で抽象的であった長老会の機能に、いくつか具体的な権限が与えられた。どのような名目であれ、病舎地帯で院生の労働力が動員される時には長老会の同意が必須となった。そのうえさらに、これまで院生の規律違反行為に対して院長が単独で量刑を決めていた拘留三十日以内の処罰権行使についても、長老会の審議事項に変更されたのである。従来、指導所要員の告発によって院長ひとりの権限で院生を処罰してきたわけだが、その場合、指導所要員の一方的かつ感情的な偏見の介入を防ぐすべはなかった。指導所要員の感情的な規律違反行為の解釈に対して、院生の立場の保護などかけらも考慮されてはいなかった。指導所要員による私刑こそは、指導所が巡視所と呼ばれていた日帝時代からの、長きにわたる悪習だった。そういったことをふまえて、今後は院生のすべての規律違反行為はまず長老会において審議し、その議決を経て処罰が決定されるよう、院長は取り決めたのである。次に長老会に付与された機能は、産業部の運営監督権である。産業部は病舎地帯に運び込まれるあらゆる物資の受領・管理・配給を担う、病舎地帯住民の生命線だった。病院の諸部署のうち、この産業部だけは特に中央里の病舎地帯に事務室が置かれていた。職員もそのほとんどは院生であり、理財能力に長けた者たちがその仕事を任されている。かねてより自治的な性格の色濃い部署だった。扱う物資の規模が莫大であるので、村の長老たちがこの産業部の業務管理については、かねてより相談を受け、監督役も務めてきたところでもあった。それを院長は、このたびあらためて公的な長老会の権限へと拡張したのである。産業部の物資に対する管理諮問と経理帳簿監査の権限の付与は、すなわち、長老会がこの部署の核心的な運営協議体となったことを意味する。

長老たちからの反対はなかった。そうかと言って、積極的な賛成や歓迎の色を見せるわけでもない。依然として他人事のように院長の意を受け取るばかりだった。

それでも、ようやく、院長の考えていることの輪郭がある程度はっきりしてきたのも確かだった。何事かを必ずややり遂げてみせようという勢いがある。この島にふたたび建設すると院長が言い切った楽土の本質部分は、当然、そんな少しばかりの制度上の改革だけで容易に実現されるようなものではない。院長はきっともっと別の事を目論んでいる。それをやろうとして、院生をなだめすかし、歓心をかち得て、なすべきことの基礎を踏み固めているのは明らかだ。周正秀がやったように。周正秀もそうやって物事を進めていったのだ。

さて、ことの成り行きはどうなるのか、ついに院長の最初の事業計画が明らかにされる日がやってきた。ところが、この院長はどうもサンウクの想像には収まらぬ、少しばかり突拍子もない人間のようなのだ。院長の事業計画は、周正秀のように煉瓦工場を建設するとか、家を建てるとかいうものではなかった。新たに道を拓くとか、公園を造るということでもない。

島内にサッカーチームをつくろうと言うのだ。長老会の集まりで、院長はそんな意見を出したのだ。そしてサッカーチームの結成のためには長老会の了解と積極的な協力が必要だと、熱心に説得にかかった。サッカーチームをつくるといっても、まさか院長も、闘病中の陽性患者にまでボールを蹴らせようというわけではないのはもちろんである。しかし、それにしても呆れるばかりの話だ。院長の楽園設計にサッカーチーム創設までもが組み込まれていたとは。それはむしろ、ただ呆れるというよりも、なにかよからぬ意図すら感じさせるものだった。しかし、院長はただただ真摯に説得をつづける。

——みなさんもご存知のことと思いますが、今、この島は、生きて息をしている人間の島ではありません。生きて動いているように感じられる者はひとりもいない。みな、幽霊です。幽霊のように声もなく島を彷徨い歩き、死者とばかり言葉を交わし、いつか自分自身も本当の幽霊になる日だけを待っています。とはいえ、今もなお病が癒えず、絶望に打ちのめされている人々がそうであるのは理解できます。ところが、病が癒えた人々までもがそうなのです。サッカーチームをつくりましょう。足もなく彷徨《さまよ》ってばかりの幽霊たちが、自分の足で大地を踏みしめて歩いて、少しでも人間らしさを取り戻すようにしましょう。病が癒えた者たちのなかには、ボールを蹴ることのできる者はいくらでもいるはずです。この者たちは自分自身のためだけでなく、起きあがれぬ患者たちのためにも、ボールを蹴らねばなりません。そうして、この島が幽霊ではなく生きている者の島であることを、みなさん自身が幽霊ではないことを、知らしめなければいけません。必ずやそうしなければいけない。私は揺るぎない信念をもって、みなさんにこの話をしているのです……

院長の説得はおおよそこのようなものだった。ある程度回復している者たちにボールを蹴らせる。そして島に新たな活気を呼び起こしたい。それが院長の狙いであるようだった。が、それは、どうにも歓迎されざる信念でもあった。治療が終った者たちのなかにも、ボールを蹴るに足るほどに手足が自由に動く者は、そうはいない。ひょっとした拍子に指の一、二本がぽろりと落ちかねないのは、よく知られたこの病の常識だ。指のない足でボールを蹴る——どうにも違和感を呼びおこす光景だ。

それでも院長があえて院生にそのようなことをさせようというのであれば、なんらかの計算があるはずだ。だが、院長はまだそこまでは自分の意図を明らかにしてはいない。本音は見えない。絶壁のように口を閉ざして座っている長老たちを前に置いて、もう数日にわたって院長はひたすら説得しつづけている。

そんなある日のこと、院長が物静かな様子でサンウクを院長室に呼びいれた。

「さあ入りたまえ。今日もまた、イ課長と話し合わねばならないことがある」

呼び出されて行ってみれば、院長は応接ソファに腰をおろしてサンウクの来訪を待ちうけている。サンウクは院長のその最初のひと言から、既に、なにかただならぬ気配を感じていた。

「話し合わねばならぬとおっしゃるところを見れば、どうやら今朝はお叱りを頂戴するようですね」

院長の頼みをそのままにしていることが思い出されて、とりあえずは謝罪しようと口を開くと、

「叱る？　いったいなぜ？」

院長は自分が頼んだことすらすっかり忘れ果てた様子で、何事もないかのように聞き返してくる。

「せんだって院長が私に、長老会の人々に会ってくるようにと指示されたことを申し上げているのです。実は、まだ会えずにおります。申し訳ございません」

「ああ、そのことか。それはもういいんだ。それよりも……」

別件のようであった。口に煙草をくわえたまま、サンウクを見つめる院長の表情には、どこかいたずらっぽい微笑が漂っている。

「そのことでないというのならば……」

「それよりも、私がこのところ、連中にサッカーをさせようとしているあれだよ」

「まだ結論は出ていないのですか？」

「まだだ。だから、それで、今日はイ課長に直接頼みたいことがあって……」

「はあ、どのようなことかわかりませんが、それは、そもそも無理があるのではないでしょうか」

サンウクは、結局その話か、と思い、最後まで聞かずに話し出した。だが、院長はそんなことはなんでもないというような態度である。

「無理があるというが、いったいどんな無理なのだ？」

「世間では、癩者といえば、手の指、足の指がない人間だと思っているのに、そんな者たちがボールを蹴るなんて、いったいなんと言われることでしょうか。どうにも滑稽な感じがします。むごいことのようにも思われますし」

「あの連中がどうして？　どうして世間が思っているような癩者だと？　あの連中がどうして癩者なのか？連中はみな、病の癒えた者たちではないか。世間の人間となんら異なるところはない。むごいと思うのも、それはそういう想像をする君の考え自体がむごいのであって、あの連中に球蹴りをさせることそれ自体がむごいのではなかろう。ボールを蹴ることのできぬ理由などない」

「……」

「それにしても、やつらはまるで自信がないじゃないか。私の言葉など耳に入れようともしない。どうしようもなく頑なで、嫉妬だけはすさまじい。やつらの顔つきや目を見てみろ。嫉妬の塊りにほかならない。健常者への嫉妬だ。自信を持てないから、嫉妬や不信だけが膨らんでいく、そうしてどんどん醜悪になっていくというわけだ。なによりもまず、自信をもたせなければならないのだよ」

「私に何かできることがあるのでしょうか」

「もちろん」

ところが、そこからだった。どういうわけか、院長はそこからまた、話を思いもよらぬほうへと向けた。

「だがね、イ課長になにかをしてもらう前に、こちらからまずイ課長に尋ねたいことがある。かつての周正秀院長時代のことなんだが……」

　不意に周正秀院長の話を切り出した。またもやいたずらっぽい微笑を浮かべている院長の様子から見て、頼みについては、どうもすぐにも話すふうではない。それどころか、院長はこれまでの間に、どういうわけだか周正秀時代の病院の状況についても実に詳細な知識を身につけたようなのだ。

「周正秀院長時代についてあれこれ記録をひっくり返していたら、興味深い人物がひとり現われてね。佐藤という看護長なんだが、この人物に関してはイ課長ももちろん詳しく知っているだろう？」

「知ってはおりますが……」

　サンウクは次第に訝《いぶか》しく思いはじめた。もちろん、その「佐藤」という人間のことは、もう随分前から知っている。サンウクだけでなく、この島に足を踏み入れ、暮らしたことのある者ならば、佐藤のことを知らぬはずがない。佐藤は三十年以上も島の人々の記憶のなかにありつづけている数少ない者たちのうちのひとりなのだ。

　周正秀の時代とは、同時に佐藤の時代でもあった。佐藤の時代は、周正秀の時代とともにその幕を開け、周正秀の時代とともに幕をおろしたのである。佐藤は、周正秀がその堂々たる体軀に女のような声で異様なまでに島の人々を感動させていたその時から、周の背後に立っていた。そして新任院長の感動的な演説が終った時には、ほんの束の間ではあったが、佐藤も新任院長と同じ壇の上で赴任にあたっての簡単な紹介をされてもいた。しかし、その時に壇の下に集まっていた人々で、このずんぐりとした体軀でそう目立ちもしない新任院長の腹心の部下に格別の注意を払った者は、ひとりもいなかった。

　佐藤はその日のうちにすぐさま忘れられた。島の人々はしばらくの間、この佐藤という男の存在など深く気にかけなくともよい、心穏やかな時間を過ごした。

しかし、生来残忍な気質の佐藤の存在が、まるで新たに生まれ出たように、島の人々の心のうちによみがえる日は徐々に近づきつつあったのだ。

第一次工事で自信を得た周正秀が、第二次拡張工事を進めている頃のことだった。周正秀はその工事を立ち上げる前に、既にいくつかの付属施設を完成させていた。死亡した者の遺骨を奉安する万霊堂の建立と鐘《しょう》閣《かく》の新築、さらには島を通り過ぎてゆく船舶のための灯台のようなものも造りあげていた。

万霊堂は新生里の裏山の中腹に、円筒形の建物の上に笠のような屋根を載せて建てられた。灯台は、島の南側の南生里の海岸に、初めて点灯式のものを置いた。鐘閣は、南生里の裏山の頂に十尺ほどの石積みをして、その上に法堂の様式の鐘楼を建てた。建物の梁や柱には蓮華の模様のなかに黄龍青龍が舞い遊ぶ姿を描き、その内部に重さが五百貫にもなる大きな鐘を吊るし、仏教信徒に鐘を守らせ、島内に鐘の音が響くようにした。鐘の音は島内のみならず、対岸の鹿洞にまで遠く海を越えて響き渡った。

ところが、このような施設の工事がひとつひとつ進められていくうちに、島におけるその作業の性格が、少しずつ変わっていったのだ。工事の経費のうち、院生の労働奉仕によって充当される部分が次第に増えていた。この頃から島では、病院施設を与えてくださった恩人に対する「報恩感謝の日」を定め、ひと月に一度、感謝祈禱会を行うようになっていたのだが、その日に働きに出た院生の労賃は全額、病院施設建設基金に献納するよう慫慂《しょうよう》された。当局の趣旨に深く賛同する者もいれば、不満の色を見せる者もいた。だが、患者を代表する評議会の決議という形式をとって定められたことであるため、好むと好まざるにかかわらず、院生は誰もが労役に出て、誰もが労賃を献金した。作業の進み具合がどうにも捗々《はかばか》しくなかった。どこか熱意に欠け、能率も思うほどには上がらない。院生に作業労賃を献納させるまでに余裕がない病院の事情が、院生たちをさらに不安にもさせていた。

作業の空気が第一次工事の時とは完全に異なっていた。それでも周正秀の信念は揺るがない。周の思い描く楽園は、大きく華麗なものだった。そして、周は、ますます多くの人にとって忘れがたい院長にならねばならなかった。

いよいよ周は本格的な第二次拡張工事を急いだ。無理をするほかなかった。院生には、もはや、第一次工事の時と同じような熱意ある自発的労働は期待できなかった。もうまったくやる気はない。隙あらば労働を免れようとするようなありさまだ。院生たちはそもそもが教育の機会もなく、流浪と無為徒食が身に馴染んだ者たちだった。たやすく絶望し、理由もなく反抗し、恨みと嫉妬の心が病的なほどに強い者たちだった。

周正秀は、楽土建設作業に動員されている人々がいつまでも自分の期待に応えつづけるわけではないことを、ようやく認識しはじめた。作業能率のためには、今までのように院生の自発的な熱意だけに期待するのではなく、より効果的な統制の方策を模索する必要がある。事態がこじれる前に、手を打たねばならない。

すぐに周は具体的な方策を打ち出した。第一次工事の時から大いに貢献してきた評議会委員の処遇を格段に手厚いものとし、同時に評議会の機能をさらに強化した。そして、評議会をとおして院生を懐柔し、より積極的に協力するよう、説得工作に出た。だが、それよりもさらに効果的だったのは、いわゆる「上官団」の設置であった。周正秀は院生の治療と作業の進行を効率的に管理するために、各村に新たに健常者の職員を数名ずつ配置、「上官団」という組織をつくり、上官団と院生の代表たる評議会の協議によってあらゆることを運営するようにしたのである。上官団は看護主任を責任者として、看護士一名、看護婦二名、農作業監督、備品監督、書記、助手、各一名によって構成され、そのほかに評議会委員も兼ねる部落代表一名と備品助手一名、作業助手三、四名、班長二名を置いた。上官団の幹部として各村に配置された看護主任は、そのほとんどが元刑事、元警官、元憲兵の日本人だった。

周正秀はそれでもまだ安心できなかったのか、職員地帯と病舎地帯の境界に巡視所本部を設置し、巡視部長一名と巡視十余名を配置、病舎地帯をいつも巡回監督させるとともに監禁室と面会業務の管理も任せた。いわゆる強制収容所を思わせる厳重な管理組織だった。

院生はますます意気消沈してゆく。仕方なく労役に出る。不満が表に噴き出しはじめた。ちょうど日中戦争が始まった頃〔一九三七年〕のことで、日用品の配給すらも窮乏の極みにあった。食料配給も減ってゆき、治療薬も不足していた。働いたところで、労賃もろくろく支払われない。

上官団の統制はますます厳しくなるほかなかった。看護主任たちの態度は日ごとに手荒で酷いものになっていった。院生の代表機関である評議会の委員たちも、上官団の強大な圧力のもとにあって、患者の権益など口にもできなかった。誰もなにも言おうとはしなかった。評議会の委員や韓国人巡視は、同病相憐の仲間意識どころか、自分の立場をよりよくしようと、上官団の顔色を窺っては気の利いたことをするのに余念がないようなありさまだ。自分の立場を守るために、上官団への忠誠心を示すことに躍起となり、仲間である院生を平気で裏切るようなことさえもした。

そして、「鹿狩り」事件が起きた。

この頃になると、島では病舎の暖房の燃料すらも不足して、昼間にかまどの火を起こすことも厳しく禁じられた。飯を炊くのは朝夕二回のみ。昼間に患者の重湯を温めることも許されなかった。

そんなある日、旧北里の女性独身舎のある患者が、同室の臥せっている患者に重湯を作ってやろうと、こっそり火を焚いた。監視の目が厳しいので、本当にあっという間に済ませてしまおうとしていたその時のことだった。運が悪かった。ちょうど独身舎のあたりを通りかかった巡視が煙を見てしまったのだ。火の気に気づいた巡視は目を剝いて家の中に飛び込んだ。できあがったばかりの重湯の鍋を、いきなり土足で引っくり返して踏みにじった。女性患者に酷い私刑を加えた。ふだんから日本人巡視よりもなおいっそう過酷な取締りで患者を苦しめているイ（李）某という韓国人巡視だった。人知れず子どもを産み、隣人や島の人々のひそかな配慮に包まれて、その子をこっそりと育て、やがて島の外へと無事に送り出したというのは、この男だ。誰よりも島の人々に対して深い恩を負っている。なのに、思いもよらぬことに、恩を仇で返すつもりなのか、いきなり手のひらを返すように態度を変えた問題の人物であった。

事の次第を伝え聞いた村の青年たちは、もうこれ以上我慢がならなかった。彼らは、イ巡視が人知れず子どもを育てて島外に送り出したという秘密を病院当局に告発する代わりに、自分たちの手で直接に報復することにした。青年らは機会をうかがい、ついにその時がきた。イ巡視が島の外回り道路の見回りを担当する日を狙いすまして、青年たちは道端の茂みに身を潜めてイ巡視を待ち伏せた。そうして青年らに取り押さえられたイ巡視は、その場で死ぬほど鞭打たれたのである。このまま打たれつづけたなら、本当に死んでしまう。イ巡視は死に物狂いで青年たちの鞭から逃れた。山裾の道を転がるようにしてようよう下って、海岸のほうへと逃げた。殺気立った青年たちは口々に叫び声をあげて、イ巡視を追う。この騒ぎに気づいた村の看護主任のひとりが何事かと尋ねると、村人はこう答えた、たぶん鹿狩りでもしているのでしょう。実際、村人も山から聞こえてくる叫び声を聞いて、本当に鹿狩りが行われているようだと思い込んでいたのだ。いずれにせよ、イ巡視は、鹿狩りが行われているものと思い込んで息せききって駆けつけてきた上官団の者たちのおかげで九死に一生を得、大事に至らずにすんだが、騒ぎを起こした青年たちはそれを理由として三か月から六か月のけっして短くはない期間を島の監獄〔監禁室〕で過ごさねばならなくなった。刑期を終えて出獄したならば、規則どおり、あの無情な断種手術の苦痛に耐えねばならなかった。

天よ、なにか言ってくれ！
いったいこれは何事なんだ
人が人の大事なものをちょん切りやがる！
罪を犯した愚か者に　子供がいてなんになると
破れ靴でも、つがう相手はあるというのに
……何事なんだ

（韓何雲「癩病の日に捧げる詩」から一部引用・改変）

その頃に監獄を出た後に強制断種手術を受けさせられた一青年が残したという、この恨《ハン》のこもった絶叫は、今でも折に触れ島の人々が口にする、かの有名ないわゆる癩詩の一節である。

鹿狩り事件。それは、この島の恐ろしい裏切りの歴史のはじまりを告げる凶兆であった。

だが、周正秀はその時もそんなことは特に問題としなかった。周の心のうちに設計されている楽土の建設作業は、どのような方法であれ、滞りなくやり遂げられねばならず、作業能率ももう少し高めねばならなかった。周は看護主任と看護士らの乱暴狼藉には目をつぶり、見て見ぬふりなのだ。院生の不平不満に対しても、まるで気づかぬふり。鹿狩り事件についても、イ巡視側の過失はまったく問わない。下克上は絶対に許さない。鹿狩り事件において周がとった態度はただそれだけだった。しかも、村の青年たちが三か月から、長い者は六か月もの間、島の監獄に放り込まれて出てきてみれば、どうしたことか、事件の張本人であるイ巡視はなんと旧北里を代表する評議会委員にまで昇進している。

評議会の自主決議ということで発令される各種規制や強圧的施策は日ごとにその数が増え、上官団の専横も日増しにひどくなる。

上官団の幹部職員のなかでも、抜きん出て手荒い人間がひとりいた。人々は次第にその名と酷薄な顔かたちを覚えていった。その言葉や一挙一動に大いに震え上がり、その男を避けるようになった。看護主任をはじめとする各村の上官団の総指揮者格である佐藤看護長こそが、その男である。幼くして孤児になった佐藤を周正秀院長は養子として迎え、獣医の学校にやり、任地が替わるたびに佐藤にも獣医の職を用意してやった。佐藤は、影のように、常に周正秀の傍らに控えていた。周正秀院長がこの島に初めて来た時も、赴任演説を終えると、壇の下に立っていた佐藤を壇上に呼び、院長みずから紹介するほどに信任と配慮が格別な腹心の部下だった。いつも膝丈の革長靴を履いて、手にした長い鞭を癖のようにして揺すぶりながら歩いてまわる、そんな人物だ。その佐藤の本性が余すところなく発揮されるようになったのは、病舎拡張工事に引き続いての桟橋建設と島の外回り道路建設作業の過程においてであった。

第二次拡張工事が行われた翌年の夏、周正秀院長は、今度は島の南側の海岸部で桟橋工事を開始した。島への出入りのためには、既に職員地帯にひとつ、桟橋が造られてあった。だが、職員地帯を通っての物資の搬入はなにかと不便なことが多かった。病舎地帯までの距離もあり、職員地帯を通り抜ける時に職員たちが不快感を示すことも多かった。病舎地帯に別に桟橋を造る必要があった。水深が深い東生里の海岸部に建設地を定めると、すぐに石積みの作業に入った。今度は院生を工事現場に引きずり出すために面倒な説得や懐柔をすることはなかった。立ち上がって動くことのできる者ならば、老若男女の区別なく工事現場へと引きずりだす総動員令が下っていた。作業方法も、いわゆる強制収容所を想い起こさせるほどに過酷だった。作業道具が不足しているため、すべての作業が人力だけで行われた。大きな岩石も院生が担いで運んだ。潮の満ち干に左右される作業には、昼夜の別もなかった。時には、夕暮れどきであっても、吹き荒れる海風に耐えつつ現場に出なければいけなかった。そのような作業が四か月ほどもつづいた。そしてついに桟橋が完成した。あらゆる作業が、文字どおり、あの佐藤という看護長の恐ろしい革の鞭のもとで進められたのである。佐藤はその四か月の間、一日も休むことなく、桟橋工事の現場であの長い鞭を振り回し、人夫たちを痛めつけた。

——この汚らしい癩者どもめ、腐れて崩れていく体を惜しんで、どうするんだ！

——馬鹿な考えもやすみやすみにしろ。そんなやつはこの鞭様がお許しにはならん。無残に早死にしたいやつがいれば、出てくるといい。殺してやろう。俺はお前たちを殺してやることだってできるんだよ。脅すだけではない。額にくっきりと半月形の刀傷のある馬づらの、長い鼻がぴくぴくとして、にやりと笑ったならば、その時にはもう、長い鞭が誰かの背中の上で荒々しくしなって踊っている。気力を失って倒伏していても、佐藤の鞭を浴びると、火に焼かれたように跳ね起きる。作業監督に付き従っている看護主任や他の上官団の者たちも、佐藤の鞭の前では鳥肌が立った。

院生は佐藤の影を見ただけでも震え上がった。だが、佐藤の残虐性は作業現場だけでは満たされないようだった。革の鞭はすばらしく勤勉であった。佐藤は作業現場の監督業務をしている時も、暇さえあれば村へと入っていき、病舎の中の隅々まで見てまわることもしばしばだった。作業に出ていない者を探し出すためである。作業に出られぬほどに体が衰弱していても、佐藤の鞭を逃れることなどできはしない。作業中に負傷しても、それを佐藤は、わざと怪我した、作業忌避の術策だ、と責め立てる。それでも、誰ひとり、佐藤の前では不満をもらすことも、反抗の色を見せることもできなかった。佐藤の目の届かないところに逃れ出たというだけで、死ぬほど鞭打たれ、監禁室送りになる。監禁室から出てくれば、今度は容赦なく断種手術だ。佐藤とは、そんな人間だった。桟橋工事は佐藤の鞭のもとで成し遂げられたものであった。桟橋工事だけではない。桟橋工事が終るや、冬の厳しい寒さにもかかわらず、佐藤の鞭のもとで、さらにもうひとつ、大変な工事がはじまったのである。

そうでなくとも、周正秀の楽園計画は、実現までにはまだ遥かな道のりであった。なのに、桟橋工事が終ってみれば、その計画にさらにもうひとつ、想像もしていなかった作業が加えられていたのだ。

桟橋工事が終った頃、工事中にもときおりあったことだが、いよいよこの頃から院生が島を捨て、海を渡っていくというようなことが、目立ってしばしば起きるようになっていた。それは、島に院生の楽園をつくってやろうという周正秀の約束に対する不埒で露骨な裏切りだった。周正秀の約束は輝きを失くしていった。周正秀の約束は次第に島の全院生の恨みの的になっていった。病舎施設が増え、新しい桟橋が完成し、鐘閣と万霊堂が建てられようとも、それは院生の楽園とはなんら関係はない。楽園とは、ただ周正秀院長の心のなかにあるもの、さまざまな作業の成果も周正秀院長の楽園計画のなかにおいてのみ意味を有するものでしかなかった。院生の側からすれば、むしろ、すべてが苦役だった。施設が一つ完成するごとに、さらに百の恨みが増す。凄惨な労働の記憶ばかりが積み重ねられ、その作業の成果を損なうことなく維持していくための負担も増した。便利なこともないわけではないが、上官団の行き過ぎた取締りのために、新しい施設も利用されるというよりは、こわごわ押し戴かれているというようなありさまなのだ。しかも、戦況が悪くなるにつれ、物資はいよいよ欠乏する。労賃を受け取るどころか、治療すらろくに受けられない。薬品が足りないことは致し方ないとしても、きつい労働による負傷と傷の悪化は闘病能力を目が当てられぬほどに低下させた。

島は、周正秀の思いとは逆に、地獄の様相を呈していった。施設が一つ増えるたびに、ますます地獄に近づいてゆく。

ひとり、ふたり、人々が島を逃げ出しはじめた。逃げ出そうとして見つかった者は、容赦なく処罰された。島の外回り道路の見回りが何倍にも強化された。それでも脱出者はあとをたたない。日々その数は増えてゆく。

脱出ルートを調査してみれば、旧北里の十字峰下の海岸である。十字峰には天を覆うばかりに老松と雑木が生い茂り、たくさんの鹿がいる。脱出者のほとんどはこの十字峰のふもとの森に身を隠し、通りかかった釣り舟を買収し、島を抜け出た。板切れのようなものに身を預けたり、あるいは身ひとつで泳いで渡る者もいた。成功することもあれば、海峡の荒波にのまれ、海の藻屑と消えることもあった。それでも決死の脱出劇は時とともにますます増えていった。

おまえたちのためにつくった楽土をみずから捨てていくとは、この愚かな人間の屑どもめ――許しがたい裏切り者どもめが――

周正秀はついに決心した。それでなくとも、陸地のほうから闇に紛れてやって来ては、みだりに木を盗伐する輩が多い頃でもあった。十字峰の外回りの海岸線に沿って、新たに道路を造ろう。そう心に決めたのだ。新しい道路を造り、見回りもさらに強化して、盗伐を防ぎ、脱出も減らそうという心積もりだった。なにより、外回り道路は、島全体をバランスよく開発しようという周の楽園構想にも、実にふさわしいものだった。ただ、その時期がよりによって厳冬期で、工事に支障をきたしそうなことが難点ではある。しかし、周正秀には時を待つ余裕はなかった。周はすぐさま起工式を執り行った。またもや強制労働がはじまった。佐藤の革の鞭がこの時とばかりに大いに振るわれた。十字峰の山裾の断崖は並大抵の険しさではなかった。しかも地盤は完全なる大きなひとつの岩塊。土木工事の機材ひとつ満足にあるわけでもない。つるはしと背負子だけが頼りの工事だった。数え切れぬほどの者が、工事現場で作業中にぽろりと落ちた手足の指をぼろぼろの布切れに包んで持ち帰り、夜を泣き明かした。それでも、佐藤の無慈悲な鞭は、作業開始後ひと月も経たぬうちに険しい岩盤を貫かせ、全長四キロの新しい道路を易々と完成させたのだ。

佐藤――忘れることのできぬ悪霊。そして、けっして忘れられぬ裏切りの元凶。佐藤は、自身の島に対する裏切りはもちろんのこと、この島に裏切りというものを教え込み、院長をしてこの島を裏切らせた。ついには、自身の主人であり、佐藤をもっとも忠実なる手足と呼んでいた周正秀院長に対してまでも、異常かつ残酷な裏切りをはたらいた。そして、その主人とともに自身の時代の幕をおろすことになった悲劇の主人公。

しかし、チョ院長は、またどうして突然にそんなことを尋ねてきたのか。サンウクは喉の渇きを感じた。

「もちろん佐藤のことはよく知っています。この島に足を踏み入れて、佐藤の話を知らずして去る者は、ただのひとりもいないでしょう」

新しい煙草に火をつけて腰をおろしている院長に、サンウクはひどく緊張した声で、いまひとたび同じ言葉を繰り返した。

「ならば、イ課長は、その佐藤とやらをどのように知っているのか？　たとえば、周正秀という院長との関係において、君が佐藤という人物をどのように考えているのか、ということだ」

院長は相変わらずいたずらっぽい表情を浮べている。なにかあらかじめ期待している答えがあるように見えた。サンウクをその答えに誘導しようと、謎かけを仕掛けているのは明らかだった。そうであるならば、サンウクとしてもその答えが思い当たらぬわけでもない。

「どう考えているか、ですか？　周正秀院長の手足でありつつ、その主人を滅ぼし去った人物でありましょう」

この人がここまでこの島のことを知り尽くしているとは。院長はもう知っている。サンウクの言葉の意味をすっと理解する。

「そのとおりだ。周正秀を破滅させた人物だ」

やはりサンウクの思ったとおりだ。だが、いったい何のために、院長は今それをサンウク自身にまで確かめさせようとするのか。それは、院長の、あのサンウクへの頼みというやつになにか関係があるのだろうか。

サンウクは訝《いぶか》しく思いながらも、院長の言葉を肯定せざるをえなかった。

「周正秀院長の過ちを具体的に指摘するならば、実のところ、そのほとんどは佐藤という人物によって引き起こされたと言っても過言ではないでしょう。しかし……」

院長はそこでふたたびサンウクの言葉をさえぎった。

「ならば、だ。そうであるならば、周正秀には実際には過ちはなかったとは言えないか？　周正秀はいい仕事をしようとした、なのに佐藤というやつがそれをあんなふうに捻じ曲げたのだとしたら、佐藤を恨みこそすれ、周正秀の当初の意図は非難どころか賞賛にも値すると言えはしないか」

「そのように考える方々も時にはおります。でも、佐藤は……」

「ああ、佐藤はもちろん周正秀が連れてきた人間だということは私も知っている。しかも、そういう関係ではなくとも、いったんは周正秀と佐藤は公的に上下関係にあったのであるから、佐藤の過ちは、すなわち、この島の病院の最高責任者であった周正秀の過ちであるということはもちろん自明のことではあるが。でも、そんな建前の解釈を離れて、周正秀と佐藤の二人だけの関係においてこのことを考えるならば、過ちはやはり佐藤の側がより大きなものではなかったろうか？　周正秀が島を裏切ることになったのは、事実上は佐藤、こいつの仕業ではないか、と私は思うのだ」

「でも、佐藤があんなことをしでかしたのも、周正秀院長に対する功名心ゆえのことでしょう。やつは周正秀の心のうちに裏切りの余地があるのを見抜いていたとでも言いましょうか。少なくとも周正秀院長がそんな佐藤を見逃して黙認していたのは事実なのですから」

「周正秀は神ではなく人間なのだということも考慮しなければなるまい。周も多くの欠点を持つ人間だったということだ。その欠点を責めるよりも、それにつけこんだ佐藤という輩がやはり凶悪だったのだよ。そこにいたのが佐藤でなかったなら、周正秀はおそらくあんな悲劇的な最期をもって人生を終えることはなかったろう」

「しかし、佐藤のような立場は、そこに立つ者は誰でもそれを利用できるということもやはり事実ではないですか」

「その結果を知る者ならば、そうはしないだろう」

「どういう意味ですか」

「私は周正秀にはなりたくない、ということだ」

「……」

「そして、イ課長は、あの佐藤の立場がどれだけ裏切りの可能性をはらんでいるかということを知りすぎるほど知っている」

　院長はついに本心を吐露した。口元に漂っていたいたずらっぽい微笑がいつのまにか消え去っている。その瞳が妙に強い光を放っている。

サンウクは唇を噛み締めていた。顔から瞬時に血の気が引いて蒼白になっていく。

院長がようやくその頼みの何たるかをはっきりと告げた。

「私は第二の周正秀にはなりたくない。この島には、ひとりの周正秀でもう十分だ。佐藤もまた、ひとりいればたくさんだ。イ課長が佐藤にならぬかぎりは、私も周正秀になる心配はないということだ」

「私のことをご存知なのですか」

「少しは……、イ課長は私をまったく信用していない人間だ。いや、それよりも、私のことをいつも警戒している人間だと言うべきか」

「私は院長を信用していないとか、警戒しているとか、申し上げたことはありません」

「言葉で聞いたことはない。だが、感じ取ることはできる」

「私はそこまで院長に不信感を抱いているわけではありません」

「ならば、イ課長が不信感を持っているのは、やはり、あの周正秀という人物だというのが正確なのかもしれぬな。でも、君はいつも私にその周正秀の亡霊を見出そうとしているから……」

「飛躍ではありませんか？」

「そう言い切れるかな。こう見えても、私はイ課長のことなら、君が思っている以上に多くのことを知っているのかもしれないのだよ……」

院長はまたもや、あの謎かけのような得体のしれぬ微笑を浮かべ、いたずらっぽい目でサンウクを見つめた。

サンウクは、いまさらのように院長が恐ろしくなった。

「いったい院長は私に何をせよというのですか？」

「私がしていることを君はただ眺めているだけではなく、関心を持って、手助けしてほしいということだけだ」

「連中に球蹴りをさせるという例の話ですか？　あの連中に必ずや球蹴りさせるおつもりなのですか？」

「そうとも。当分の間は、とにかくひたすら球蹴りでもさせておく……」

「恐ろしいのは、まさしく、院長のその信念のように思われます」

11

この日の午後、サンウクの机の上に、なにか原稿のような郵便物が置かれていた。昼食を終えて事務室に戻ってくると、そこにあったのだが、どうも誰かが置いていったようなのだ。表に書かれている住所を見れば、受取人はサンウクではなく、ハン・ミン青年になっていた。発送人はソウルのある新聞社の編集部。なるほど、ハン・ミンの投稿した原稿のひとつが遅ればせながら返送されてきたようだ。封筒が開封されている。誰かが既に内容物を調べたうえでサンウクに後始末を任せようと持ってきたのだろう。

これはまたどんな話を書いたのだろうか？

サンウクはなにも考えずに原稿用紙の束を取り出し、最初の一枚を開いてみた。「帰郷」という題名が付けられた百枚程度の小説原稿だった。あまり気乗りしない気分で原稿の冒頭を読みはじめた。

時は一九三〇年代初め、とある秋の夕暮れ。場所は貨物車と変わるところのない南へと向かう夜行列車の片隅。夜の寒さをしのぐためにか、布切れで顔をすっぽり覆ったひとりの青年が他人の視線を避けて、夜行列車の一隅にぼろ雑巾のようにみすぼらしく縮こまって座っている。青年の向かい側の座席には、かすかな電灯の下で、やはり布切れで顔をすっかり包み込んだまま、さきほどからなにかと青年の様子を窺っている女がひとり。女は顔を包んだ布切れの中から向かい側の男の正体を探り出そうとするかのように、しばらくの間注意を怠らずにいる。そして女はなにか確信を得たのだろう。向かい側の男の隣にそっと席を移して、素早く耳元で囁いた。

――島に行かれるのですよね。

男が布切れのなかでびくっと身を凍らせ、女を覗き見た。

――さっきからずっとあなたを見ていました。間違いなく、そうですよね。怯えて、人の目を避けている姿が……でも、もう、そんなに不安がらないでください。私と一緒に行けばいいのですから。私も島に行くところなのです。

女が静かに囁きつづける。

――十五日ほど休暇をもらって、故郷を訪ねてきたんです。母が亡くなったもので。休暇をとって帰ったとはいっても、村までは入って行けず、遠くから母の葬列を見て、立ち去るほかなかったのですけど。

女の話を聞くうちに、男の目が喜びで異様な光を放った。だが、男はなにも言わない。無言で女の目を見るばかりだ。女ももう黙り込んでしまった。二人は揺れる車体に身をまかせ、言葉もなく、互いに眼差しを交わしあう。まだ怖れの消えぬ、そしてどちらがどちらに同情しているのかわからぬ、憐れみの入り混じった二人の眼差し。

原稿はそんなふうにしてはじまっていた。そのあたりまで読み進んだところで、無表情だったサンウクの顔色が不意に変わった。なにか妙な予感に捕らえられた者のように、熱を帯びた目で原稿用紙に綴られた物語を追いつづけた。

男の名はイ・スング。二十五歳くらいであろうこの男よりも三、四歳若く見える女の名はチ・ヨンスク。二人はこうして言葉もないまま道連れとなり、明くる日、まだ夜が明けきらぬうちに順天《スンチョン》駅で降りた。そしてそこから徒歩で日中ずっと、埃《ほこり》舞う道を歩きつづけ、二日目の夕刻に、ようよう島の対岸の鹿洞村にたどりついた。

——よくぞ家を出てこられました。大変な勇気が要ったでしょう。でも、今からは、もっと勇気が要りますよ。

——うまくいけば病気も治ることでしょう。ときおり、病が癒えて島を出る者もありますから。

道ゆく間、折にふれ慰めめいた言葉を口にするのはたいてい女のほうで、男はただ聞くばかりだ。そうして二人は、この日の夜、船で鹿洞の前に広がる海を越え、ともに島へと入ってきた。男は、陸地での暮らしやそこで見た夢の名残りのトランペットをひとつ、大切に持っていた。

イ・スング——あの男の話に間違いなかった。

「鹿狩り事件」の主人公の男の名が、イ・スングなのだ。

もう疑問の余地はない。原稿を読み進めるサンウクの眼差しが次第に緊張を強めていく。イ・スングの話であれば、鹿狩りだけで終る話ではない。島を出た少年の物語がある。サンウクが死んだハン・ミン青年に話して聞かせた物語は、その少年の物語なのだ。少年の来歴を説明するために、ハン・ミンがそこまでさかのぼって書いているのは明らかだった。

島にやってきたイ・スングは男性独身舎に、そして彼を案内してきたチ・ヨンスクは女性独身舎に、その日のうちにそれぞれに隔離収容された。だが、ここまで同道した縁で、二人の間には間もなく、ある意味当然とも言える関係が生まれる。ある晩、チ・ヨンスクは男性独身舎にひそかにイ・スングを訪ね、自分の保護者になってほしいと頼み込むのだ。イ・スング青年は島の慣習に則って、鶏を絞めて周囲の人々にご馳走を振舞うと、その日のうちにヨンスクの兄となった。島ではよくあることだった。男女間の愛情関係はまったく許されていないわけではないが、院生同士の結婚は必ず男の側の断種手術が前提とされている。いつか病が癒えて島を出るという夢を捨てないかぎりは、そう簡単に覚悟を決めて断種手術を受けるような者はいない。だからといって、ひとりでは島の暮らしはあまりにつらい。院生の間では、いつの頃からか、男女がお互いに「兄妹」となり、ひそかに慰めあうようになった。イ・スングとチ・ヨンスクも言うならば、そのような兄妹の関係になったというわけだ。

だが、二人の関係はそれだけにとどまらなかった。

イ・スングが島にやってきてから数日後の夜を境に、ときおり村の前の海辺で、うら悲しいトランペットの音が闇の中をはるか彼方まで流れては消えた。もちろんイ・スングのトランペットだ。イ・スングは陸地でその若い夢を歌っていたトランペットで、今では絶望を悲しく歌うようになっていた。しばしば夜になると海辺に出て、「故郷の春」や「荒城の跡」のような歌の調べをむせび泣くように奏でて、暗い虚空を揺らしもした。

そんなある日の晩のこと。イ・スングが、いつものように海辺の砂浜の片隅で、暗い虚空を貫いて消えていったばかりの悠然としたトランペットの調べの余韻に耳をじっと澄ませていた、その時、どこからか突然に女のか細いすすり泣きのような声が聞こえてきたのだ。声の出所は、イ・スングが立つ砂浜の近くの茂みの中だ。誰かが茂みの中に潜んで、イ・スングの奏でる調べを密かに聴くうちに泣き出したのだ。

イ・スングはそのまま向きを変えて帰ろうとする。だが、すすり泣きがやまぬかぎりは、足が動かない。結局、声のする茂みのほうへとイ・スングは近づいていった。その足音を聞いて、見つかるまいと逃げ出す影。つかまえてみれば、声の主はチ・ヨンスクであった。

この晩、イ・スングとチ・ヨンスクは、「兄妹」でありつづけることを断念する。

第一章はそこで終っていた。

サンウクはひきつづき第二章を読みはじめた。二章は、チ・ヨンスクに新しい命が宿るところから物語がはじまる。どんなに厳しい統制と干渉の中にあっても、若者たちは愛を交わす場所を見つけだすものである。イ・スングとチ・ヨンスクの愛の巣は、あの暗い海辺の茂みだった。きつい労働と監視の目のなかにあって、イ・スングとチ・ヨンスクには一日がとてつもなく長く、夜の闇が降りてくると、人知れずあの海辺の茂みへと向かった。そして、肌にしみいる初冬の寒気すら忘れ去って、二人は夜明けまで息つく間もなく愛を交わした。やがて、じっと静かに額を寄せ合い、まるでこの世の最後の日のように、別れがたい気持ちで、別々の道を通って村に帰ってゆく。

この時、既に女には新しい命が宿っていた。女が初めてその驚くべき事実を告白した夜、二人はその激しい愛の営みすら忘れた。喜びのためなのか、悲しみのためなのか、二人の目から涙が溢れ出るばかり。東の空が白みはじめるまで、涙に濡れた額をひしと寄せ合っていた。

だが、そんな数日が過ぎると、二人の間には今度は恐怖が芽生えはじめた。この事実が明るみになれば、恐ろしいことになる。断種手術のようなことはまだ先の話。まずは厳しい禁忌を破ったことへの病院当局による過酷な罰則を免れねばならない、それが先決だった。みずから秘密を自白するわけにもいかず、かといってお腹の子を堕ろすこともできない。堕胎の方法があるとしても、もはや絶対にそういうわけにはいかなかった。日が経つにつれ、隣人たちも気づきはじめる。二人の秘密はいつしか島の全院生の秘密となっていた。そして、その時から島では、説明不可能な謎としか言いようのない事態が起きる。島全体がひとつの命を身ごもり、島全体がその命を当局には隠してひそかに育てはじめたのである。

島の人々は誰ひとりとして二人の秘密を漏らしはしなかった。二人の秘密は自分の秘密でもあるかのように固く口を閉ざし、注意深く包み込んだ。恐れの入り混じった眼差しで、無言の祝福を送った。チ・ヨンスクの妊娠は全院生の慄《おのの》く希望であった。やがて、そんな慄きのなかで十か月が過ぎ、ついにチ・ヨンスクに、島全体が息を殺しているかのような緊張のなかで、自分と男のための、島の全院生のための、重い陣痛がはじまった。十時間の陣痛の末に、チ・ヨンスクの暗い独身舎で、この世での最初の泣き声すら布団で注意深く包み込んで漏れないようにしなければならぬほどに寂しい運命を背負った子どもが産まれおちた。

明くる日の朝、子どもが産まれたという知らせは、目から目へ、耳から耳へ、あっという間に島全体に伝わった。あらゆる村のあらゆる院生が人知れず安堵のため息を吐いた。女たちは潤んだ目でその数奇な命の到来を祝福し、男たちは遠い空を眺めるかのような目で、ひたすらに、顔を見ることもできぬひとりの男の子の前途を案じた。子どもは、そんな島の人々の、ことさらに無縁を装う眼差しのなかで、その眼差しこそを避けつつ、人知れず成長していった。子どもは、一組の男女によってではなく、島全体によって育てられていたのだ。

だが、イ・スングとチ・ヨンスクは不安だった。いつ誰かが秘密を暴いて、病院当局が子どもを奪い取っていくかもわからない。労役は次第にきつくなりつつあり、院生に対する当局の統制と監視の目も日一日と厳しくなっている。あの横暴極まりない巡視どもが、いつ子どもの泣き声を聞きつけて、いきなり扉を蹴破って飛び込んでくることか。不安な毎日だった。子どもは常にねんねこの中に隠しこまれていた。外の様子が心配で気になってたまらなかった。

イ・スングはチ・ヨンスクよりもなおいっそう不安だった。不安ゆえに、絶対に病院職員の信任を得たかった。イ・スングは作業現場に出ると、目立って熱心に働いた。村のことも、何であれ、誰よりもまっさきに出ていった。ついには作業成績や村への熱意が評価され、病院当局より巡視の仕事を与えられるに至った。だが、院生のなかにあってかなり信任度の高い巡視職を得ても、イ・スングはまだ不安だった。ある程度信任を得たことが、かえって心苦しく、不安でならなかった。不安であるほどに、ますます仕事に熱心になった。信任が厚ければ厚くなるほどに、逆にどんどん不安は増した。

なにも信じられぬ年月が流れて五年。秘密は不可思議なほどに完璧だった。しかし、イ・スングはもうこれ以上不安に耐え抜くことができなかった。子どもをいつまでも女の布団の中に隠しこんでおくことなど、できはしない。ついにイ・スングは雨がひどく降る夏の夜闇にまぎれて、子どもを背負って外に出た。そして沖を通り過ぎる釣り舟を海辺まで呼び寄せ、幼い少年を島から送り出してしまうのだ。

物語はそこまでが第二章で、さらに第三章へとつづく。三章は、少年を送り出したイ・スングの裏切りを語ってゆく。少年を島から送り出してもなお、イ・スングは不安で心がいっぱいだった。島では、既に、かの悪名高い佐藤の鞭が振るわれはじめていた頃――労役はますます過酷に、そしてイ・スングの秘密はずっと秘密のままであった。その秘密がいつか露見して、しがない仕事だとはいえ、巡視の職を失うこともあるかもしれぬ。労働がきつくなれば、巡視としてのささやかな特権を羨む者もいた。イ・スングは同僚や隣人までもがもう信じられない。それまで熱心に勤めてきた巡視という末端管理職の仕事に、このうえない愛着を感じはじめた。イ・スングはなんとしてもこの巡視の職だけは守り抜こうと決心していた。

しかし、人間不信というものは、不安の正体をはっきりさせようとするほどに、ますます深くなっていくもの。上官団の目にとまればとまるほどに、イ・スングはもっと不安になり、周囲から不安を拭おうとすればするほど、誰もが疑わしく思えた。

イ・スングはついには自暴自棄となった。さあ言うなら言ってみろとばかりに、患者仲間である院生たちに当り散らすような行動に出はじめた。だが、島の人々は何があろうと、あの秘密だけは絶対に話そうとはしない。それはもはやイ・スングひとりの秘密ではなく、島全体の禁忌となって久しいのである。イ・スングは次第に振舞いが自信満々たるものになっていった。病院当局の忠実な手足となって、仲間である院生たちの境遇についてはあからさまに目をそむけて見ないようにした。

ハン・ミンの小説はここに至ってようやく、あの有名な「鹿狩り事件」を紹介することになる。

しかし、サンウクはここまでで原稿を閉じてしまった。これ以上読み進めるのが怖かったのだ。

奇妙なことだった。サンウクがハン・ミンに話して聞かせたのは、少年の脱出にまつわることだけであったはず。鹿狩り事件の主人公が少年の父親だと話したことはない。なのに、ハン・ミンはすべてを知っていた。鹿狩り事件の主人公イ・スングの過去から少年の物語を語りおこしていたのだ。ハン・ミンが知っていることで、なおいっそうサンウクを驚かせたのは、後日の少年の帰郷にまつわることだった。最初、サンウクは小説が「帰郷」と名づけられていることに納得がいかなかった。いったいどんな結末になるのか、知りたかった。原稿をひっくり返し、最後の数枚を引き抜いてみれば、後日、少年は、大人になってふたたび島に戻り、信念を持って島での仕事に携わると結ばれている。だから、小説は「帰郷」と題されたのであるらしい。小説の構成上、そのような話の展開や結末が適切なものなのかどうか、それについてはサンウクにはよくわからない。だが、ほとほとうんざりした。島では誰も他人の過去をほじくり返すようなことはしないのだ。たとえ過去を知っていようと、知らん振りをして目をつぶっているのが、島の人間の長きにわたる慣わしだ。仮面をかぶっている者も多い。故郷を隠している者も少なくない。誰もそのことを責めたりはしない。

ハン・ミンもまたサンウクが耳打ちした以上に、少年が島を出たあとのことについては、特に深い関心を見せはしなかった。だが、少年が島を出たあとの話も、ハン・ミンは既に明らかに知っていたのだ。知っていながら、それを言いはしなかっただけのこと。

ことがそこまではっきりしてくると、サンウクはあることが気になりだした。原稿の包みが開かれていたということは、既に誰かがこの物語を読んだのかもしれぬ。誰が原稿を机の上に置いたのか、それを知りたかった。

——そう言い切れるかな。こう見えても、私はイ課長のことなら、君が思っている以上にたくさんのことを知っているのかもしれないのだよ。

謎かけのように、得体の知れぬ微笑を浮べて、いたずらっぽくサンウクを見つめた院長の顔が頭をかすめた。

サンウクは原稿を引き出しの中に押し込み、席を立った。そしてその足でまっすぐ庶務課に行き、原稿が届けられた経緯を確かめた。

やはりサンウクの思ったとおりだ。

「ああ、あの原稿のことですか。もう何日か前に他の郵便物と一緒に来たものですよ」

歳のいった庶務課長がのんびりした顔で説明する。サンウクは、しかし、この庶務課長に性急な口調で続けざまに尋ねる。

「それで、その原稿をどうしたんですか？」

「ええ、ハン・ミンと言えば、先日、服毒自殺したやつじゃないですか。受取人がいないところにちょうど院長がいらして、ちょっと原稿を眺めてみようかと持っていかれました」

「院長は原稿を読まれたのでしょうか」

「数日間お持ちになっていたから、たぶん何篇かはお読みになったのではないでしょうか。でも、なぜまたそんなお尋ねを？　あの原稿になにか問題でもあったのですか」

「いいえ、そういうことではないのですが。ただ、先ほど私の机の上に誰かが置いていったのを見つけたものですから……」

「おそらく院長が誰かに指示して置かせたのでしょう。イ課長が処理するようにとのことで」

「わかりました」

もうこれ以上尋ねることはない。

サンウクは庶務課をあとにした。

12

サッカーへの院長の執念は、サンウクの想像をはるかに超えていた。いったん口にした以上は、サッカーボールひとつをもって全島を征服してやろうと決心したかのように、院長はただもうそのことだけにありとあらゆる情熱を注ぎ込んだ。各村にボールを配り、院生のなかからボールを扱えそうな青年たちを選び出し、島を代表するプロテスタントとカトリックの二チームを創設した。両チームは島外から招聘したコーチの指導のもと、本格的な合宿練習を実施した。合宿練習においては、何日かおきに両チームの親善試合を行い、互いに技術を磨いていくようにした。親善試合を重ねること、数十回。両チームの実力は目に見えて向上していった。一度は、わざわざ島外のサッカーチームを招待して試合をするようなことまでした。この遠征チームは高興郡《コフン》を代表するチームであったのだが、島では2対0のスコアで思わぬ敗北を喫した。このような親善試合を積み重ねるうちに、変化が現われてきたのは、言うまでもなくサッカーチームの実力だけではない。より目にも明らかに変わったのは、島の人々の態度だった。島の空気だった。島の人々も、はじめのうちは半強制に他ならぬ院長のサッカー普及に対して、少なからず冷淡な反応を見せていた。院長のやることには、はなからいいも悪いも言うべきことはなかった。ただただ院長の意思に従うのみ。言われるままに選手を選び、チームをつくり、ボールを蹴った。合宿をせよと言われれば合宿し、親善試合をせよと言われれば親善試合をする。それは、いつも、院長がそうしたいから、院長が命じるから、院長のご意思のとおりに、ということにすぎなかった。長老会の人々もそれに変わりはない。甚だしくは、顧問を任されたサンウクまでもがそんな調子だった。

それでも院長はあとには引かなかった。執務時間が終ると、合宿所に行く。練習に口を挟む。日ごとにサッカーにのめりこんでいく。

そして、ついに島の人々にも変化が現われはじめた。プロテスタントチームとカトリックチームが試合を重ねていくほどに、島の人々もだんだんとこの珍しい娯楽に興味を示しはじめた。熱い応援合戦を繰り広げ、しまいには島全体、まる一日、サッカーの試合観戦に興じさえした。島の人々は知らぬ間にサッカーに引き込まれ、そのうちみずからすすんで熱中もすれば、興奮もした。

「あれは、実に見ものじゃないか。僕は今まで片足サッカー試合なんて観たこともなかったね。いやあ、院長の想像力のたまものだねぇ」

つまらぬ悪態をつきながらも、一、二度、試合見物に出てきた保育所のユン・ヘウォンまでもが、そのうちズボンの裾をまくり上げて運動場を走り回った。

親善試合の回数が五十回を超えた頃には、島全体がサッカー熱に浮かされていた。運動場で試合をしている選手たちはもちろんのこと、そのまわりで熱のこもった応援合戦を繰り広げている者たちの姿にも、院長赴任時に寒々と沈黙していたあの面影はなかった。

院長はしばらくの間、院生たちにただただボールを蹴らせていた。秋が過ぎ、冬が来た。

南海の冬は陽の差す日が多い。院長は冬も引き続きボールを蹴らせた。当分の間は球でも蹴らせておくと言ったその言葉どおりに、院生たちにボールを蹴らせつづけるその様子には、なにか隠された目的があるようにも見えなかった。ひとりなにか企んでいるふうでもない。ただただボールを蹴らせている。

冬が行き、春が来た。

院長はようやく自信を得たようだった。春になると、今度はサッカーチームを島外に連れ出した。ちょうど高興郡ではなにかの記念日を慶祝しての郡民体育大会が開催されていた。院長はその大会の会場にサッカーチームを率いて現われたのだ。そして大会決勝戦で4対2という大差で優勝を勝ち取った。期待以上の収穫だった。

チョ院長は次第に自信を揺るぎないものとしていった。さらにサッカーチームを率いて二度目の遠征試合へと向かった。光州で開かれている道内春季サッカー選手権大会に郡代表として出場の申請をしたのだ。

島全体が薄紅色の花で覆われはじめた四月初旬のある日、小鹿島病院サッカーチームはトラックに身を預け、桜並木を通って、勇躍遠征の途についた。走るトラックの頭上には桜の木の枝。軍服を着たチョ・ベクホン院長と、赤地に指が取れてなくなった手をかたどった黒いマークの付いたユニフォームを着た選手たちは、今まさに戦場に向かう兵士のようだ。入り混じる興奮と緊張。

めぐりめぐる歳月を闘いながら
いまや暗黒と黒雲は吹き払われ
東天に光射す　さあ、大地へと向かえ

治療所前の広場から船着場まで、桜並木の沿道を埋めて、「小鹿島の歌」を喉も張り裂けよと歌う人々の歓声に応えて、車上の選手たちもこぶしを振り上げて歌う。選手らが乗った車が埃を巻き上げながら峠を越えてゆくまで、そして車が船に積まれて対岸の鹿洞港へと島をはるかに離れてゆくまで、島の人々はみな、赤い目のふちをさらに赤くして歌いつづけた。

この二回目の遠征においても、結果は実に満足のゆくものだった。病院チームのことを伝え聞いた主催側が事前に棄権を勧めてきたことや、病院チームに対する他の健常者のチームによる対戦忌避のようなものは、終ってみれば、ささいなことにすぎなかった。そんなあらゆる難関を突破して、力強く繰り広げられた試合の結果は、実に誇らしく、満ち足りたものだった。

少なくともチョ・ベクホン院長にとっては、それは期待以上の、満足に値する結果だった。病院チームが選手権を掌握したのである。今回ももちろん、サッカーの実力の評価などは大した問題ではなかった。これは院長の執念の問題なのである。島の人間たちに、健常者と同じように戦って、健常者に勝つことだってできるという自信を植え付けたい院長の執念。それが病院チームをして優勝カップを勝ち取らせた。その事実こそが、院長の執念のなによりの証明だった。

二度目の遠征試合では、折りよくこの奇妙なサッカーチームと健常者との対戦の模様を取材した記者がいた。後日、その記事を見た島の人々は、あの日の試合の光景を長く心にとどめることとなった。

こんな内容の記事だった。

——それはまことに奇妙なサッカーの試合だった。赤いユニフォームには、指がいくつかない手のような黒のマーク、それはまるでナチスドイツの国旗のようで、この見慣れぬ遠征チームの選手たちは、ボールの扱いがまことに拙かった。チームワークもまとまっていなかった。数名ずつ絡み合うようにしてボールを追いかけて走る。そのうちボールは奪われて、自陣が攻撃されているというのに、遠征チームの選手たちは相も変わらずひとかたまりのまま、ただむやみに走りつづけて、つまらぬ反則を犯したりもする。赤いユニフォームの選手たちの多くはボールを力強く蹴ったそのあとには、足の痛みでその場に倒れこみもした。

本当に奇妙なサッカーの試合だった。赤いユニフォームがボールを追っていくと、相手側はタックルして飛び込んでくるどころか、かえって逃げだすのだ。それゆえ、拙い技術であっても、試合は赤いユニフォーム側に有利に運ばれていく。

この試合が始まるや、赤いユニフォームのホームサイドにちらばって立っていた観衆は、ほとんどが帰ってしまうか、でなければ遠巻きにして観戦した。選手たちがボールを追って押し寄せてくると、ラインの近くに立っている観衆は蜘蛛の子を散らすように逃げ出しもした。赤いユニフォームを応援する観衆はひとりもいなかった。もちろん野次を飛ばす者もいなかった。ただひとり、軍服を着たひとりの高級将校がラインの外側をぐるぐると歩き回って、ほとんど悪態にも聞こえる応援を繰り広げた。軍医官大領であるこの将校は疲れを知らなかった。チームが追い込まれると、拳銃を抜いて、しっかりしろと脅迫までするのである。

――おい、同じ人間なんだぞ、同じサッカー選手なんだぞ、違いなどなんにもないと言ってるんだよ！

将校は大声で叫び、消えそうになる闘志に火をつけんと走り回った。チームのマークのように指のない選手たちは、綿を運動靴の先に詰めて球を蹴った。

――眉がないのと、癩者だというのは、同じじゃないと言ってきたろうが！

眉がなかった。だが将校の言うとおり、かつて癩者であったということは、今も癩者であるということではない。選手交代が頻繁なのは、指がなかったり、足の神経の一部が麻痺していたり、どこか傷ついているからだ。補欠選手も全員出場してしまったあとのことだった。ひとりの選手がボールを蹴って転んで立ち上がらなかった。手にしていた拳銃を放り出した将校は、ユニフォームを拾いあげて着込むと、今度はみずから競技場に飛び込んだ。観衆は驚いた。もはや見ているのはゲームではなかった。陰性患者を前にして、どんな人間が、どれほどまで、聖人のように試練に耐え抜くことができるのか。それを見ているのだ。

それまで無関心だった観衆が赤いユニフォームに歓声と拍手を送った。見ていられずに背を向けて泣き出す女学生もいた。いったい、あの将校をあんなにまで突き動かしているものは何なのか？

試合は終った。

将校はマイクを借りて観衆に挨拶をした。

――小鹿島病院長、陸軍大領チョ・ベクホンであります。癩者どもを率いてこの場に参りまして、みなさんの午後を不快なものにしてしまったことにお詫び申し上げます。しかし、みなさんはその不快感と同じだけ、このか弱き者たちに博愛をも施したのです。試合は終りました。みなさんにとってはこれでおしまいでありますが、癩者にとってはこれからが始まりです。癩者もサッカーができる……というようなささやかな出来事が、数万の癩者にとって、溢れんばかりの大きな希望になるのです。そうして希望を手にしたあとにも、彼らを襲うさまざまな手ごわいことどもをみなさんは想像もできないことでしょう。私は嬉しいのです。そして感謝しています。みなさんには私と数万の癩者から感謝の念を受け取る十分な理由があります……

試合を見て帰る観衆は、単なるサッカーの試合ではなく、壮絶な一篇のドラマを見たように感じたのだった。

（李圭泰「小鹿島の叛乱」、『思想界』一九六六・一〇より一部引用）

いずれにせよ、選手らは今回も勝った。そして彼らが試合に勝って帰ってきた日、小鹿島では、この島の歴史上もっとも喜び溢れる祝祭が繰り広げられたのである。選手が戻ってくる船着場には松葉で飾り立てた慶祝門がつくられた。教会を飾っていた万国旗が持ってこられて、風にはためいていた。

めぐりめぐる歳月を闘いながら
いまや暗黒と黒雲は吹き払われ

選手と島の人々はひとかたまりになって、ふたたび「小鹿島の歌」を喉が張り裂けんばかりに歌った。保育所のユン・ヘウォンやソ・ミヨンまでもが互いの立場も忘れ、群集のなかに溶け込んでいた。サンウクがなんの反応も見せなかったからなのか、サンウクに秘密をすべて明かして以来、不自然な態度で彼を避けてきたソ・ミヨン。そして、そのソ・ミヨンを今でも執拗な嫉妬で苦しめているというユン・ヘウォン。だが、この日だけは、互いを隔てる心の壁も、嫉妬も、消え失せていた。誰もがともに歌い、ともに感動した。ついにはサンウクも人々に入り混じり、歌声を張りあげた。歌いながら、我知らず、熱い涙を流していた。

私が暮らしていた故郷は花咲く山里
桃の花、杏の花、小さなつつじの花……
（童謡「故郷の春」）

歌はやむことなく続いた。「小鹿島の歌」をさんざん歌ったあとには、おぼろな記憶をたどって「故郷の春」を歌い、さらには、いつのまにかこの島の人々の心の歌になっていたある流行歌の調べが、賛美歌のように荘厳に人々の間に広がっていった。

誰も私を訪ねる者のない　この寂しい山荘に
もみじの葉だけがはらはらと散っては積もる
この世から捨てられて……

流れでる歌の調べとともに、涙とすすり泣きが広がる。

その時だった。サンウクは不意に雷にでも打たれたかのような驚きに身が震えた。歌をうたいながらふと見あげたその先に、車の上に立つ院長の姿を見たのだ。チョ院長はまだ車を降りていなかった。院長が車上でこの慶事を誰より深く味わっているのは確かではある。だが、歌ってはいない。声を合わせて歌って涙を流すほどには、心は揺さぶられてはいないようだ。院長は島の人々と心を一つにするところまでは至っていない。上気した顔に、うっすらと微笑が浮かんでいるだけ。涙を流すことなく、笑っているのだ。サンウクは院長の微笑漂う顔を見た瞬間に、どうしようもなく気持ちが一気に醒めてしまった。そして、院長の顔をまじまじと見つめて、ひとりごちた。

「いよいよ本当になにかがはじまるようだ。いったい、いつの間に、こんなことになってしまったのか？」

わけがわからなかった。運動競技というものは、しばしば個人の小さな対立や利害関係を超えた、なにか盲目的な集団意思のようなものを形成するのに大いに役立つ。その巨大で盲目的な集団を維持するためには、雑多な個人の不平や意識の偏りなどは、きれいに取り除かれるものである。だから、時には、特定の集団のささいな不平や利害の対立を解消し、その集団に新たな秩序を付与することを目的に、スポーツを利用することもある。もちろん、スポーツがその固有の目的以外にも種々の付随的な意義を持つというのは、いくらでもありうることである。この島に関して言うならば、院長はスポーツを通じて、個々の院生間の、あるいは病舎地帯と職員地帯の間の、さらには院長と院生の間の人間的な信頼関係を取り戻そうとした。それを通じて院生が生に対する揺るぎない自信を持てるようにする。そこにより大きな目的があった。それはチョ院長自身が言明したことである。だが、院長の動機がどこにあろうと、サンウクはやはり心が落ち着かない。

人々はあまりに興奮している。

いつの間にこんなことになってしまったのか？

スポーツの魔力を知るがゆえに、最初から院長の意図に対してはただならぬ予感を抱いてきたサンウクである。ところが、そのサンウクまでもが、いつの間にやら、あのサッカーの試合の魔力にのまれてしまった。島は、今ではもう、五千名の院生が暮らしているのではない。五千名がそのままひとりの人間となっていた。五千名がひとりの人間として、同じように考え、同じように興奮していた。もう誰も院長を警戒する者はない。誰もが得体の知れぬ自信にのぼせていた。院長を信じ、院長に感謝していた。

その興奮のなかで、院長はひとり笑っていた。そしてサンウクはひとり震えていた。

13

予想どおり、院長はすぐに次の事業計画を出してきた。

明くる日の朝、院長は再度サンウクを呼び出したのである。

「ようやくこの島もそれなりに活気が出てきたじゃないか。もうそろそろ本格的にことを起こしてもいいくらいに、みなが自信を持ちはじめたように見えるのだが、どうだろう？　イ課長はどう思う？」

サンウクの顔を見るや、院長はすぐさま前日の試合の成果について同意を求めてきた。

「それはもう、みな、喜んでおりました。サッカーをやらせた甲斐があったというものです」

サンウクは院長の次の言葉を待つ。院長が不意に勢いよく立ちあがる。

「よし。イ課長もそう思うなら、もう大丈夫だ」

「……」

「球蹴りはもうおしまいだ。今からが本当のはじまりだ」

「何をなさろうというのですか」

「私は、ここまでは、球蹴りについてはイ課長にそれほど協力を求めはしなかったが、これからは君にも本気でがんばってもらわねばいけない」

「まずは、何をしようというのか、それを教えてくださらないと」

「今日、私と高興に行こう」

院長には、やはり、あらかじめ脚本があったのだ。すべてが脚本どおりに進行し、脚本にあるとおりの結果になっているのだ。島内にサッカーを普及させ、試合で優勝する。そのすべてが院長の脚本の想定どおり。院長が新たに立ち上げようとしている事業もまた、その脚本のつづきなのである。

院長はサンウクとともに渡し船に乗って島を出ると、次なる脚本の、新たな舞台を、ついにサンウクに説明した。

海を二つに割って、堰きとめようというのだ。

今はもう癩者ではない数千名の島の人々が、国から支給されるわずかな米と麦で日々命をつないでいった末に、あの恐ろしい納骨堂の闇へと入っていくのは、もう終りにしよう、みずからの手で大地を耕し、みずからの手で明日の希望を拓いてゆく新しい暮らしの場をつくりだそう、というのだ。海を堰きとめ、彼らの未来から納骨堂の暗い絶望を吹き払い、夢に胸ふくらむ大地をつくりだそうというのだ。そうして、故郷を失くし、陸地から逐われたこの人々に、新しい故郷と新しい暮らしの場をつくりだそうというのだ。

堰きとめる海は、高興半島の南側、得糧《トゥンニャン》湾と名づけられている内海の一部である。高興郡道陽《トヤン》の鳳岩《ポンアム》半島と、豊陽《プンヤン》の豊南《プンナム》半島と、その中間地点にある五馬《オマド》島とを結ぶ線で海を堰きとめて、およそ三百万坪あまりの農地をつくり出そうという壮大な事業計画だった。

サンウクはただ呆然とした。無謀とも言えるほどの、とてつもない計画だ。だが、院長はサンウクの顔色などはまったく気にかけていない。いつのまにか院長はその一帯をじっくりと見ることのできる五万分の一の詳細な地図まで用意してきている。それだけでなく、前日に試合を終えて帰る道すがら、前もって招聘していた測量技師一名を鹿洞の旅館に待機させていた。

サンウクはもはや計画については院長の相談相手ではなかった。計画は既に決定されていたのである。院長の決定の枠内で、作業を進める方法に関する意見だけが受け容れられる、そんな段階にあった。サンウクは一日中、院長と測量技師に付き従って、基礎測量の現場を見学した。

周正秀時代のさまざまな出来事が、とめどなく頭の中をめぐった。もちろん、当然に、チョ院長の事業計画を非難することなどはできない。故郷を失くした者に故郷をつくってやろう。待っているのは納骨堂の闇だけという者の明日に、死の闇ではなく、大きく開けた平原の夢を、という院長の動機や名分は、誰が聞いても、非難のしようがない。

しかし、周正秀時代にしても、その名分や動機に過ちがあったわけではない。あの時代にも、これ以上のものはないというくらいの素晴らしい名分があった。問題は、むしろ、その名分があまりに完璧であったこと、あまりに素晴らしかったこと、それゆえに、誰もその名分に異を唱えることができぬという自己完結性にあった。しかも、名分というものは常に強者のものである。周正秀は最高かつ最善の名分をひとりで独占した。周正秀の名分の前では、何者も自身の主張と結びついた自分なりの名分など成り立たせようがなかった。

周正秀の名分とは、もちろん、楽園である。そして、その楽園には、公園が絶対的に必要だった。

ところが、まさにその素晴らしい名分のもとに始まった公園建設作業こそが、周正秀と佐藤にとって、もうひとつの致命的な裏切りの過程となるのである。

十字峰の外回り道路の工事が終わった年に、周正秀は日本の皇室から呼ばれ、東京に行ってきたことがある。その時、周正秀は、病院設立に非常な力添えをしてくださった皇后陛下から格別の祝賀の言葉を賜り、激励された。周は病院への貢献を認められ、爵位まで与えられたのである。

周正秀は感激した。島に戻ってきた時には、皇后陛下が院生を慰めるために下賜された御歌をたずさえていた。

周は日本の皇后陛下が下賜された御歌を碑に刻み、長く記念することとした。

御歌碑はすぐに建立された。十字峰から運びおろしてきた大きな花崗岩に皇后陛下の御歌を刻んで、公会堂の前に聳え立たせた。

――つれづれの　友となりても慰めよ　行くことかたき　吾れに代りて

この御歌碑の除幕式が問題だった。周正秀が公園建設を計画した直接の動機は、まさにこの除幕式にあったのだ。

この年の十一月中旬に挙行された御歌碑除幕式には、総督府の政務総監をはじめとする各界各所の高官が島へとやってきた。そして周正秀が成し遂げた事業を実際に見てまわり、その業績を手放しで褒め称えたのである。

周正秀は自身の楽園を誇らしく感じた。自分がつくり上げた島に感動する人々を見ると、あらためて溢れんばかりのやりがいを感じた。

周はいよいよ楽園建設の仕上げをしなければならぬと考えた。

公園がなければならぬ。哀れな患者たちが余生をそこで安らかに過ごして逝くことのできる、そんな公園を造らねばならぬ。

周はすぐに計画策定にとりかかった。もう説得もなにも必要なかった。すべてが院生のためなのだ。院生のためにすることをいちいち説得するような七面倒くさい手続きなど必要ない。今まで成し遂げたことは、そのあらゆる結果が、周正秀自身だけでなく、島を訪れたり、その話を聞いたりした者すべてを感動させていたのだから。

周はこれまで常に正しかったと思っていた。称賛に応えるためにも、島をもう少し見栄えよくしなければならなかった。

この年は例年にない早さで酷寒が迫り来ていたというのに、周正秀は計画を先延ばしにはできなかった。日本にまで連絡をして一級造園師を招聘し、公園建設工事に着手した。

まずは中央里と東生里の間に公園の敷地を定め、湿地の埋め立て作業にとりかかった。

酷寒のなか、院生をふたたび労役へと駆り出しはじめた。それまでの休みない労役のために、院生の大部分は病勢が悪化し、傷だらけの指は潰瘍で抉《えぐ》れているというのに、労役を逃れる術はなかった。

院生は今や紛うことなき奴隷だった。病院のなすことに対しては、批判は一切、受けつけられなかった。抵抗する気力もなかった。機械のように山を掘り崩し、ぬかるみを埋め、峰へと登り、公園を形づくる巨木、巨石を担いで運びもした。佐藤の鞭のもと、院生たちは脆弱な肉体のうちに残っている最後のひとかけらの力まで、すべて搾り出さねばならなかった。その最後のひとしぼりを使い切ってしまったなら、佐藤の冷酷無情な鞭に打たれて、倒れ、そのまま静かにことされることもあった。

自殺も脱出も一日も置かずに相次いで起きた。外回り道路の見回りが数倍に強化されても、貧弱な板切れ一枚にすがって海を渡ろうとして波にのまれる者たちは数え切れない。

このおびただしい人命の被害にもかかわらず、工事は着々と進められた。長興《チャンフン》や莞島《ワンド》などから運搬されてくる奇岩奇石が各所に配置された。公園一帯に南国の情趣を醸し出すために、遠く台湾から南国の植物を取り寄せて植えもした。

この年の四月には、都会の真っただなかにあったとしても遜色のない、広大で豪華な公園がついに完成した。

周正秀は満足だった。

だが、院生は当然に満足するはずもない。周正秀の赴任以降、ほとんどのことがそうであったように、今回も院生はまったく楽しむことはなかった。施設がひとつ増えるごとに、その分だけ島全体が天国に近づくどころか、かえってますます地獄になっていったように、今回も公園がひとつ増え、そこに捧げられた労働力と犠牲の大きさの分だけ、島は楽園からどんどん遠ざかっていった。院生にとっては、ただ新たな恨みがひとつ増えただけのこと。やりがいのようなものは、まったく感じようがない。そのうえ今回も、院生に対しては、公園を誇りうるものとして管理するために、より多くの配慮と労働奉仕が命じられている。もう何をか言わんやであった。

周正秀は公園施設を毀損する虞《おそれ》があるからと、院生が自由に公園を出入りすることを禁じた。公園は常に塵ひとつなく美しい。島に訪ね来る客人は必ず公園に案内され、この島に建設された誇るべき院生たちの楽園を、しかと見聞した。

すべてが裏切りの連続だった。自分たちの楽園をつくることを嫌って、命がけで海に飛び込む者たちの裏切りをはじめとして、院生の休息と慰安のためにつくられた公園が、それを享受すべき者たちによってむしろあがめ奉られているということにいたるまで、ひとつひとつ、どんな出来事も、裏切りではないことはなにひとつなかった。

院生は文字どおり公園に仕えていた。その公園を、島にやってくる客人たちは言葉を尽くして褒め称えた。公園は院生のために院生のものとしてあるのではなく、周正秀と島を訪れる行きずりの見物人のものだった。楽園もまた、院生のものではなく、周正秀と島を訪れる客人のものだった。

小鹿島の患者たちに楽園はなかった。小鹿島の天国は、患者以外の者たちの、ひとりよがりの噂のなかにのみ存在していた。

患者に楽園がないかぎりは、小鹿島には楽園はない。

名分は信じようのないものだった。島の人々はそれを知っていた。数十年が過ぎた今も、島の人々はそれを忘れずにいる。サンウクもそれを知っている。

問題は名分ではなく、名分を実現する過程にある。その過程に欺瞞があってはならない。名分が財物を要求してはならない。天国とは何なのか。天国とは結果ではない。それを実現する過程のなかで、心によって感じ取るものだ。すすんでみずから求め、喜びをもって奉仕し、天国のための奉仕を後悔することがない。そうであってこそ、本物の天国を手に入れることができる。

では、チョ院長の計画はどうか。名分だけはもちろん非の打ちどころがない。しかし、島の人々は本気でその名分に付き従っていくことができるのか。付き従うにも、手足が不自由なあの人々が、最後までその名分の実現のために耐え抜くことができるのか。しかも、その名分の背後には、常に、何者かの銅像の影がある。院長が銅像の夢を隠し持っていないということを今はまだ証明しえていないというのに、院長をすっかり信用してもいいものか。名分だけをもって院長を信じられるか。

海を堰きとめるとは、あまりに壮大な計画だった。

その夜、島に戻ったサンウクはその足でまっすぐにファン・ヒベク老人のもとを訪れた。今日だけは老人を訪ねぬわけにはいかない。院長の考えはすでに明々白々だ。サンウク自身の立場もこのうえなく明確になりつつあった。逃れようのない運命の裏切りだった。ファン老人の話を聞きたかった。

ファン・ヒベク老人は、誰よりも確かに裏切りの物語を知っていた。それはこの島に病院がつくられて以来、最初に起きた殺人事件にまつわる話。そして、その最初の殺人こそが、島の病院の患者たちにとっては、自身がその一翼を担った裏切りの隠しようもない暴露劇であり、周正秀院長にとっては、念願であった銅像を実現することによって、ついに島に対する自身の裏切りを完全なものにするという、悲劇のはじまりであった。

ファン・ヒベク老人はいつも、その裏切りの物語を繰り返し語った。サンウクはこの島と自分自身に耐え難くなると、老人を訪ねては、その残酷な裏切りの物語を聞いた。

老人は物語を聞きたいというサンウクの求めをけっして断りはしない。サンウクは老人をよくわかっていた。なぜに老人が裏切りの物語の虜《とりこ》になって人生を送ってきたのかということも、誰に対してもその物語をなに憚《はばか》ることなく語ることも知っていた。

老人もまたサンウクをよくわかっていた。何ゆえにサンウクが折に触れ自分を訪ねきては、あの無残な裏切りの物語に熱心に耳を傾けるのか、老人にははっきりとわかっていたのだ。

だが、二人はこれまで互いに互いを騙してきた。サンウクは老人のことなどわからぬふり、老人もサンウクのことはわからぬふり。サンウクはただただ老人を訪ねて話を聞くだけ、老人はひたすら何回でも同じ話をサンウクに繰り返し語るだけ。

この日もサンウクはそんなふうにして老人を訪ねた。いま一度、老人から裏切りの物語を聞いておきたかった。そうでもしなければ、島の病院と院長に耐えていけそうになかった。自分自身にも耐えられそうになかった。

老人は今度もまた、求められるまま語りはじめた。

「あの時は、誰だって、そうしただろう。あの時は、誰でも、そうなりえただろう」

サンウクは老人の前に腰をおろしている。老人は目を細め、指のない手で乾いた頬をさすっている。サンウクの頭上、はるか虚空を追う老人の視線は、しかし、電光のように素早く遠い過ぎ去った歳月の壁を貫いている。

「あの時は、誰だって、そうしただろう。あの時は――」

老人の視線は、歳月の壁の向こう側で、語るべきことを深々とまさぐっている。

「ひきつづく労役と虐待のために、もう誰もが上の人間たちの顔色をうかがわずにはいられなくなっていた。例の評議会の人間たちのことだよ。労働はきつい、食べ物は足りない、しかも、病んだ体を治す望みが叶えられるどころか、無道にも鞭で打たれ、傷は日ごとにひどくなり……顔色をうかがわずして生き抜くことができるか。誰もがそこまで追いつめられてしまった時、ついに審判の日がやってきたということだ……」

周正秀は、よりによって、ついに、その天国建設の荘厳たる総仕上げを自身の銅像で飾ろうと計画したのだ。最後の裏切りの物語の幕が切って落とされた。

とはいえ、滑稽なほどに荘厳な悲劇の顚末は、当初は、周正秀の天国の脚本には予定されていなかったものなのかもしれない。この最後の裏切りの物語は、たとえて言うなら、周正秀院長と島の人々が手に手を取り合い、知恵を出し合って創りあげた共同作品のようなものだった。

老人は語りつづける。

その頃、病舎地帯では、より効果的な労働力の動員と病院作業への協力の方策を話し合うために、評議会の会合が頻繁にもたれていた。会合には、各村を代表する正委員の他に、看護長佐藤が常に監視役として出席していた。

委員たちはもう既に仲間の癩者の境遇を顧みる余裕を失っていた。生き地獄となってしまった島にあって、どうすれば自分ひとりだけでもあの凄まじい労役と虐待から逃れることができるか、それが問題だった。評議会委員としてのささやかな特恵ですらも、それをできるだけ長く享受しうることを願った。佐藤や病院当局の気に障りそうなことは絶対に言わない。あらゆる機会をつかまえて、病院当局に自身の忠誠心を証明しようとするのだ。

ある時、イ・スングという人間が奇想天外な提案をした。「鹿狩り事件」のあの韓国人巡視——彼は今や誰よりも病院から厚い信任を得ている村代表のひとりだった。そして、周正秀の楽土建設のためにもっとも創意溢れた奉仕をすることで、当局に対する忠誠心をあますところなく発揮している人物だった。

イ・スングの提案とは他でもない、周正秀院長がこの島で成し遂げた業績を後世にまで長きにわたり讃えるために、島に院長を記念する銅像を建てようというものだった。

異議を唱える者はいなかった。異議を唱えるどころか、他の代表たちは自分が最初にそれを思いつけなかったことが、どうしようもなく恨めしかったのだろう。先を争って意見を述べはじめた。

評議会ではその日のうちにたちまち記念銅像建立発起委員会が組織され、必要となるさまざまな対策や方案が一気に決議された。

なにより重要だったのは、銅像建立基金の醵出《きょしゅつ》だった。院生から献金を集めるという決議がなされた。故郷の家から生活補助金が送られてくる院生からは、送金額のうちの一定額を差し引く。一般の院生からは、作業賃金の三か月分を取る。送金もなく作業もできない身体不自由の院生からは、食料と衣類の配給から相当額分を削って、献金に充てる。

ただちに募金事業がはじまった。

周正秀は何も言わなかった。銅像建立決議がなされたという知らせを聞いても、強制にほかならぬ募金事業がはじまったという知らせを聞いても、沈黙していた。自身の銅像建立計画を断ることも、募金運動を中断させることもなかった。どういうつもりなのか、この事業については、まったく他人事であった。

佐藤が院長に成り代わってすべてを推し進めていった。そして、最初にこの事業を提案したイ・スングが募金運動の先頭に立って走り回った。募金の成績が思わしくない部落の代表たちには、さまざまな威嚇と圧力を加えた。

ついに四万七千ウォンあまり（当時の一日あたりの賃金総額は三千ウォン）の基金が集まり、本格的な銅像建立作業が開始された。

ここに至ってもなお周正秀は沈黙していた。

院生は今度は銅像建立現場へと労役に出なければならなかった。

公園の正面、演壇のように盛り上がった丘の上に銅像を立てることとして、そこに石で土台を築いた。花崗岩を十八尺も積み上げた土台の正面には「周正秀院長像」という文字が刻まれ、裏側には佐藤とイ・スングをはじめとする銅像建立役員名簿が刻まれた三尺四方の大きな銅版が張りつけられた。

作業は、いつものように一日も遅れることなく、予定どおり正確に進められていった。

その年の八月二十日。

ついに銅像は完成し、除幕式が挙行された。

島ではいまひとたび盛大な儀式が繰り広げられた。日本の皇室から送られてきた祝賀使節と国内各宗教団体代表、有志らが数百名ほども参席した荘厳な式典だった。

式が始まって間もなく、周正秀の幼い子が、銅像の土台の下まですっぽり覆っている幕の紐をおそるおそる握って引いた。すると、それまで柔らかな白い絹の布に包まれていたもうひとりの周正秀が巨大で黒々とした姿を現わして、満場を圧倒した。

つづいて音楽が流れ、この日のために特別につくられた院長の歌が合唱された。

国の浄《きよ》めに　ささげ奉るは
私等の慈父よ　院長閣下
恵の園に　立てたる　銅像を
祝え　祝え　めでたき　今日

銅像建立に特に尽力したイ・スングは、院生を代表して特別功労表彰を受けた。それにひきつづいて、島の人々は久しぶりに楽しく遊ぶ一日を過ごした。

だが、周正秀の銅像をめぐって引き起こされたその滑稽な裏切りの物語は、それで終りではなかった。銅像が建てられてからというもの、院生にはさらにもうひとつ、新たな負担が増えていたのだ。毎月二十日が新たに「報恩感謝の日」と定められた。この日には必ず、病舎地帯のすべての院生は公園広場に整列し、銅像を参拝しなければならない。ひと月に一度、二十日になると、老若男女、病状の軽重を問わず、院生は公園広場に集まり、生身の周正秀とその銅像の前で敬礼を捧げ、訓示を聞かねばならなかった。

そんな、ある報恩感謝の日。病院が設立されて二十五年にもなろうとしている頃。

初夏。朝から太陽がむんとした熱気を吐き出していた。

この日、ついに最初の殺人が起きたのだ。もちろんこの日も、院生は周正秀の銅像参拝式に出払って、病舎地帯はほぼ無人、路地にも人影はまったくなかった。

ところが、全院生がごっそり公園広場に連れ出されたあとに、ひとりだけ村に残っている人間がいた。「鹿狩り事件」のあのイ・スングだ。

イ・スングは、この日にかぎって、どうしたことか体の具合が悪く、銅像参拝をこっそり抜け出していた。周囲がしんと静まり返ると、イ・スングは家の入口に近いほうにじっと横になって休息をとった。体の具合が少しばかり悪いからといって、誰でも銅像参拝をむやみに休むことができるわけではない。だが、イ・スングは誰よりも上官団から厚い信任を得ている。銅像建立時の功労によって特別表彰まで受けているのだ。イ・スングだけが手にすることのできる一種の特権だった。

とはいうものの、実をいえば、この日の銅像参拝式に出なかったのはイ・スングひとりだけではない。

何時頃だったろうか。ちょうど公園広場では参拝式が厳粛に進行していた。参拝式に参加した院生たちの首筋には、汗が噴き出て流れ落ちていた。イ・スングは胸の奥まで染み入ってくる夏の日の静けさに包まれて、うつらうつらしはじめたところだった。

その時、不意にイ・スングの家に入ってきた男がひとり。イ・スングの隣に住むイ・キルヨンという青年だった。

イ・キルヨンは指のない身体不自由の患者だった。青年は、指のない手の、その手首に、包帯で匕首《あいくち》をぐるぐると固く縛りつけて持っていた。

イ・スングはイ・キルヨン青年の突然の行動を不審に思う間もなかった。抵抗する隙もなかった。

青年はイ・スングが体を起こす前に、問答無用、手首に縛りつけてきた匕首をイ・スングの胸にずぶりと深く刺しこんだのである。

「ひとはみな、この島を、癩者たちが幸せに暮らす天国と言ったものだ」

ファン・ヒベク老人の話は終りに差しかかっていた。老人はふたたび目を細めた。煙草が燃え尽きた老人のキセルからはもう煙は出ていない。

「人々がそう信じたのも無理のないこと」

老人は燃え尽きたキセルを一、二度吸って、これまでの話のひとつひとつを結び合わせはじめた。

「だが、そのイ・キルヨンという青年はそんなふうには信じていなかったようだ。そやつはあとで自首して出て、そこまでしてでもこの島の実情を外の世界に知らせたかったと言ったのだよ。しかし、もちろん、やつの望んだようにことが運ぶわけもない。やつは間もなく島の監獄でみずから命を絶ったのだが、それを悲しんだ者といえば、この島に住む汚れた癩者たちだけよ。してみれば、この島を天国だと信じることができなかったのは、そのイ・キルヨン青年ただひとりというわけでもなかったようであるな。のちのちさらにひどいことが起きたのだから。あなたもご存知のことだろうが、あの周正秀という人に対して癩者たちがしでかした不埒なことを見ただけでもね。それは、もう、他の癩者どもにとっても、自分らの天国が耐え難いものになっていた証拠……」

ファン老人のその言葉は、周正秀院長の殺害事件を暗示していた。

イ・スング殺害事件が起きて一年が過ぎた、翌年六月二十日。その日も院生が周正秀の銅像を参拝しなければならぬ報恩感謝の日だった。院生はいつものように朝から部落別に列をつくって立ち並び、今か今かと生きている銅像の主人公が現われるのを待っていた。

しばらくして職員地帯から乗用車でやってきた周正秀院長が、随行員たちとともにゆっくりと自身の銅像に向かって、整列している院生の前を歩いていった。そして、中央里の院生の列の前をまさに通り過ぎようとした時――その時、列の中からひとりの青年が雷鳴のような声をあげて、不意に周正秀院長の前に飛び出した。

青年は匕首を隠し持っていた。

周正秀院長は青年の匕首で心臓を刺し貫かれて、その場に崩れ落ちた。

瞬く間のできごとだった。居並ぶ院生たちが声のあがったほうを振り向いた時には、周正秀を倒した青年が二人目の標的を探して、血にまみれた匕首を振りかざしながら、「佐藤！　佐藤、出てこい」と狂ったように叫んでいた。

院長のすぐ後ろにいた随行員たちですら、まったく手の出しようもなかった。島のなかでは快活な性格と義侠心溢れることで知られた星州《ソンジュ》生まれのイ・チュンソン（李春城）青年による、深い恨みゆえの復讐劇だった。

ともかくも周正秀はそのようにして逝った。そして、生きている人間の銅像がたいていそうであるように、周正秀が非業の死を遂げるや、その銅像までもが取り壊された。その跡には、今では病院設立四十周年を記念する塔が高く聳え立っている。

しかし、老人は周正秀の悲劇的な最期について、それ以上はあえて説明しようとはしなかった。サンウクの側も今までにも話に聞いて知っていることではある。しかも、この日のサンウクは周正秀のことよりも他の事に関心がある。老人はそれをはっきりと見抜いていた。

「だが、それもすべて、どうすることもできぬ裏切りだった。あの時は、誰だって、そうしただろう。誰もが……」

老人はそこで話を打ち切ったまま、自分に言い聞かせるように、最初と同じ言葉をもう一度繰り返すのみだった。

サンウクは口中が渇ききっていた。哀願するように老人に尋ねた。

「イ・スングという人間のことなのです。ご老人は、イ・スングのことも、誰だってそうなりえたのだからとお赦しになっているのですか」

ファン老人は、奇妙なことに、憐れみをたたえた眼差しでサンウクを見おろしていた。

「そうだとも……、イ・スングという人間でも、誰でも、あのような状況に置かれれば、そうなりうるだろう。院長という人間、あの周正秀も同じこと……」

「周正秀はあの状況に置かれたのではなく、あらかじめその計略を知っていたという話もあるではありませんか。イ・スングが銅像の話を言いだしたのもみずからの思いつきではなく、佐藤が耳打ちしたからという噂もあります」

老人はふたたびサンウクをじっと見た。そうして、ようやく、意を決したかのように、ゆっくりと口を開いた。

「まったくばかばかしい話だ。佐藤が耳打ちしたとか、しなかったとか、そこに何か違いでもあるのか？院長が佐藤にやらせたというなら、そうやって自分の銅像を建てたがったとしても、下の者たちがそれを建てて捧げると言うものだから、そのつもりになってしまったとしても……、どちらにしても周正秀はこの島を裏切っているのではないか。イ・スングにしても、やつが自分から言い出したのか、佐藤の指示を受けたのか、いずれにせよ、それでやつの裏切りが増えたり減ったりするものでもあるまいよ。周正秀にしろ、イ・スングにしろ、あの状況ではそうするより道はなかったのだから。われらがこのことで省みるべきことがあるとすれば、二度とお互いにあのような状況をつくりだしてはならぬということではないか……」

老人は言葉を濁して、そこで口を閉ざしてしまった。サンウクも黙り込んだ。聞きたいことはもうすべて聞いた。サンウクは老人の口を通して、自分にとってはあまりに痛い裏切りの物語をもう一度確認したのだ。

ファン老人はあまりに簡単にイ・スングという男を赦してしまっているように見えた。だが、老人は、自身の言葉どおりに、その人間のすべてを受け容れているわけではない。老人はイ・スングというひとりの人間の裏切りを赦すかわりに、この島と島のすべての人々を赦してはいなかった。状況が変われば、島の人間は誰でも、この島と島の人々を裏切りうると考える老人は、根本から島の人々を赦しているわけではない。その点から見れば、イ・スングという男も本当の意味で老人の赦しを受けているのではなかった。

サンウクはこれまで乱れるばかりだった思いを、ひとつにきれいにまとめつつあった。それはやはり、イ・スングという男への老人の赦しを願うものではなかった。赦しを願うどころか、老人の口を通して、より明らかなその男の裏切りを聞いてみたい、その裏切りに対する老人の断罪と呪詛を見てみたい、ただそれだけであった。

老人の話をこれ以上聞く必要はない。サンウクは、しばらく、ひとりうずくまって思いにふけっていたが、ようやく立ち上がった。老人はサンウクを引きとめはしなかった。

ところが、サンウクが挨拶を済ませて部屋から出ようとしたその時だった。

「ところで……」

何事か突然思い出したかのように、老人がサンウクを呼び止めた。

「今日またこんな話を聞きに来たということは、もしや、あなたはなにか面倒な状況に巻き込まれているのではないか」

出て行きかねて振り返るサンウクに、老人はこの日にかぎってそれまでは口にしなかった問いを投げかけてきた。

「いいえ。私の状況、ですか……ただご老人にお目にかかりたくてお訪ねしたところが、思わず長々とつまらぬことまでお尋ねすることになってしまったものです」

サンウクは内心ひどく驚き、答えを取り繕った。老人は既にサンウクからなにかを感じ取っているようだった。老人はすぐさま頷いた。

「そう、何事もなかろう。あなたは一度も私に自分自身のことを話したことはないのだから……」

こっくりと頷きながらもサンウクを見やるその目元に、曖昧でかすかな微笑がふっと浮かんで消えた。

「とりたてて私から申し上げるべきことはないのです」

サンウクは恐縮して弁解したのだが、サンウクがなんと言おうと、老人はもうすべてを知り尽くしている者のように、いまひとたび同じことを念押しするように繰り返す。

「そうだろう。私もあなたの話をあえて聞こうということでもないのだから。でも、いずれにしても、われらは互いの置かれている状況というものを思いやらねばなるまいよ。なにがあろうとも、この島で恥ずべき裏切りが二度と起きてはならぬのだから……」

第二部

出小鹿記

14

サッカーを普及させ、勝利の味を堪能させることで、島の人々にそれなりの自信を持たせると、チョ・ベクホン院長はついに本格的な事業計画を明らかにした。

だが、島の人々の反応は、院長の期待にはまだまだ程遠いものだった。チョ・ベクホン院長が長きにわたり胸の内に秘め、大事にあたためてきた事業計画を実現させるには、まだ越えねばならぬ多くの壁があるのだ。なによりまず最初に越えねばならぬのは、ほかならぬ小鹿島住民五千名あまりの胸に巣食う不信感だった。サッカーの勝利の報によって活気をみなぎらせたかに見えた島の人々は、院長の新事業計画が発表されるや、ふたたび冷たく固くこわばってしまった。

「みなさん、もうみなさんはこの島を出るべきです。みなさんとみなさんの子孫のために故郷をつくるには、この島はあまりに小さくて狭い……」

雲のように島を覆っていた薄紅色の花の群れが音もなく散り去っていった、ある穏やかな春の午後、チョ・ベクホン院長は各村の長老七名を中央里の公会堂に呼び集め、事業計画を詳細に語っていた。

「もちろん、この事業は、かつてこの島で行われた他のどんなことよりも困難で、長い歳月を必要とするものです。そして、この事業は過去の他のどんなことよりも、その恩恵は遠く遥かなところにある、としか言えません。我々が心に抱き、祈ってきた約束が、明日すぐにでも実現するということはありえません。この事業をみなさんの手で成し遂げたとしても、その土地から得られるものによってみなさん自身が今よりも腹いっぱい食べられるということは、おそらくないでしょう」

院長は五万分の一の地図を壁に掛けて、自身が計画している干拓作業の概要を説明し終えると、それはもう熱心に長老たちの説得にかかった。

長老たちはなんの反応も見せない。海を堰き止めねばならぬという院長の言葉が飛び出すや、表情が冷たくこわばった。院長がどんなに説得を続けても、もうまったく表情は動かない。

院長は落胆した。この一年間この島で成し遂げてきたことが、一瞬にしてはかなく消え去ってしまったように感じられた。この島へと赴任してきた一年前の八月の、息が詰まるような巨大な沈黙の塊りの前でしきりに汗をかいて立ち尽くしていたあの日の、あの人々の前に、ふたたび立っているような心持だった。だが、もう、あとには引けない。

「それでも、われわれはこの事業を始めぬわけにはいきません。たとえみなさんが今日みなさんの手で成し遂げたことの恩恵に浴することができぬとしても、後世、みなさんの子孫はその恩恵を手にすることでしょう。みなさんの子孫の未来のためにも、この事業をやりぬかねばなりません。もちろん、この事業に対して考えを異にする方もいらっしゃることでしょう。私に近い者のなかにも、この事業を心中ひそかに否定する者がひとりいることも私は承知しています。しかし、そのような幾人かの反対ゆえに、天にまします主がこの島に下したわれらの使命を、われらは投げ出すわけにはいかないのです。私はあえてこの事業は主がわれらに下された使命と申しましたが、まさしくそのとおり、これは明らかに、われらの主が私とあなたがたにお与えになった大きくも貴い使命なのです」

長老たちの口を開かせようと、院長は彼らの信じる主までも引っ張り出す。だが長老たちからはやはりなんの反応もない。院長の言葉など、まるで耳に届いていないかのようだ。うなずきもせず、ただ座っている。汗を流して必死に話しかけている院長を、まるでなにか珍しい見世物のように、ただただ黙って眺めている。咳ひとつする者もいない。

院長は長老たちの視線に明らかな憎悪を感じていた。声なき嘲笑を聴いていた。院長は死力を尽くして話しつづけた。

「あなたがたは、どうあっても、この島を出なければなりません。あなたがたが出ることができなければ、せめてあなたがたの子孫がいつかはこの島を出られるようにしなければいけません。おそらく、あなたがたはそのことを、ここに立っている私よりも、ずっとはっきりとわかっているはずです。そう願っているはずです。であるならば、いったい誰があなたがたを島から出してくれるというのですか。祈れば出られますか？　陸地のあなたがたの親類縁者が出してくれますか。陸地の人間は誰も、あなたがたがふたたび島から出てくることを願ってはいません。そのことも、やはり、ここに立っている私よりも、あなたがたのほうが骨身に染みてわかっていることです。あなたがたがみずから出て行かねばなりません。今日いますぐ島を出ることができなくとも、いつかはあなた方が、あるいは、あなたがたの息子や娘がこの島を出ることができるよう、あなたがたが道をつくらねばなりません。今日、私があなたがたに言いたかったことはこれだけです。さあ、今度はあなたがたの意見を聞かせてください」

話を終えると、院長はしばしの間、長老たちの表情をぐるりと見回していた。

口を開く者はない。水を浴びせかけるような冷たい沈黙。みなが院長の顔をただひたすらじっと見つめている。

「今、みなさんは、この島五千名院生を代表してここにいる、そして、みなさんと私はこれまでにない重大な決断の瞬間をともに迎えようとしているのです。さあ、みなさんの考えを聞かせてください」

すると、ひとりの長老が静かに立ち上がった。中央里代表ファン・ヒベク老人であった。その瞬間、院長と他の長老たちの視線が老人に集中した。立ち上がった老人は、ついに何事か重大な決心を語りだそうとするかのように、院長のほうを向いて何度か口を動かした。

「お話しください」

院長が促す。

だが、老人は話そうとはしない。そのかわり、奇妙にも、口元に殺気の入りまじった嘲笑めいたものを浮べている。そうしてしばし院長をしげしげと見つめ、やがて音もなく院長に背を向けた。院長が言葉を促す声も聞こえぬふり。ひとり出口へとゆらりゆらり歩き出す。それまでじっと口を閉ざして座っていた他の長老たちも、一斉に立ち上がった。そして彼らもまた殺気の滲んだ笑いを顔に浮かべ、幽霊のように声もなく老人のあとを追った。

「話せ、話せというんだ、なぜなにも話さない！」

興奮した院長は咄嗟に腰の拳銃を引き抜いて叫んだが、長老たちは振り返りもせず、声も立てず、公会堂を出ていった。

最初の壁だった。チョ院長の失望ぶりは言葉では言い表しようがなかった。

院長は再度ふりだしに戻っていた。なによりも、保健課長イ・サンウクに努力した形跡がまったく窺えないことに、寂しい思いを禁じえなかった。ファン・ヒベク老人は島の長老たちのなかにあって誰よりも信任が厚く、影響力の大きな人物であることは、院長も早くから把握していたことである。保健課長イ・サンウクがときおりファン老人を訪ねては、島のことをひそかに話し合っていることも、容易に察しのつくことだった。院長はファン・ヒベク老人の言動から、なによりサンウクの心のうちを読んだ。サンウクは老人を説得して協力を求めるどころか、むしろ老人を通じて院長の邪魔立てをし、さらには暗に脅迫までしているのだ。

しかし、院長はもう時間を一刻たりとも無駄にはできなかった。計画が発表されれば、相当の反発があるだろうことは、あらかじめ覚悟していた。イ・サンウク保健課長に対しても、この事業において島の人々の先頭に立つようなことなど最初から期待していなかった。院長の知る来歴や人となりから判断するに、イ・サンウクは最後まで態度を決めかねるはずだ。この島で起きたことや、今後起こりうることについても、イ・サンウクは一貫して否定的だった。この島で経験したことや自身の暗い過去が、イ・サンウクをそれほどまでに悲観的な思考の人間にしてしまったことは間違いなかった。イ・サンウクのあらゆる思考の根拠となっているのは、この島の暗い来歴、ただそれだけなのだ。ともすれば、イ・サンウクはこの島の来歴を引っ張り出し、それだけを考え、それがゆえにあらゆることを簡単に結論づけた。自身の暗い経験で形作られた世界と不幸な島の歴史に押しつぶされて、いつも陰鬱で無気力な表情をしていた。誰よりも人を信じようとはしなかった。それどころか、何事も為そうと思いもしなければ、行動を起こすこともなかった。島で真っ先に救われるべきはサンウク、この男なのだ。だが、院長はいまだにそのサンウクに期待をかけていた。今回の工事は、ただ頭で考えるばかりのサンウクに、これまで知ることのなかった目に見える現実としての新しい経験をもたらすことだろう。サンウクを救い出すことは、この島のすべての人々をその裏切りと不信の悪夢から救い出すことにもなる。そして、チョ院長は、サンウクの徹底した不信と迷いこそが、サンウクが最後までこの島を裏切ることのないもっとも確かな証拠だと考えていた。決心は遅くてもいい。その代わり、いったん決めたなら、なにがあろうとも、サンウクはけっして裏切りをはたらくような人間ではない。サンウクを含めた島の人々の同意の有無にかかわらず、まずは自分ひとりだけでもと、院長は必要とされる工事の準備を急いだ。

院長は数日ほど島を空け、大規模干拓工事が行われている霊岩《ヨンアム》と長興《チャンフン》をまわって見聞を広めるとともに、技術者を呼び寄せた。経験豊富な土木技術者に依頼して、工事予定地のより精密な測量を行うことで、一段階、また一段階と、工事計画を具体化させていった。ソウルの中央政府と全羅南道庁を往復し、工事の許可と事業の財源について交渉するのにも、何日も忙しい時間を割いた。

工事計画がほぼ完成段階になってくると、院長は今度はそのしめくくりに、堤防が延びてゆく予定の水面に沿って白熱電球を一筋に延々と仮設した。高興半島の南端、そこからさらに海へと延びる二つの小さな半島の間の遥かな距離を、無数の白熱電球が列をなして連なっていく。豊陽の豊陽半島から梧桐島《オドンド》までの三八五メートル、梧桐島から五馬島《オマド》まで三三八メートル、そして五馬島から道陽面鳳岩半島まで一五六〇メートルの海面に、数百個の明るい電灯の列で境界線が引かれたのである。この境界線の内側、粉梅《プンメ》と古發《コバル》と峴島《ヒョンド》の三つの島と広さ三三〇万坪の広大な海が、未来の沃土として区分された。湾のなかに散在している五つの島のうち、四つが堤防の一部となり、あるいは、堤防の内側にその姿を消すことになる。堤防予定線の外側の海面に位置するマンジェ島については、この島を切り崩して、堤防築造作業に必要な石や岩を調達する計画であった。この海の満潮時の最高水深は八メートル。その海のまっただなかに白熱電球を一列に並べて、未来の沃土を描き出すとは、あまりに荒唐無稽な発想だったかもしれない。が、院長としてはなによりもまず、ひとつでも目に見える形を差し出して、島の人々の意欲と勇気を引き出したいという思いに突き動かされてのことだった。工事が始まれば、昼夜を分かたず、潮の満ち干に合わせて船による投石作業を行うことになるため、この灯りは作業を照らすのにも必要であった。

チョ院長はそこまで準備したうえで、あらためて長老たちを集めた。それまでの間も、島の人々は院長が準備を進めていることについては一切我関せずの態度だった。甚だしくは、院長に付き従って作業の過程をひとつひとつ手伝ってきたイ・サンウク保健課長までもが、今後のことについてはまったくなにも尋ねようとはしない。院長を理解しようとするどころか、関心すらない。チョ院長は島の人々のただならぬ無関心のなかにあって、たったひとりで、すべてのことを推し進めていた。

もう待つだけ待った。院長はそう考えていた。

最後にもう一度だけ、長老たちを説得しようと思った。

今度はチョ院長のほうも言葉は必要なかった。船を一隻用意して長老たちを乗せ、長興へと渡った。得糧湾を間に挟んで対岸の大徳面の大規模干拓地を見せるためであった。この干拓地の一方の側では、今まさに海水の排出作業をしているところであったが、もう一方の側では既に海水が完全に遮断された干潟を農地として開墾している。実に広大な干拓地である。今年からは、海水をすっかり洗い流して田植えをする農地もあるだろうとのことでもある。長老たちをここに連れてくることは、院長がひとり事前調査をしていた時から既に決めていたことだった。

船に揺られていく二時間あまりの間、院長は無言であった。長老たちも無言だった。長老たちはただ黙々と院長のあとをついて船に乗り、干拓地に着けば黙々と院長につづいて船を降りる。船を降りても、やはり院長と長老たちの間に言葉はない。必要な指示は、院長に代わって、院長に随行してきたイ・サンウク保健課長が出した。船を降りた院長は、ひりひりと熱気を帯びた初夏の日差しのなかへと、無言で一行を引き連れていく。長老たちも黙々と歩き出す。海水を堰き止めて開墾された新しい農場は、その周囲が二十里を軽

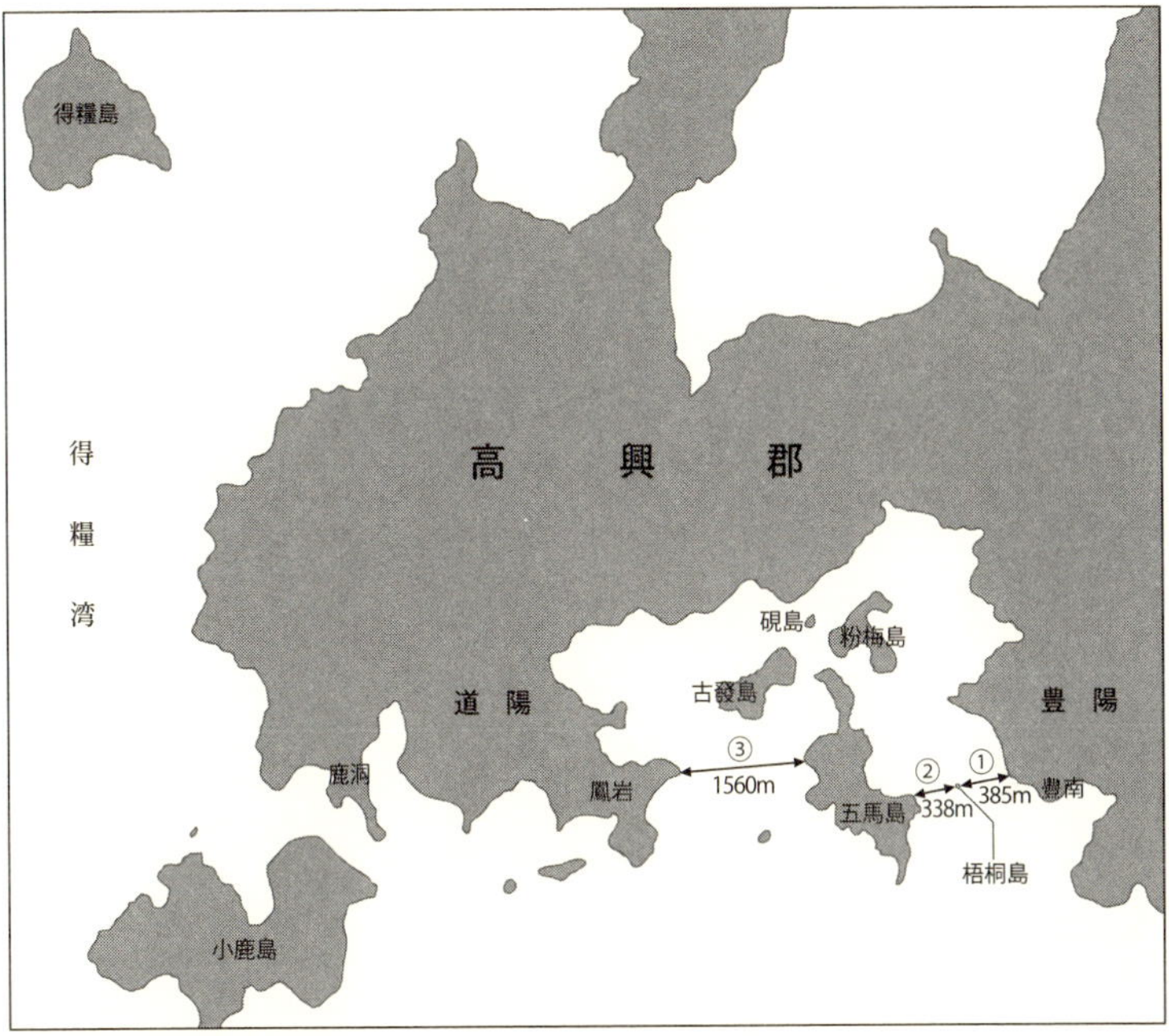

五馬島開拓事業の周辺地図。①〜③は第一、第二、第三防潮堤

く超えるという、実に広々とした土地だった。青々とした田んぼが広がっているところもあれば、今まさに人々が総出で田植えの真っ最中のところもある。

院長は昼食もとらずに、執拗な沈黙と緊張のなか、農場をひとまわり歩いた。そして午後も遅くなってようやく出発地点に戻った院長は、長老たちをふたたび船に乗せた。空腹と疲労が押し寄せてくるのを、院長は歯を食いしばって耐え、船を今度は高興へと向けた。

次は工事予定地へと長老たちを連れていく。三時間ほどして目的地の海に一行を乗せた船がたどり着いた時には、夜のとばりが海を覆いはじめていた。人夫らに前もって指示していたとおり、海上には電灯が一列に煌々と灯っていた。黄昏の海の上を遥かに延びゆく一筋の電灯の光は、陸地へとつづく明るい道のように院長一行には感じられた。この光の道の内側の海が、この日にかぎっては静寂そのものと化して静かに横たわっていた。

院長は、もうそれ以上は電灯の列へと船を近づけようとはしない。それ以上近くで見るべきものはなかった。

院長は海の真ん中で船を停めさせた。そしてしばらくの間、身動きひとつせず、電灯で境界線を引かれた海のほうをじっと見つめて立っていた。

「さあ、よく見てください」

やがて院長が話しはじめた。

「今はあの海の上に一筋の電灯の光しか見えません。しかし、いつの日か、あの光で囲まれた海が、みなさんが種を播いて収穫をする、みなさんの大地となる時がやってきます。みなさんにはおそらく信じがたいことでしょう。信じたくないことかもしれません。それでもいいのです。

私は、みなさんの同意を求めるために、今日一日をこうして過ごしたわけではありません。みなさんがこの事業に同意しようとするまいと、それはもう大したことではない。なぜならば、この事業は最初からあなたがたのものであり、私のものではないからなのです。みなさんをここまで船で連れてきて、あの海を見せたのは、ただひとつ、私の約束を伝えるためです。今日、私がみなさんがこの事業に同意しようとするまいと、あの海を堰き止める事業にあなたがたが汗ひとつ流すことがなかろうとも、結局はみなさんではない他の人々の汗と努力によってあの海は豊穣な沃土に生まれかわり、あなたがたに捧げられる日がやってくるだろうという私の約束を伝えるためなのです。あなたがたが関わらなくとも、あの海は堰き止められます。私がやり遂げます。労賃を払えば、人夫はいくらでも雇えます。この事業が気に入らぬのであれば、みなさんはただ見物だけしていればよいでしょう。そして干拓事業が終り、あなたがたに捧げられた大地で、あなたがたは種播きもせずに、収穫を手にすればよいことです」

長老たちは口を固く閉ざしたまま、岩のように押し黙っている。誰ひとりとして院長の言葉に応えようとする者はない。しばし言葉を切って船の中を見回していたチョ院長は、ふたたびゆっくりと話しだす。

「私は、ここで、もうひとつだけ話したいことがあります。あなたがたはあまりに過去の出来事にこだわるべきではない、ということです。あなたがたの過去は誇りうるようなものではありません。過去がなんだというのですか。恥辱と絶望と裏切りの記憶だけです。その暗い過去の亡霊を振り捨てることができぬかぎり、あなたがたは今も昔も将来も変わることなく癩者であるほかない。過去を捨てようとしないことは、あなたがた自身がみずからを癩者と認め、哀れな癩者であることに固執する以外のなにものでもない。あなたがただけではありません。この病に罹ったこともないあなたがたの息子や娘までもが、醜悪な癩者の子孫として、永遠に、この島を出ることはできなくなると言いたいのです。

あなたがたはもう既に病は癒えているのだから、癩者ではないのだと言いたいことでしょう。あなたがたの子どもも、もちろん、癩者という言葉とはなんの関係もない。

誇りうるようなものではない過去の悪夢を洗い流し、今こそ明日を見つめるべきです。島を出るべきです。そもそも、あなたがたは、この島を出るために、子孫までをも癩者にしないために、何かしてきましたか。みなさんが知ってのとおり、私はイエス・キリストを信じてはいません。でも、私はみなさんの祈りを知っています。天にましますあなたがたの主が、ただ一度だけでも人間の祈りを聞きとどけてくださるものならば、それは間違いなくあなたがたの祈りであるはず。そう私は信じています。

あなたがたの境遇が慰めを必要とすることは、私もよくわかっています。あなたがたは主の慰めを受けるべきです。しかし、慰めはあなたがたの権利ではない。慰めばかりを求めるのはおやめなさい。あなたがたがすすんで、みずからの境遇に打ち勝ち、乗り越えようとせぬかぎりは、主もまた、いつまでもあなたがたをただ慰めつづけるわけにはいかないでしょう。主はみずからを助ける者をお助けになるという言葉こそ、あなたがたにはより大きな慰めとなるということに気づいてほしいのです。私はただそれだけを願っています」

院長は話し終えると、もう長老たちの反応を待つことなど微塵も考えてもいないかのように、しばし真っ暗な空へと視線を漂わせて立ち尽くしていた。やるべきことはすべてやりつくした。院長は静かに船を小鹿島のほうへと向けた。

15

長老会の人々の反応が現われたのは、そのすぐ翌日の朝のことだった。

この日の朝、チョ・ベクホン院長は前日の疲れがまだ抜けぬままのすっきりとしない眠気を振り切って、いつもどおり、きっぱりと起きあがった。日が天高くのぼる前に干拓工事現場へと海を渡り、外部から雇い入れた人夫を指揮しなければならない。

起きあがった院長が部屋の扉を開けて外に出てみれば、床の端の柱の際に封筒のような白いものが置かれている。近づいて見ると、それは風に飛ばされぬよう小石で押さえてある本物の封筒だった。

院長はすぐに直感的にわかった。

夜の間に病舎地帯から誰かが官舎へとやってきたのだ。院長宛にひそかに言付けを携えて。職員地帯にこっそり境界を越えてきたがゆえに、手紙だけを置いて帰っていったのに間違いない。

院長は貴重なものを扱うかのように、注意深く封筒をつまみあげ、手紙を取り出して読みはじめた。思ったとおり、それは病舎地帯のファン・ヒベク老人からの院長宛の手紙だった。

――なぜに院長はあんなことを言うのか理解できぬ。

老人の手紙は最初から険しい詰問ではじまっていた。

――われらは今まで一年間院長を見てきた。同じく院長もわれらをこの一年間見てきた。院長はもうわれらを知り尽くしている。

しかし、われらが子孫を癩者にさせないために何事も為してこなかったと、われらを責め立てる院長のその言葉は間違いであろう。

われらはこの数十年間、癩者ではない人間としてこの島から出るために、あらゆる試練を経験してきた。

そして、いつも騙されてきた。

それは院長も知らぬはずがないことだ。島を出ようとしてきたわれらの願いと努力の末に残されたものは、いつも裏切りだけだった。為政者に騙され、院長たちに騙され、病院職員たちに騙され、偽りの顔をした偽善者たちに騙され、陸地の薬売りたちに騙され、甚だしくは、故郷の肉親や教会の兄弟からまでも騙され、捨てられた、それがあたりまえだった。ついには、癩者が癩者を騙し、裏切った。

われらは、しかし、今ではそのすべてを恨んでばかりいるのではない。われらの過去をなにかの権利でもあるかのように引っ張り出して、押し立てるようなことはしたくもない。

振り返ってみれば、そのすべては、われらが主の御前に立つための貴い試練だったのだろう。そして憐れみ深い主は、その試練の歳月の末に、ついにわれらを救ってくださった。われらは主の慈しみ深い慰めのなかにある。主の大いなる慰めのなかで、われらは主だけを信じて、今もこの島に暮らしている。

われらの試練はついに終ったのだ。われらを欺かないのはただ主ひとりのみ。主は絶対にわれらを欺くことはない。そのこともまた院長は、われらよりもなおいっそう、わかっているはずだ。

なのに、院長は、なぜ、今日また、あのようなことを言うのか――

ファン長老は院長を厳しく追及していた。だが、それは、この小鹿島の半世紀にわたる汚辱の歴史をすべて見てきた生き証人であるファン長老の、最後の念押しなのかもしれない。

充血した目で手紙を読みすすめるチョ院長の顔が、やがて明るくなりはじめた。

――おそらく、われらはまだ試練が足りないのだろう。

老人の語調がそこで突然変わった。

――主は、われらの試練を終らせるために、いまひとたび、われらのもとに院長を送られたのかもしれぬ。

誇れぬ過去ゆえに、院長の心をあまりに傷つけて申し訳ない。だが、これからは、院長を信じることをわれらに求めてきたように、院長もわれらを信じてほしいと思う。院長がするということなら、われらもしよう。われらが本当に新しい土地を手に入れて、島を出ることになるならば、われらが院長よりも先に立つべきだということはわれらも承知している。しかも、それは、われらの無辜《むこ》なる子孫の将来がかかっていることなのだから、その将来を院長ひとりに任せるわけにはいかないではないか。ただ、ひとつだけ怖れているのは、主の真の御心だ。これが本当に慈しみ深い主の御心なのかはわからぬ。もしそうであるならば、主はわれらにこの事業をやり遂げる勇気もともにくださることであろう。

そこで院長に頼みがある。

院長は既にわれらが主の御名のもとに、あなたの思うところをわれらに伝えた。そして、われらの子孫の名のもとに、われらを咎《とが》めた。

われらが、あの海の中からわれらの土地をつくりだし、島を出られるようにする、その約束を、主の御名のもと、院長はあらためて誓約してほしい。この事業が万一ふたたび苦難に満ちた試練のままで終った時には、院長はわれらの主と子孫の名を騙《かた》り、その名をこのうえなく辱める人間となることであろう。

それをけっして忘れぬよう。

主は絶対にわれらを欺くことはない。

答えを待っている……

手紙を読み終えた院長は、ようやく、ふーっと大きな安堵のため息を吐いた。もうなにも気がかりはない。誓約を怖れる理由はない。

院長はこの日すぐに公開宣誓式を執り行うこととし、ファン長老のもとに使いを送ってその旨を伝えた。

そして、病院に出ると、すぐにイ・サンウク保健課長を呼び出し、宣誓式の方法と式次第を話し合った。

事前に通知した宣誓式の時間である正午が近づくと、院長は全病院職員を引き連れ、自身の宣誓式が行われる中央里公会堂へと下っていった。

公会堂には既に長老会の老人たちのほかに、病舎地帯の主要な人々や学校関係者が二百名ほども集まって院長を待っていた。公会堂の正面には簡略な式壇が用意されている。宣誓式を司式する神父もひとり、既にやってきていて、院長の到着を待っている。

院長一行が到着すると、すぐに宣誓式は開始された。

「さあ始めましょう」

院長みずからそう言うと、足音高く式壇へと歩き、神父の前に立った。神父が聖書を院長の前に差し出す。院長は神父の指示どおりに聖書の上に右手を載せて、待つ。

「では、院長が誓約なさいます」

神父が周囲に向けて宣言し、院長に問いかけはじめた。

「あなたは、今この時から、この島と島の人々のためにあなたが始めようとしている事業において、ひとすくいの水もわが身だけのためにわがものとせぬことを、憐れみ深い主とここに集う証人の前で誓いますか？」

「誓います」

「あなたはこの事業に携わる間、自分自身のために、いかなる勲功も名誉も追い求めず、見返りを願わず、偶像もつくらぬことを、ここに集う証人たちの前で神の名のもとに誓いますか？」

「誓います」

場内は水を打ったように静まり返っている。誓約を問いかける神父とそれを受ける院長の低くはあるが力強い返答の声が、場内を一層厳粛な空気にしている。

「院長が誓約なさいました」

神父が沈黙に包まれる証人たちに向かって言う。そして、これをもって誓約として受け容れるのかと確かめるように尋ねた。

「院長にさらに別の誓約を求める方はいますか？」

「おります」

証人のひとりが返答し、立ち上がった。ファン長老だった。じっと動かぬ場内の空気がさらに重くなる。

「たった今院長が誓ったことを、われら癩者の哀れな子孫の名のもとに、もう一度誓うようにしていただきたいのです。そして、その誓いのとおりにならなかった場合には、この島の五千名の癩者を代表してここに集う主の証人たちに院長の命を委ねることができるかと、尋ねてくださいますよう」

「承知しました」

ファン長老が言い終えると、すぐに神父は院長に尋ねた。

「院長はここに集う証人たちの意を受けて、もう一度誓約をなさいますか？」

「いたします」

院長はさきほどよりもいっそう力強く答えた。

「あなたは、今、憐れみ深い主の名のもとに誓ったことを、ここに集う証人とその子孫の名のもとに誓いますか？」

「誓います。そして……」

院長は返答すると、今度は神父が尋ねる前に自分から次なる問いに答えはじめた。

この日も院長は、公私の別なく着ている大領の階級章のついたいつもの青い軍服姿、今では院長の体の一部のように島の人々の目に映っている革の拳銃ホルダーが右の腰に下がっている。

院長は不意にその拳銃ホルダーから本物の金属のそれを取り出して、式壇の上に置いた。そして、右手を聖書の上に、左手を拳銃の上に載せ、神父の問いかけを先取りして、ひとり誓いの言葉を続けた。

「申し訳ありませんが、みなさんが望むのであれば、今、私は、私の身をより確実に守ってくれるこの拳銃のもとに誓いを立てます。私が万一裏切りを働いた時には、私の命は当然にあなたがたのものです。でも、それよりも前に、この拳銃が、みなさんとみなさんの主の前で行った私の誓いを守ってくれることでしょう。みなさんの主とみなさんの前で、この拳銃が私の裏切りを断罪することでしょう」

静まり返っていた場内が院長の思いがけない行動でざわめきだした。きっぱりと明快な院長の態度に、ようやくのこと安堵のため息を吐き出す者もいれば、院長の唐突な決意の前にむしろ怯えて驚く者もいる。そうこうするうちに院長は誓約を終えて壇を下りた。神父はもう最後の祝別に入ろうと、ざわめきが静まるのを待っている。

その時、ファン長老がふたたび立ち上がった。

「裏切りは院長だけに起こりうることではない。より醜悪で恐ろしいのは、自分自身が裏切りをはたらいた時だということを、われらはよく知っている。院長が誓ったならば、今度はわれらが誓う番だ。われらも当然に誓わねばならぬ」

ファン長老は院長に誓約を求めた時よりもっと重々しい面持ちで言うと、みずから式壇の前へと出ていった。雷に打たれたかのように、ざわめきが一瞬にして静まった。その重い静寂を破って、静かに式壇の前へと歩み出たファン長老は、たった今院長が手を置いて誓った聖書の上に今度は自身の手を置いて、すすんで誓いはじめた。

「憐れみ深い主よ。今日、このように、私どもが生きる大地をつくり出すべく、寂しき者をお送りくださった恵みに感謝申し上げます。主よ、私どもにこのように寂しき者をお送りくださったのと同時に、私どもがこの事業に立ち向かい、この島の五千名の兄弟たちがともに試練に耐え抜く勇気と智慧をお与えください。そしてこれが主の御心であるならば、私どもの最後の試練となりますよう、この島において主の御心に従わぬ者がひとりも出ませぬよう、あの寂しき者と主の哀れな僕《しもべ》たちがともに主の栄光のうちにありますよう、われらの肉体はわれらのものではない。主のものである。

われらの心もわれらのものではない。主の御心のままである。

主の御心のままに、われらの肉体を生かし、力いっぱい働かせてくださいますよう。

主の御心のままに、愚かなわれらをしてどんなに小さな裏切りもなさぬようお導きくださいますよう。

われらに先んじて主の御許に参った数多くの兄弟たちの魂といまだ生まれ来ぬわれらの哀れな子孫の名のもと、主にこの誓いを捧げます……」

16

宣誓式が行われてからしばらくの間は、すべてが順調だった。

作業開始日は七月十日と定められ、いよいよ本格的な起工準備が急がれた。ソウルと全羅南道を行き来して予め約束を取りつけていた工事認可を正式に受け、勤労救護糧穀も受領した。院長は長老会の人々となにかと顔を合わせ、干拓作業の進め方や工事期間の生計対策について話し合った。

設計どおりに工事が完了すれば、海から現われる大地は小鹿島の二倍よりもさらに広い三百三十万坪。院長の計算では、その土地に菌陰性患者一千世帯二千五百名と一般零細農家一千世帯五千名が移住し、一人当たりの耕地面積は三百坪、五人家族の世帯ならば千五百坪程度の農地が分配されるだけの可耕面積があるはずだった。身体条件に応じて、院生の移住者たちには稲作よりも野菜や麦類を栽培する畑作を勧め、水を必要とする稲作は一般移住者に委ねる計画である。そうなれば、野菜や雑穀類を除いた主穀である米の生産だけでも年間収穫量が三万石、麦も二万石の収穫が見込める。

だが、それはあくまでも工事が終ってからの話。ことを成すには、まずは工事期間中いかに食っていくのかという生計対策から考えねばならない。全体計画の七十パーセント完了を目標とする初年度の予算規模は、総額五千万ウォンに達していた。作業期間中は、病院から院生一人当たり米二合麦二合に加えて、作業に出る院生には作業の種類に応じて日当三十ウォンから三十五ウォンが別途支給されることになっている。さらに院長は、作業を進めるための主要財源として、勤労救護糧穀を確保したのだった。

工事の進め方は、工事現場で働くことが可能な菌陰性患者二千名を二つの作業隊に編成し、一千名の一作業隊が一か月交代で現場作業に当たることにした。島の住民五千名中、菌陰性の病歴者は全体の六十五パーセントの三千三百名ほどであり、そのうち工事現場に出られる者は二千五百名ほど。作業隊編成になんら問題はなかった。二つの作業隊と一般作業班を総括する機関として「五馬島開拓団」が設置され、チョ・ベクホン院長がその団長に、ファン・ヒベク長老が島の全患者を代表して副団長に就任した。

院長は長老会と病舎地帯有志に働きかけ、志願作業隊を組織し、先発隊として工事現場に派遣する一方で、自身は長興と霊岩などの干拓地を視察し、工事技術者たちと交渉し、必要な作業工具を購入した。志願作業隊は松の木材を購入し、数十隻の採石運搬船を建造した。

目が回るような忙しい日々が流れていった。

作業開始予定日まであと数日になった時には、起工に必要な準備はほぼ終っていた。作業工具もある程度確保され、島外からは列をなして人夫たちが押し寄せていた。

院長は準備の仕上げとして、工事現場に作業指揮本部を設置した。建設予定の堤防の中間地点あたりに位置する五馬島の六十七高地に、指揮本部の小屋が建てられた。小屋の前には、サッカーチームのマークであったあの指のない手のデザインをそのまま開拓団の旗にしたものを高々と掲げた。

海風に力強くはためく五馬旗の下には、自身の運命を乗り越えた不屈の詩人の血涙の結晶たる絶叫と指のないその掌がくっきりと刻まれた詩碑が建てられた。

癩者が
大地に生きるをえずに逐われた恨《ハン》は
大地に生きようとする願いは
大地ではありえなかった
大地をつくり出し
その大地に生きて　ついには
虐待された名前を洗い清め……

（韓何雲の詩「五馬島」中の一節）

待ちに待った七月十日。詩碑に書かれたあの長い歳月の恨《ハン》を解き、願いを叶える起工式の日がやってきた。長官と道知事も参席する起工式の祭事で、島はいつにもまして心はずむ祝祭の空気に包まれた。教会は鐘を鳴らして工事の成功を祈願し、中央里の運動場では島を二分するサッカーの試合が熱く繰り広げられている。小学校では子どもたちの歌と踊りの祝典が催されている。

起工式の会場では、工事現場の人夫らの進言により、豚の頭を供物とする祭祀が執り行われた。豚三頭を屠《ほふ》り、新しい防潮堤の先端に供えて、地神、海神に捧げた。

夜になると海上に仮設された一筋の電灯が一斉に点灯された。作業指揮本部のある五馬島一帯は、真昼のように明々とかがり火が焚かれた。チョ院長は五馬島高地の丘のかがり火のもと、作業隊の院生たちとひとところに集い、煌々たる電灯の列の光のなかに浮かび上がる明日の沃土を眼下に見おろしながら、深夜まで酒を酌み交わした。

しかし、奇しくもこの起工式の日を境にして、またひとつ、あまりに大きな試練が院長を待ち受けていたのである。かねてよりわかっていたことではある。島の人々を説得することが島の内側における最初の試練なのだとすれば、いつか、もうひとたび、島の外側から困難な試練の波が迫り来るであろうことを、院長はひとり憂慮していたのだ。だが、それにしても、外からの試練がこれほど早く押し寄せてくるとは、思いもよらぬことだった。

酒に酔って官舎に戻ったチョ院長が、翌朝、すっきりしない目覚めから今まさに起き出そうとしていたその時であった。

工事現場で夜を明かした作業隊員のひとりが、突然に、息を切らせて官舎の入口に飛び込んできた。五馬島対岸の村々から数百名もの人々が群れをなし、荒れ狂う波のように工事現場を襲っているというのだ。知らせを聞いたチョ院長は、そのまま船に飛び乗り、工事現場へと駆けつけた。

院長一行が作業指揮本部にたどり着いた時には、島に吹き荒れた嵐は既に過ぎ去ったあとだった。船から飛び降りてみれば、浜辺に測量技師二名が泥まみれで気を失って倒れている。測量器具と作業道具がばらばらに打ち壊され、作業指揮所の小屋の前に建てた「五馬旗」もずたずたに切り裂かれて地べたに投げ捨てられている。

癩者が大地に生きるをえずに逐われた恨《ハン》は、大地に生きようとする願いは――

五馬旗の下に置かれていた詩碑の絶叫は、まだ工事も始まらぬうちに詩碑とともに踏みにじられた。

小屋の中の惨状は言うまでもない。壊れた机と事務用具が目も当てられぬほどに散乱している。窓もひとつとして無事なものはなかった。小屋を守っていた先発隊員のひとりは、ひっくり返された机の下敷きになって、額から血を流して唸っている。

院長は船から小屋まで上ってくる間も憤怒で全身が震えていた。大暴れした侵入者たちは、院長一行が現場に駆けつける直前に、素早く島から姿を消していた。いったい何十隻になるのか、村人たちの船が今も沖合いにひしめいている。五馬島までやってきて作業指揮所をこれほどまで破壊していったとすれば、堤防の先端のほうの状況も推して知るべしである。

院長は侵入者たちの船がひしめく海を遥かに睨みつけ、何度も腰の拳銃ホルダーに手を持っていく。

だが、院長の行動は冷静沈着だった。こんな時ほど行動は冷静に、と自分に言い聞かせていた。

院長はまず負傷者の傷の様子を診た。そして、同行してきた作業隊幹部たちには事態収拾の具体的指示を出した。

「負傷者は今すぐ病院に運ぶように。それから、破損したものは、なんとしても今日中に、完全に原状復旧をする。やつらに、われわれが落胆しているとか怯えているとか思われてはならない……。連中がどう出てこようと、われわれはとにかく自分のやるべきことをやるのみという決意を知らしめねばならぬ。このことを肝に銘じて、今日中に原状回復をやりとげるよう……」

指示を出し終えると、院長は船を一隻出して、たったひとりで狼藉者どもを追った。

いずれにせよ、一度は通らねばならぬ道なのだ。

チョ院長は近隣の村々の立場を承知していた。癩病患者の島がすぐ近くにあるということから、他のどこよりも病気に対する警戒心が強い。今では病気に対する理解がある程度深まったとはいえ、癩の島のせいで周辺海域で獲れた海産物の取引にまで損害を蒙りつづけてきた人々なのである。そのうえ工事で海まで堰き止められたなら、それでもなんとか生業となってきた貝や海苔《のり》の漁場がすべて消えてしまう。農場を拓いて陸地に上陸した病歴者たちとは隣村同士になり、暮らしのなかでつきあいを持たねばならぬ。生業への脅威と癩病への説明のつかない感情的な恐怖が、間違いなく、近隣住民をとことん追いつめている。

避けようのない対立であった。

こうなったら、こちらの決意もはっきりと示してやらねばなるまい。院長はそう考えていた。ひとりでは危ないのではないかという周囲の心配を退け、船の機関士ひとりだけを伴って、村人たちのほうへと船を駆った。襲撃者たちの船は豊南半島側の第一防潮堤の先端付近でざわざわと騒いでいる。一部の者たちは船を降り、作業工具倉庫を打ち壊していた。また他の者たちは船上から、堤防予定線に沿って一列に仮設された白熱電灯を海にどんどん投げ込んでいる。院長の船が襲撃現場に矢のように駆けつけてくると、村人たちはようやく暴れるのをやめ、無言で院長の動きを見つめはじめた。

長身に無造作に軍服を着込んだチョ院長の腰には、この日に限って、いつも不用意に見せたりはしない拳銃ホルダーが、ゆらゆらと揺れて見える。追ってくる船の舳先《へさき》に仁王立ちして、その拳銃ホルダーのある腰のあたりに手を当てている院長の姿に、村人たちはどこか不意に気勢をそがれた表情である。

船が浅瀬に乗り上げると、院長はひらりと人々の真ん中に飛び降りた。村人たちは院長をよけようともせず、かといって取り巻こうともしない。ただそのまま立ち尽くして、危うさの漂う沈黙のなか、院長を警戒しつづけている。

院長はおのずとその沈黙に取り囲まれる格好となった。

「誰だ？　誰があなたがたをここまで扇動して引き連れてきた？」

ついに院長が周囲をぐるり見回して声をあげた。

答える者はない。

「これは暴動だ！」

しばらく反応を待っていた院長が、いま一度威嚇するように声を張り上げ、宣言した。

院長を取り巻く者たちからは、やはりなんの反応も返ってこない。遠巻きに院長を見つめ、注意深く院長の次の動きを待っているだけだ。

「あなたがたは、現在、革命政府である軍政の支配下にあることは知っているはずだ。私は小鹿島病院の五千名の院生の生命と財産を保護し、島の安全と秩序を維持する現役軍人院長として、この暴動を鎮圧する正当なる権利と義務を持つ者である」

院長はさらに言葉をついでいく。まずは侵入者たちを軽く脅し、そして次には少しばかり態度を和らげて諄々《じゅんじゅん》と説得をはじめる。

「しかし、私は今、この暴動を私の権利だけをもって収拾しようとは思わない。私はみなさんの立場を理解している。この事業によって、みなさんの海が塞がれ、直接間接にみなさんが負うことになる損害に対して、この私も深く考えるところがある」

院長が話している間、それまで院長の動きをじっと見つめていた人々が、ひとりまたひとりと院長を取り囲みはじめた。

院長の声には次第に自信が満ちてきた。

「であるから、さあ、私と話し合おうではないか。この問題は、打ち壊し、踏みにじるだけでは絶対に解決しません。みなさんがどんなに踏みにじろうと、打ち壊そうと、この事業は何度でも立ち上げることができる。そして、ついには、きっと成し遂げられるのです。なぜなら、あの五千名の院生たちは、みなさんよりもずっと凄まじい苦難と逆境のなかで生き抜いてきた者たちだから。あの者たちはこの事業を神の至上の命令だと信じ、神と固い約束を交わしています。あなたがたを理由として、この事業を断念することは、もはやできないのです。無謀な暴力では解決しません。だからこそ、今、私と話しましょう。話し合って、互いの利害を調整する途を探りましょう。誰ですか。どなたがみなさんの立場を代表して私と話しますか？　代表は出てきてください」

「代表はいない。われわれ全員が代表だ！」

村人のなかから誰かが皮肉るようにひと言、声をあげた。院長の態度が予想したよりも穏やかなのを見て、村人はかえって院長を見くびったようである。そのひと言がきっかけとなって、村人たちは口々に四方八方から院長を恫喝《どうかつ》しはじめた。

「そうだ。代表はいない。話をしようというなら、隠れてひそひそやろうなどと考えるな。われわれ全員とここで話そう」

「話って、いったい何を話そうってんだ？　われわれが言いたいことは、この事業をやめろということ、それだけだ。それを説得しようというなら、むしろその拳銃でわれわれを撃ち殺すなり、叩き殺すなりしたほうがよかろうよ。それより院長、あなたがまず話してみろ。あなたがわれわれの立場をわかっているというのなら、いったい何をどのようにわかっているのか、それからまず聞こうじゃないか」

どうにも代表は出てきそうにはない。代表を決めずに、集団談判で応じるつもりであるのは明らかだった。

「よろしい。どのみち私もこの問題を密議で解決するつもりはない。今ここで話し合おう。まずは私から話そう。その代わり、あなたがたのほうでも、私に尋ねたいことや要求することがあるならば、一人ずつ、秩序を守って、やってほしい」

院長は人々を落ち着かせて、ふたたび話しはじめる。水が満ちてきた海辺の砂地で、とうとう、奇異なる露天討論会が繰り広げられることとなった。

まず最初に院長は、この工事によって近隣の村々が受ける損害について、自身が理解するところを語った。そして、その理解のもと、自分が村人たちの損害をいかに調整し、補償する覚悟であるかを説明した。

院長は、これまで小鹿島という癩患者の島によって近隣住民が蒙った直接間接の損害だけでなく、今後海が堰き止められることによって海産物採取場と海苔養殖場を失うことになる生業上の危機を率直に認めた。さらに、院生の作業場への上陸と定着によって近隣住民が耐えねばならぬ心理的不安と嫌悪感についても深い理解を示した。

しかしながら、ここにやってくる院生とは、かつて病気であったか、病歴のある父母のもとに生まれたという咎なき咎を負う者たちにすぎないのであり、今は一般の健常者となんら変わるところのない者たちなのだという点を、院長は力を込めて説いた。そして、ここでなくとも、他のどこに行こうとも、結局は彼らは自分たちが生きる土地を新たに手に入れなければならず、ここでない他のどこであっても、同じような反発と虐待がついてまわることがわかっている以上、彼らは既に意を決したこの地で、この対立を最後まで闘い抜くほかないのだと、近隣住民としての深い理解を求めた。

「みなさんは今まで彼らの近くにいて、誰よりも彼らの境遇を知っています。われわれは誰も彼らを裁くことはできません。彼らには罪がない。彼らの病歴が彼らの罪にはなりえないということは、みなさんもよくわかっていること。たまさか彼らの病が彼らの罪の証拠だとしても、その罪を裁くことができるのは神だけです。われわれの誰ひとりも、彼らを裁くことはできない。ましてや、彼らの境遇を誰よりも深く知っているみなさんが彼らを裁くことなど、できないはずです。ここから彼らを追い出そうとはしないでください」

院生の定着を受け容れてさえくれるなら、失った海の代わりに農地を提供しようと約束した。どうしても院生と隣り合って暮らしたくはないからこの地を去るという者には、相応の損害補償をする覚悟だとも言った。

だが、そのあらゆる約束と説得にもかかわらず、談判の相手側はまったく院長の言葉を聞き入れようとはしなかった。

「これは、いっそのことここを立ち去れという、われわれへの脅迫恐喝じゃないか」

「癩者がやってきて、おれらにはここを出ろとな」

「黙れ。拳銃を下げているから、神か。われわれには裁くなと言いながら、自分ひとり、ああだこうだと偉そうに言いやがって、自分こそが神のつもりなんだろう」

話している間じゅう、あちこちからこんな罵声が飛び交いつづけた。だが、その程度の罵声ならば、ただ感情のままに飛び出している言葉なのだろうと聞き流すこともできる。説得がまったく通じなかったことを院長が悟ったのは、話がすべて終った時のことだった。

院長が話し終えて、さあ、あなたたちから言うべきことがあれば言ってみろとばかりに周囲を見まわしたその時、

「では、今度はわれわれがお尋ねしてもいいですかな？」

ひとりの男がゆっくりと院長のほうを指さした。四十歳前後、余裕のある表情を浮べている。

「よろしい。お尋ねください」

院長はいま一度自分を落ち着かせて、男にまっすぐに向き合った。

ところが、男は院長の予想もしなかったことを言い出したのだ。

「院長はいったい医師なのですか、社会事業家なのですか」

男はその表情と同様、余裕のある声でゆったりと尋ねる。話しぶりから察するに、かなり世事に長けた、口達者の人物のようである。住民を背後で指揮している者のひとりであることは明らかだ。

唐突な問いだった。院長はもちろん男の言わんとするところを理解していた。院長自身が長きにわたって同じ疑問を抱いて、葛藤しつづけてきた、まさにその問いなのだ。どんなに答えを得ようとしても、これだという答えが見つからない問いなのである。院長がただただこの病気の病原体・発病・伝染・治療等についての医師としての厳格な医学的立場を固守しようとする時と、この病気に対する不当な一般の通念と関連し

て、病院長としてよりも、人間的に患者と向き合う立場に立とうとする時と、実のところ、為すべきことにそう違いはない。だが、チョ院長という人間は、元来、そういったことを突き詰めて考えるというより、常に最初に決断と行動ありきなのである。決断し、行動していくなかで、ようやくその難しい問いの答えをなんとなく感じ取る、そういう人間なのである。

院長は男の突然の問いに答えることができなかった。そんな院長に対して、男はさらに厄介な追及に乗り出す。

「一体全体、院長は、癩病を治して、それが広がらないようにする医師なのか、あるいは、ただ病気を哀れに思って、あれこれとあの人たちの事情を理解させようとして出てきた極めて人道的な社会事業家なのか、われわれには見分けがつかないのですがね」

「暴動を鎮圧してまわる軍人じゃないのか」

誰かがまた野次を飛ばして男をたきつける。

しかし、男の追及には、いま少し深い意図が隠されていた。男が話をつづける。

「答えたくないご様子ですね。いいでしょう。われわれもまた院長に関して、必ずしもそのことを知りたいわけではないのですから。院長が医師だろうと社会事業家だろうと、あるいは暴動を鎮圧してまわる軍人だろうと、まあ、少なくともひとつは当たっていることでしょうが。もちろん院長もわれわれと同様、この病気に罹《かか》ったことはない。率直に言うなら、われわれと同様、この病気を怖れているだろうことは間違いないはずです。そのことをわれわれは確信しているのであり、その院長に対して話をしたいのです」

「……」

「院長の話を聞こうとしないなどと、われわれのことをあんまり寂しく思わないでください。実際のところ、われわれは院長が憂慮されているほど今回の事業を深刻に考えてはいません。そのうちわかることではありますが、われわれはこの事業が本当に実現されうるとは信じてはいませんから。ただひとつ、この事業によって、またもやあの癩者どもが恐ろしい騒ぎを引き起こしはしないかと、それだけが心配なのです。これはわれわれ自身のためというより、むしろ院長の身の上を慮《おもんぱか》っての話です。なにしろ、われわれは院長よりはやつらの本性を知っている。もう長い間、すぐそばで、やつらを見てきたのです。血なまぐさい匂いが海を越えて漂いくるような殺人劇が、これまでに何回起きたことでしょう。院長はまだやつらの本性をご存知ない。見ていなさい。この事業が結局は失敗に終った時……見たくもないあの身の毛もよだつ惨劇をわれわれはふたたび見せられることになります。院長のお話のように心から隣人のことを思いやるならば、われわれはこの事業を始めさせるわけにはいきません」

あきれるばかりの話だった。

男は事業が失敗に終ることを信じて疑わず、院長が話して聞かせたこと——村を去るとか生業上の危機があるというようなこと——は、心配していないと言う。男はむしろ自分たちのためではなく、せめてもの良心を持つ隣人として、院長のためを思って言葉を惜しまず忠告するのだという。

院長が説得される立場になっていた。

チョ院長は男の老獪な詭弁の意図を見抜いていた。健常者としての同類意識を押し立てて、院長を自分たちの側に引き込もうとしている。そして、そのために男は今しきりに院長を言いくるめようともすれば、陰湿な脅迫を加えもする。

「他の方々はどうお考えなんです？　他に言うことはありませんか？」

院長が周囲を見回し、誰かが他になにか言うのを待ったが、自分たちも男の言うことと同意見なのだというかのように、誰も口を開きはしない。

「祖先に怪しい来歴がないのであれば、今のこの言葉を肝に銘じて聞くべきでしょう」

仲間たちの背後から、顔の見えないひとりの男が、致し方ないという様子でひと言、さかしらな忠告を投げて寄こすと、露骨な嘲笑が院長を取り囲んだ。

瞬間、院長は目の前が真っ暗になった。

これ以上やりあうのは無駄だ。言葉では通じ合えない。言葉で通じないならば、行動でこちらの意志を示していくだけのことだ。

院長はもうそれ以上なにも言わずに島に戻ろうと考えた。だが、立ち去る前に、最後にもう一度、自身の覚悟をはっきりと言い置かずにはいられなかった。

「おそらく私の先祖には癩者がいるんでしょうな。だから、もう、これ以上あなたがたと話すことはできない。それでも、さっき伝えた約束に加えて、これだけははっきりさせておきたい。あなたがたが私のことを医師と思おうと、社会事業家と思おうと、あるいは暴動を鎮圧してまわっている軍人と思おうと、そんなことはどうでもよろしい。ただ、今日のようなことは、このチョ・ベクホンが命を賭けて二度と許しはしないということは、胸に刻んでおかれるよう。今日のような騒ぎは、この一回だけでもう終りという認識のもと、私は帰ることにする」

17

起工式の翌日の朝の事件は、しかし、工事のためにはむしろ、災い転じて福、であった。

事件の報は島にいた院生たちを大いに刺激し、自身の土地に対する新たな執念と熱望をかきたてた。負傷者が東生里の桟橋に運び込まれてくると、島ではあたかも凱旋してくる英雄を迎えるがごとく、島の全院生が船の舳先へと殺到したという。

院生たちはその勢いで、すぐにも第一作業隊の出発を急いだ。チョ院長が島に戻った時には既に、第一作業隊一千余名の一部を乗せた船が出港していた。院生は自主的に組織した作業隊を動員し、組分けし、順番に島を出発していたのだ。

船に分乗してゆく作業隊が桟橋を出てゆくその時、喉も張り裂けよとばかりに高らかに歌う「小鹿島の歌」が海に響き渡っていた。

その歌声に応えるように、桟橋をいっぱいに埋めた見送りの人波から万歳の声と喚声があがる。島が揺れていた。

出陣歌があり、万歳の声があり、島じゅうの人間が吐き出されてきたような見送りの人波がある……、それは半世紀の島の歴史において、初めて、出小鹿の夢が叶えられるという荘厳なドラマのはじまりの一場面であった。

チョ院長は桟橋のほうを指していた船の舳先の向きを変え、作業隊の船団の先頭に立ってふたたび五馬島の工事現場へと向かった。

「チョ院長、万歳！」

院長の船に気づいた作業隊のこの船あの船から、万歳を合唱する声が送られてきた。

チョ・ベクホン院長は涙をこらえきれなかった。朝方の出来事がいま一度思い起こされていた。

「神さま、あの者たちの切ない願いを虚しいものとなさいませんよう。どんな難関や危機にさらされても、あの者たちのもとにあなたの憐れみ深い御心が実現されますよう」

院長は信徒ではない。それでも院長は随分と長い時間、心の底からの祈りの言葉を唱えつづけていた。

船が工事現場に到着すると、院長は残りの院生を運ぶために空になった船を小鹿島へと返した。そして、自身は工事現場で到着した作業隊の指揮をとりはじめた。

日が沈む前に残りのすべての作業隊も工事現場に到着した。院長は第一次作業隊一千名中、豊南半島から五馬島までの第一防潮堤工事に三百名、鳳岩半島から五馬島までの第三防潮堤工事に六百名をそれぞれ配置した。五馬島から梧桐島までの第二防潮堤工事は一般の人夫が担当することになっているのだが、院生の一千名の作業隊のなかから身体虚弱な百名を選んで第二工区の補給品管理ならびに作業実績記録員として配置した。

日が沈んだ時には、鳳岩と豊南の二つの堤防の先端に巨大なテント村が姿を現わし、その日の晩は近隣の村々の住民の再度の襲撃を警戒して、特別の注意を払いつづけた。

本格的な作業は夜明けとともに、明くる日の朝から始まった。

作業の第一段階は、採石と投石。第一防潮堤工区では、豊南半島の堤防の先端の近くにある山を掘り崩し、第三防潮堤工区では堤防の外側の海に浮かぶマンジェ島を掘り崩しはじめた。山と島を崩して掘り出した石を背負子で担いで、あるいは船に積み込んで運び、電灯が一列に仮設されている堤防予定線に沿って海中へと投げ込んでいく。

作業の性格が単純なうえに、その方法もきわめて原始的であるほかない。作業進度を速めようもない。見方によっては、無謀なことこのうえない。ただひたすら石を海に投げ込み、石の山が海上に姿を現わすのを待つ。そういう作業なのである。その石の山が、水深八メートルにもなる海を延々五キロ以上に渡って連なっていかねばならぬ。いつ終るのかもわからない。頼みの綱は、いつの日かこの事業が完了することを信じて耐えて待ちつづける院生たちの根気だけだった。

幸いなことに、院生たちは院長以上に、この作業に大変な情熱を傾けていた。天衝くばかりの意欲。工事現場の士気はこれ以上望むべくもないほどに高まっている。朝から晩まで、海を間に挟んだ両側の採石場からはダイナマイトの爆破音がひっきりなしにドンドンと炸裂し、みずから背負ったり船に積み込んだりして石を運ぶ運搬組の隊列は、海と山のふもとを結んで蟻の行列のように黒く長く行き交った。

夜になれば、海上は煌々《こうこう》と白熱電灯の列に照らし出され、満潮時にここぞとばかりに働く作業隊列の動きが、いっそうのざわめきに溢れた光景を織り成していた。

院生たちはどれほど熱心に働いたことか。作業開始後一週間が過ぎると、もうこれ以上続けるのは難しいほどに急激に体力が衰えだした。ひと月交代の予定であった作業期間を、十五日ほど短縮しなければならぬほどになっていた。それでも院生の側からはまったく不平不満の声はあがらない。誰ひとり労働を忌避したり体の不調を訴えたりする者はない。院長の督励や干渉のようなことは一切必要なかった。工事現場の秩序や炊事・警備・人員の管理といったあらゆることを、長老会や作業隊がすすんで一心不乱にこなしていく。五馬島干拓団長としてのチョ・ベクホン大領は、しばらくの間、なにひとつ神経をすり減らすことはなかった。

院長は大いに満足であった。

体が不自由な院生の作業工区である第一、第三防潮堤側の作業のほうが、一般健常者の作業工区である第二防潮堤の作業よりも、はるかに進んでいた。院長にとって、その工事現場周辺で中央里の長老ファン・ヒべク老人にしばしば会えることは、なによりも楽しいことのひとつだった。開拓団副団長として信任されているファン・ヒベク老人は、作業が本格的にはじまってからというもの、常に工事現場から離れずにいた。特にするべきこともない者のようにぶらりぶらり作業現場周辺を漂い歩いている老人の顔には、しかし、神から与えられた使命に全力を尽くしている者の痛切かつ敬虔な祈りが常に滲んでいた。

「この数十年間、この地では人間の名のもとでは起こりようのないことが数限りなく起きたものだ。そして今、われわれにとって、人間の名のもとでは理解しがたいことがまたひとつ、成し遂げられようとしている。おそらくこれは、人間の名のもとでは為しえないことのうちでも、われわれにもたらされうる最後の奇跡に間違いあるまい。これがどうして憐れみ深い神の御心でないはずがあろうか」

院長に会うたび、老人は、蟻の群れのようにぞろぞろと行き交う作業隊の行列を少し離れたところから見おろしつつ、院長の決断をそれとなく褒め称えもした。

あの非情なほどに荒涼としていた島の人々の心にも、ようやく人間に対する温かな信頼が芽生えつつある。老人と会えば、いつもそれを感じて、院長はひとり喜びを禁じえない。ファン・ヒベク老人から思いもかけぬ慰労や勇気を与えられることもしばしばだった。

とはいえ、工事現場で会う人々のうち、ファン老人に勝るとも劣らず、院長の勇気を奮い立たせた人間がもうひとりいる。ユン・ヘウォンである。

もちろん院長は赴任当初にユンの尋常ならざる振舞いについて耳にして以来、ユンに対しては格別の関心を払ってきた。保育所での国民学校課程の分校授業が中止となり、学齢期の子どもたちが職員地帯の本校に登校するようになってからも、ユン・ヘウォンはそのまま保育所に残っている子どもたちの面倒を見ていた。ユン・ヘウォンが島から追い出すことを願っていたというソウル出身のソ・ミヨンもまた、今もまだ保育所にとどまり、ユン・ヘウォンの神経を逆なでしていた。いったいどうしたことか、ユン・ヘウォンもソ・ミヨンだけはなかなかやりこめることができずにいるという噂だった。サンウクが最初に予想したとおり、ユン・ヘウォンはついにソ・ミヨンに嫌がらせの求愛をするところまでいったのだが、そのユン・ヘウォンの最後の切り札をもってしても、女を屈服させることはできなかったということなのだ。巷の噂によると、サンウクに対するソ・ミヨンのある微妙な反発心のようなものゆえのことらしい。

なんとソ・ミヨンがあのユン・ヘウォンの求愛攻勢を、意外なことにすんなりと受け容れる様子なので、男のほうはかえって驚いて女を遠ざけはじめたという。

ユン・ヘウォンがソ・ミヨンを前にして堂々としていられないのは、ソ・ミヨンに対する求愛が愛ゆえのことではなかったという事実が明白となったからということでもあった。

ユンはまるで薬の切れた麻薬中毒者のように、今までのあの愚かな虚勢も消えて、死んだようになっているという噂だった。

――ユン・ヘウォンは自身の病を薬として生きてきた者です。ユンはその病歴ゆえに、この世を呪い、憎悪してきた。裏を返せば、それゆえにこの世を生き抜く力を得てきた、と言えましょう。ユンの狂態や薄紅色執着症も、つまりは、すべてそのような心理に由来するものであり、そうやって自身を支えているというわけです。

何事も難しく考えるイ・サンウク保健課長が、ソ・ミヨンとユン・ヘウォンのことについて奇妙にも深い関心を見せつつ、チョ院長に言った言葉だ。

――ところが、ユンは、もう呪詛と憎悪の根拠をなくしてしまいました。ソ・ミヨンという女がユンの夢を打ち砕いたからです。ユン・ヘウォンはその憎悪の根拠――言うならばその生の原動力を消失するや、瞬く間に足がふらつき、気力もなくした。そして惨憺たる覚醒のなかで新たな絶望を知るようになったのです。なぜなら、ユンは、今まで憎悪のなかで自分自身を騙してきたからなのです。

ユン・ヘウォンは自身の憎悪を確かめるために、数多くの女性教師たちに偽りの求愛を繰り返してきたが、そうしながらも本当に彼女らを愛してみたいという、より深い自身の欲望には気づいていなかったということなのだ。ところが、ユンはあのソ・ミヨンという女に対して、憎悪の代わりに彼女を本当に愛したいという自身の偽らざる欲望を見出してしまったのだとサンウクは言う。

――ユン・ヘウォンのためには、かえって、ソ先生という女が手酷い失望を与えてしまったほうがよかったのかもしれません。ユン・ヘウォンは、自分が本当は健康な女を愛したいのだという欲望に目覚めると同時に、そんなことが自分にも実際に起こりうるという可能性に気づいたその時、愛の成就は女を憎むことよりもさらに難しいことなのだということにも気づいたはずですから。ユンは絶望するほかないのです。

ソ・ミヨンの行動はサンウクに対するある種の反発らしいという噂についても、チョ院長はなにかただならぬ印象を持っていたところではあったが、ユン・ヘウォンに対するサンウクのそのような態度に根深い嫉妬の感情のようなものを窺い見て、ひそかに苦笑を禁じえなかった。そして、チョ院長の見るところ、もしソ・ミヨンという女性がサンウクとユン・ヘウォンの間でそんな深刻な葛藤めいたものを引き起こしているとするならば、あらゆることを頭と言葉でのみ説明づけて行動するサンウクよりも、ユン・ヘウォンの凄絶な感情の動きと行動によってむしろ容易にその葛藤は解消されるかもしれず、それを願いもしてきたのだった。さらには、その後、ある救癩運動の雑誌で、今も病舎地帯にいる姉に対する憐憫を詠ったユン・ヘウォンの詩を見てからというもの、それはもはや姉に対する詩ではなく、姉の悲しみに託して書かれたユン・ヘウォン自身の骨身に沁みる自己覚醒に他ならぬことにも院長は気づかされた。それゆえに、なおさら、サンウクのますます深刻な顔になんらかの意味を読み取るべく観察しつつも、ユン・ヘウォンの絶望のほうに寄り添い、理解したいと思ってきたのである。

救癩運動雑誌に掲載されたユン・ヘウォンの詩とは、このようなものだ。

おまえの顔の薄紅色の美しいしみ
誰も花とは言いはしない
わたしたちももう花とは言えない
おまえのその恋しい色のために
わたしたちが流した涙が花になったのであれば
姉よ　わたしたちは今こそ花の道を歩いていこう……

そして、チョ院長はある日、第一防潮堤採石運搬夫の行列のなかに、偶然に、石塊を背負ったユン・ヘウォンを発見したのである。

「姉が今も病舎地帯にいます。私は姉のためにここにやってきました。他の人のために働く力はないですから」

ユン・ヘウォンがよろよろと院長の前を避けるように逃げるように行き過ぎながら、言い訳のように言い置いていった言葉である。院長はその時、ユン・ヘウォンが自分の前に気恥ずかしそうに立って、そのひと言を残しておずおずと行列のなかに入っていった後ろ姿を眺めるうちに、われ知らず深くうなずいていたのだった。

ユンが誰のために作業に志願してきたのか、それはそう重要なことではない。ユン・ヘウォンが姉のために詩を書こうと、健康なソ・ミヨンによる悲しき自己覚醒ゆえの絶望に打ち勝つために石運びを始めようと、この事業においては島の全住民が心をひとつにして力を合わせさえするならば、それで十分。院長はあらためて確信した。

しかしながら、実のところ、あのファン・ヒベク老人やユン・ヘウォンよりももっとチョ院長に嬉しい驚きをもたらしたのは、少し前に島を脱出したサッカーチームのメンバーのひとりがみずから進んで工事現場へと戻ってきたことだった。闘志も球さばきも誰より抜きん出ていたことで院長の関心を引いていたユ・キルサンという青年――なのに、折りしも重要な工事計画が完成しようかという頃になにかの気配を感じとったかのように、院長とサッカーチームを捨てて未練なく島を去っていった背信者――、そのユ・キルサン青年が、ある日、突然に、イ・サンウク保健課長とともに作業指揮所のチョ院長を訪ねてきたのだ。

聞けば、ユ青年は工事現場に戻って働きはじめてから、もう数日が経っているという。

言うまでもなく、院長はこのうえなく嬉しかった。尋ねなくとも、ユ青年がなぜ島に舞い戻ってきたのか、容易に想像がつく。あえて言うべきこともない。

「こうして戻ってきてくれただけでもよしとしよう。だが、また同じことをしでかしたなら、その時はもう知らん」

院長はユ青年に対してことさらに素っ気なく振舞ったが、内心はこの時ほど嬉しく有難く感じたことはなかった。

そんななかにあって、ただひとり、いまだに態度がはっきりしないのは、イ・サンウク保健課長その人だった。イ・サンウクは工事が始まってからというもの、院長の総参謀格として常に院長の傍らにあって、院長を助けていた。だが、サンウクは院長の考えや作業の結果に対してどこかまだ怖れを抱いているようで、終始懐疑的な態度である。院長の指示はいつも誠実に実行していくが、自分から進んでなにか仕事をするとか、院長の考えに積極的に意見を述べるというようなことはほとんどない。

「そうですね。ヤツにしても他の誰にしても、ふたたびこの島を捨てて去ってゆく者が出るかどうかなんて、断言などできないじゃないですか。問題は、この工事がいかに願ったとおりに進んでいくかにかかっていることですから」

ユ・キルサン青年を院長のもとに連れてきて、院長を喜ばせたのもイ・サンウク課長なら、院生の士気のためにもユ青年のようなことがふたたび繰り返されては絶対にならぬという院長の思いに対して、極めて冷淡な反応で院長を不安にさせるのも同じイ・サンウクなのである。

だが、そのイ・サンウクひとりを除けば（いや、そのイ・サンウクすらも、とりあえずは自身の担当業務については、同じことが言えるのだが）、誰もが一生懸命に働いていた。作業はまだ始まったばかりであり、その努力の結果に対して院長のように焦燥感を持っている者もいなかった。昼はじりじりと照りつける日差しの下で玉の汗を流して石を背負って運び、潮が満ちてくる夜には白熱電灯が煌々と輝く夜の海の上を夜明けまで船が休みなく動いた。

ワルル　クン……

ここでもあそこでも山裾が掘り崩される音、海に運び出された石を水中に投げ込む音、疲れを吹き飛ばそうとする船上の運搬人夫たちの掛け声、その活気あるざわめきに満ちた工事現場の空気にのまれて、院生たちは交代することも忘れて昼夜を分かたず働くうちに、日ごとに手指はただれ、顔や背中の皮膚は黒ずんでいった。

18

工事開始十五日後には、一か月の予定であった一作業隊あたりの労働期間を半分に短縮して作業隊を交代させるほかない状況になった。

その無謀にして熱狂的な作業熱ゆえに、現場に出ていた院生たちのうちに病み衰える者や負傷者が続出したのだ。十日ほどが過ぎた頃から、作業能率も目に見えて落ちはじめた。このような状態では、一か月働きつづけるなど、到底不可能であった。

院長はついに決断を下して、作業隊の交代を命じたのである。

それまで現場労働をしていた第一作業隊の一千名の院生は十五日目の夜に船に乗って小鹿島へと戻っていった。入れ替わりに、東生里の桟橋に既に待機していた第二作業隊一千名が島から工事現場に向けて出発した。

ふたたび東生里桟橋は戻り来る人々、出てゆく人々で、壮観な眺めとなった。その人々を迎え、見送る人々の数は、さらに多い。

夕闇に包まれはじめた桟橋一帯は、島で焚かれたかがり火の明かりで真昼のようであった。帰り来る人々を迎える側は、十年も離れ離れになっていた者に会うかのように興奮している。逆に現場へと人を送り出すほうは、ついにやってきた別れのつらさに涙して、なかなか桟橋を去ろうとはしない。ほんの数か月の間のことであっても、そんな別れと出会いはこの島の人々にとって、めったにない、実にかけがえのない、人間的な、郷愁に満ちた経験であるのは、間違いないことだろう。いや、この島では、そもそも、島を去って戻ってくることはもちろん、見送ったり出迎えたりすることさえも、ほとんど経験したことがないのだろう。いずれにせよ、作業隊はそうやって十五日ぶりに初めての交代をし、もう十五日が過ぎれば、また同じように東生里桟橋が交代の人波で溢れかえることになる。

一か月が過ぎ、二か月が過ぎた。

ある程度能率が落ちたかと思うと、作業隊交代が行われ、工事現場にふたたび活気が戻る。作業は特に起伏もなく、ひたすら進められていた。

だが、七月、八月が過ぎ、南海の海もいつの間にか冷たい灰色に変わりゆき、九月に入ると院長は次第に心が急《せ》きはじめた。

どんなに石を採って投げ込んでも、海の底からは一向に作業の痕跡が現われてはこない。深い海から一、二か月でひょいと堤が姿を現わすだろうなどとは、はなから期待せずに始めたことだった。だが、どんなに頑張っても痕跡すら見出せない海の中へと、ただただ石を採っては放り込むなどということは、生半可な覚悟と忍耐力では乗り越えがたいことである。まるで海中に放り込むたびに石は波にさらわれて、海底には届いてもいないようだ。そんな思いに院長は捕らわれていた。潜水夫を使って海中を調査してみれば、そんなことはないのだが、日が経つにつれ、院長はますます不安になり、焦燥感が募った。なにも言わずに根気強く石を投げ込んでいる院生たちのことが、恐ろしく感じられはじめた。院生たちだけではない。院長は海までが恐ろしく感じられた。石を投げて投げ込んでも、白い泡だけしか浮かび上がってこない海が恐ろしかった。そして、そんな自分自身もまた怖かった。

そんなある日のこと。

とうとう院長のもとに縁起でもない話が飛びこんできた。作業が始まって以来、初めてのことだった。院長としては、まだそこまでは想像すらしていなかった不吉な話であった。

しかも、話を持ち込んできたのは、予想外の人物だった。

その日も院長は堤など輪郭すら見つけ出せない海を見おろしながら、五馬島の六十七高地の作業指揮所のあたりをただぐるぐると歩きまわっているところだった。蟻の行列のように海を行き交う院生たちが今すぐにでも向きを変えて、叫び声をあげながら自分のほうへと押し寄せてくる、そんな幻に苛まれていたのであるが、ふっと気がつくと、本当に一団の人夫が大騒ぎしながら作業指揮所のほうへと向かってきている。

院長は思わずひどく緊張した。山を登ってくる一行を待ち受ける。だんだんと近づいてくる姿を見てみれば、第二工区の健常者作業隊の人夫たちだ。

しかも、人夫たちの様子はどう見ても普通ではない。いきり立った人夫たちに引きずられるようにして、ひとりの背の高い男が院長のもとへと連行されてくる。一団のなかには、院生のうちから作業実績記録員として選ばれた菌陰性患者までがひとり加わっている。

なにか事故でも起きたのか？

事故ではなかった。

「院長、こやつをこっぴどく締めあげてください。どうも、におうんです。背後になにかあるような」

記録員を任されている者が、一団中から連れてきた男を、有無を言わさず院長の前に突き出す。

院長は事態をつかみかねて、男を引っ張ってきたわけから聞くことにする。

「この野郎は、その日稼ぎの日雇いでこんなところにもやってくるような人夫風情じゃありませんよ。突つけば、間違いなく、なにかのたくらみがあってわざわざ潜り込んできた野郎だということがわかるはずです」

男を院長の前に押し出した院生が一部始終を話しはじめた。

そもそもは、人夫のなかにどうにも働き慣れていない野郎がひとり交じっている、ということだった。石を担ぐのが下手だとかいう以前に、振舞いや物言いが他の人夫からあまりに浮いていた。以前にも他の現場で働いたことがあるのかと問えば、しどろもどろ。数日ほど様子を窺っていたのだが、今日になって何人かの人夫と図って、野郎の化けの皮をはいでやろうと問い詰めてみた。だが、野郎は頑として口を割ろうとはしない。なんとしても黙りとおそうとするから、ますます怪しい。それで院長のところに野郎を引っ張ってきた、という話であった。

院長はその話を聞きながら、同時にこの不審このうえない被疑者の外貌をじっと観察していた。ずんぐりとした背丈に、胸板が厚く広がった、堂々たる体軀。太い黒縁めがねの奥から、実直そうでありながら一筋縄ではいきそうにない眼差しを、院長にまっすぐに向けていた。

作業服のジャンパーが汗と黄土の泥で汚れているのを見れば、現場に入ってきて随分になるようにも思われたが、工事現場を渡り歩く日雇い労働者でないことは一目でわかる。

「こやつの手を見てください。手だけ見ても、ただの日雇いではないことは明らかだ」

そばに立っていた別の男が、今にも握りこぶしで殴りつけんばかりに、荒く険しく付け加える。

院長は男の手を見た。石にこすられ、傷つき、豆もできてはいるが、どう見ても荒くれの労働現場に似つかわしい手ではない。

「あなたは何をしにきた？」

院長がようやく確信を得たかのように、単刀直入に尋ねた。

すると男ももうこれ以上がんばるのは無理だと悟ったようで、おとなしく正体を現わした。

「実は、私は、C日報からきた記者です」

予想どおりの答えだった。

「身分証を見せてくれないか」

「このままでは取材も思うようにはいかなさそうだったので、ある程度働いたら、もう抜け出そうと思っていたのですが……」

男は薄汚れたジャンパーのポケットから身分証を取り出し、愛想笑いを浮べた。

「こんなところに、いったいどんな記事のネタがあるというのか！」

院長はしばし男の顔と男が差し出した身分証とをかわるがわる眺め、そしてすっきりとしない心持で呟いた。

その晩のことである。

院長が不吉な話を聞いたのは、そんな思いがけない縁によって出会うことになったC日報の現場取材記者からだった。

チョ院長は、なんであれ記事にしようという記者の気持ちが有難く、また嬉しくもあり、その晩、記者を小鹿島の官舎まで連れていった。そして、これまでの間ずっと張りつめていた緊張をほぐそうと、二人で夜も更けるまで、久しぶりに酒を酌み交わした。

名はイ・ジョンテ（李正泰）であるとあらためて自己紹介をした記者は、聞けば、もう、かなりの取材成果を挙げている。

　イ記者は島の来歴や工事が着手されるまでの経緯について、なにひとつ取りこぼすことなく、すみずみまで取材しつくしていた。

　作業の雰囲気や現場作業に参加している院生たちの様子についても、むしろイ記者のほうが院長よりもずっと細かに目配りしている。

「ところで、ファン・ヒベク長老という開拓団副団長をなさっている方がいらっしゃるでしょう？」

　イ記者があれこれさまざまな話題が出尽くしたあとに、突然何を思ったのか、あのファン老人の話を切りだした。

「院長はあの方がいかにして癩者になり、この島にやってくることになったのか、その過去を聞いたことはありますか？」

「うむ、あの老人の話は何度か小耳に挟んだことはあるが、詳しいところまで踏み込んで聞こうとまでは思わなかった。なにか特別な事情でもあるのですか？」

　院長はイ記者が何を話そうというのか見当もつかず、自信のない口ぶりで尋ね返した。するとイ記者は思ったとおりだというふうに二、三度うなずき、ゆっくりと話しだす。

「もちろん事情はあります、実に恐ろしい事情が。でも、私がお話ししたいのは、そういう恐ろしい過去のことではありません。この島にやってきた者で、ファン長老ほどの過去を持つ者はいないでしょう。問題は、老人がその過去をみずから院長に話す時がいつかやってきはしないか、ということなのです」

「何を言いたいのか、意味をつかみかねるが」

「お話ししたいのは、こういうことです。老人を知る者たちは、老人が誰かの前でその恐ろしい自身の過去を告白しはじめたら、この島では必ず災いが起きると言います。今までいつもそうだったと言います。なかなか自身の過去を話すことのない老人ですが、その老人がどうしたことか自身の昔の出来事について口を開くと、それはそのままこの島で恐ろしい悲劇が起きるという紛れもない予告なのだと言います。日帝時代も、解放後も、老人はみずからの過去を振り返り噛み締めながら、恐ろしい復讐劇を敢行してきたのだと言うのです」

「……」

「防潮堤のことです。つまりは、海底に隠れている堤がいったいいつ姿を現わすのか、ということなのですが、堤がいつまでも姿を現わさないと、院長はこの事業をやり遂げる前に、いつか、あのファン長老の過去を聞くことになるかもしれません。そして、そうなれば、院長は……」

「もうわかった」

院長はすかさず記者の話を遮った。

「なるほど、イ記者はこの事業の結果に対して、あまり期待はしていないようであるな」

またひとり、厄介な人間に会ってしまったというのが、先刻からの思いだった。背中が剝けるほどに人夫たちに混じって石を担いでいたイ記者、その人のことである。

もう足を洗って、残りの取材も終らせて帰れという院長の勧めも断り、人夫たちのなかであと数日過ごすつもりだというイ記者である。

だが、この事業については、チョ院長も十分に覚悟を決めて始めたことなのである。院長はイ記者の遠まわしの追及に対して、そのままでは気力を失いそうになる自分を奮い立たせ、強い口調でこう言った。

「だが、私はイ記者にそんなことを尋ねる前に、私のほうからまず言っておくべきことがあるようだ。ついに堤が現われなかった時には、自分がどうなるかについては、私はもう十分に覚悟をしています。そして、それは、この事業に取りかかる時にファン長老とも誓いを立てたことでもある。今のところは、私はまだ心配はしていませんよ。ファン長老はイ記者が思っているほど気の早い人間ではない」

「堤が現われる気配がまるでないというのにですか?」

「堤は必ず姿を現わします。いま、私は、その時を待ちつづけている」

「もちろん。ファン長老も院長のように、いつまでもその時を待ちつづけてくれるものでしょうか」

「ファン長老だけでなく、この島の誰もが、ともにその時を待ちつづけています。そして、この先も、あなたが思う以上にずっと、長きにわたって、根気強く、それを待ちつづけることでしょう。作業現場でそれを感じなかったのですか。院生たちの士気は、今もって、まったく衰えを知らない」

「本当でしょうか?」

イ記者は深刻な口ぶりで問い返す。そして、目の前の酒盃を一気に飲み干し、慎重に言葉を選んで話しつづける。

「目に見えていることばかりを信じすぎませんように。私は既にファン長老の話をふたたび聞きたいという者を見ています。院長はまだ作業現場の士気は衰えていないとおっしゃいましたが、私が来た頃に比べれば違いがあります。それも、ほんの数日の間のことです。そろそろファン長老がふたたび昔のことを話しだす時が来ているのではないか……、ファン長老の昔話を聞きたがる者が日ごとに増えていると申し上げたいのです。そのうえ、ファン長老という人物は、直接言われずとも、驚くべき確かさで人々の思いをつかむ人だということです」

「……」

院長は返す言葉を失っていた。来るべきものが来たという、漠然とした感覚だけがあった。不意にサンウクのあの冷たい微笑を浮かべた顔が想い起こされた。

少なくとも、イ・ジョンテ記者は自分の知る事実を話している。信念や覚悟だけでは事実を変えることはできない。だからといって、ただちにファン長老や島の人々を責めることもできない――

とはいえ、院長はそれでもファン長老や島の人々を信じる心を捨てることはできなかった。それゆえ、変わることなく、イ記者の話を毅然とした表情で聞きつづけたのだ。

イ記者は、院長のそんな心情を根こそぎ揺るがしたいかのようだった。

「今日のところは、私が知るファン長老の過去を院長にお話しする必要はないようです。愉快な話でもありませんし、それを私が話すことにさして意味があるとも思われませんし。ただ、私ではない他の誰かから、とりわけあのファン長老自身の口から、そんな話を院長が絶対に聞くことがないよう祈る気持ちから、このような話をしているのです」

騒ぎを起こした対岸の村の人々の場合と同様、やはり健常者から健常者に送るひそかな忠告だった。

「……」

「くれぐれも、ただいたずらに待ちつづけようとはなさいませんよう。彼らがどれだけ待ってくれるものか、誰もはっきりと言い切ることなどできないではないですか」

それはまことに受け容れがたい、そして不吉な警告にほかならなかった。

19

さらに一か月が過ぎた。

依然として海底から堤が現われる気配はない。

日ごとに作業能率が落ちていくのを見ながらも、院長は採るべき手段を見出しかねていた。ただ待つだけだった。採石場から投石地点まで、石を担いでいく代わりにレールとトロッコを投入して作業能率を補い、堤が現われるのを根気強く待った。そんな一日一日が院長にはまるで十年にも感じられる苦しい日々だった。マンジェ島の片側が半分ほど削り取られて海中に沈んだ頃には、チョ院長もさすがに疲れきっていた。

目前に冬の寒気が迫りつつあった。この頃になると、朝夕には冷たい風が容赦なく吹いた。皮膚が弱い院生たちは既に、夜風がきつい夜間作業をそれとなく忌避するようになっていた。本格的な冬の寒さが到来したならば、そんな体をもってしては作業を続けることはどう見ても無理である。冬になる前に堤が姿を現わしてくれるかどうかわからぬ以上、工事をいったん中止して来春に再開するなり、なんらかの決断を強いられていた。

そうこうするうちに院長はファン長老に会うことを本当に怖れるようになった。いつ老人がその重い口を開いて、おのれの過去を語りだすかもわからぬ。あまりの恐怖に、院長は、今か今かと自分からファン長老を待っているかのような心持にもなった。

院長がそんなふうにぐらぐらと自信が揺らいでいる時のこと。

悪いことは重なるものである。またもや厄介な事故が起きた。鳳岩里第三防潮堤工区採石場で岩が崩れ落ち、その下で作業をしていた人夫がひとり下敷きになってしまったのだ。だが、それはまだその日の事故の発端にすぎない。

院長が事故現場に駆けつけた時には、すぐそばにいて自分たちも危うく事故に巻き込まれるところだった仲間たちが、岩の下敷きになった者を助け出したあとだった。事故に遭った人夫は全身傷だらけで血まみれになっていたが、不幸中の幸い、命には別状がなかった。

院長は採石場の近くにつくられていた救護所に負傷者を運び、みずから応急処置を施した。処置が終ると、患者後送船が到着するまで負傷者は救護所で休ませることとし、現場作業を再開させた。

そこまではよくある事故といえよう。転がり落ちる石や崩れてくる土の塊りの下敷きになるような事故は、以前からときおり起きていた。幸いにもこれまでのところは死者が出るほどの不祥事は起きていないものの、このような工事現場では事故は避けようのないことであった。石を担いだまま転んだ拍子に頭を怪我した者もいる。船がひっくり返って溺れ死にそうになったものの辛うじて息を吹き返した者もいる。気候が冷え込みはじめた頃から、そんな事故が次第に増えつつあった。

この日の事故も、そこまでは、言うならば、そんなありふれた事故のひとつにすぎない。

真の事故はそのあとに起きた。

最初の不祥事がその真の事故の発端であることは言うまでもない。

作業の再開を命じた後、院長がしばしば採石場の安全度の検査を実施していた時のこと。どこからか突然に女性の鋭い悲鳴が聞こえてきた。

院長がふっと頭をあげると、いつのまにか院長の傍らに付き従っていたファン長老が、声のしたほうへと一直線に駆けてゆく。

院長はかつてないほどの不吉な予感に襲われた。女の悲鳴が聞こえてきたのは、救護所のあるところから尾根をひとつ越えた谷のあたりだった。

工事現場周辺では、いわゆる「厚生班」と呼ばれる物売りの女たちがいつも人夫の周囲をうろついていた。作業隊の人夫たちは休憩時間を利用して、「厚生班」の女たちから餅やパンのようなものを買って食べていた。近頃では、女を呼んで侍らせて酒を飲む者もいた。

院長は、どうか何事も起きていませんようにと祈りながらも、反射的に駆け出して、尾根を越えようとしているファン長老を慌てて追った。

予感どおりだった。

血まみれの男が物売りの女を手荒に組み敷いている。負傷して救護所のテントの中に寝かされていたあの男だ。

男はまるで蛙を捕まえてのみ込もうとしている蛇のように女の小さな体に絡みつき、我を忘れて女に自分の体を押しつけている。

もうすっかり衣服を剝ぎ取られた女の乳房や太ももは、誰のものかわからぬ血にまみれている。今では女は悲鳴をあげる気力も失くして、乱暴を加える男の体の下でただぶるぶると小刻みに痙攣している。尾根を駆け下りてきた院長は頭の中が真っ白になり、その場に立ち尽くした。

院長は自分が男の体の下に組み敷かれているかのように、瞬時に全身から力が抜け落ちた。ぶるぶると震える足で必死に踏ん張って立って、しばしその場で目を閉じていた。

ファン長老はひとり男のほうへと走り寄った。そして、乱暴な振舞いをやめずにいる男の髪を引っつかんで、力いっぱい女から引き離した。

だが、男は、おそらく、誰が来ようとも、そんなことは最初から気にもかけていない。

「放せ、放せと言ってるだろ！」

男はファン長老に髪を摑まれながらも、大声で悪態をつき、女の体に力いっぱいしがみついて離れようとはしない。ほとんど超人的に思えるファン長老の腕力に引きずられて体を起こされた男が、火花が散らすかのように充血した恐ろしい目で老人を睨みつける。

それも一瞬のこと。男は不意にファン長老の頬を数回殴りつけると、ふっと脱力して地べたに座り込んだ。

「なぜ放っておいてくれないんだ。癩者が最後に一度だけ人間らしいことをして死のうというのに、なぜその邪魔をする。放っておいてくれるなら、この腐った癩の身を引きずっていって、石の代わりに海中にこの身を投じて、堤が現われるようにしてやるのに、なぜそれを邪魔立てするんだと言ってるんだよ」

男は顔を両手で覆って、ひとり泣き叫んでいる。

ファン長老は男に顔を殴りつけられても、眉ひとつ動かさず、言葉もなく、じっと男を見おろしている。

院長は、まだ二本の足が地面に凍りついたまま、男がすすり泣くのをただ茫然と見つめていた。

いつのまにか院長のまわりに十名ほどの院生が駆けつけてきていたが、彼らもまたこの惨憺たる光景を前にして、いたずらに口を開こうとはしない。組み敷かれていた女が、服を取りまとめる余裕もなく、慌てて必死に谷間から逃げ出していったが、誰もその女に注意を向けはしない。ただ男ひとりがいまだに興奮のさめやらぬまま、喉をふりしぼり絶叫しつづけていた。

「海を堰き止めたいのなら、堰き止めてみろってんだ。院長だろうと長老だろうと、本当にそう願ってるなら、願いを叶えてみろってんだ。なのに、いつまでも、石を担げだなんだと、つまらねえことばかり言いやがって。石を運んで下敷きになって死ぬくらいなら、役立たずのこの体を海に投げ込んで、堤を現われさせてやるって言ってるんだよ。長老ももう全部わかっていながらなにも言わないから、俺みたいなやつがこの海を堰き止めてやるんだ。俺みたいな気違いがこの海を堰き止めてやろうってんだよ……」

ファン長老が、ついに、おのれの鳥肌立つ昔の話を語りだしたのは、そんなことがあった翌日のことだった。

事故の起きた明くる日の午後。

チョ院長は作業指揮所が置かれている五馬島の丘の上に腰をおろし、日ごとに冬の色を深めていく灰色の海を心も虚ろに眺めやっていた。

その眼差しは、今までにない深い憂いに満ちていた。木の枝に止まっている冬の鴉《からす》のように、俯《うつむ》いて深く前にかがんでいる院長の姿には、大柄な人間によく見かけるある種のいわく言いがたい寂しさのようなものが滲んでいた。

院長は心底寂しかった。そして疲れきっていた。

昨日の事故はもちろん簡単には片付かなかった。

チョ院長は事故当日の夜、まずは男の手術をしなければならなかった。菌陰性だろうと陽性だろうと、癩病患者の外科手術というものはそれなりの覚悟なくしてはできない難しいものだ。だが、チョ院長は、その晩、困難や疲労を意識する余裕もなく、二時間近い手術をほとんどひとりでこなした。なんとかして男を生かさねばならぬという一念からだった。もう昼間からずっと、とにかく男を死なせてはならぬという無条件の切迫した感情で院長はいっぱいになっていた。

だが、困難な手術をやり遂げただけでは、事故の処理は終らない。

病院の仕事を終えて官舎に戻った院長が、手術後の複雑な心境や疲労を洗い流そうと酒瓶を取り出して手にしたその時だった。予想していたとおり、対岸の村の者たちが夜船に乗って院長の官舎にまで訪ねてきた。起工式の頃に工事現場に押し寄せて、打ちこわしの騒動を引き起こして去っていった者たちのようであった。

「ご安心ください。われわれは院長に工事をやめよと言いにきたのではありませんから」

訪問者たちは院長と顔を合わせてからも、しばらくは腹の底を見せなかった。

「信じていただけないかもしれませんが、われわれも今では一日も早く海の底から沃土が現われるのを楽しみにしているんです」

一日も早く堤が姿を現わし、海が沃土に変じ、自分たちもその大地で院長の患者たちと兄弟のように仲睦まじく農業をして暮らす日がやってくることを、心の底から祈っているというのだ。つまりは、堤防工事はすべて院生にやらせて、海から本当に大地が現われたなら、院生をふたたび小鹿島へと追い払って農地をすべてわがものにすることだってできるじゃないかと、態度を一変させたわけを遠まわしに院長に知らしめようとしていた。

それは、もちろん、チョ・ベクホン院長に対する意地の悪い当てこすりにすぎない。

「まあ、それはいずれにしても堤が現われたあとの話ですから、まずはその堤をどうにかしなくてはというところですね」

連中はむしろ院長に同情していた。いつかもそうだったように、日が経つにつれ、連中もまた堤が海上に姿を現わすことなど絶対にありえないと信じているのは明らかだった。万一そんなことがありえたとしても、そんな奇跡が起こるまで院生が耐えて待ちつづけることなどあるはずもないと固く信じていた。

連中は明らかに安心しきっていた。そのうえ、この日の昼の事故で、ついに院長の首根っこを押さえつけてやったとばかりに、ひそかな余裕を見せてもいた。

だからこそ夜船で小鹿島まで院長を訪ねてきたのであり、とすれば、この程度の話で済むはずもなかった。

「ところで、院長、今日は責任をとらねばならぬことがおありでは」

一行中のひとりがついに小鹿島を訪ねきた本当の用件を切り出した。

「今日の昼、あなたのところの院生がわれわれの村の女を強姦した不祥事のことです。先ほども言いましたが、われわれは今ではもう院長がなさろうとしていることを妨害するつもりはありません。院長には是非ともよい成果を挙げていただきたい。でも、今のところはまだ、院長の立場とわれわれの立場は違うではありませんか。院長の事業のために、貧しい隣村の女、子どもが癩者どもからみだりに強姦されるわけにはいかないでしょう。そんな目に遭っても知らんふりをして耐え忍ぶわけにもいかないじゃないですか。さあ、この点について、院長はどうお考えになる……？」

丁寧な言い回しながらも、厳しい追及であった。

既にチョ院長もこのくらいの追及は覚悟していた。うやむやにして済ませられることではない。この日の事故について院長は心を込めて丁重な謝罪をした。今後二度とこのような事故が起きぬよう、周辺住民が工事現場に近づくことを厳しく禁じると誓いもした。起きてしまったことについては、法が許すかぎりの厳しい処罰を加える方針であり、被害者に対してはしかるべき手順をふんで、それなりの補償をすることを約束した。

院長の謝罪や約束はもちろん簡単には受け容れられなかった。訪問者たちは、加害者の処罰は裁判による法的制裁などでは満足できないと言う。男が哀れな女に無道にものしかかり押し倒したように、処罰もまたそれと同じように野卑で無惨な苦痛をもって行われるべきであるということに固執した。

みずからの手で直接報復をするというのだ。そしてそれを受け容れてこそ、今後二度とあんな事故は起こさないようにするという院長の言葉も聞き入れることができるということなのだ。承服しかねるのならば、院長の約束を何をもって信じよというのか、というのである。

夜が更けゆくほどに、追及も執拗になってくる。

院長がぐったりと疲れ果てたのを見て、訪問者たちはようやく席を立った。

「今夜われわれが言ったことを、あまり悪いほうにばかり受け取られませんよう。遠からず院長もわれわれの立場を理解するようになる時が来るやもしれません。癩者たちの本心があらわになったならば、ご自身や島までついてきてともに苦しい思いをされているご家族を、院長はいったいどうやって無事に守りとおすのか、そういうことをわれわれは言っているのです。ええ、もちろん、われわれとしても、そんな災難に遭う前に堤がさっさと現われることを祈っていますが、それも思うほどには簡単なことではありますまいよ」

去り際に訪問者たちのひとりが吐き捨てるようにして残していった最後のひと言だった。

陰湿で気分の悪い脅迫である。

たとえ堤が姿を現わしたとしても、その土地で農業をして暮らすようになるまで何事もないはずもなかろう、だが、それ以前に、この事業はさんざんな状態で挫折して、院長は無惨な復讐劇に巻き込まれることになるだろうというのだ。

院長は四面楚歌だった。

何を頼りに自分を支えていけばよいのか。よりどころはない。

あれこれ思い悩むうちに、チョ院長は工事現場に行くことも忘れ、作業指揮所の前の丘に腰をおろしてぼんやりと海を眺めていた。蟻の行列のようにぞろぞろとせわしく行き交う院生の姿は、ただ怖ろしいだけであった。

院生の群れが、今この時にも作業の手を止めて、叫び声をあげながら自分のほうへと押し寄せてくる。院長はそんな幻を見て、何度も身を震わせた。

どのくらいの時間そうしていただろうか。ふっと背後に人の気配がして振り返ってみれば、いつやってきたのか、ファン長老が四、五歩後ろに、背を向けて立っている。ファン長老もまた、じっと海を見下ろしている。

「人間というのは誰も、この世を生きていくうちに、人間の力では到底やり抜けぬことを、どうしたことか自力でやり抜いたという記憶を一つ、二つは隠し持っているものだろう」

自分の存在に院長が気づいたことを感じ取ったファン長老が、誰に言うでもなく、ゆっくりと、ひとりごとのように呟く。

「人間のうちに潜むそんな過去は、時には、とてつもないことに耐え抜く異様な力を生み出す方向へと働くことがある。今日、私は、院長のそんな様子を見るにつけ、しきりにつまらぬ衝動が突き上げてくるのだよ」

老人の言葉は明らかに院長を念頭に置いている。老人は何事かを院長に話したがっている。チョ・ベクホン院長は老人の意図をつかみかねている。じっと黙って待っていると、老人がふたたび話しだす。

「そうさな、院長のような人間にもそんな時があるのだろうか。たぶん、あるのだろう。今の院長のそんな姿を見ていると、今日にかぎって、しきりと、昔の話をひとつ語って聞かせたいという切実な思いに捕らわれてな。院長のせいだ。だが、これもひとえに歳をとって耄碌《もうろく》したからかもしれぬな……」

ここに至って院長はハッとする。

来るべきものが来た。老人がついに自身の過去を告白しようとしている。老人はその話をするためにここまでわざわざ院長を訪ねて登ってきたのだ。

院長は口が凍りついてしまったかのようだった。言葉もなく、慄く目で老人の横顔を見つめる。

やがて老人は体をゆっくりと院長のほうへと向けなおし、院長をじっと見る。

「院長は何をそんなに怖れているのか？」

ファン長老がふたたび威厳のある声で院長に問う。

「癩者を怖れると、その癩者はだんだんと意地が悪くなってゆく。それを院長は知っているはずだと思っていたが……私はどうにも話をせずにはいられない」

老人はそう言いながら体の向きをまた変える。ゆっくりと身をかがめ、うずくまる。そして手にしていたキセルに火をつけて口にくわえると、しばらくなにも言わずに、ふたたび海のほうへと眼差しを投げる。

チョ院長は息が詰まりそうだった。

ファン長老を前にして、口を開くことすらできずにいた。手足が麻痺してしまったかのような緊張のなか、老人の動きだけを力なく見つめていた。

「ああ、どこから流されきて、どこへ流されゆくのか、そのおおもとすらわからぬ人間の群れであった。丙子の凶年の時に、水が押し寄せるように流れ下ってきた北のほうの人々のことだ」

老人がとうとう過去を語りはじめた。院長が望もうと望むまいと、老人はもう院長の思いなどお構いなしに、視線をことさらに合わそうともせずに、ひとりぽつぽつと過ぎ去った日々の記憶を開きはじめた。

「院長もおそらく丙子の凶年といえば、話に聞いて知っていることだろうが、あれは本当に大変な災いだった」

その丙子の凶年の頃、ファン長老は平安道の妙香山の近くのある山村のはずれに、年老いた鋳掛け屋とともに、その仕事を手伝う小僧として暮らしていたのだという。

凶年が始まった年の秋から冬まで、北のほうから日ごとに数百名数千名が群れをなして南へと下っていったのだが、この世間知らずの小僧にはその途切れることのない人の群れを眺めることはなによりも不思議で楽しいことだった。

そんなある日、少年が鋳掛け屋の老人と村に出かけて帰ってみると、彼らの住まいである穴倉で驚くべきことが起きていた。寡婦となっても、この鋳掛け屋の老人と幼い息子のもとを離れずにいた少年の母親が、無惨な死を遂げていたのだ。着衣をむしりとられた母親の下半身は鮮血で赤く染まり、二つの濁った目はずっと少年を待ちつづけているかのように天井を見つめていた。

この日、山を越えていった流民の仕業だった。

鋳掛け屋の老人と少年が、死んだ母親と穴倉の家を捨てて、南のほうへと流れゆく流民のなかへと入っていったのは、そんなことがあった日の夕暮れであった。

老人と少年はありったけの服を着て、家に残っていた麦と塩もあるだけ全部むしろに巻いて旅に出た。行く当てなどあるはずもない。

老人と少年は人の群れに入り混じり、ただただ南を目指して歩いた。歩くうちに日が沈めば、どこでも道端にむしろを広げて夜を過ごした。朝になってみれば、傍らに倒れこんで寝ていた者たちの多くが、飢えと寒さで屍となっていた。

老人と少年は夜になるといつも二人ぴったりと体を寄せ合って眠ったので、ある程度まではなんとか寒さに耐えることができた。だが、それも結局は家を出て数日間だけのこと。年老いて疲れ果てた老人と少年の体温は、二人分合わせてみたところで、一人分以上にはならないようであった。

ある朝、少年が目覚めると、今度は鋳掛け屋の老人までもが息を引き取っていた。老人はその体に残る体温をすっかり少年に与え、いまだ名残惜しそうに両腕で少年をその懐のなかに抱きかかえていた。

少年は老人のこわばった腕から抜け出して、むしろの中に残っていたいくばくかの麦を包んで背負い、ふたたび旅に出た。

ファン長老はそこでしばし話をやめて、喉が渇いたのだろう、二、三回空咳をした。そして妙に陰惨な微笑を口元に浮べたかと思うと、ふたたびゆっくりと話しだす。

「つまり、私がある親切な女に出会ったのは、そんなふうにしてひとりぼっちになって旅をしていた時のことだったわけだ……」

少年がひとりとぼとぼと道を歩いていく。すると、穴倉の家に捨ててきた母親ほどの歳の中年女が、道連れになろうと、人の好さそうな様子で少年を引き寄せた。

その時、自分が女に会ったのは実に幸運なことと思われたのだ、とファン長老は語った。女は麦と小麦を混ぜて炊いたものを少年に分け与えてくれただけではない。炊いた麦を熱心に噛んでいたからなのか、肉づきも血色も他の者たちのようにみすぼらしく見えることがなく、少年には実に頼りがいのあるように感じられたのだという。

だが、少年の幸運には代価が必要だった。

その日の晩、少年はある山里の道端で女と一緒にむしろを敷いた。そしてやせ細った鋳掛け屋の老人の代わりに、この晩は肉づきのよい女と体を温め合って久しぶりに気持ちよく眠った。女は少年の手を引き寄せて自分の乳房をいじらせた。穴倉に捨ててきた母親のよりもずっと大きくて温かい乳房だ。少年の手のひらいっぱいの乳房。少年はしばらくの間女の乳首をもてあそび、目を見開いて夜空の星のきらめきを見つめていた。

ところが、その星々を女が少年から奪い去ったのだ。女が不意に腰巻で少年の顔を覆ってしまったのである。

翌朝、少年は女が分けてくれた少しばかりの麦飯を噛み締めながら、この日も女と道連れになって歩きはじめた。そして、夜になるとまた道端にむしろを敷いて抱き合って寝た。

女は少年に少しも不満を感じていなかった。少年も女の気持ちをすぐに読み取った。少年は女の乳房をしゃぶった。腰巻の下を開いて入り込み、女の股の間に頭を突っ込んで、前夜から女がひどく痒がっているところを触ってやった。女はひとりけらけらと笑い、喜びもした。時にはまだ痒いのか、ひいひいと呻き、その引き締まった太ももで少年の頭を容赦なく締めつけもした。

夜ごと、そんなことが休む間もなく続いた。遅くまで女にもてあそばれた少年は、眠りが足りないことが多かった。

だが、少年は女とのそれをやめなかった。いくばくかずつ与えられる麦飯が少年を女から離れられなくしていた。女と肌寄せ合って眠る暖かな夜もまた、少年を女から引き離さなかった。道ゆくことも、ひとりでは寂しくて怖かった。

女と一緒にいるために少年が女にしてやれることは、ただひとつだけだった。

数日間、女とふたり、そんな夜を過ごした後のことだったろうか。少年はついに自分が女にしてやれる唯一つの奉仕までも、その機会を奪われる日がやってきた。

女は少年と道を行きながら、前を行く一団に追いつくたびに、いつもそのなかに誰かを探しているようだった。前の一団のなかに探し出すことができなければ、あとから来る一団を待ち、そのなかに誰かを探して注意深く見回す。

ある日の夕暮れのこと、女は忠清道のある村の入口で流民の男たちの一団と出会ったのだが、その晩、女はようやく探していた人間を見つけ出したのか、たちまち男たちと道連れになった。

女はその晩も少年と一緒に男たちの間にむしろを敷いたのだが、もう少年には痒いところを委ねることはしなかった。男たちのひとりと夜が明けるまで体をからませ、激しく睦みあったのだ。

ありがたかったのは、翌朝、男と女がその一団から少年を追い払わなかったことだった。

少年はその時から女と一緒に男たちの一団と行動をともにした。男たちはひたすら南を目指すわけでもなかった。他の人々のように急ぐこともなかった。女は少年を追い払わなかっただけでなく、麦飯を分け与えることも忘れなかった。麦飯の他にも、女は男たちから温かい汁物や粥のようなものをもらっては、少年に久しぶりに食事らしい食事をさせたりもした。

だが、少年にはもう女にしてやれることがない。なにか他のことを探さねばならなかった。男たちは少年に新しい仕事を与えた。

少年は一生懸命に言われたとおりにした。いやでもなんでも、男たちの命じることに逆らうことはできない。そんな立場だった。この一団から抜ける考えはなかったが、抜けようと思ったとしても、とてもそんなことは言い出せぬほど男たちは荒くれだった。

日が沈むと少年は他の流民の群れが寄り集まって休んでいるねぐらに潜り込み、枕元に隠してある麦や麩《ふ》のようなものを盗んで逃げた。女たちの髪からかんざしを抜き取りもすれば、夜露をしのぐために幼子の頭にかけてある衣類を掠め取りもした。飢え衰えてよろめく犬を石で打ち殺し、それを背負ってうんうん呻きながら男たちのあとをついて歩いたこともある。他の流民の群れが夜を明かして立ち去ったあとに、こと切れている若い女の死体を見つけたなら、少年は男たちに女の居場所を知らせる。男が女の下半身をむき出しにして奇妙ないたずらをしている間、男が容易にいたずらできるよう、少年は死体の硬直した二本の足を開いて支えて間抜けのように座っていなければならぬ時もあった。そして男がいたずらを終え、唾をぺっぺっと吐いてそこを立ち去ると、今度は少年が死体に駆け寄って死体の髪をごっそり切り取りもした。一度など、少しでも沢山の髪の毛を手に入れたいという欲に駆られて、一本一本根元から引き抜くうちに、あやうく男たちの一団を見失ってしまいそうになったこともある。

しかし、少年は最後には男たちのもとを去ることになる。

少年があれほどに一生懸命に尽くして、あとをついて歩いた男たちが、幼い頃に鋳掛け屋の老人からいつも話に聞いていたあの怖ろしい癩者の群れだということを知ったからだった。

だが、少年が群れを去ったのは、男たちが癩者であり、それが怖かったから、というわけではない。少年がそのことに気づいた時には、もう既に自分の体のあちこちに赤い斑点が浮かび上がっていたのである。少年は自分が癩者になったという事実を前にしても、母親を穴倉に捨て置いて旅に出た時のように、鋳掛け屋の老人がひっそりと死んでしまったことを知ったあの朝のように、少しも寂しくなければ、怖くもなかった。

癩者もなってみれば、どうということはない。

むしろ奇妙な勇気が湧き起こってきた。

それどころか今では、男たちから離れても十分にひとりで生きていけそうな、妙な自信まで湧いてきた。

ある晩、少年はこっそり女と男たちの一団から抜け出し、来た道を戻りはじめた。

夜が明けるまで一晩中歩きとおし、朝日を見たのは慶尚道奉化《ポンファ》の地であった。

ファン長老の話は、語り進むほどにどんどん怖ろしいものになっていった。

二、三年後のことである。

奉化の地、山中の峠の旅籠《はたご》で、その後の二年間を少年は酒食を持ち運ぶ酒童となって過ごしていた。病気が目につくほどではなかったので、旅籠の主人は少年の秘密に気づかずにいた。

この主人の男が、とんでもなく性質が悪かった。

主人は酌婦兼娼婦の淫靡な尻の女をひとり、店に置いていたのだが、旅人が店で過ごすことになった日にはこっそりと客に女を抱かせて、その間に自分はその客の持ち物を盗むことに精を出す。

少年がそのことに勘づくと、主人は少年に盗みを命じた。どういうわけか盗みがばれて騒ぎになると、主人は目から火を噴いて姿を現わし、女を寝取られた男のふりを見事に演じた。旅人は失くしたものを取り戻すどころではない。腹黒くも他人の女を寝取ったという罪をかぶせられ、さんざんに侮辱され、追い出されるのである。

少年が主人の男を煩わせることも特になかった。少年にはもうなにひとつ世をはばかることはなかった。やがて少年はみずから旅人を呼び込み、女をあてがい、自分ですべてのことの始末が付けられるほどに肝が太くなった。品物を盗んでばれたとしても、少年はかえってニヤニヤと薄笑いを浮かべ、懐に隠し持っている包丁を取り出す。酒に酔った旅人が飛びかかってくることはなかった。飛びかかったところで、どうにもならない。ひとたび飛びかかってきたなら、少年はためらいなく包丁を使う。にやにやと薄笑いを浮べて立っている時、少年の顔からはいつも異様な殺気が放たれていた。

そんなことを二年ほども続けるうちに、少年はそれにも飽きてしまった。

そろそろ旅籠を出ようと思っていた。この頃には病気も見ればわかるくらいにはなりつつあり、そうでなくとももう旅に出ないわけにはいかなかったのである。

そんな晩秋のある日。

主人が買物で村へと降りていき、旅籠には少年と女だけが残されていた。

一日あれば戻ってくるはずの男が、どういうわけか、深夜になっても帰ってくる気配がない。この日に限って客もいない。

主人の男であれ、客であれ、この女はそもそも男なしでは一時も落ち着いていることのできない性質だった。

ひとりでやりきれなかったのか、女はついに少年にまで善心を施してきたのである。少年に自分の乳を吸わせてやろうという。主人の男が帰ってこなければ、その晩は少年に添い寝してやろうという。

少年は、しかし、そんな気分にはなかなかなれなかった。なぜだか、かつて旅の途中に出会ったあの肉づきのよい女が思い出された。

不意に少年は悪戯心を起こした。

今まで自分は癩病であることを隠していたと女に話したのだ。そして、本気にしない女に、薄笑いを浮べて、たくさんの赤い斑点がある肌を見せた。

すると女は驚いて少年から逃げ出した。

だが少年の悪戯心はそこで終りはしない。相も変わらずかすかな薄笑いを口元に浮べ、包丁を手に、しつこく意地悪く女を追い回した。それでも少年はふざけているだけと思いたがっている女の服をはぎとる。そして、生まれつきのように女たちがいつもぞもぞとさせているあそこを、愛情を込めて抉り取ってやったのだ。

「旅籠を逃げ出すとき、私はかつて穴倉に捨ててきた母親のことを思っていたよ。思い出そうとしたわけじゃない。なぜかあの日のことがありありと浮かんできたのだ。たぶん、目を見開いて死んだ女を見たせいかもしれぬ」

ファン長老がようやく院長のほうに向き直り、ひとり静かにため息をのみ込んだ。話はそろそろ終ろうとしているようだった。

院長は終始口を開くこともできずにいた。ときおり悪寒のようなものがぶるぶると体を走る。それに耐えながら、どうしようもなく沈黙したまま、老人と対峙する。老人の声が落ち着いて穏やかになるほどに、院長の恐怖も深まる。沈黙することにも超人的な忍耐が必要であった。

いったいこの老人は何をどうしようというのか。何ゆえに、これほど残忍な話を、これほど穏やかに話すのか――

決着をつけろ、決着を！　もう事業はやめよう、ということか。それで、あなたは、今日またどんな怖ろしい陰謀を用意しているのか。

院長は心のうちでひとり叫んでいる。だが、その叫びはひと言も院長の口から声になって外に漏れ出ることはなかった。

「そこでだ、院長。今までの話がこの老いぼれひとりだけの話でないことは、院長も、もう、よくわかっているのではないか……」

ファン長老はいよいよ結論を出そうとするかのように、院長に向かって口を開いた。

だが、その言葉の意味するところはどうにもつかみがたかった。

「これはわが島のすべての癩者の話だ。事情は少しずつ違うかもしれぬが、みな似たような話を持っている。誰もがそういう人間なのだ。みなが怖ろしいことを耐え抜いてこの島にやってきて、島にやってきてもなお、同じように怖ろしいことに耐えて今まで生き抜いてきた。そして、今また、院長がこのたびの事業を立ち上げようと言ったわけだ。だが、院長もそんな事情をすべて承知のうえでこの事業にとりかかったのではないか」

「何を言わんとされているのでしょうか？」

院長はついに耐えきれずに、詰め寄るようにして尋ねる。

ファン長老はしばし口を噤《つぐ》み、院長の顔をまじまじと見つめた。そしてなにか思い当たることがあるかのような表情で、ゆっくりとまた話しだした。

「どうやら院長はなにか誤解しているようだ。今の院長の顔を見れば、私に対してまで恐れを抱いているではないか。それが災いを呼ぶのだ。院長がそんなふうに怯えれば、物事はとんでもない方向に動く。さっきも言ったが、癩者は誰かが怯えているのを見れば、いたずらに底意地が悪くなり、だんだんと醜悪になって、乱暴なふるまいにもでようというものではないか。あの旅籠の女の話にしても、考えてみれば、女が怯えて逃げ回ったから、とんでもない怒りを招いたのだろう。怯えるのを見たら、私もだんだん意地が悪くなっていったのだな。癩者同士ならば絶対に互いに怖がるなどということはないからな。癩者どもには、それがわかっている」

ファン長老の口ぶりは、それまで院長が予想していたものとは随分と違う。院長は、老人がことを起こす前に自分にもう一度厳しく覚悟を迫っているものとばかり思っていたのだ。それが、ファン長老の語ることについて院長が耳にしてきた共通の解釈だった。ところが、老人は今、話の行方を思いもよらぬほうへと運んでいた。

そこにはきっと、老人の老獪なたくらみが潜んでいる。院長にはそう思える。

「いったい私に、今、何を、どうしろというのです？」

院長はもう苛立ちを隠せなくなっていた。

「何をどうしろと？　院長が私にそんなことを聞いて、そのとおりにするのか？」

ファン長老が院長をなじる。

「院長がやるべきことといえば、実に簡単なことだ。院長はこれからもずっと、平気な顔をしてわれら癩者をこき使ってやればいい。院長は癩者をうまくこき使ってやりさえすればいいのだ。だからこそ、今までの話も、なにか院長の役に立つかもしれぬと思って耳打ちしたのではないか」

「……」

「怖がらずに、死ぬほどこき使え。そういうことだ。そんなふうにして生きてきた者たちだから、腹をすえれば、なんであれ、とことんまでいく。そういう連中なのだから。しかも、院長には、今度のことには少しも迷う必要などない名分があるではないか。それは院長がわれわれをこき使う名分でもあるが、われわれの側でも、これは、今まで耐え抜いてきた数多くの苦難の中にあって、やっとのことで手にした苦難を受け容れるに十分な名分らしい名分なのだよ。なのに院長がまっさきに恐れをなしたなら、すべてが水の泡だ。連中の胸の内に潜む毒気は、実に、わが身を投げ出して堤を築きあげろと言われれば、それをやってのけるほどのものだが、院長が少しでもびくつけば、それはあっという間に残忍な底意地の悪さに豹変するものであるのだ」

「……」

「寒気が迫っている。堤は姿を現わす気配すらない。院長もきっと、今にも心が折れそうなのだろう。だから言って、今ここで投げ出すことなどできまい。どうにかして気持ちをかきたててやり抜くだけだ。冬の心配など院長が今からすることではない。連中のうちで、雨雪を避けて生きながらえてきたやつがどれほどいる？　そんなことが冬の作業を拒む理由になるか？　身を投げ出して堤を築けと言われたとしても、それでもわれわれは院長を責めたりはしない」

ファン長老は言うべきことはもう言い尽くしたという様子で立ち上がる。

院長はいまだに口を開けずにいる。

院長はようやく老人の言わんとするところを理解した。老人の忠告に、手を固く握りしめたいほどに感謝した。だが、感謝の念と同じだけ、老人を恐ろしくも感じた。ファン長老は本心を隠している。老人には言葉にしたこと以外にも、最後まで心のうちにひとり隠し持っていることがある。

院長はそんなファン長老を知っている。老人は院長よりもなおいっそうの忍耐をもって、無力感に捕らわれがちなおのれの意志をなんとか支えようとしている。それは老人が院長に語った言葉のなかに、ひそかに仄めかされている。

癩者はその胸の内に潜ませている毒気によって、身を水中に投げ出して堤を築き上げろと言われれば、それを見事にやってのける、その一方で、院長が少しでも怖れているふうを見せたなら、まさにその毒気が瞬時に残忍な底意地の悪さに豹変すると言う老人の言葉は、老人の本心を十分に感じ取らせるものだった。

問題はその毒気の向かうところなのだ。

院長が怖れているのは、他でもないファン長老なのだ。そして、その毒気がひょっとした拍子に残忍な底意地の悪さに豹変するというのも、まさにファン長老自身のことなのだ。

院長を前にして、自分の意志が揺らぎがちであることをファン長老は自覚している。石の堤が現われてこないことに、ファン長老は院長に劣らず焦燥感を抱いている。誰もが互いの裏切りを許しはしないだろうという院長との約束にもかかわらず、老人の内側にしきりとかつての残忍な心が甦《よみがえ》ってきているのは間違いなかった。老人は院長が恐れおののくさまを見て、ますますその心の動きを抑えがたくなっているはずだった。身のうちに深く眠り込んでいた毒気を、老人はいつのまにか玩《もてあそ》んでいる。そのことがなによりの証拠だ。

それでも老人は忍耐強く堪えている。

老人は、おのれの毒気を、堤が現われるまで自分を抑えて待ちつづける忍耐力の証左としようとしていた。そして、それを老人は院長の前である程度やり遂げているようでもあった。院長はもはやファン長老に安心することはできなかった。

老人は、今この時も、この厳しい試練のなかで、覚悟を新たにしなければならぬほどに心が揺れている。自身の話をしながら、院長に対してよりも、実のところ自分自身に対してより多くの忠告と懐柔をしているのだ。そうでありながらも、老人は最後まで自身の動揺をちらりとも見せはしなかったというわけだ。

院長はそんな老人を知っている。

こうして考えてみれば、事態はもうぎりぎり、もうあとがないところまできている。院長は言葉を失っていた。

老人はそんな院長がどうにも気にかかるようである。一、二歩、ゆっくりと丘を下っていこうと歩き出した老人が、いま一度確かめることがあるかのように院長を振り返った。

「癩者をどんなにこき使っても、院長を責めはしないというのは、院長を安心させるために言ったことではない。誤解があるといけないから、もうひとつだけ話しておきたいことがある。われら癩者がこの世を生きていくうえで腹のうちに刻み込んでいることが二つあるのだ……」

「……」

「その二つが何かというと、手足が丈夫なやつらは誰ひとりとして癩者のために本心から働こうなどとしないし、善心を施そうともしないことを癩者は知っているというのが、まずひとつ。だから癩者は自分以外の誰かのためになにも考えることはないし、働くこともないという考えを持つようになるということが二つ目だ。癩者は他人が自分のために働いてくれるなどということは本気にはしないし、他人のために働こうともしないということだ。これは院長に対しても変わらない。われわれは今も、院長が自分たちのために働いているなどとは微塵も思っていない。われら癩者が院長のために働いているなどと考えるのも、とんでもないことだ」

「私も、もう、誰のためにとか、誰が望んだからとか、そういうことは考えないようにしましょう」

ついに院長がきっぱりとした声でそう言い、ファン長老をまっすぐに見つめた。

「それがまっとうな考えというものだ。であれば、われら癩者が院長を責めたり恨んだりするわけもないという言葉も、信じようがあるというものだろう」

そう言いつつ、老人はふと首をかしげ、最後に院長をなじるのである。

「だが、おそらく院長はすべてを信じきることなどできない。今までだって明らかにそんな誤解をしていた節があるのだから。院長はわれらのために働き、われら癩者は院長ゆえに働いているという思い……、そんな誤解がなかったなら、今になって怖気をふるうこともなかったろうに」

「長老に私がそれほど怯えているように映ったのなら、それはおそらく、あの海や自分自身に対しての恐れゆえというほうが正しいのかもしれません。でも、長老の言葉どおり、もしやこの先数多くの院生を襲うかもしれぬ失望に対しても、私は本当になにも怖れる必要はないのでしょうか？」

「そもそもそんな失望に襲われるようではだめなんだ。今日のわれわれの話も、つまりは、そんな失望をあらかじめ呼び込むようなことはするまいということなのだから。でも、そんなことが起きるとしても、院長が先回りして怯えることはあるまいよ。そうあってはならぬことなのだ。それでは癩者に対しての本心が容易にばれてしまうというものだ。だいたい院長がわれら癩者のために働いていると考えること自体がお笑いぐさなのだから。そのうえ、われら癩者が院長のために働き、院長ゆえに失望するだろうなどと考えるなら、なおいっそうのお笑いぐさだ。言ったろう、癩者は他人のためになど働かない」

20

工事現場での作業は、冬の寒気もおかまいなしに敢行された。

実に果てしなく危険な闘いだった。

それは、人間を受け容れる気などさらさらない海との闘いであり、気が遠くなるほどに長い冬の寒気との闘いであり、人間と人間とが互いに対する信頼を最後まで試そうとする忍耐力の闘いであった。

院長にとっては、海よりも、冬の寒気よりも、人間同士の闘いのほうが厳しかった。院長は院生と闘い、ファン長老とも闘わねばならなかった。院生もファン長老もまた、院長を相手に闘った。院長とファン長老たちは、互いに、どちらがこの闘いでより長く耐え抜くことができるのかを決めるために粘り強い忍耐力を発揮しているようであった。それは、結局、海もなく寒気もなく、最後には相手すら問題にならない、自分の意志との執拗な闘いだった。

その苦しい闘いもそろそろ終ろうとしていた。一年が過ぎ、冬の間、鉛のように一面灰色に静まり返っていた南海の海も、少しずつ冷気を脱ぎ捨てはじめた二月下旬の頃。ある朝、チョ院長は五馬高地作業指揮所に立ち寄って外に出たところで、いつものように眼前に広がる海に、不意にいつもとは違う変化を見つけた。豊南半島と梧桐島の間の第一防潮堤作業場一帯の海面に、以前には見ることのなかった長い水の帯のようなものが白く延びている。

院長の目に一瞬稲妻のような閃光が走った。次の瞬間、院長はわれを忘れて丘を駆け下りた。転がるようにして丘を駆け下りてきた院長は、そのまままっすぐ船に飛び乗り、梧桐島のほうへと向かった。

船に乗ってみれば、もう少しはっきりと浮かび上がって見えてもよいはずのあの水の帯は目の前から消えてしまっている。

幻覚だったのか？

幻覚ではない。院長はすぐそれに気づいた。

ちょうど大潮だった。海はいつもよりも海面が高くなっている代わりに、引き潮になればいつもよりも海面が低くなる。今は海面が一番低くなる大潮の時の引き潮だった。水の帯は、海中に隠れている石の堤が浅くなっている海のどこかでもどかしげに背伸びして、ついに浮かび上がってこようとしている信号だった。

水の帯に見えたものが堤そのものなのではなかったのだ。

石の堤は海中で波を殺していた。崩れ落ちた波がつながって、白く長い水の帯を形づくっていた。その帯の下に石の堤があった。水の帯は高いところからならば見分けることができる。船からでは、波がぶつかりあっているのを見ることができるだけだった。

院長は狂ったように船を思いっきり走らせた。そして船が梧桐島を過ぎ、一号堤防予定線の水面上にたどり着いた時、院長は丘の上から見た水の帯の下に、もうひとつ、白い石の列が幻想のように長く延びているのを見た。海面から一、二尋《ひろ》の深さのところまで、ついに、本物の石の堤が姿を現わしているのだ。

院長は息が詰まりそうだった。溢れ出す感動を鎮めるために、少しの間静かに目を閉じてじっとしていた。だが、あの白い石の堤が魔法のように今すぐにも目の前から消えてしまいそうで、自然と体が震えおののくのだ。

ひっきりなしに押し寄せる波の下に、石の堤は変わることなく長くまっすぐに横たわっている。院長にはどうしても堤が堤に見えなかった。今までの生涯で一番美しいなにかを見ていた。水中を走っているそのおぼろに白い線は、あまりに美しく、幻想的だった。それは魂を持って、息をして、生きているひとつの生命体であった。

院長は夢の道をたどっていくように、白い堤を追って注意深く船を走らせた。船が前に進めば進むほど、水中の線も前へ前へと院長の先を行き、水中を貫いて延びてゆく。

やがて、早春の南海の海上では、全長三百七十五メートルの一号堤防予定線に沿って、豊南半島側の堤防の先端へと院長が立つまで、ひとしきり思いもかけぬ行進が繰り広げられた。

チョ院長の船が梧桐島を過ぎたあたりから、石を運んでいる作業船が一隻二隻と院長の船のあとを追いはじめ、やがてそれが盛大なる海上行進の隊列となり、すっかり海を覆ったのである。

「チョ院長万歳！」

「小鹿島万歳！」

「五馬島開拓団万歳！」

作業船の院生たちはチョ院長の船を追いながら、喉が張り裂けんばかりに喚声をあげた。豊南側の対岸でも、気配に気づいた院生たちが堤防の先端へと白い波になって押し寄せていた。

めぐりめぐる歳月を闘いながら……

対岸の院生たちは熊手模様の開拓団のマークが描かれている五馬旗を振りながら、久しぶりに、いま一度、「小鹿島の歌」を声を合わせて歌った。その歌声はたちどころに海上の船団にまで広がった。堤防の先端と船の上とで歌われる合唱の声が、ひとつの場所へと次第に近づいていく。堤防の先のあたりでついに入り乱れ、混じり合う。堤防側の院生たちは水中を延びゆく堤に沿って下半身を濡らして海へと入ってゆき、船を漕いできた院生たちは堤防の水際に着く前に仲間たちの間へと次々船から飛び降りた。

院長が船から降りるや、堤防の先端のあたりはすっかり興奮の坩堝《るつぼ》と化した。院長を取り囲み、またもや万歳の声が響き渡り、合唱がはじまった。興奮した院生たちは水の冷たさも忘れ、ただもう堤に沿って海中へと大挙して入ってゆく。

その時だった。その渦中にあっても変わらずに冷静でありつづけている者がひとり。いつ渡ってきたのか、ファン長老が院長を待ちうけていた。興奮した院生たちを制止し、ファン長老が院長の前に進み出た。

「みな、待ち切れぬようだな」

ファン長老の声は低く、落ち着いている。だが、院長はその老人の声がかつてなく震えていることに気づいた。

「われらは、今日、この堤を歩いて渡ってしまおう。院長が先頭に立ってください」

それは実に奇妙な提案だった。この冷たい水の中へと、ファン長老は今すぐ堤を歩いて渡ろうというのだ。

だが、院長にはファン長老のその提案が少しも奇妙には思われなかった。

「先頭に立ちましょうとも。豊南と梧桐島の間を歩いて渡ってゆくのを、今日という日に誰が遠慮などするものですか」

チョ院長の声も気がつけば震えている。

「みんな、院長がまず堤を渡るようにして差し上げろ」

ファン長老が院長よりも先に堤の上に立っている院生たちに声をかける。

みなが院長に道をあけた。

院長に迷いはなかった。ズボンの裾をたくし上げようともせずに、石の堤が白く延びゆく海中へとざぶりと降り立った。もちろん靴も履いたままである。院長はそのままの身なりで海の中を堂々と歩きだした。

その間に石の堤の上をたゆたう水はかなり浅くなっていた。水の深さは院長の膝上あたり。もう引き潮は終ろうとしている。院長は堤の上を行き交う波をかきわけ、巨人のように力強く海を歩いていた。その四、五歩あとにファン・ヒベク老人がつづき、さらに老人のあとに数百名の院生が誰かれなく堤を埋め尽くして歩いてゆく。

海を渡ってゆく隊列からは、合唱の声が途切れなくつづいた。隊列のうちのある部分では人々がゆらりゆらりと舞い踊り、その間は行進も滞る。

寒さなど誰も感じてはいなかった。行進の先頭に立つ院長は、一度もあとからついてくる人々の群れを振り返ることはなかった。が、それも院長が下半身が冷えて痺れてくるのを我慢できずに足を速めていたからではない。院長はついに海に打ち勝った凱旋将軍であった。そして、それは、海よりももっと深い絶望の深淵から五千名の癩者の魂を甦らせた凱旋の行進であった。凱旋の行列を率いる院長は、われ知らず流れ落ちる熱い涙で頬を濡らしていた。

院長は泣きながら海を渡っていた。涙を見られぬよう、後ろを振り返らなかった。

冷たい海の中の行進——

それはまことに無謀で、異様な光景であった。だが、その行列のなかの者たちにとっては、まったく異様でもなければ無謀でもない。

それは、むしろ、それほどまでに荘厳で感動的な一篇の海上のドラマであった。そして、その感動的な海上行進は当然に一度だけでは満足できるものではなかった。

まだ第二号、第三号防潮堤が残っている。

梧桐島と豊南半島を結ぶ第一号防潮堤の石の堤を歩き通した院生たちは、消えかかっていた士気を取り戻した。工事現場はふたたび活気に満ち、作業能率はこれまでになく急激に上昇した。三号防潮堤の外側の海上に浮かんでいる石の島、マンジェ島が急速に小さくなっていく。

一号防潮堤を歩いてから一か月後には、チョ院長は院生とともにふたたび、二号防潮堤、三百三十八メートルの石の堤を歩いた。二番目の防潮堤が姿を見せた時には、サンウクまでもが院長とともに堤を渡った。最初の堤が現われた時には、興奮で沸き返る院生たちの真っ只中にあっても、むしろ奇妙なほどに怯えてこわばった表情のサンウクだった。島の人々がみな石の堤を歩いて海を渡っていった時も、ひとりどうしても気持ちがついていかないサンウクだった。そのサンウクが二番目の防潮堤が現われた時には、自然と躊躇することなく堤の上に降り立ち、言葉にならない感動に包まれて黙々と院長に付き従っていたのである。こうなれば、残るは三号防潮堤だけである。

マンジェ島がますます急速に崩れ落ちてゆく。四月が過ぎ、五月に入る頃にはマンジェ島がぐらぐらと海面の下に沈もうとしていた。

第三防潮堤側は、実のところは、まだ時間がかかる。長さも長さなのだが、この三号防潮堤が連結されれば、干拓地のなかに流れ込む潮水が堰き止められ、堤の内側には将来、沃土として掘り起こされる海床が姿を現わすことになる。

流れを堰き止められた潮水の荒れようは、それはもうかなり激しいものだった。

三号防潮堤には、もう少し多くの石を投げ込んだ。五月も下旬になると、マンジェ島は沈没船の帆柱のように島の芯の部分の石柱をひとつ残すだけとなって、あとは完全に海面の下にその姿を消した。院長はマンジェ島の採石作業の中止を命じた。のちの日に、誰かがマンジェ島の来歴を尋ねたなら、その昔、大地を逐われ、大地に生きることを念願していた者たちが、その子孫のためにこの島を掘り崩し、子孫の大地をつくり出し、恨《ハン》を解き放って去っていったという物語を伝えるために、無言の石柱をひとつ、マンジェ島の痕跡として残すことにした。

院長が最後に五馬島と鳳岩里を結ぶ第三防潮堤、千五百六十メートルを歩いて渡ったのは、五月もまだ終らぬある日のこと。三号防潮堤を歩いたあとも、しばらくはもう少し石を投げ込んだ。そしてようやく堤防の内側の海床が少しずつ姿を見せはじめたのである。

海床は日ごとに広がっていった。ついには、満潮になっても石の堤を越え来る波もなくなった。工事の最後に塞いで潮を止めることにしてある何か所かの部分を水路として、潮水は堤の内側へと流れ込み、流れ出ていく。堤防めがけて勢いよく押し寄せてくる波は、引き潮になるまで堤の内側をゆらゆらと覗き込んでは、そのまま深海へと引き返していく。

カナンの地は目の前にあった。堤防に囲まれた島々が、干潟の上に完全につま先だって見えるほどに、石の堤が高く築き上げられたある日、チョ院長は作業指揮所がある五馬高地の丘でふたたび酒宴を催した。

そして、その丘から島の人々がやり遂げた事業の成果を見てみれば、あらためて驚かされるのであった。

眼下の風景は一変していた。遥かに海が広がっているべき場所に、三百三十万坪の広大な大地が新たに姿を現わしている。海面上に点々と浮かんでいた島々は、今では単なるありふれた小山であり、大地の上に平べったくうつぶせになっている。丘から見やれば、眼下の大地が遥か対岸の陸地まで連なり広がっている。堤の水路をくぐりぬけて流れ込む潮水が、その広大な大地を巡礼者のようにあちらこちらへと巡ってゆく。堤の外側の海を見やれば、そこにあるはずのマンジェ島が消えてなくなっていることも、見る者の感慨を新たにした。マンジェ島があるべきあたりには、かつての島の痕跡としてわざわざ残した一本の石柱が白く霞んで見えるだけ。

それは、言うならば、第二の天地創造であった。天地創造という言葉が神を冒瀆するものであるというならば、それは神の御業と加護の恵みを賜った人間たちが、みずからの意志と努力で創りあげた、地上で最も美しく最も荘厳な芸術作品であると言おうか。

チョ院長は、眩い午後の日差しを浴びてゆらゆらと白く浮かびあがる海上のあの石柱を見つめるうちに、自分でも説明のつかないなにか怖ろしい戦慄めいたものに襲われていた。そしてその時、チョ院長の脳裏に、不意に、無数の癩者と癩者の子孫のために海上の石柱に刻んで残したい痛切なる言葉が浮かんだ。

ここに――
あれほどまでに人間たることを願ってきた癩者のために
その疲れ果てた魂が安らう大地を創らんと
大山が海となり、海がふたたび陸地となることを見せてくださった
偉大なる神の摂理よ！

裏切り 1

21

投石作業が一段落すると、次なる工程は、海上に姿を現わした石の堤の上に土を載せていく盛り土作業であった。

盛り土用の土の運搬にはトロッコがなにより便利である。とにかく行けるところまでは、多くのトロッコを使って運んでいく。土を積んだトロッコが採土場と堤の間を忙しく行き交う。トロッコを押すのでなければ、みずから担いだり、あるいは船に積んだ土を堤に投げあげたり。底の見えない水の中へとただひたすら石を放り込んでいただけの第一段階の投石作業の頃に比べれば、日々の作業が実に楽しい。

石の堤は荒い波にさらされながらも、日ごとに内側の壁を厚くしていった。堤の壁が厚くなれば、それにつれてトロッコのレールも長く延びてゆく。

やればやっただけ、その成果が目に見えて現われる。それだけに士気もあがり、おのずと作業も加速度的にすすんでゆく。

そんな盛り土作業の真っ最中であった七月初旬の頃のこと。

この工事は、ひとつ、大きな心配事を抱えていた。台風だ。間もなく台風シーズンがやってくるのだ。

チョ院長はかねてより、ひとりひそかにそれを案じていた。しかも、この年の八月十五日には尹《ユン》普善《ボソン》大統領率いる文民政府が樹立され、病院長の職務も民政委譲と同時に民間人に委ねられることとなっていた。しかし、時が時であるだけに、チョ院長は二十年近くの軍営生活の軍服を未練なく脱ぎ捨てた。すすんで民間人となって、小鹿島にとどまることを選んだのである。

五馬島干拓事業を立ち上げた時の誓いの証としての拳銃一丁を残すのみ。チョ院長は軍服を脱ぎ捨てた後も変わることなく干拓工事にわれを忘れ、文民に転じたことの感慨すらない。堤がある程度の風には十分に持ちこたえられるようになる前に台風に襲われたなら、今までの苦労が一夜のうちにすべて夢と消えてしまう。それを院長は怖れていた。

怖れながらも、確実な対策を立てることもできなかった。工事を急いで、本格的な台風シーズンに突入するまでに、堤を少しでも厚く堅固なものにするしか手はないのだ。

この年は本格的台風シーズンに入った後も強い風が吹くわけでもなく、どうにか無事に夏を越えられそうでもある。それが唯一の希望だった。もしやこの島には神のご加護があり、今年だけは風吹くこともなく、危険な季節を乗り越えられるかもしれぬ、そうあってほしいという痛切な願いを胸に日々を過ごす。そうして、なんとかぎりぎり峠は越えたかと思われた九月初旬のある日、堤の強度補強の進捗状況はまだ心もとないばかりだというのに、ついにあの非情な台風の報が容赦なくもたらされたのである。

院長は居ても立ってもいられなかった。しかし、院生を動揺させないために、ことさらに不安を押し殺し、そんな素振りは微塵も見せまいとする。一日中ラジオの前に座ってニュースに耳を傾け、台風の進路が変わることだけをひたすら祈る。

午後、日も傾きはじめた頃には、得糧湾一帯の海が荒れだし、波が白くうねった。灰色の水平線を越えてやってくる一群の雲が、すさまじい速さで頭のすぐ上を通り過ぎてゆく。

院長は院生に作業の中断を命じ、台風対策を指示した。この日は当然に夜間作業も断念、すべての作業工具と機材をひとところに集めて強風の被害に遭わぬようにした。土石運搬船は堤防内の水路の隅の安全な場所に退避させた。

夕食後には、院長は徹底した夜間警備を命じた。自身もこの日の夜は五馬高地の作業指揮小屋にとどまり、ラジオにかじりついてニュースを聴く。

済州島の南側を駆けあがり迫り来る台風は、明くる日の明方までに五馬島一帯にも本格的に上陸する模様だ。予報では、台風の中心勢力が通過する地域の被害は、予想もつかないくらい甚大なものになるらしい。

時々刻々近づいてくる悲劇の足音を聞きながら、院長はまんじりともせず夜を過ごしている。

——どうか、ここだけは台風がそれていきますように。海と陸がひっくりかえろうとも、ここだけは、どうか……

願いも空しく、午前零時を過ぎる頃から風が強まり、雨まで落ちはじめた。

院長は、小屋の中でじっと役にも立たない祈りばかりを唱えていることに、もう耐えられなくなった。いたたまれずに、にわかに雨合羽をひっかぶり、作業指揮所の丘を下っていく。雨の中を転がるようにして堤防の先端まで駆けつければ、院生たちもまたほとんど眠れぬようである。堤防の先端のあたりには、古びたむしろをかぶって集まってきた院生たちの影が、まるで市が立っているかのように、あちらこちらに雨に打たれながら群れ固まっている。

院長は、言葉にもならぬ院生たちの哀切な願いを目の当たりにして、いま一度胸がいっぱいになった。

だが、凄まじい自然の脅威の前には、人間の祈りなどあまりに無力だった。明方に本格的に上陸した台風は、堤を破壊しつくさぬかぎり、絶対に暴れることをやめもしなければ、去ってゆこうともしなかった。どんなに祈っても、どんなに抗っても、無駄だった。大波は堤の礎となっている岩までをも易々と揺るがして吹き飛ばすほどに、激しく、猛々しい。

海と空と陸の境も消えた。台風は三日間にわたって荒れ狂った。

工事現場の院生たちはその三日間、昼も夜も一睡もせず、暴風のなかで堤を守った。それぞれにむしろで身を包み、堤へと群れ集まり、台風が去りゆくことを死に物狂いで祈った。

しかし、ひっきりなしに襲いかかる大波に傷めつけられ、堤は時々刻々削り取られ、薄くなってゆく。院長は院生たちとともに二昼夜、眠れぬ時を過ごした。が、もうこれ以上、為すすべもなく堤の最期をただ茫然と見ていることができなかった。

三日目、いまだ嵐吹き荒れる夜、ついにチョ院長は逃げ出すようにして、院生たちを後に残し、ひとり作業指揮所へと退いてしまった。そして、その夜、指揮所の闇のなかで、まるで海の底が割れるかのような怖ろしい地響きを何度も聞いたのだった。

台風が去ったのは、三日目の夜明けのこと。

手遅れだった。台風は去った。だが、これ以上悪さをする必要もないほどに、堤は見事に破壊し尽されていた。

堤は跡形もなく海の中に消えた。堤の内側に果てなく広がっていた三百三十万坪の平地は、一面の広大な海に戻っていた。黒い大地の上にちっぽけな小山となって干からびていた島々もふたたび海の水にめぐりあって、ゆらゆらとかつての姿を取り戻している。

暴風のあとの日差しは、早くも憎らしいほどに燦々《さんさん》と降り注ぎ、元の姿に戻った海の上をどこからか風を追ってやってきた数羽の海鳥がのどかに旋回している。

長く怖ろしい裏切りの物語が始まろうとしていた。


院生たちは言葉を失っていた。

なにも食べようともせず、眠ろうともしない。

むしろをかぶったまま、工事現場のいたるところに倒れこむように身を投げ出して横たわっている。

それはまことに無惨な光景だった。

チョ院長もまた、しばらくの間は、とてつもない自然の裏切りを前にして、それを恨む気にさえならなかった。ただただ、どうしようもない虚脱感に襲われた。魂を失くした人間のように、茫然自失の数日を過ごした。そして、ようやく、自分だけではない、数千名の癩患者の恐ろしいほどの絶望に思いが及んだ。

院生たちの絶望は、時とともに危険極まりない怨念と憎悪へと姿を変えていった。その怨念と憎悪の標的は誰か。それは問うまでもない……。

院生たちにしてみれば、正しい標的など見つけようもないのだ。裏切りの元凶は、もちろん、台風を運んできた自然の悪意と言うべきなのだろう。だが、憎しみに駆られた院生に、そんな遠い標的を狙いすますほどの余裕があるはずもない。

標的は、彼らのすぐそばにいる。チョ院長。それ以外にはありえなかった。

チョ院長自身もまた、院生たちと同様、自然を標的にすることなどできなかった。自分自身を恨むほかなかったのである。

チョ院長の心のうちに、次第に、自分自身に対する怖ろしい復讐心が燃え上がりはじめた。

癩者が他人のために働くことなどありえないのだという忠告は、おそらくファン・ヒベク老人の本心であったのは間違いない。そして、その癩者の笑いの種にならぬよう、癩者のためなどという考えは今後一切持つまいと言い切ったチョ院長自身の言葉は、おそらく、そのすべてが事実そのままではなかったのだろう。だが、今回こそは、チョ院長の思いも定まった。

ファン長老の言葉どおり、自分以外の誰かのためになにかをしようなどという思いは、もうかけらもなかった。

院長はただ自分自身への復讐心ゆえに、どうにかしてあの自然の猛威に耐え抜き打ち勝つ自分の姿を見たいという執念に突き動かされ、もう一度工事に取りかかることを決心した。

そして、ふたたび、五馬島へと渡った。

とはいえ、当然に、自分ひとりの決心だけですぐに工事が再開されるはずもないことを院長は思い知らされた。

院生たちは依然としてむしろをかぶって獣のように地べたに身を投げ出している。彼らをもう一度工事現場に連れ出そうとするなら、どんな目に遭うかもわからない。

ファン長老までもが、もう口を開こうとはしない。

工事を再開するためには、なんらかのきっかけが必要だった。院生たちをしてその殺人的な虚脱感に打ち勝ち、立ち上がらせるような、新たなきっかけが。

それを院生たち自身に期待することはできない。

きっかけは院長がつくり出さねばならない。チョ院長としても、それは、今すぐにできることではなかった。もはや、この島に、どんな形であれ、なんらかのきっかけを見出せるとは思えなかった。

外から持ち込むほかない。そう院長は考えた。

ひそかに島を出た院長は、放浪者のように他の干拓地を訪ね歩いた。島に近い長興と霊岩の干拓地をふたたび訪ねもした。大小さまざまな干拓地が広がる西海岸一帯を巡り歩き、最後に、わずか五町歩あまりの農地を手に入れるために八年にわたって海と闘いつづけているという徳積島《トクジョクト》の三兄弟の家族干拓地まで訪ねていった。

他の干拓工事現場を訪ね歩くことで、チョ院長はようやく自分が今まで五馬島でやってきたことがけっして無駄ではなかったということを知った。

波に揺さぶられた石の堤の沈下は、あの日のあの台風によってではなくとも、ほとんど必然的なものであったということを悟ったのだ。

海中に投げ込まれた岩石は、一定の期間、沈下を繰り返すのだという。石の堤が沈まぬほどに地盤がしっかりするまでには、少なくとも何度かの沈下は覚悟をしなければならぬというのだ。

チョ院長はこの干拓地踏査の旅で、いくつかの技術的知識のほかに、より意義深い教訓をひとつ得た。それは最後に訪ねた徳積島三兄弟のちっぽけな家族干拓地でのことだった。

予定面積五町歩の土地を得るために、三十代前後の三兄弟が力を合わせて、徳積島の人里離れた海辺に百五十メートルあまりの防潮堤を築いていた。ハンマーともっこだけで、石を割っては海に投げ込むこと八年。その間に八回の沈下に見舞われながらも、三兄弟はけっして挫けることを知らぬ執念で八年の歳月をひたすら耐え抜いてきた。

それはもはや五町歩の土地を得るための労苦ではなかった。兄弟の若い力のすべてを捧げた海との血のにじむ闘いだった。

「もう沈下は終りました。でも、わたしたちが今までこの地にとどまっていたのは、たった五町歩の土地のためではありません。わたしたちは海に勝ちさえすればよかった。絶対に海に打ち勝ってやるという執念ゆえに、わたしたちは今までここを離れることができなかったのです」

八年の歳月と八回の沈下がこの三兄弟に与えたものは、海に対する限りない敵愾心《てきがいしん》と海に打ち勝ってやるという強靭な闘志だけだった。

沈下は終った。が、仮に、この後さらに十回二十回と沈下に見舞われたとしても、三兄弟は、十回二十回とひたすらに、繰り返し、石の堤を築いていくだけだというのである。

チョ院長はもうこれ以上時間を費やして出歩いてはいられなくなった。

院長はふたたび五馬島へと足を向けた。

だが、院長には宿題がひとつ、まだ残されている。

——絶望のどん底で打ちのめされている院生たちを、いかにしてふたたび立ち上がらせるか。

院生が力を取り戻して立ち上がるに足るきっかけが、まだ見出されてはいなかった。

沈下現象についての説明は、院生たちにとっても、ある程度は納得できる事実ではあろう。しかし、その事実に納得するだけでは工事を再開しえないほどに、院生の失望と心の傷は深い。

徳積島三兄弟の話もまた同じだ。八回の沈下と八回の工事やり直しを経験した三兄弟の話が意味するところは、院長自身もすでに経験している、あの寂しく苦しい自分との闘いなのだ。それは衝撃的であるのと同じくらいに感動的でもあるのだが、院生に同様の衝撃と感動を期待することはできない。三兄弟の話が院生たちにとっても感動的であるとすれば、それは、せめて、今後も果てしない犠牲と絶望に何度でも繰り返し耐えねばならぬという冷酷な覚醒に到達しえた場合のことだろう、その覚醒を現実のものとしてゆく三兄弟の勇気にまで院生がたどりつけるのかどうか、甚だ疑問である。勇気を伴わない覚醒は恐怖でしかあるまい。院生を奮い立たせるきっかけは、他のところに求めるほかないようであった。

しかし、いったいなんという因縁だろうか。

院長は、思わぬところで、思わぬ人々によって、ようやくのことで院生たちが奮い立つきっかけを見出す突破口にたどりついたのである。

それは、ふたたび小鹿島に渡るために高興へとやってきた時のこと。院長はそこで聞き捨てならぬある噂を耳にした。遠からず小鹿島病院長が替わり、今のチョ院長は間もなく島を去ることになるだろうというのだ。もちろん、チョ院長自身に関わる噂でありながら、その噂の当事者たる院長自身もまったく知らぬ話だった。

調べてみれば、そんな噂が流れるのには、それなりのわけがある。

噂の標的はチョ院長ではなかった。五馬島干拓地が噂の目的とするところなのである。

いつか工事現場の近くで婦女強姦未遂事件が起きた時、チョ院長に抗議をしに来た近隣の村の青年たちが、言い捨てていった言葉がある。

――ご安心ください。われわれは院長に工事をやめよと言いにきたのではありませんから。信じていただけないかもしれませんが、われわれも今では一日も早く海の底から沃土が現われるのを楽しみにしているんです。

そこまでならば、できもしないことには手を出すなという憎まれ口でしかない。だが、その沃土が一日も早く姿を現わし、自分たちもその大地で院長の患者たちと兄弟のように仲睦まじく田畑を耕す日が来ることを心から待ち望んでいるという御託に至っては、よくよく思い返せば、なにか引っかかりを感じるのだ。何事か企むとすれば、それは、院生たちに堤防の工事はすべてやらせて、海から本当に大地が姿を現わした後に院生たちをふたたび小鹿島へと追いやり、農地はまるまる自分たちのものにする、ということではないか。妙に余裕綽々《よゆうしゃくしゃく》の表情を浮べていたのは、チョ院長に対してその時既にそれだけの覚悟を迫っていたのだろう。

つまりは、干拓地を奪おうというわけだ。

海が農地に変わりうる可能性は、既に陸地の者たちも自身の目で直接見た事実だった。一、二回の沈下もまた、彼らにとっては常識の範疇だった。そして、最初の沈下こそ、彼らにとっては二度とない絶好の機会でありえた。

――たった一年のうちに築き上げた堤が崩れたならば、チョ・ベクホン、おまえにはもう二度とふたたび工事に取りかかる気力などあるまい。おまえができると言ったところで、島の癩者どもがそれを受け容れるはずもない。

この機に干拓事業を乗っ取ってしまおうという陰謀だった。

既に連中は工事業務を引き継ぐために関係各方面への請願手続きを急いでいる様子であり、それは近隣住民も大いに支持するところでもあるようだった。これは工事が完成段階に入ってしまえば、どうにも名分の立たないことである。工事が難関にぶち当たって立ち往生している今こそが、好機なのだ。患者と近隣住民の間の摩擦に頭を抱えてきた当局が、このような機会にこのような形で事態を収めてしまおうとする可能性も否定できない。

チョ院長が小鹿島を去るらしいという噂は、だから、この陰謀を推し進めるうえで最大の障害であるチョ院長を、できることなら、まっさきに小鹿島から追い出してしまいたいという希望含みの思いに端を発している。

――もう十分に痛い目に遭ったろう、そろそろ手を引いて退散したほうが身のためだよ。

――この事業はこれからはわれわれがおまえに代わってやってやろう。最後まで邪魔するというならば、おまえの首を飛ばしてやるだけだ。

そのくらいのことはしかねない連中だ。

こうして、島内では見出すことのできなかった工事再開のきっかけが、ようやく島の外で見つかったというわけだ。

院長は島に飛んで帰った。

噂の真偽を仔細に確かめる必要はない。噂の衝撃が院生をふたたび工事現場へと向かわせる契機となりさえすれば、それでよい。それが結果的には院生を騙すことになるとしても、今のチョ院長の置かれた状況下では、そこまで考えつくして、躊躇している暇はない。五千名の院生の全体利益のためには、それくらいの独断や院長としての院生統治術の駆使をためらってはならぬと考えた。チョ院長は島に戻ると、すぐに長老会を開いた。防潮堤築造過程における技術上の瑕疵《かし》と、沈下が起きる経緯について、詳細に説明したのである。他の干拓地の事例を解説し、今まで注ぎ込んだ汗と情熱がたった一回の沈下で無に帰することなどけっしてありえないのだと力説した。

思ったとおり、長老たちからはなんの反応もなかった。

院長はあらためて徳積島三兄弟のことを話して聞かせた。五町歩の土地を手に入れるために、八回の沈下を乗り越え、いまだにまったく悔いることのない闘いをつづけている三兄弟の執念深くも強靭な意志は、島の人々にもそれなりの感動を与えたようだった。

だが、長老たちは、やはり、そこまでだった。

院長が、数百万坪の土地のためだけではなく、あなたがたも人間であるからこそ、人間ならば誰もがみずからの運命を切り開いていく義務があるからこそ、あなたがたも今こそこの事業を再開するしかないのだと語りかけた時も、長老たちはぴたりと口を閉ざしたまま。三兄弟の話をもってしても、力尽き心が折れた院生たちに新たな勇気を奮い立たせることはできなかった。

仕方あるまい。

院長は最後のカードを切るしかなかった。ついに、五馬島干拓地を奪い事業を乗っ取ろうとしている者たちのことを語りはじめた。

「そうでなくとも、今、陸地では、あなたがたがこの事業を断念することを待ち望んでいる者たちがいます。私が言わずとも、それが誰であるかはあなたがたも既に察しがついていることと思う。いや、あなたがたが断念するまいとしても、事態は連中が望む方向へと動いていくことでしょう。連中は今まさに、あなたがたをふたたび永遠に小鹿島に追い込んで、自分たちがこの事業を乗っ取ってしまおうと企んでいるところなのです。あなたがたができないということをやろうという彼らは、頭がおかしいのでしょうか。連中はなぜそんなことを企むのか。連中には、この事業が無駄に終りはしないことがわかっているのです。あなたがたがこれまでにやり遂げたことを掠《かす》め取って、濡れ手に粟でいこうという計算なのです」

ここに至って院長は、必要と思われるあらゆる誇張や脅しをためらうことなく使った。

島の人々の胸の奥深くに眠る陸地の人間への怨念と憎悪を目覚めさせようと、陸地の人間たちから受けてきた迫害と呪いの歳月を、手を尽くして、誇張して、想い起こさせた。そして、陸地の人間に対する彼らの恐怖を、その恐怖から生まれでる生存のための不可避で本能的な闘志を呼び起こそうと、陸地の人間の脅威をさらに絶望的に排他的に誇張して語ったのである。

「あなたがたは連中の正体を知っているはずです。連中があなたがたをどれだけ呪い、どれだけ裁いてきたのか。つまりは、連中があなたがたをいかにして島に追いやったのか、ということです。さらには、ここにささやかな土地をつくり出さずにはいられなかったあなたがたの願いと苦難がどのようなものであったかを、あなたがたは絶対に忘れることなどできはしない。忘れてはならぬことでもあります。しかし、どういうことなのでしょうか。今さら事情が変わりうるものなのでしょうか。仮にあの干拓地を捨てたとする。さて、あの陸地のどこかで、ふたたび、あなたたちが生きるための土地を手に入れるなどということが、受け容れられるでしょうか。あなたがたに対する陸地の人間の理解が、それほどまでに変わってきているのでしょうか。ありえないことです。陸地の人間との闘いは今も昔も変わりがありません。そして、あなたがたは絶対にこの闘いに負けて引き下がるわけにはいかない。敗北は、すなわち、あなたがたの最後の生存権の消失を意味するのですから。これはあなたがたの生存権を賭けた闘いなのです。ここで闘いを投げ出すわけにはいかない」

チョ院長の誇張した話しぶりは、ほとんどある種の扇動に近い演説調になりつつあった。

「しかも、一日無為に過ごせば、確実にその一日分だけ、連中にわれらの事業を奪い取る口実をつくってやることになるのです。やつらは、なんと、ここにこうしているこのチョ・ベクホンが邪魔だと、私をこの島から追い出す計略まで立てています。やつらの思いどおりに——おそらく、あなたがたのなかにも、今そんな思いを抱いている方がいることではありましょうが、いずれにせよ、この厄介きわまりないチョ・ベクホンがここから消えて、あなたがたがふたたび小鹿島に戻りさえすれば、すべてがうまくいくというのが連中の考えなのです。しかし、実のところ、これはそんなに簡単なことではない。もはや、あなたがたにとって、小鹿島から五馬島へと出発した時のようにして、今度は小鹿島に戻るなどということは、そう簡単にできることではありません。私にこんなことを言った人がいます。あなたがたに対しては、ただ石を投げ込むのではなく、みずからの体を投じて堤を築きあげるようにさせよと。なるほど、確かにそのとおりです。あなたがたは、この一年の間、石ではなく自身の生身の体をあの海の底に投げ込んでいたのです。今や、あの海の底には、石だけではなく、あなたがたの肉体もまたともに沈んで堤の礎となって横たわっているのだと私は言いたい。あなたがたが島に戻ったとしても、海の底に横たわっているあなたがたの分身は永遠にその場所を離れずに堤を守りつづける。そうして立派に造り上げられた堤の内側では、今まさにあなたがたが島に戻ることを待ち望んでいる者たちが、子々孫々、豊かな稔りを手にして幸せに暮らすのです……」

22

工事を中断させようとしていた人々の目論見は、逆に工事を再開するきっかけを島の人々に与えることになった。

工事現場ではふたたびダイナマイトの炸裂する音が響きわたり、石を積んだトロッコと石を担いだ人夫たちが列をなした。

波にのまれ、沈下によって水中にすっかり影を潜めてしまった石の堤ではあるが、その痕跡は二度目の投石作業をかなり容易なものにした。

工事を再開して三か月後、年が変わろうという頃に、姿を消していた堤がふたたび現われた。

そして、姿を現わした石の堤は、十日も経たぬうちにまた沈んだ。

だが、人々は堤が現われようと沈もうと、もう気にかけもしない。堤が姿を現わしても、石を投げ込む手を休めることもない。堤がたった一日でまた水中へと消えてしまうのを見ても、院生たちは以前のように失望することもない。黙々と、粘り強く、終りのない苦役のように、あるいは宿命のように、院生たちはひたすら海の中へと休むことなく石を投げて投げて投げ込みつづけた。

院生たちがふたたび驚くべき忍耐力を発揮しだすと、困ったのは干拓地をもうすっかりわがものと思い込んでいた連中だった。

陸地ではチョ院長と工事現場についてのよからぬ噂が次第に勢いを増しつつある。チョ院長は間もなく首を切られて追い出されるらしいという声が、工事現場にまでやたらと流れ込んでくる。新聞が五馬島癩患者定着事業が引き起こす近隣住民との間の軋轢を書くこともあれば、病院の上部機関からチョ院長に直接軋轢の真相を尋ねてくることもあった。

事態はひどく穏やかならざることになっている。

チョ院長としても、いつまでも放っておくことはできなくなった。ここまできたら、そんな陰の圧力によって島を追われるわけにはいかない。

チョ院長はすぐさま対策を立てた。まずは噂の先手を打って、長老会の誘導によって院生たちの新たな与論を形づくっていった。院生たちを欺いていると感じもしたが、島のためにはどうしようもないことだった。問題は結果なのだ。結果さえよければ、手段や過程には目をつぶってもらうほかない。なんにせよ、それは今となっては難しいことではなかった。

長老会は院長の側につくしかないのだ。長老たちはその必要性を十分に承知していた。院生たちの憤りは抑えがたいものとなった。

島ではすぐに五馬島干拓工事に対する外部の人間の不当な与論と干渉に対抗する当局への陳情書が作成され、チョ・ベクホン院長の工事完了以前の転出に反対する全院生の請願署名運動が起こされた。

過熱する院生たち。陰湿な陸地の噂や計略はかき消された。

そんななかにあっても投石作業は熱心につづけられ、沈んだ堤がふたたび姿を現わすまでに三か月という時間が流れた。だが、今回も堤が水面上に姿を見せたのは、ほんの数日だけ。

またもや堤は沈んだ。

沈めば姿を現わし、現われるとまた沈む。果てしなく繰り返される闘い。第一、第二、第三、三つの防潮堤がまるで鬼ごっこでもしているかのように、入れかわり立ちかわり、代わるがわる沈んだ。第一防潮堤で十メートルの長さで崩壊したのをまた積みあげて繋ぎなおせば、第二防潮堤で二十メートルも陥没する。それをやっとのことで元に戻せば、今度は第三防潮堤が三十メートルにわたって沈む。

こうなると院生たちも院長と一緒になって、この闘い自体に執念を燃やしはじめた。土地に対する思いは、もう二の次である。隙あらば海中に姿を隠そうとする石の堤との闘いにのみ心が向けられていた。土地を得るためではない。闘いに勝つという執念、それに突き動かされて石を投げ込みつづけるのである。もはや、石の堤は、人間が自然を支配するために用いる単なる意志なき物体ではなくなっていた。それは怖ろしい復讐心を持って人間の意志に執拗に逆らいつづける恐るべき生命体だった。

だが、そんな闘いが果てしなく続くとすれば、力尽きていくのはやはり人間のほうなのだ。そして、人間というものは身も心も疲れ果ててしまうと、なにか得体の知れぬものにまで救いを求めようとするものなのだ。

夏に入ってからというもの、しばらくは平穏だった工事現場に事故が頻発した。一度は採土場の土砂の山が崩れて、その下にいた作業人夫が十名ほども生き埋めになる事故が起きた。十名のうち九名まではなんとか救出したのだが、残り一名は土砂から引き出された時には既にことされていた。さらには、作業船がひっくり返り、人夫ひとりが波にのまれて溺死するという事故もあった。院長はその時には工事現場のすべての作業を中止し、溺死体を探して引き上げるのに三日を費やした。

現場の士気は急速に低下した。チョ院長に対する院生の目が一変した。

気力を使い果たした院生たちの間で、とんでもない迷信や愚にもつかぬ噂が広がりだした。

「そもそもしてはならぬことを始めてしまったんだ。地の神、水の神がこんなことを喜ぶはずがない」

「神が邪魔しているかぎりは、作業を何年つづけたところで人間だけが傷つくばかりだ」

院長が説得しようと命令しようと、聞こうともしない。

チョ院長は、迷信に捕らわれ恐れおののく島の人々を、どうにかして落ち着かせねばならぬと考えた。院生たちを安心させるためならば、どんなことでも躊躇しなかった。

院長はもう一度お祓いの祭祀《さいし》を執り行うことにした。

日を定め、豚を屠り、防潮堤ごとに豚の頭を供え、地の神、水の神の怒りが解けるのを心から祈ったのである。

だが、もう、こんなお祓いくらいでは人心を落ち着かせることはできなかった。

お祓いの後も依然として沈下は続き、院生たちの神への畏れはますます深まってゆく。

豚の頭くらいで怒りが鎮まるような神々ではないというのだ。

そしてついに、院生たちの噂に潜む怖ろしい陰謀があらわになる時がきた。

その日、チョ院長は五馬島作業指揮所に泊まり込んでいた。深夜十二時を過ぎようかという頃、イ・サンウク保健課長が予告もなしにいきなり院長を指揮小屋に訪ねてきた。服が破れて泥まみれの作業人夫三名をサンウクは罪人のようにして引ったてて小屋の中に入ってきたのだが、そのうちの不自由そうに片足を引きずっているひとりの男は、つい先日採土場の崩壊事故で重傷を負った者だった。

なにやらただならぬ空気を押し殺そうとしているふうの四人の男。だが、あまりに完璧にその空気を隠しきっているイ・サンウクの冷たい表情を見るや、院長は不吉な予感を覚えた。

「今夜、殺人劇を引き起こした者たちです」

イ・サンウクがやはり冷たい声で、訪ねてきた用件を切り出す。

この日の夜、サンウクはなかなか寝付けなかった。それゆえ、防潮堤の様子でも見に行こうと、ひとり堤のほうへと歩いていたのだが、いまだ水溜りが残っている沈下地点のあたりまで差しかかった時のこと、水溜りのそばの暗闇から不意にただならぬ悲鳴が聞こえてきた。サンウクが急いで駆けつけてみれば、作業班の院生二名がもう一人の仲間の院生の首を押さえつけ、思いっきり水溜りのなかへと突っ込んでいるところだったのだ。首を締め上げられていた男は男で、水中へと体が落ちぬよう死に物狂いで抵抗していたが、二人の男の腕力で押さえつけられて、たちまち力も尽きて、悲鳴の声も次第に喉の奥にかすかに消えゆくようなありさまだった。

サンウクが引っ立ててきた男たちのうち二名が加害者で、片足を引きずっている男が土左衛門になるところであった被害者だった。

「どうして仲間を殺そうとする?」

一部始終を聞き終えた院長は、男たちを穴があくほどに睨みつけながら、ようやく口を開いた。

男たちは頭を深く垂れるのみ。答えはない。

「癩を病んでいるうえに、足まで不自由になって、いったいこれ以上生きて何になるのか、ということなのです。ならば、仲間の哀れな院生たちのために、さっさと人身御供にでもなって死ねというわけです」

男たちに代わってサンウクが皮肉な調子でこともなげに説明した。

「これは殺人ではないか！　仲間を打ち殺そうなどというのは人でなしの所業だ。いったい誰に対しての、何のための人身御供なのか」

院長は誰に向かって言うのでもなく、思わず声を荒げる。サンウクの表情は、しかし、きわめて冷静である。院長をたしなめようとするかのように、サンウクは静かな声で説明をつづけた。

「それは院長がこの者たちを理解されていないことにほかなりません。この者たちは、堤が何度も沈むことを単なる沈下現象だとは思っていないのです。この者たちが言うには、それは、すべて、この五馬島の五つの島のせいなのです。五馬島の水の神が、その五つの島の代わりとして五名の生け贄を求めているというのです。五名の生け贄を捧げて祭祀を執り行うことなくしては、水の神の怒りゆえに何度でも堤は沈められるであろうと。採土場が崩れ、船が転覆し、既に二名は生け贄になっている。だから、この者たちは一日も早く残りの三名の生け贄を捧げたいというわけです」

「……」

「今日は幸い私が現場を取り押さえたから、大事には至りませんでした。でも、今後のことについては、院長もなにか画期的な対策をお立てにならねばいけないでしょう。堤の沈下がつづくかぎり、島々は生け贄を求めつづけるでしょう。院長が今よりもなおいっそう賢明な方法で彼らの迷信を断ち切ってやらぬかぎり、院生たちは機会さえあれば、また誰かを生け贄にしようとするのではないでしょうか」

院長は言葉を失った。

全身がぶるぶると震える。何をどうすればいいものやら、体が思うように動かない、立っていることもままならない。

「出て行け！　おまえたち全員、目の前から消えてなくなれ！」

院長は気が狂ったように怒鳴りだし、恐れをなした男たちはイ・サンウク保健課長の背後にこそこそと身を隠す。サンウクだけが、なにか面白いものでも見るかのように、いっそう冷淡な目で、しばしの間院長を見つめて立っていた。

サンウクは、何のために、わざわざこんな真夜中に自分にまでことのあらましを伝えにきたのか。院長がその意図に気づいたのは、サンウクと男たちが指揮小屋を出て行ってからだった。それは、もちろん、院長に処罰や解決策を求めてのことではない。明らかにサンウクはこの件をとおして院長に言いたいことがある。仲間の手で水の神への生け贄にされるところだった男までもが、それはもう抗えぬ悲劇であるかのような諦めの表情をしていた。殺人劇の被害者までもが、これほどに切実な共犯意識を持っている……。この五馬島の苦しみを終らせるためならば、院生たちが互いに互いの命を欲することも極めて当然のことと思われている。それほどに殺人的な絶望感が今や院生たちを覆いつくしているのだ。

サンウクは院長にそれを見せたかったのである。

――堤の沈下が続くかぎり、院生たちはふたたび誰かの命を奪おうとするだろう……

それは実に意味深いサンウクからの警告だった。そして、この五馬島の院生たちが心の底で真に欲しているのは、哀れなわれらが仲間ではなく、チョ院長その人であることも明らかだった。そう、それは当然に自分でなければならぬはず、とチョ院長は考えた。

サンウクもおそらくそのことを言いたかったはずだ。ということであれば……

チョ院長は今さらながら、袋小路に追い込まれたおのれを意識せざるをえなかった。

眠れなかった。まんじりともしない夜。このとてつもない試練を切り抜ける方策をきりきりと考えた。サンウクの忠告にあった「画期的な対策」、あるいは「賢明な方法」という言葉を鵜呑みにするわけにはいかない。サンウクの表情や口調で判断するに、それが工事の中断を暗示しているのははっきりしている。が、それはできない。ファン長老とまずは話し合ってみようかと考えたが、ここに至ってファン長老までもがひどく自分自身を見失っているようにも見えた。ここのところ、しばしば、院長に向き合うファン長老の目に、かつてない苦悩と迷いの色が、ふっと浮かび上がるのだ。それをチョ院長は見まいとしていた。

自力でこの試練を乗り越えるしかない。方法はただひとつだけ。

夜が明ける頃には、心は決まっていた。

彼らが望むのであれば、わが身を差し出そう。

その決心が揺るぎないものであれば、チョ院長としても院生たちに最後の要求を出すことができる。院生が院長の命を欲し、院長が院生の願いどおりに命を差し出すなら、院長のほうからも院生にその代価を要求する権利があるはずだ。院長は自身の命を担保に最後の要求をすることを決意した。いつかサンウクがひどく怖ろしい表情で念押しするようにして迫ったこの事業の名分というものも、まだ院長の側にある。命がけの今こそ、その名分の力も存分に使わせてもらおうと院長は考えた。

院長はその日のうちにすぐさま新たな作業進行表を作成した。そして、それを遅滞なく施行するための厳重な指示を工事現場の前に大きく書きだして掲示した。掲示板に張り出された院長の新たな指示は、今までになく強く厳しく脅迫めいていて、宣戦布告文のようでもあった。
それはこのような内容だった。

1　五馬島干拓工事の第一次作業段階である三つの防潮堤築造作業は、その最終期限を今年の十二月末日とし、この期限内に必ず工事を完了しなければならない。

2　期限内の作業目標達成のために、工事を妨害したり作業能率の低下を招いたりするような一切の破壊的言動や流言飛語を禁ずる。今後、次の各項に該当する禁止事項違反者は、当工事と島民多数の公共の利益のために、これを断固として処罰する方針であることを警告するものであり、開拓団員諸君には格別に留意されんことを願う。

《禁止事項違反者》

ア．年末までの防潮堤築造完了期限設定について、理由もなくこれに反対し、誹謗することにより、他の団員の作業意欲をそぐ者

イ．五馬島の水神海神を云々する迷信やその他それに類似した流言飛語によって工事現場の人心を惑わし、恐怖心を助長して、作業秩序を破壊する者

ウ．他の団員に対して身体的精神的加害行為を働く者、あるいはそのような加害行為に気づきながらもこれを善導も矯正も報告もせぬ者

エ．作業進行に不必要な集会謀議を行う者

オ．その他当事業推進の過程において、作業妨害の意図が顕著と認められる者

23

院長の強力なる指示と警告が張り出されると、工事現場はふたたび落ち着きを取り戻した。沈下は依然として続いていたが、院生たちは不平を言うこともなく黙々と石と土を担いで運んだ。事故が起きた日も、工事現場の院生たちに動揺の色はほとんどなかった。

院長が年末までと作業期限を定めてから十五日後に、またもや採土場で崩壊事故が起きたのだ。今度も土の中から二名が死体となって掘り出された。五馬島の水の神が本当に生け贄を欲しているのだとすれば、これまでのところで四名がその犠牲となったわけである。必要とされる生け贄は、あとひとり。

無残な事故現場を目撃した後も、どうしたことか院生たちは表情ひとつ変える様子がない。事故もまた作業手順のひとつであるかのように、騒ぐことなく後始末をしてゆく。

工事現場は何事もなかったかのような穏やかな沈黙を守りつづけている。

チョ院長は既にこの不気味な沈黙の意味に気づいていた。鳥肌が立つほどに静かな沈黙のなかで、一歩、また一歩と近づいてくる運命の影を見つめていた。そして、ついに、自然による裏切りにつづく、人間による二度目の裏切りの物語が幕をあけようとしていた。

その日の夜、チョ院長は小鹿島の官舎に戻ると、あらためて、みずからに最後の覚悟を迫った。そして静かに目をつぶり、その時を待った。

病院職員が息を切らして官舎に飛び込んできた時も、院長はまったく驚きの色を見せなかった。何が起きているのか、もうわかっていたのだ。

「院長、早く隠れてください」

駆けつけてきた病院職員は、院生たちが五馬島の工事現場を放棄して、今まさに小鹿島に押し寄せてくるところだという。小鹿島では既に、院長を逃すまいと海岸線がすべて封鎖されているともいう。

「それでも、どこかにまずは身をお隠しにならねばいけません。押し寄せてくる院生たちの様子がただならぬことになっています。やつらは院長を殺しかねません」

その切羽詰まった必死の言葉が終りもせぬうちに、早くもチョ院長の耳に海を渡ってくる院生たちの歌声が聞こえてきた。

めぐりめぐる歳月を闘いながら
いまや暗黒と黒雲は吹き払われ

合唱する声が怒号のように海に響きわたり、院長の官舎の下にある海岸へと次第に近づいてくる。院長は、しかし、静かに目を閉じたまま、じっと歌声に耳を傾けている。

身を隠そうなどとは思いもしていなかった。急を告げに来た職員の言葉など耳にも入らない。苦しく辛い島での暮らしに耐え切れずに妻が陸地に戻ってしまったあとには、チョ院長の傍らには守るべき家族はもうひとりもいない。それればかりは、幸いと言えば幸いと言えるのだろう。職員はそんな院長の様子にむしろ呆気に取られて、院長はもうそのままに、ひとり官舎からよろめくようにして逃げ出した。

歌声がすぐそこまで迫りつつあった。それはもはや歌声ではなく、怒号と喊声《かんせい》の魂りだった。瞬く間に島全体が修羅場に変じようとしていた。

チョ院長はついに立ち上がった。丘の上の官舎から眺めれば、海と丘を下る道が一望のもとに見える。海も丘の道も松明の火で埋め尽くされていた。

院生たちはそれぞれに松明を手にしていた。船はそのひとつひとつが松明となって、戦場のように海を覆って押し寄せてくる。松明の先頭は既に丘のふもとの海岸に降り立ち、官舎に向かって丘の道を続々と列をなして登ってくる。

チョ院長はすぐに部屋の中に戻り、拳銃を手に取った。予備役となった後も、ひきだしに大事に仕舞っておいた拳銃の弾丸を取り出し、そのうちのひとつを注意深く弾倉につめた。

院長が用意した弾丸はただ一発だけ。弾丸を込めた拳銃を手に握り締め、院生の隊列がいよいよ迫りくるのを待った。

「院長、出て来い！」

やがて松明の火が官舎の窓の外で揺らめきはじめ、騒乱と化している院生たちの合唱の渦の中から院長を捜す怒声が響いた。

「チョ・ベクホンの野郎、さっさと出て来い！　あともうひとりだけ残っている五馬島水神が、今日はおまえの血を飲みたいというから、連れに来たぞ！」

「癩者だけを差し出すのではなく、おまえも一度われらの手にかかって水底に死んで沈んで堤を守ってみろ！」

怒声はふたたび恨みと諦めと復讐の衣をまとった「小鹿島の歌」へと変じ、ひととおり歌うと、またもや怒声になる。

「チョ・ベクホン、聞け！　チョ・ベクホン、おまえが出てこないならば、われわれがおまえを迎えに入ってゆく」

ついに突撃隊数名が門を打ち壊し、家の中まで飛び込んだ。院長は、ついに、ゆっくりと部屋の扉を押し開いて、院生たちの前に姿を現わした。院生たちは既に二重三重に官舎を取り巻いている。

院長が動じることなく官舎の庭に降り立つと、院生たちは水を打ったようにしんと静まり返った。しばしの間、松明の燃える音だけがうら寂しい夜の空気を静かに揺らしていた。

院生たちは松明のほかにも、つるはしやハンマーのような作業工具をそれぞれひとつずつ握り締めて、院長の逃げ道を固く塞いでいる。松明の火にゆらめく数千の院生の興奮で歪んだ顔を、院長はまっすぐに見て立つ。にわかに息が詰まった。最初の赴任演説のために中央公園の壇上で、巨大な沈黙の壁を前にして、鳥肌を立てていたあの時のように。ゆらめく炎。そのなかに見知った顔を見つけることはできなかった。だが、今回は、院生たちの沈黙はあの時ほどは長くは続かなかった。

「あの野郎、拳銃を持ってるぞ！」

誰かが沈黙を破って叫び声をあげた。すると、それが合図となって、松明の群れがふたたび不気味に揺れはじめる。

「あの野郎を早くとっつかまえて殺しちまえ！」

「癩者の血を売って、名誉を買おうとしたチョ・ベクホンをぶち殺せ！」

「あの野郎に生け贄にされたわれら癩者の恨みを晴らせ！」

しかし、その叫び声もまた長くは続かなかった。

迫りくる怒号の渦のなかで、松明がひとつ、ゆっくりと院長の前へと進み出る。松明が院長へと近づいてゆくと、院生たちはぴたりと騒ぐのをやめ、これが最後になるかもしれぬ二人の人間の異様で重苦しい対面を見つめた。

チョ院長の前に進み出た松明の主はファン・ヒベク長老であった。ファン・ヒベク老人は、もはやこの島では過去のものとなっている「五歩の禁忌」をことさらに思い出させようとするかのように、正確に五歩の距離を置いて院長の前に立ち、松明をすっと脇におろした。そして、なんでもないただの雑談をしにきた者のように、のどかな表情でゆったりと話しはじめた。

「院長、私が思うに、あくまで私が思うところであるが、人間ができることとできないことを区別する目がわれわれ癩者よりも劣っていたことが、どうやら院長の躓《つまず》きの石になったようであるな……」

院長の反応など見る必要もないというふうに、老人はひとり院長のまわりをゆっくり囲い込むようにして歩きながら、一方的に話しつづける。

「ほら、いつだったか、陸地の人間が院長を叩きのめしてやると言った時があったな。結局このようなことになるとわかっていたなら、あの時、あの者たちが院長の命を欲しがった時に、あなたをあの者たちになにも言わずに差し出したものを。いたずらに院長を留め置いてしまった。だが、あの時、誰が、こんなことになると見抜くことができたであろうか……今となっては遅きに失する話ではあるが、われらが今に至るまでこんなこともわからなかったのは、おそらく、主の御心を容易には悟ることができなかったためか、もしくはそれに気づいたとしても主の御心に服して従うことをためらっていたからだろう」

ファン長老はことさらにのんびりとした表情で院長の周囲をぐるりと歩きつづける。

「実に奇妙なことだ。人間ができることとできぬことを分けてくださる神の御心を、遅まきながらも理解するのは、いつも、この非力で醜い癩者だけなのだよ。つまり、院長は命がけで神の御心を理解しようとはしていないということだ。それが災いのもとなのだ。もう二十年ほども前のことだが、あの周正秀院長がそうだった。あの周正秀という人間の時もそうだった……」

幾重にも松明の壁をつくって立っている院生たちは、まるで最後の儀式を執り行う酋長の一挙一動を見つめる食人種のように、ひたすらに険しい沈黙を守っている。

パチ、パチ、パチ……

松明から火花の散る音だけが、沈黙のかけらのように、そこかしこで虚空に向かって跳ね上がっていた。

「周正秀院長の時も、あの人はこの島に癩者の天国をつくるのだと、いとも簡単に言い切った。われらも最初はその言葉に、みな涙を流して感激したものだ。だが、それは主の御心にかなうことではなかった。実のところ、主は最初からわれらを押しとどめていらしたのだ。癩者の天国だと……、とんでもない話だ。それにもかかわらず、周正秀という人間は最後まで我を通した。院長もよく知っていることだが、その結果どんなことが起きたか……、身の毛もよだつことであったな。癩者どもが生き神のごとく恐れ服従したあの支配者に対して、匕首をかざして飛びかかったのであったな。そして、あの周正秀院長がむやみにわれら癩者の血を流させたその代価は、自身の血で贖《あがな》ってもらったのではなかったかな……、しかしなあ、あの周正秀にしたところで、まさか、この癩者どもの血を見るのが好きだなどという悪趣味な人間だったはずもあるまい。癩者の天国をつくるのに、血を少しばかり流したところで、それがなにか大きな裏切りになるとは思いもしなかったのだろうよ。過ちはただひとつ。やつがいつまでも主の御心がわからなかったということに尽きる。癩者たちはそれに気づいていたというのに、周正秀院長ひとりだけがわからなかったがゆえの災厄であった。私にはどうもそう思えてならないのだよ。そこにきて、今度は、チョ院長がこれほどまでにじれったい人間だったとは、誰が知っていようか。奇妙なことというのは、つまり、院長としてやってくる者は誰もが、あるただひとつのことについては、思いのほかひどく未熟だということだ。どうしたことか、人間ができることとできぬことの見極めが、いつだってわれら癩者よりも遅いのだよ。だから、また、今夜のような心寂しいことが起きることになる……」

「もうやめてくれ」

凶悪な獣が人間に喰らいつく前にまずは魂を抜き取ろうと、遠くからじわじわと円を描いて囲みを狭めてくるような老人の語り。チョ院長はもうこれ以上耐えられず、思わず大きな声をあげた。残忍なことをしようという時には、老人はいつも必ず静かに穏やかに昔のことを語って聞かせるというではないか。老人のその陰惨な予感を秘めた声が、まるで罠にかかった虫を絡めとる蜘蛛の糸のように、ねばねばと全身に巻きついてくる。チョ院長はもはや平静ではいられなかった。狩りに成功した蜘蛛が獲物の胸に毒針を刺し込む前に獲物の生命力がすっかり枯れ衰えてゆくのを待つように、老人は院長の魂と肉体の力を少しずつ麻痺させているのだ。

「今さらそんなことを私に話して納得させようというのは、親切でもなんでもない。はっきり言ったらどうです。あなたがたは私をどうしようというんです？　どうしたいんです？」

チョ院長は渾身の力で、興奮する自分を落ち着かせようとしていた。

みずからの語りに酔いしれているかのように、悠然と院長のまわりを歩いていたファン長老が、院長の声に不意に足を止める。なにか院長から思いもよらぬ仕打ちを受けたかのように、しばし院長の顔をまじまじと見つめる。そして、ようやく、ファン長老はチョ院長の緊張した顔を見て、この日の夜とんでもなく厄介な立場に追い込まれている男を相手に自分がなすべきことをようやく思い出したかのように、残忍な微笑を浮べた。

「なるほど。院長にとっては言うまでもなく気がかりなことでもあろうよ。だが、なにもそんなに慌てることもなかろう。この者たちは院長をどうにかしたくて、こうやって、ここまで群れをなして来たわけではないのだから。この者たちは、ただ……」

「この者たち、この者たちと言わずに、われらと正直にお話しになったらどうです。それで、あなたがたは、ただ……何なのですか？」

「そう、われら、と言ってもよかろう。ここでは院長ひとりを除いては、全員が癩者なのだからな。そして……」

ファン長老はけっして話を急がなかった。その話しぶりや表情は、チョ院長とは反対に、終始、いやになるほど、のどかなものである。

「そして、院長。われらが院長をどうかしたくてこうしているわけではないと言ったところで、けっしてそのまま聞き入れそうにもなさそうだ。われらが院長をどうにかしようとしているとは、まったく突拍子もないことを言われる。院長をどうにかしたいのではなく、われらは院長が自分のした約束をどう守るのかを見届けに来ただけなのだがな」

「……」

「さて、どうしたことか、今も院長は拳銃を手にしているが、われらが最初に五馬島の事業を始めた時のことを覚えているだろう。院長はあの時に交わした約束をよもや忘れてはいまい。この事業をすすめるなかで、院長とわれらの間にどんな裏切りもなきよう、憐れみ深い主とわれら五千名の癩者の子孫の名まで借りて取り交わした約束のことだ。あの時、院長は、万一この事業においてなんらかの裏切りがなされたなら、自分の命をわれら癩者に差し出してもいいと言っただろう。だからと言って、今日この夜に、今すぐ約束を果たせと院長に迫るつもりもない。前にも何度か話したことがあるが、われら癩者はこれまで、院長、あなたのためにこの事業に携わってきたわけではない。それを言うなら、われらは他の何者も審判することなどできぬ、主の憐れな僕にすぎぬ。主の僕のなかでも最も穢《けが》れて最も無力な癩者だ。われらが院長を審判することなど、できるはずもない。ところがだ、問題は、あの時、院長がみずから自身の拳銃にかけて行った二番目の誓約だ。まさにあなたが今手にしている拳銃が、その二番目の誓約の証しだったではないか。その拳銃のもとに行われた院長の誓約がどんなものであったのかを、われらは忘れることはできない。院長は心底われらを驚かせたのだよ。そして今日……、たちの悪い好奇心ではあるが、到底忘れられないあの拳銃を証しとしたあなたの約束がどう果たされるのか、見物に来たというわけだ。ただそれだけのことよ。われらが院長をどうにかしようとしているなどと考えているなら、それは間違いなく院長の誤解だ」

ファン長老は話し終えると、もう院長に対して自分がなすべきことはすべて果たしたとばかりに、院長から一、二歩、遠ざかった。

チョ院長は老人の言わんとするところを、はっきりと理解していた。

どう言ってみたところで、こいつらは結局この私の血を見たいのだ。

みずからすすんで血を見せてやらないのならば、そのまま引き返してゆく者たちでもない。

老人の言葉は、怖ろしい脅迫を隠しこんだ最後通牒だった。

チョ院長としては、もちろん、絶対に、ここですべてを投げ出してファン長老に降服するわけにはいかない。

「あの時、誓約をしたのは私ひとりだけではないでしょう。あなたがたも私とともに誓約したではないですか」

院長は、背を向けて一、二歩、引き返してゆくファン長老に追いすがるように言葉を投げる。

「確かにそうだ。われわれもあの時、院長とともに誓約をした」

ファン長老が、これほどにも気の毒な人間がいるのかとばかりに、ふたたび、じっと、院長を振り返って見つめた。やがて、院長を教え諭すような口ぶりで、今さらと言わんばかりの表情を浮べて、ゆっくりと話し出した。

「院長にはまだ誤解していることがあるようだ。われわれが五馬島の事業に取りかかったところまでは、まだ裏切りなどはなかったのだ。この事業を止めさせようとなさっている主の御心が誰の目にも確かなものとなった後にも、院長は主に逆らい、むやみにわれら癩者の血を流させたではないか……、自分の血ではなく……、穢れた癩者の血を……むやみに他人の血を流させた、そこから裏切りは始まったのだといっているのだよ」

奇妙な言葉の魔術だった。裏切りがないようにと、ともに誓約をして取りかかった事業だ。裏切られたという気持ちのことを言うならば、この夜、チョ院長の側からも、院生たちに対して同じことが言えるはずだ。裏切りの代価を払わねばならぬのは、むしろ、ファン長老と院生たちのほうだとも言える。それがファン長老の話のなかでは立場が正反対に入れ替えられている。主は絶対的に院生の側についているのであり、裏切りの罪を贖わねばならぬのはチョ院長ただひとりだけ。その理由は、チョ・ベクホンただひとりだけが癩者ではないから。癩者ならぬたったひとりのチョ・ベクホンと癩者だけで占められた島の人々の間では、裏切りとはかくも一方的に決められていたのである。

チョ院長は、自分が裏切ったとはどうしても認めがたかった。

　最後にもう一度、院長はファン長老を問いただした。

「ならば、今夜、あなたがたが私の血を見たがっていることは、人間に許されたことなのですか。あなたがたの前で私の血を流すことが、本当に、憐れみ深い神の御心にかなったことなのでしょうか」

　すると、ファン長老の表情や口調が驚くほどに冷たく一変した。

「むやみに血を流させたのは、院長のほうが先ではないか。われら癩者が自分のなすべきことをするなかで血を流したのと同じようには、院長が自分のなすべきことのためにみずからの血を流したことはないではないか。院長はいつでもわれらにだけ血を流させた。われらがもう血を流したくはないと言っても、それでも血を流させつづけた。その時から、おそらく、われらは、自分のためにではなく、院長のために血を流しつづけてきた。たとえその血が誰のものであろうとも、主は血が流されることを好まれるはずがない。だが、これから流されるであろう十滴の血の代わりに、今晩一滴の血を見れば済むのであれば、おそらく、主もお赦しになるはず。誰もがそのように言っているのだよ……」

　恐るべき復讐心であった。

　チョ院長は、もうこれ以上は持ちこたえられなかった。

「よろしいでしょう。裏切りがあったのなら、誓約に関わる約束を果たしましょう」

　院長はついに手にしていた拳銃の銃身を胸に当てて、ごしごしとこすりつけ、一歩前に歩み出てファン長老に近づいた。そして、その拳銃を老人にすっと差し出し、淡々とこう言った。

「さあ、この銃を受けとって、あなたがたのうちの誰かが私を撃ってください」

「ああ、そういうことではないのだが」

　ファン長老の返答は、ただただ冷たさを増すばかりである。長老は口元に微笑を漂わせたまま、嘲りの入り混じった口調で吐き捨てるように言った。

「われわれは院長を審判しはしないと言ったはずだが。約束は院長自身の手で果たさねばなぁ。われわれはただ傍らでそれを見物すれば済むことだ」

「審判はしないと？」

院長がほとんど反射的に問い返す。院長はもう言うべきことはすべて言ってやろうとばかりに、老人の答えを待つことなく、厳しい口調で問い詰めはじめた。

「お話にもならない詭弁は、もうそれくらいにしませんか。あなたがたは既に心のなかでわたしを十回百回と審判している。いったいあなたがたの憐れみ深い神とやらは、どうしてあなたがたの側にだけおられて、私の側にはいてくださらないのか。私のもとにもあなたがたの神はともにいて、神の御心を裏切ったことがないと私が信じているなら、あなたがたはいったい誰の名を借りて私に約束を果たせと言えるのか」

突然の院長の追及にファン長老は言葉に窮したようだった。長老は拳銃を受け取るために院長のほうに進み出ることもならず、院長の激しい追及を避けて引き下がるもならず、どっちつかずの状態でいつまでも答えを見つけかねている。

しかし、一度言葉が噴き出してしまえば、あえて長老の返答を聞く必要もなかった。

院長はさらに問い詰める。

「何事か言うたびに、あなたがたは神を前に押したててくるが、あなたがたに神がいるのならば、私にも私の神がいるのではないか。あなたがたには、ただただあなたがたの境遇を憐れんで、あなたがたの血を惜しんで、五馬島干拓工事をやめろという神がおられるが、私には、これからもずっとこの島から泳いで脱出しようとして海の藻屑となる多くの者たちの命を救うために、今日この事業をやり遂げろという私の神がいるのです。あなたがたの子孫がこの小鹿島に逐われきては、ふたたび島から脱出するために必死の陰謀と冒険を繰り返していかねばならぬという、果てしない流浪の運命を終らせるために、そして、あなたがたの子孫がみずからの手でみずからの土地を耕し、神を心から賛美して生きてゆく安息の地をつくるために、この事業は必ずややり遂げねばならぬというのが、私の神の御心なのです」

死を覚悟した人間らしく、院長の言葉にはまったく迷いも怖れもなかった。院長は既に自身の命を守るためではなく、自分に対する院生たちの審判と自身の最期を少しでも恥ずかしくないものにするために話しつづけているようであった。

「しかし、私が今まで一度も私の神をあなたがたの前に押し立てなかったのは、まだそこにはわれら人間の努力と誠意が発揮されるべき余地が残されていると考えていたからなのです。さらなる血と汗によってわれら人間自身への信頼が証明されないかぎりは、神へのわれらの信仰を証すこともできないのですから」

「……」

「あなたがたは神の御心を信じようとし、ここに立つ私は人間の力と人間同士が信じ合う心をまずはよりどころにしようとした。でも、そこにそれほど大きな違いはありません。あなたがたの神と、私の神と、それほどにもその御心が異なるものでしょうか。あの果てしない流浪と絶望の歳月という絆をもって、あなたがただけでこの先も群れ集まることが、本当にあなたがたの神の御心なのかは疑わしいものです。ほんの一握り程度の食べ物と、蔑《さげす》みの入り混じった救護品を分け合い、納骨堂の闇を目指して、無意味な歩みを一歩一歩重ねていく。勇敢な者たちはといえば、海峡を泳ぎ渡ろうとして荒波に飲まれ、寂しき海の藻屑となる。それがあなたがたの神の真の御心と言えるものか、どうして分かるのですか？」

「……」

「私はいまだに自分自身を撃たねばならぬ理由がわからない。実のところ、誰が誰を裏切っているのか、わかりようがないのですから。でも、今となってはもう、あなたがたに命乞いをするような卑屈な気持ちは微塵もない。さあ、今夜、私というひとりの人間の血が本当にあなたがたの血を救う道だと信じるなら、ためらうことなく、ほら、この銃で私を撃ちなさい」

話し終えると、院長は拳銃をファン長老の前に投げた。

「銃弾はただ一発だけしか入っていない。あなたがたが審判すべき者は、私ただひとり。弾丸はただ一発。正確に撃ちぬいてほしい」

ファン長老は、しかし、銃を取り上げようとはしない。微動だにしない。ただ、院長だけをぐっと見つめて立っている。

誰も銃を手に取ろうとする者はいなかった。松明の火がだんだんと暗くなってゆく。周囲は次第にますます重い沈黙のなかへと沈み込んでゆく。

その時——

何者かが、院長の背後から、地面に放り出されている拳銃の前へと静かに歩み出た。イ・サンウクだ。どうやらサンウクは松明も持たずに、院長の背後の暗闇の中に潜んで、この夜の一部始終を見ていたようである。

サンウクは落ち着き払って腰をかがめて、地面に落ちている拳銃を拾いあげた。そして、ファン長老と院生たちのほうを一度ゆっくりと見回したかと思うと、にわかに発作を起こしたかのように叫び出した。

「何なんだよ、あんたがたは。何が恐ろしくて、今さらそんなに怯えてばかりいるんだ！」

沈黙に包まれていた院生たちの間に静かなざわめきが広がる。だが、それもほんの束の間。サンウクの興奮した声がすぐにそのざわめきを押しつぶす。

「神はあんたがたに血を惜しめと言ったようだが、この院長という人は今まで自分の名声を高めるためにあんたがたの血をどれだけ流させたことか。あんたがたはこのチョ・ベクホン院長たったひとりのために役にも立たない汗を流し、この院長の意地と名誉欲のために口惜しいばかりの血を流してきたのではないか。だからこそ、あんたがたは、今、この院長にあんたがたの血を贖わせようとして押し寄せてきた。院長はあんたがたの審判に身を委ねている。なのに、今さら何が怖くて逡巡しているんだ!」

サンウクは狂人のように我を忘れて院生たちに詰め寄っていく。

凄まじい追及だった。無数の院生たちへの仮借ない嫌悪感の吐露だった。絶望の叫びだった。ユン・ヘウォンとソ・ミヨンのあの痛ましいことこのうえない自己覚醒とその乗り越えの努力の陰で、サンウクとソ・ミヨンの関係は明らかな破綻を迎えたのだろうか。美しく健気な女よ! おそらく、それがゆえに、サンウクの絶望は荒々しい叫びとなっているのかもしれぬ。

しかし、チョ院長は、激烈なサンウクの呪詛のうちに、院生への罵倒や詰問よりもむしろ、院長自身に向けた怖ろしい追及と怨念をひしひしと感じていた。そして、サンウクの凄絶な嫌悪感の爆発が、恐るべき対決意識をもってチョ院長へとまっすぐに向かってきているのを感じ取っていた。

「ほら、出てこい。誰でもいい、今すぐ、ここに出てきて院長を撃ち殺せ。そうすれば、あんたたちはもうこれ以上血を流さなくてもいいいんだよ」

「……」

「誰も出てこないのか。本当に誰も? ならば、それでもいい。院長を審判できないというのなら、今度はあんたがたが審判を受ける番だ。今夜、あんたがたの引き起こした騒ぎが、そんなにも根拠のないことだったのなら、この銃に込められている一発の弾丸は、そんなあんたがたの裏切りこそを断罪するために使われねば、筋が通らない。院長を撃てないなら、自分自身の裏切りを断罪する勇気くらいは見せてくれなきゃいけないんじゃないか。さあ、誰でもいいから、今ここに出てきて、院長を撃つなり、自身の裏切りへの審判を受ける勇気を見せるなりしてみろ。誰かいないのか？　誰も出てこないのか？」

青白く血の気の失せたサンウクの額には、いつのまにか玉の汗が噴き出て流れ落ちている。ほとんど泣き叫んでいるかのようなサンウクの絶叫は、まだなお続く。

「なぜ誰も出てくることができないんだ？　さっさと出てきて、この院長を殺してしまえば、あんたがたは昔のあの癩者らしい癩者にまた戻ることができるじゃないか。院長を撃つ勇気もない人間だというのなら、せめて、今夜あんたがたが引き起こした裏切りに対する審判を院長から受ける勇気くらいは見せなければいけないのじゃないか。この汚らわしくも出来損ないの癩者どもが……」

癩者を前にして怯えてはならぬのだという、いつかのあのファン長老の忠告は、まさにこのような状況をふまえたものなのだろうか。今夜、癩者たちの目に映るチョ院長の態度には、このサンウクのようにまったく怯えた様子はなかったろうか。

「イ・サンウク課長……」

チョ院長にその忠告を与え、今夜はみずからチョ院長のもとへと院生たちの先頭に立ってやってきたファン長老が、この時、何を思ったのか、サンウクの前へとゆっくりと体を動かした。そして長老が発した言葉は、その後ろに控えている院生たちにとっても、院長にとっても、予想をはるかに超えたものだった。

「イ課長、今夜はどうも銃弾を使わないでおくのがよさそうだ。物事を公平に進めようとするならば、おそらく銃弾は二つ必要なのだが、ここにはただ一発しかないのであるからな」

ファン長老はサンウクから拳銃を静かに奪い取ると、しみじみとそれを撫で回し、ひとり話しつづける。

「いや、ようやくのこと、一発の銃弾とはいえ、その使い道もいっそうはっきりしたというわけだ。イ課長は実に見事に罵ってくれたものよ。この癩者どものために、イ課長があれほどまでに怒り、罵倒してくれたものだから、不思議なくらい心がすがすがしい。癩者というやつは、元来、ああいう凄まじい罵りを受けてこそ喜びを感じるのだよ。罵られ、追い立てられ、犬のように他人に服従して生きてきたのが癩者ではないか。これは冗談でも皮肉でもない。冗談ではないというのは、今、イ課長に罵られるうちに、新たにひとつ気づいたことがあるのだよ。この銃弾のことだ。この銃弾で院長を撃てないとすれば、では、それを誰の胸に撃ち込むべきか。それはもう言うまでもないことだろう。ただ残念であるのは、イ課長、あなたの言うとおり、われらはまだ勇気が足りないようだ。勇気が足りないということは、まだ試練が足りないという証しなのだろう。今は銃弾を使わずにおこうとしか……」

ファン長老はふたたび院長の前へとやってきて、地面に拳銃を丁寧に置いた。そして後ずさりながら、今度は院長に向かって話しはじめた。

「そうじゃないか、院長？　あなたも知ってのとおり、そもそも癩者というのは、こんなにまで卑屈な連中であったのではないか。話が長引けば、今夜もやはりこんな決着になるであろうことはわかっていたが、われらはもともとがこういう出来損ないの卑屈な人間なのだよ。この年寄りにしても、例外ではない。目を閉じることすらできずに死んだ母親のもとを去ってから、今夜のこの騒ぎを引き起こすに至るまでというもの、じいさんが死んだというのに残された麦が見つかったのを喜んだり、飢えて死んだ女を辱める人でなしどもの手助けをして歩いたり、旅籠の女を殺してその血を見たり、そんなどうしようもないことにばかり勇敢だった。本当に勇気を示さねばならぬ時には、いたずらに他人の様子を窺い、言い訳をひねくるばかりなのだ……」

「……」

「だが、院長！　銃弾はもう少し使わずに置いておこうと言ったからと、この年寄りをあまりひどく責めてはくれるな。そう言ったからといって、自分の裏切りを知りながらも自分の胸に銃を向けるだけのちっぽけな勇気すらも、この年寄りが持たないであろうか。銃弾をとっておこうというのは、この癩者どもに今もまだ残されている試練に、われらが最後まできちんと向き合おうという思いゆえのことなのだ。院長もその思いを汲み取るならば、これから先、少しは物事がうまく運ぶのではないか」

「……」

「さあ、それではその拳銃で癩者どもを追い払ってもらおうか。この出来損ないの癩者どもに、ふたたび五馬島の石の堤へと戻って、それぞれが自分が向き合うべき試練に立ち向かうよう、さあ、その銃口でこの連中を追い払ってくれないか」

ファン長老は話し終えると、まずは自分からそろそろと体の向きを変えた。

老人が丘を下りはじめる。すると、院生の群れも無言であとについて丘を下りはじめる。

老人の頼みに応えて院長の側で特になんらかの行動を起こす必要はまったくなかった。そんなつもりも一切なかった。

ともあれ、ファン長老と院生たちはその日の夜のうちに、ふたたび五馬島へと戻っていった。サンウクまでもが、院長にはもうなにも言わずに、ついさっきまで自分があれほど呪いの言葉を浴びせかけた院生たちの群れを追って、まったく怖れることもなく、院生たちとともに何事もなかったかのように五馬島へと渡ってゆくのだった。

チョ院長は夜がすっかり更けゆくまで、ぼんやりと官舎の前の庭に立ち尽くしていた。暗い夜の海を照らして五馬島へと渡ってゆく院生たちの松明の火を、魂の抜け殻のようになって眺めているのであった。

24

工事はつづく。

だが、年末までに堤防築造作業を一段落させようというチョ院長の当初の目標は、翌年の春まで再度延期せざるをえなかった。

とはいえ、チョ院長はもう焦って作業を進めることもない。あの夜の事件以来、院生もまた黙々と忍耐強く作業についていた。

こうしてまた一年が過ぎた。

五馬島の海中に石を投げ込みはじめてより、新しい年を迎えるのはこれで三度目。この年の内に、なにがあろうと五馬島干拓事業を完了するというのがチョ院長の決心であり、痛切なる年頭の願いだった。

しかし、この五馬島の事業を、チョ院長の願いどおりに年内に院長の手で終らせることができるかどうかは、きわめて疑わしくもあった。

ある時、五馬島干拓事業地に招かれざる客が数名、チョ院長を訪ねてきたのである。男たちが五馬島を訪れたのは、それまでの干拓事業の実績評価と技術調査のためということだった。その所属団体は大韓定着事業開発会だという。しかも、彼らが五馬島まで技術調査にやってきたのは全羅南道当局の関係部署の依頼によるものだというのだ。

――そんなはずが！

男たちの話を聞いたチョ院長は、瞬時に事態の深刻さを予感した。それはもうひとつの決定的な裏切りであった。ついに来るべきものが来てしまった。恐るべき背信行為。そんな思いが押さえがたく突き上げてきて、全身の血が逆流するかのようだ。

院長は開発会の男たちを島内に放り出したまま、その足で道庁へと飛んでいった。

実にありえないことだった。いつかはそのために大いに悩み苦しむこともあろうと、早くから覚悟を決めてはいたのであるが、まさか、既にここまで計略が進んでいたとは、想像すらできぬことだった。

つまり、干拓事業地を奪い取られる危機が目前に迫っていたのだ。

作業調査班の島への派遣は、単純な実績評価や技術指導を目的にしてのことではない。道庁がそこまで細やかな関心を傾けるはずがない。道庁側は一切語ろうとはしないが、それは干拓事業地の引渡しを受けようとしている何者かによる事前の準備作業であることは明らかだ。それがどんな団体なのか、どんな人物なのかは、問題ではない。問題は、小鹿島の病院と院生に五馬島干拓地を委ねまいと、関係諸方面に請願し、圧力をかけて、このようなはかりごとを企んでいる者たちの存在なのだ。

恨まねばならぬのは、雅量も寛容の徳も備えていない選挙制度かもしれぬ。あらゆる勝敗が数の優劣ただそれだけで決せられる機械的な選挙制度とは、まさしく数による取引にほかならない。

かつて、小鹿島院生は投票権というものを持たなかった。投票権を与えまいとしてのことではなく、この島の病院はその成り立ちからして身元が不確かな流民集団が流れ着く場所であり、全院生が投票権を行使できるようにするには行政手続き上、多くの困難を抱えていたのである。

だが、個々人の利害がただひとつの方向に容易にまとまるような人間集団は、選挙となるとその集団自体がひとつの重要な票田となる可能性を孕んでいる。小鹿島はきちんと手をかけさえすれば、島ごとそっくり巨大な票田へと変じる。

ある年の総選挙の時のこと、ある有能な人物が、まさに小鹿島病院のそんな利点に目を着けた。その人物は選挙が近づくと、小鹿島住民が投票権を行使できるよう、多大な努力と誠意とを注ぎ込んだ。そして、総選挙の投票に一票の権利を行使しにやってきた院生たちによって、その努力と誠意は十分に報われたのである。

その人物は、小鹿島病院と患者たちに献身的な奉仕を続けることを約束し、その約束が偽りではないことを証明するために、その後も島のために少なからぬ努力と関心を傾けてきた。

島が大票田となれば、小鹿島病院と院生たちに関心を抱くのは、もはやその人物だけではない。選挙を前にして機会を窺う者ならば、誰もが島をおろそかにはできなくなっていた。誰もが喜んで島と島の人々の「僕」となろうとした。

院生は今では地域における最大の圧力団体であり、選挙の候補者たちは院生に首根っこを押さえられているも同然だった。

しかし、状況がいつもそう有利であるばかりではない。選挙区内の投票結果は院生の投票だけで決せられるのではないのだから。選挙区全体を見渡してみれば、院生の票は決定的な数字とは言えない。

投票の結果を左右する真の多数は島の外に存在した。

その真の多数たる島外の人々が、五馬島干拓事業地をめぐる闘いにおいて、自身が持っている票の威力を示さぬはずがない。

彼らが多数の力を担保に、選挙に出る候補者たちを自分たちの側へと引き入れて動かそうと考えるならば、候補者たちは当然に島内の少数票は断念するほかはなくなる。

今回のことは、どうやらそのような経緯をたどってきたようである。

院生から干拓地を奪わねばならぬという陸地側の与論と名分がどのようなものなのか、そして彼らの主張に沿ってここまで企みを進めてきた者たちはどのような立場の人間なのか、確かめるまでもなく、チョ院長にはもうおおかたの事情は見えていた。

それでも、チョ・ベクホン院長は道庁関係者に会い、もはや事態は自分が予想していたよりもずっと差し迫っていることを知ると、あらためて驚きを禁じえなかった。

住民代表と依頼人たちが足が磨り減るほどに道庁に通いつめたということくらいは想定内の話である。が、干拓事業地の管理団体の変更については、その検討や推進段階を経て、今ではもう既定の事実となっているのだ。

道では既に、大韓定着事業開発会を干拓事業地の引受団体として予定していた。大韓定着事業開発会から五馬島干拓事業地に作業実績評価班を派遣してきたのも、単純な作業進度の評価や技術指導のためではなく、干拓事業地の業務引継ぎのための事前作業のひとつであることは言うまでもない。

「チョ院長ももうこのあたりで断念されるのがよろしいかと。院長のお立場や心情を個人的に理解できないわけではありませんが、なにしろこの事業については上のほうでも下のほうでも神経を尖らせていて、私の立場でももうどうにもしようがないのです」

干拓事業地のことで道庁に出入りするうちに面識を得た担当官の言葉である。上でも下でも神経を尖らせている者が多いということは、住民の請願請託が道庁より上級の機関にまで及んでいるということであり、干拓事業地についてこのような決定を下すことは、道の力の及ばぬ上層部の了解があらかじめ取り付けられているということを暗示していた。

「この件は、当然にチョ院長と十分な事前協議を経て取り決めるのが筋であることは承知しているのですが、そのように筋を通せば、おそらく、つまらぬ騒ぎばかりがやたらと起きるのは必定……、五馬島の事業が今後さらに何年かかろうとも、チョ院長がみずから断念することはなかろうというのも、上下に共通の意見でもありまして」

ひと言で言うなら、監督官庁の立場としては、チョ院長がこれまでやってきたことは失敗だったと説明したがっている。その様子がありありと見てとれた。当初の予定から何回も完工時期を延期したというのに、いまだに作業が遅々として進んでいないのが実情であるならば、工事管理権を早めに他に譲るほうが、チョ院長としても穏便な解決ではなかろうか、ということなのだ。

「チョ院長としては寂しいお気持ちになられるかもしれませんが、われわれの手元の資料から判断するに、工事の進捗状況の問題だけでなく、堤防の幅があまりに狭く築造されているために、工事の設計自体を全面的に再検討しなければならないのです。まあ、それも、人によって判断が変わりうるところかもしれませんが、いずれにせよ、今回の事業はチョ院長があまりに無謀に飛び込んでいったのではないかという感は、なきにしもあらずです。率直に申し上げるなら、チョ院長もこのようなことには、なんら経験をお持ちの方ではありませんから。経験よりもむしろ意欲があまりに先走ったがゆえに、十分な基礎調査もないままに工事に取り掛かられた。そして、技術や装備も十分でない状況のなかで、病院の患者たちの士気を高めるためには、まずは干拓作業の成果を実際に見える形にしなければならず……」

チョ院長はその場で相手の首の骨をへし折ってやりたかったが、そのまま席を蹴って立ちあがり、知事室に向かった。

知事に会うなり、チョ院長は干拓事業地管理権の変更の不当性を厳しく問い詰めた。

「これはまさに恥ずべき盗賊行為です。癩者が健常者に物乞いしたり、盗みを働いたりしたことはあっても、健常者が癩者のものを盗むなどということは、この世にあってはなりません」

知事ももちろんチョ院長のことは知っている。だが、チョ院長がなにを言おうと、どんなに強く出ようと、自分にはなにも言うべきことはないとばかりに、チョ院長に対して知事はただただ困惑まじりの微笑を浮べている。

「人は癩者が物乞いをすることをなにより嫌います。それは知事もまた、変わりはないことでしょう。私はこの事業によって、なによりもまず、癩者たちの汚らわしい物乞い行為をやめさせたいのです。ささやかな土地であれ、癩者がひとところに集まって暮らす彼ら自身の土地を持たせてやりたいのです。今では彼らも、それなりの希望を抱くようになりました。なのに、これはどういうことですか。わたしたち五馬島開拓団の団旗のマークは、癩者の指のない手です。院生たちはその指のない手を描いた旗のもとで、やはり指のない手で石を運び、堤を築き上げてきたのです。おそらく彼らは自身の崩れおちてゆく体を水中に投じて堤を築けと言われても、見事にそれをやり遂げる覚悟です。そうやって水中から産み出した五馬島の大地なのです。なのに、その土地を、今頃になって、作業の不振と工事技術の不足を理由に奪われるのは、あまりに無念です。奪われるわけにはいきません。誰が、どんな名分を押し立てて、このような状況をつくり出しているのか分かりませんが、この干拓事業だけは必ずや私の手でやり遂げねばならないのです。私とあの指のない癩者たちの手でやり遂げてみせます」

「干拓事業を誰がしようとも、工事が完了すれば、農地の分配権は道が所有するようにしたのであるから……」

チョ院長の抗弁に、知事が院長を宥《なだ》めようとしてなんとか考え出した言葉は、そのわずかひと言だけであった。農地の分配権は道にあるから、今まで院生が捧げてきた労働力の対価については、その時がくれば十分な補償をしようという意味合いの言葉だ。チョ院長が干拓事業からは手を引くことを、知事までもが既定の事実と見なしている。知事にチョ院長の心の底まで見通すことなどできるはずもない。

「院生から五馬島を奪い取ることは、土地を奪い取るということだけを意味するのではありません。癩者にとって、土地よりももっと価値のある、貴いものが、あの五馬島にはあります。ようやく胸に芽生えた、みずからの力でこの世を生きてゆこうという希望と矜持にこそ、五馬島の前に広がる海をさえぎって産み出した土地の何十倍何百倍ものかけがえのない価値があるのです。彼らから五馬島を奪い取ることは、ようやく芽生えた希望と矜持と彼らの生のすべてを奪い取ることになります。今回一度だけでも、彼らに希望を抱かせてやらねばなりません。この明るい太陽の下、人として生きる最小限の生きがいと矜持とを味わわせてやらねばなりません。私は断じて引き下がることはできません」

チョ院長は知事のもとを辞すると、その足でソウルに飛んだ。

ソウルでは長官までをも訪ねて面会したが、長官はさらになにも言うべき言葉を持たぬようであった。

「ここまで私を訪ねてくるとは、近頃は干拓地のことで神経をかなり磨り減らしているのではないかな」

長官はむしろ、自分のほうからなにか理解を求めているかのように、気まずそうな様子でしきりに言葉を濁らせる。

「意地と意欲だけをもって、すべてのことをひとりでやり遂げようなどというのは、どうしたって無理だろう。人それぞれの能力というものがあり、それぞれの立場というものがあるではないか」

チョ院長と向き合っている間、長官は何度もうつろに快活に笑ってみせて、なにか傷ついた子どもを慰めるようにして、やたらと院長の肩を叩く。

長官もまた五馬島のことでひどく煩わされたのであろう様子がありありと窺えた。そして、そんな長官の態度を見るに、本心であれ、どうあれ、五馬島干拓事業地の管理権変更問題を長官がもうほぼ了解済みであるのは容易に推測できた。

全身の力が抜けた。

「長官がどのような決定を下されようとも、私は絶対にこの事業から身を引くことはできません。どんなことがあろうとも、最後まで私と私の病院の五千名の癩者の手でこの事業をやり遂げます」

長官室を出る間際に、もう一度、断固とした決意を示しはしたものの、長官の態度までもがあのようなものだとすれば、チョ院長は完全に四面楚歌の状況にある。

期待をかけるとすれば、残されているのは島の人々だけであった。

院長はすっかり力を落として島に戻ってきた。

島に戻るとすぐに、まだ工事現場でひそかに工事業務引継ぎのための調査を行っていた者たちを周囲にさとられることなく陸地へと送り返し、その日の夜のうちに長老会の人々を呼び集めた。チョ院長はその集まりの場で、自分が道とソウルの当局を訪ねることになった経緯とその出張期間中に確認した五馬島干拓事業地の運営に関連するこの間の事情をすべて包み隠さずに話した。

やつらは、五馬島干拓事業がこのチョ・ベクホンただひとりの意地で始められたものと誤解しているのであり、あなたがたからこの事業を奪い取るには、目障りなこのチョ・ベクホンひとりだけを取り除けば十分であると考えている、だが、この事業はもちろん誰かひとりの意地で始まったものではなく、またそんなことはありえるはずもない、同様に、やつらがあなたがたから五馬島を奪い取るのに、このチョ・ベクホンひとりの背信行為や屈服だけをもってしては絶対に可能ならざることを私は信じている……。

外の世界で形づくられつつある事情に院長がことさらに刺激的な話を付け加えたのは、もちろん、島の人々が干拓工事の作業に注ぎ込む情熱をかきたて、それを確かなものにするためである。

ここまできたら、もう誰にも五馬島のことに干渉する口実や名分を与える隙を残さないこと、それだけが干拓事業地を守りぬく最善の道なのだと、チョ院長は考えた。正式な干拓事業地引渡し命令が下される前に工事完了宣言さえできれば、やつらにしたところで五馬島を差し出せのなんのと言う名分が立たないはずだ。

とにかくできるだけ急がねばならない、干拓事業地管理権を引き渡せとの命令がいつ下されるかもわからぬ、その時までやつらが五馬島を見くびってかかるような隙を見せてはならない、なにがあろうと、私はあなたがたの手でこの事業が成し遂げられるのを見届けたい、この事業はあなたがたの手でやり遂げられねばならない……。

悲愴な呼びかけであった。

長老たちは終始表情を動かすこともなく、じっと黙って院長の話に聞き入っていた。そして院長が話し終えると、軽々しい激励や慰労の言葉などひと言も口にせず、実に淡々とした顔つきで院長の前から去っていった。

だが、この夜の長老たちに対するチョ院長の期待と呼びかけは、けっしてむなしい努力には終らなかった。

夜が明けもしないうちに、島ではひとしきり騒ぎが起きていた。

すべてが明らかにされる前にチョ院長が開発会の者たちを島から追い出しておいたのは、まことに賢明であった。作業班の院生数名が、夜中にひそかに鳳岩里側の開発会の者たちの宿所を襲ったのだ。

彼らが怖ろしい目に遭わずにすんだのは、ひとえにチョ院長が事前に手を打って一足先に五馬島から彼らを去らせていたからだ。もちろん、院生たちがそれで諦めるはずもない。開発会の者たちが既に五馬島をあとにしたことを知ってもなお、院生たちは夜を徹して宿所の近辺を探しまわった。そのうちの何名かは鹿洞方面まで追ってゆき、夜が明けるまで休むことなく逃走路を見張りつづけた末に戻ってきたというのである。干拓地を他の事業体に引き渡そうという具体的な動きが慌しく進められているという事実は、それまではまさかそのようなことがと油断していた島の人々に、確実に大きな衝撃を与えたようだった。

はっきりとした復讐の標的すらも見出しかねている島の人々の憤怒は、明くる日の朝には早くも恐ろしいばかりの情熱となって干拓作業に注ぎ込まれた。

五馬島工事現場では、この土地を奪われてはなるかという院生の執念と復讐心によって、その前日までにはほとんど想像もできなかった恐るべき情熱がほとばしり渦巻いていた。

五馬島では冬でも昼夜の別はなかった。雪降る日も風吹く日も変わることはなかった。今や、事業の成否を問うたり疑ったりする者もない。院生は、五馬島を奪われまいという無条件の執念と、奪おうとする者たちへの身も震える復讐心で、ただひたすらに作業に打ち込んだ。

厳寒のなか、昼夜を分かたず作業をしても、凍傷患者ただひとりも出ない。

院長は心から満足であった。天衝くほどの作業現場の士気に、いまひとたび、おのずと覚悟も新たになる。どんなことがあろうと、やつらにこの五馬島を奪われてはなるものか。

院生の力さえあれば、それだけでもう十分だ。そんな自信が湧いてきた。院生のこの勢いがあれば、この先一か月もしないうちに、島を奪おうとしている者たちのあらゆる名分と口実を吹き飛ばせるように思えた。沈下の頻度もかなり間遠になりつつある。あともう少しだけ作業を続ければ、遠からず、完全に堤を繋いで潮を堰き止める、最後の潮止祭《しおどめさい》を執り行えるだろう、そうすれば堤防工事も一段落、いよいよ完了となる。潮止祭までやり遂げてしまえば、いかに面の皮の厚い人間であっても、もう、五馬島引渡しの名分など立てようがないだろう。

なにより重要なのは、島の人々のすさまじい熱気だった。たとえ潮止祭の前に干拓事業地引渡し命令が下されようとも、院生の熱気がこれほどまでになっていたなら、誰も院生からそう簡単に五馬島を奪い取ることなどできるはずがない。

――院生から必ずや五馬島を奪い取ってやろうなどと思っている者たちがいるならば、今ここに来てみろ。院生のあの恐るべき執念と情熱を見てもなお、五馬島を奪い取れる者などいるというのか。どんな立派な名分と口実をもってしても、誰も院生から島を奪い取ることなどできるはずもない。力づくで奪い取ったとしても、院生の血にまみれた呪いと復讐に耐えられるはずもない……。

チョ院長はただ院生たちだけを心から信じた。そして、事態がさらに悪化せぬうちに、なんとしても干拓工事を自分たちの手で終えることができるよう、強くひたすらに願った。

今のチョ院長の立場では、それ以上の方策はありえなかった。

しかし、実のところ、チョ院長が知りえていないことがまだあったのである。

五馬島干拓地を奪うために陰謀を企んでいる者たちがいるはずだという院長の推測が事実であるなら、そんな企みをする者たちがいるならば、計略に巻き込まれ、そこから抜け出そうとする側よりも、企んでいる側のほうが常に先手を打っているもの。チョ院長の側はとにかく時間を稼ごうとしていた。企んでいる側がそんな院長のあの手この手を封じる、さらにうまい手を考え出していることなど知る由もなかった。

手遅れだった。ある日、チョ院長は、骨がねじれるほどの痛恨の思いに打ちのめされながら、それに気づいた。

チョ・ベクホン院長は、工事管理権引渡し命令に先立って、病院長転任の辞令を受けたのだ。チョ院長を置いたまま五馬島事業地の引渡しをしようとするなら、騒ぎが大きくなるのはどうにも避けられそうにない、ならば、院長を島から追い出したうえでことに及ぼう、という目論見であった。

――意地と意欲だけをもって、すべてのことをひとりでやり遂げようなどというのは、どうしたって無理だろう。人それぞれの能力というものがあり、それぞれの立場というものがあるではないか。

むやみに笑い、院長の追及をはぐらかそうとしていた長官の言わんとしていたことが、今になってはっきりとわかる。思えば、そんなに騒ぎ立てるならば、その首から切って飛ばしてやるという脅迫は、チョ・ベクホン院長としても世間の噂で聞き知っていたところでもある。院長自身、そのようなことをまったく予想していなかったわけではない。だが、干拓事業の状況を道も中央もすべて了解しているなかで、まさかこれほどまでに無道な方法が取られるとは、想像すらできずにいたのだ。

結局、すべては、彼らの言うとおりであり、世間の噂どおりなのであった。それもあまりに突然に、一方的に。

チョ院長はしばらくの間、目の前が真っ暗になった。

病院の仕事に加えて、膨大な干拓地の業務引継ぎを考慮してのことか、新旧院長の離着任日の一か月ほど前に発令されたことだけが慰めと言えば、唯一の慰めとも言えた。

チョ院長の新たな任地は馬山のある国立療養院であり、新院長の病院赴任日はまだひと月ほどは余裕のある三月七日。発令前の打診や呼び出しのひとつもなく、転任命令はたった一枚の簡略な書面通知のみ。転任命令書を受け取った後も、当局関係者からは慰労の電話ひとつなかった。

チョ院長はすぐにでもソウルに飛んでいきたい衝動に駆られたが、そのために院生の士気にまたなんらかのよからぬ動揺を引き起こすことを懼《おそ》れた。既に事実を知っている病院本部の職員たちにすら、よしと言うまでは院長の転任について一切口外してはならぬと緘口令《かんこうれい》を敷いた。そして、その日から工事現場の巡回も断念し、ひとり院長室に籠り、この突然の事態に対処すべく、この先自分がなすべきこと、できることを、深くじっくりと考えるのであった。

25

裏切り 2

二日間考え抜いた末にチョ・ベクホン院長がたどりついた結論は、結局のところは、転任の日まで干拓作業をさらに急ぐしかない、ということだった。可能なかぎり早い時期に五馬島の運命の行方を決することができるよう、死に物狂いで作業をするしかない。転任前に潮止祭まではやり遂げてしまうこと。それが目下の急務であった。

チョ院長は心が定まると、二日ぶりに工事現場へと戻った。

そして、新たな作業目標を掲げた。

院長はまず五馬高地の作業指揮所にファン・ヒベク長老を呼び出し、遠からず自分が島を去らねばならぬ状況に立ち至っていることを耳打ちし、だが、それでもどうにかして転任前に干拓地をめぐる問題に決着をつけねばならぬのだというおのれの決意をはっきりと伝えた。

「辞令の日付に従うならば、私は遅くとも来月七日までにはここを去らねばなりません。しかし、院生の手で五馬島干拓工事がそれなりの段階までやり遂げられるのを見るまでは、少なくとも院生の手でやり遂げるしかないということを知らしめるまでは、島を離れるわけにはいかない。私がこの地を去る前に、そこまでは作業を急ぎ進めてください。それを見ることなくしては、私はこの島を離れられません」

チョ院長は、自分の目で潮止祭を見るまでは、とにかく島に居つづけてその時を待つことも辞さない構えで、ただただ言い募るのである。実際、最後まで見届けることができないならば、新任地への赴任を断念することも院長は考えていた。もはや命令を死守せねばならぬ制服組ではないという事実が、院長のそんな決心を可能にしていたとも言える。今はもう軍人ではないがゆえに、必要とあらばいつでも行使しうる便利な権利がひとつあった。辞表を出せる、ということだ。それはもちろん最善の方法ではない。病院長の職権を持たぬチョ・ベクホン個人は、その場合、島に対する自身の忠情の証しを示すということの他には、なんの役にも立たない。どう考えても、院長を島から厄介払いしようとしている者たちが、島にとどまる院長に対して捲土重来の余地を与えるわけもない。このことは慎重に考えねばならない。

ファン長老はいつものように、院長の言葉にはさして感じるところもないかのように、どこを見るでもないぼんやりとした目をしていた。しばしの間、ファン長老は遥かな海を眺めやっている。やがて、五馬島の山裾を行き来するトロッコのほうへとその眼差しは向けられ、次いで傍らに立つチョ院長のほうへと戻ってきた時、意外なことに老人の目にはなにやらぎらぎらと反骨心めいた光が宿っていたのである。

「なんと、まあ、崔《チェ》氏の強情、姜《カン》氏の意地とはよく言われることだが、趙《チョ》氏がそのうえさらに、おのが身を誤るほどの頑固の王であったとは、院長に出会って初めて知ったことよ」

まるで今まで院長と二人で他愛ない軽口でも叩き合っていたかのようだ。老人の声にはまったく張りつめたものがない。

「確かにわれわれは、互いに、他人のためにこの事業をしているのではないと言ってはきたものの、院長がわれら癩者にことよせて身の破滅を招こうとしているのを、ただ指をくわえて眺めているわけにはいくまい。潮止祭を見ることができなかったら、運命まで狂ってしまう人間がいるとはなぁ。院長が潮止祭くらいは見届けていくことができるよう、われわれも工事を急がねばなるまい。さて、院長が離任する前に潮止祭をするとすれば、それはいつ頃までにすればよいのかな」

五馬島の事業が成就するまでは島を離れないというチョ院長の決意を前にして、ファン長老もまた感謝の念に突き動かされ、とにかく潮止祭を急ごうと思い定めたのだ。

もちろんチョ院長にも長老の気持ちは届いていた。ファン長老の言葉が院長に辞令の日付どおりに島を出るようにという意味合いであれどうあれ、院長に対する老人の信頼はもう揺らぎようがないのは確かなこと。老人が潮止祭を急ぐのは、今のところは院長と院生のためにはそれしか途が残されていないからでもあった。

「潮止祭は三月六日にしましょう。その日が、私がこの地の病院の院長としてとどまることのできる最後の日ですから」

院長はついに潮止祭の儀式を三月六日と定めた。その日までに、なにがあろうとも堤防工事をやり遂げる。新たな作業目標が定められたのだ。


五馬島干拓事業地が奪われるかもしれぬという脅威にくわえて、干拓事業地を守り抜くと言いつづけてきた院長の転任説までもが知れ渡ると、工事現場の空気はふたたび想像以上の変化を見せた。

チョ院長の転任までに潮止祭をするという、新たな作業目標が掲げられた。転任日までに潮止祭ができなかった場合、新任地への赴任を断念してでも五馬島干拓事業地を守り抜くという院長の決意が、揺るがぬものとして誇張されて伝えられるや、院生たちは潮止祭の日を目指して作業目標を達成しようと、死に物狂いの闘志をもって作業に邁進した。

院長の転任説は、院生たちの作業にかける情熱をさらに燃え上がらせたのだ。

そんなある日のこと。

夕刻、チョ院長が工事現場で作業の進捗状況を見回って、小鹿島へとちょうど戻ってきたばかりのところであった。工事現場のあたりでもなにかと顔を合わせていたイ・サンウクが、この日はまたどうしたわけか、病院の脇の院長の官舎までわざわざ院長を訪ねてきたのだ。

サンウクの今さらながらの来訪を、院長はひどく不審に思った。病院や工事現場周辺で何度も顔を合わせているというのに、事務的なことの他は滅多に話すこともないサンウクなのである。昨年末に院長が院生たちの襲撃を受けて危うい状況に陥った時に、意外にもサンウクが飛び出してきて事態を収拾してくれたこともあったが、その時のことも、あれからひと言たりともチョ院長の前で話すことはない。それほどに生真面目で、冷ややかな性質の男なのだ。あの晩のことについてサンウクが一切なにも言わずにいるのも、チョ院長としてはこのうえなく窮屈な気分なのだが、かといって、仮にサンウクが所管業務以外のことで口を開くことがあるとしても、それは、いつでも、あの晩のように、院長にとってはどうにも愉快ならざることや、異様に院長を警戒して皮肉るようなことにしかならないのである。

チョ院長は、サンウクを室内に招きいれた後もずっと気が張りつめている。工事現場で事故でも起きたのならば、サンウクがこれほどまでに落ち着き払っているはずもない。

院長にことさらになにか言いたいことがあって訪ねてきたのは明らかだ。

サンウクもまた、何事かについていったん心に決めたならば、無用にだらだらと話すような性格ではない。

「院長の手を煩わせねばならぬことが生じまして、こうして院長のお力添えをお願いにまいりました」

早速にサンウクが単刀直入に訪ねてきた用件を話しはじめた。用件というのはひと言で言うなら、現在、長老会を中心として院生たちの間でチョ院長の転任の取消しを求める請願の署名運動が盛んに繰り広げられているのだが、それを院長みずから申し出て中止させてほしいというのであった。

「現状では誰が署名をやめさせようとしても無駄ですし、やめさせようという者もいません。私の見るところでは、今のところ署名をやめさせたがっている者もいないようです。万一誰かひとりでも署名に反対したり協力しなかったりすれば、すぐにも裏切り者の烙印を押され、辱めを受けるような状況ですから。院長のほかに、署名を中止させうる者はいません」

院長が乗り出さねば、署名運動というこの異様な脅迫劇によって島に裏切り者が溢れることになるだろうというのだ。

院長にしてみれば、そもそもそんな署名運動が行われていること自体が初めて聞く話だ。前にも一度そのようなことがありはした。その時はチョ院長自身、それを予測していた。願いもしていた。だから最初からその事情も把握していた。だが、今回は、チョ院長としてもそこまで考えが及んでいなかった。

だが、サンウクは、チョ院長がすべてを知っていながら、わざと知らぬふうを装っていると思っている様子である。

「あの野郎ども、ろくろく作業もせずに、役にも立たないことばかりしやがって。せめてあなたがそれを今すぐやめさせないと……」

院長はそんなことでわざわざ訪ねてきたサンウクにひどく違和感を覚えていた。まずは、明日にでもすぐにここに人を呼んで署名運動を中止させるようにしようと、サンウクを安心させた。サンウクの望むとおりに約束をしたものの、実のところ、何ゆえにサンウクがそれほどまでに署名運動に神経を尖らせているのか、その心のうちを思うと院長は少しばかり不快にもなった。

チョ院長の転任の辞令取消を請願する署名運動を中止してほしいということは、すなわち、当のチョ院長に向かって島を去れと言っているのに等しい。院長留任の請願が島に対する裏切り行為になるならば、請願を容認する行為もまたこの島にとっては同じく裏切りでしかない。署名運動を中止させまいとしたなら、サンウクは院長にまで島に対する裏切り者の烙印を押すことだろう。チョ院長はサンウクのそんな考えに納得がいかなかった。五馬島干拓工事のために、島の人々が院長が少しでも長く島に残っていられるよう願い、院長自身もまたそう願うことが、なぜにこの島ではそれほどまで大きな裏切りにしかなりえないのか。サンウクの心中は推し量りようもない。

院長にはサンウクがとんでもない人間のようにも思えた。

だが、院長に気圧されて自分の主張をあっさり引っ込めるようなサンウクではない。

「ところで、イ課長の本音はどっちなのかな？　ただもう署名運動を中止させよということなのか、それともこのチョ・ベクホンに辞令の日付どおりにただちに島を去れということなのか。私にはどうも区別がつかないのだがね。イ課長に私がときおり面倒をかけることもありはした。だけど、まさかそんなことでイ課長が私になにか恨みを抱いているわけでもなかろう」

ことさらに冗談めかした口調で繰り出される院長の言葉にサンウクは、

「ああ、院長がこの島を去るも去らないも、それは院長の御意思にかかっていることではないですか」

チョ院長とは正反対に真顔で答える。島を去る去らないは、院長自身が決めること、そこに他人が口を挟む余地があろうか、という態度だ。つまり、そんなことは自分には関係ないというわけであり、この場合は、島を出ろということである。

「ふむ、ますます寂しいことを言ってくれるな。島の人々の誰もがこのチョ・ベクホンを追い出したがっているとしても、君だけは私を突き放しはしないと思っていたのだがね……、確かにこの島では、イ課長ほど私を警戒し、信じようとしない者もなかった。それでも、これだけの歳月が流れたのだから、なにか信頼関係のようなものも少しは築かれたように感じていたのだが、これはまた……」

余裕を失うまいと、チョ院長はむやみに冗談めかした口調になっている。その言葉を聞くうちに、サンウクは、なぜ院長を訪ねてきたのか、自分自身、次第にはっきりとしてきた。

「いえ、島から去ってほしいと願うのは、別に院長だからということではなく、それが他の誰であっても変わりはありません」

サンウクはまばたきひとつせずに、自分が言うべきことを明確に言っていく。

「同じく、五馬島干拓地のことも、その始まりと終りが、仮に院長ではない別の誰かによるものであるとしても、必ずしも特定の誰かひとりが責任をとる必要はないと私は考えてきました。事業を立ち上げたのはもちろん院長です。でも、だからと言って、その事業を最後までやりぬくことが、院長だけが果たしうる院長だけの責任だとするような信念を私は持ちません。出すぎた言葉かもしれませんが、潮止祭まではきっと見届けるのだという院長のお考えについても、私は特にそうあるべき理由を見出せません」

「この事業を為しうるのは自分ひとりだけだなどとのぼせあがるな。潮止祭を見届けたいというのも、自分が始めたことだから自分の手でやり遂げたいなどという、つまらぬ欲にすぎない……」

院長は独り言のようにしてサンウクの言葉を反芻した時には、もうすっかり冗談めいた調子は消え失せ、真剣な眼差しをまっすぐにサンウクに向けていた。

「私は、院長が私のことをどう思われようとも、それでも院長を信じているのです。信じているから、あえて、こんなことまで申し上げているのです。院長、どうか、すべてをやり遂げるまではここを去るまい、などとは考えないでください。この島の人間たちにとっては、院長が執着を捨てて島を去ることであとに残すもののほうが、はるかに望ましいものであるかもしれないのです」

　サンウクは煙草も吸わず、口調はどんどん断固たる調子になっていく。

「否定なさりたいかもしれませんが、院長がこれまでにこの島で成し遂げられたことは、実に大なるものでした。院長はもう既にこの島であまりに多くのことを成就されている。そして、それは、院長が潮止祭をなさるかどうかで左右されたりはしません。院長が憂慮しておられるように、五馬島干拓地が他の誰かに口惜しくも奪われたとしても、この島で院長はもう既に為すべきことを見事に成就なされているのです。もう潮止祭などは、院長の転出を理由に急ぐべきことではありません。なのに、院長はいまだに他の者が関わることを欲してはいない。他の誰かが関わる余地がないほどに、この事業については院長がその仕上げまでひとりでやり遂げようとしている。それはあまりに過ぎた欲です。というのも、院長ご自身もまたこの事業には、もうこれ以上関わりようがないのですから。院長ご自身が必ずやこの事業をやり遂げねばならぬというのは、院長が既にこの島で成し遂げたことに対する、当然のようであって、実のところ強欲な権利の主張にしかならぬのですから」

「銅像のせいだろう。イ課長は今もなお、あの銅像の亡霊が私という人間の姿を借りてよみがえってくることを怖れているのだろう？」

　院長は不快感をあらわにした口調で言いはしたものの、しかし、あの銅像の亡霊のことならば、もうすっかり安心してもよいのだとばかりに、自信満々の微笑を浮べた。

　だが、サンウクは、院長がそんな余裕を見せることすらも、もう受け容れがたい様子である。

「わかっております。院長がご自身の銅像を建てるお考えをお持ちになったことがないということは、誰よりもよく知っています。しかし、院長ご自身が銅像を建てはしないとおっしゃっても、他の者たちがそれを建立して捧げることもありえましょう。この島の外では、そもそも銅像というのはそういうものでありますから。銅像に関しては、私は院長を疑ってなどおりません」

「ならば、今回の署名について君がそんなに気を揉むこともないではないか」

サンウクのあまりの詰問調に、チョ院長のほうも自分を抑えてばかりではいられなくなった。

「イ課長の言うとおり、銅像というものがそもそもは本人の思いとは関わりなく、他の者たちが捧げるものであるならば、私が今それを願おうと願うまいと、私とは関わりのないことではないか。ましてや私がそれを願ったこともないのに、この島の者たちがそれを私のために建てるというならば、私としてはむしろそれを誇らしく思うべきではないのか」

チョ院長はことさらにサンウクを挑発するような言葉ばかりを選ぶ。

やりとりはいよいよ過熱していく。

サンウクは院長の言葉尻を捕まえて、反論する。

「この島でのことでなければ、もちろんそれは誇らしく晴れがましいことでありましょう。でも、この島ではそうはいきません。院長もご存知のとおり、この島でも銅像が建てられたことがあり、しかもその銅像は銅像の主たる本人がそれをみずから願って建てられたものではありません。本人はなにも言ってはいない。しかし、銅像の主がそれを願っていることを、誰もが知っていました。本人がそれを願っていたから、本人がそれを言い出す前に、先回りして進んで銅像を建てるほかなかったのです。この島の人間にとっては、本人がそれを言おうと言うまいと、結局はその者のために銅像を建てるしかないということに変わりはないのです」

「それでは君は、私が今も言葉にこそしていないが内心ではひそかに銅像を望んでいると思っているのか？」

「さきほども申し上げましたように、私は院長を信じております。ところが、この島の人間は、もう既に院長の銅像を建てる手はずを整えているのです」

「彼らが、どうして？」

「院長があの者たちを問い詰める必要はまだありません。彼ら自身もまだ、遠からずきっと始まるであろうことの意味を、よくわからずにいるでしょうから。しかし、院長がいらしてからというもの、ここの人間が今までどれだけ変わったことか、それを思い起こしていただければ、私が今申し上げたことをご理解するのは難しいことではないはずです。たとえば、院長がいらっしゃるまで長きにわたり絶えることのなかった、あの悩ましい脱出ひとつをとってみても、最近ではすっかり影を潜めてしまいました。そのうえ院長はこれまで何度も島の人々との危機的な対立に直面しながらも、けっして引き下がることなく、いつも周囲を説得し、院長の意図するとおりに物事を進めてこられた。今では、院生たちはどんなことでも、院長のやろうとすることならば、ついていきます。ついには、体の具合が悪くとも、それを隠して五馬島で命がけで働くまでになっている。誰もきつい労働に不平をこぼしません。島から逃げ出すことを考えるような者もいません。院生たちがみずからすすんで院長につき従っているからです。このようなことはもちろん、院長としても満足のゆくことでしょうし、そのことをもって院長を非難するにはあたりません。ただ、院長は、もうこの島を脱出しようとする者がただのひとりもいなくなったという事実が何を意味するのか、そのことをまた違う角度からじっくりとお考えになるべきでしょう。今ではもう誰ひとり、院長のなさろうとすることに抗わなくなったということ、院長に逆らうどころか、逆らう意思もなくしてしまったということ、それがついには院生たちをどうつくり変えてしまうのかということを、注意深くお考えになるべきです。院長をこの島から去らせまいと心から願うほどに、院生たちは既に、目には見えぬ院長の銅像を心のうちに建てはじめているのです。そして、いつか、必ず、彼らが院長のために、院長の前に、銅像を建ててみせる日がやってくることでしょう」

「……」

「院長が赴任当初におっしゃったように、この島は確かに誰もどうすることのできない幽霊たちの島でした。院長がその幽霊どもを目覚めさせ、大地を踏みしめて歩く人間に変えました。みずからの生に対する希望と信念を抱かせ、互いを信じる心を芽生えさせました。だからこそ、ついに手にしたその希望と信念が、また別の束縛への導きの光になってはならぬと申し上げたいのです。銅像というものは、いつどこに建てられようとも、それを建てた者たちにとっては一種の自己束縛になりうるものです。そのうえ、この島でふたたび誰かの銅像が建てられたならば、その銅像がこの島の者たちに物言うようになるであろうことは、容易に想像がつくことです」

「……」

「島の人間たちが目には見えぬところに院長の銅像を持つことまでは、責めようのないことです。そして、そうやって彼らが持つようになった院長の銅像こそ、真実、かけがえのないものでもありましょう。そのかけがえのない院長の銅像も、結局は院長のためではなく、この島の五千名の癩患者自身のためのものでなくてはならないことは、院長も快くお認めになることと信じています。そして、院長がこの島に残りつづけるかぎり、彼らは院長の銅像を自分自身のための銅像として完成させることはできない、というのが私の考えなのです」

「いったいイ課長は私に何を望んでいるのだ？」

相手がいることすら忘れてしまっているかのようなサンウクの熱弁に押されて、しばしの間じっと口を閉ざして、ただ聴くばかりであったチョ院長が、もうこれ以上は耐えられぬとばかりに、おもむろにサンウクの言葉をさえぎる。その硬い声から察するに、院長はそれまでのサンウクの熱のこもった忠告を受け容れようとするどころか、むしろ、抑えがたく湧き起こる強い反発心をただただ募らせていたようである。

「いや、イ課長が私に何を望んでいるのかは、私にはもうわかっている。だが、これまでイ課長が私に差し出してきた要求や忠告を受け容れることができるかどうかは、まずは私が仏陀かイエスになれるかどうかを確かめてからのことだろう」

院長の口ぶりは露骨にサンウクを冷笑するものだった。

だが、いつかの夜もそうであったように、サンウクは一度入り込んでしまうと、自分にとっての真実にひきずられ、昂ぶった気持ちを適度なところで鎮めることができないのである。

サンウクはチョ院長の斜に構えた反応にもおかまいなしに、ひたすら真剣そのものの口調で相手を責め立てる。

「私が今、院長に望んでいるのは、院長がイエスや仏陀にならねばできぬほどに難しいことではありません。今この島の者たちの胸の内に姿を現わしつつある院長の銅像が、どんなにかけがえなく貴いものであろうと、院長ご自身はそれを完成させることはできないと、私は申し上げようとしているだけです。これ以上なにもなさらず、島をお去りください。その時が来たら、院長が島を去る。それだけのことです。島に残ることによってではなく、島を去ることによって、院生が院生自身のために院長の銅像を完成させることができるようになさってください。思うに、そのようになさることこそが、院長が今までこの島で島と島の人々のために成し遂げられたことを、今後もずっとこの地にとどめつづける道となるでしょう。院長として成しうることは、もう、この島ではすべて成し遂げてしまわれたのですから」

26

イ・サンウク保健課長が官舎をあとにした後も、チョ・ベクホン院長は潮止祭の日までの作業計画も自身の考えもまったく変えようと思わなかった。

いったいどういうわけで、サンウクはあれほどまで必死になって自分を島から去らせようとするのか。院長には、その動機についてすっきりと納得できる説明が、どうしても思いつかない。サンウクの動機がどのようなものであれ、あれほどまでに院長に要求し、忠告していることとは、ひと言で言うなら、院長はもうこれ以上この島にいる必要はないということ、そして、島に残ろうとしてはならない人物であること。それを本人みずから気づくように仕向けていることだけは確かだ。院長に向かって、もう島を出て行ってくれと、ただそれだけをサンウクは夜通し繰り返し明快に言いつづけたのである。

しかし、チョ院長は、仮にサンウクの要求を聞き入れて島を去るとしても、その時期については、今のところはまだ、潮止祭までは終えてから、もしくは、潮止祭を執り行う院生たちの情熱と努力を世に示すことをもって五馬島の事業に自分なりの決着をつけてから島を去ることにしたいという、当初の考えをあらためる必要があるようには思われなかった。

院長はサンウクの来訪を受けた後も、この夜のサンウクの厄介な要求に一切とらわれることなく、当初の計画どおりにことを推し進めていこうと心に決めた。

だが、そのチョ院長も、サンウクと院生たちに対して、いま一度、考えをあらためぬわけにはいかなくなるのである。サンウクがチョ院長を官舎に訪ねた数日後のことだった。あの晩、遅くまで長々と院長に忠告したにもかかわらず、サンウクはまだなにか言いたいことがあったのか、あるいは、そうすることであの夜の長い話を確かなものにしたかったのか、理由もなく忽然と島から姿を消した。そして、そのことによってサンウクは、それまでチョ院長が彼を見聞きして知っていると思っていた以上に、ますます不可思議でつかみどころのない人物となったのであった。

しかしながら、サンウクは静かに島を出ていったのでもない。昔からこの島の数多の人々がそうしてきたように、あの旧北里のトルプリ海岸の冷たい夜の海に飛び込んだ。なぜにサンウクが、という不可解な思いを残して、文字どおり命がけの方法で、ことさらに苦難の道を選んで島を出ていったのだ。

サンウクは入院患者ではない。病院職員である。院生とは異なり、強いられる苦役ゆえに島を脱出しなければならぬわけでもない。島を出たかったら、いつでも、堂々と、船に乗って出て行ける。それにもかかわらず、サンウクは船着場から出て行くのではなく、深い謂われのあるトルプリ海岸を選択して、冷たい冬の海を泳ぎ渡っていった。ただ島を出たのではなく、島を捨てて行ったのだ。それは、もうひとつの「脱出」であった。

海を無事に越えたのかどうか、それは定かではない。

トルプリ海岸には、サンウクがここから島を脱出したことが誰の目にも明らかとなる、幾つかのはっきりとした痕跡が残されていた。水に飛び込む前に茂みのはずれに脱ぎ捨てた衣服と靴。海岸に行く前に、夜も遅くに病院本館の事務室に立ち寄り、宿直の職員に会っていったことも、つまりは、自身の足取りを容易に追えるようにとのことである。

すべてが計算ずくのことであった。

サンウクの動機について、チョ院長はなんとなく想像がついた。サンウクが何ゆえに、そんなにも危険で困難な冒険をあえてせざるをえなかったのか、そして、とんでもない脱出劇でサンウクが自分に何を語ろうとしたのか、院長にはうすうすわかっていた。

ひと言で言うなら、それは、チョ院長がこれ以上島にいることを耐えがたくするための決死の圧力である。チョ院長自身がついにみずからすすんで島を去るほかないように仕向ける、陰湿で知能犯的な脅迫である。サンウクの動機が想像どおりであれなんであれ、チョ院長にしてみれば気持ちのいいはずもない。しかるべき時が来たなら島を去ることが、チョ院長にとっても、島の人々にとっても、称賛されるべき治徳となるであろうことについては、チョ院長もある部分ではサンウクの忠告を聞き入れようもある。少なくともサンウクの切なる思いだけは虚心坦懐に受け止めることはできる。だが、サンウクがあえてあのトルプリ海岸から島を《脱出》したという事実ばかりは、どう考えても愉快ならざることだ。

サンウクは、自身の脱出騒ぎによって、島の人々の胸の奥深くに潜んでいる裏切りの記憶をよみがえらせようとしている。院長と島の人々の前でみずからすすんで脱出という範を示すことで、あからさまに島の人々を煽り立てているのだ。

だが、より重要なのは、島の人々のほとんどはサンウクの過去をよくは知らないということ、サンウクと島の関わりが明るみになっていないということなのだ。みずから範を示すことで院生たちのある種の衝動を目覚めさせたいという意図にもかかわらず、サンウクはこの島に耐えられなくなった院生としてではなく、いつでも自由に島を捨てて出て行くことができる健常者として島から逃げ出した。その事実が、いっそう底意地の悪い不快な余波を残していた。

――なるほどそういうことか。院長ももはや打つ手なしか。

――島を出てしまえばそれでおしまいの人間が、わざわざこんな苦労を買ってでるわけもない。

――そろそろ身を引こうということだな。

転任の辞令取消請願の署名運動を院長が中止させたことで、それでなくとも院長の一挙一動を色眼鏡で見るようになっていた院生たちである。作業現場の空気も、ふたたびどうしようもなく重く沈みはじめていたところだった。健康な陸地の人間が本気で島のことを考えるわけがなく、院長も結局はそういうことにしかならないのだろうと、諦めの入り混じった奇妙な反発心めいた雰囲気が島を覆っていた。そんななかにあって、最後まで自身の過去を隠したまま島を出て行ったところを見れば、やはりサンウクはこの状況を十分に計算に入れていたのだろう。こんな状況のなか、ひとりの健常者が島を捨てて出ていくという事実が、院生たちの心理にいかなる影響を及ぼし、院長の立場をどう追いつめるか。そのことがわからぬサンウクではない。サンウクは、健常者として、見せつけるようにして、島と島の人々を裏切って出て行ったのである。それがチョ院長をますます困惑させた。

思ったとおりだった。サンウクの《脱出》に対する院生たちの反応は、果たせるかな、チョ院長が懼れたとおりであったのだ。

――イ課長のような人までがあんなふうに恐れをなして逃げ出したところを見れば、もうお先は知れているねぇ。

――あやつでなくとも、五体満足なうちに島から逃げ出そうと慌てている連中は沢山いるに違いあるまいよ……

サンウクの脱出以来、院生たちの目つきまでもが恐ろしいほどに一変した。作業を急ぐどころか、ただぶらぶらと、なにもしようとはしない。チョ院長にとっては、非常な危うさと気まずさを秘めた反発である。

そのうえ、そんな院生のなかにあって、あからさまに院長を悩ませる人物がひとり。保育所のソ・ミヨンという女をめぐって、サンウクとの間でとりわけ微妙な葛藤を抱えてきた薄紅色狂――そしてそのソ・ミヨンゆえの痛みを伴う自己覚醒に耐え抜くために（病舎地帯の姉のためだと本人は弁明しているのだが）、つらい石の運搬作業に打ち込みはじめてからは、次第に自分がソ・ミヨンに対して嫉妬しているのだということを受けいれるようになってきたユン・ヘウォン――そのユン・ヘウォンが、ある日、酒にひどく酔って正体もなくしたような状態で、深夜に、まだ五馬島の作業現場に残っていたチョ院長の小屋を訪ねてきたのだ。

「あの野郎、癩者をすっかり理解しているようなふりをして、結局は自分を騙しつづけることができなかったんですよ」

聞けば、ユン・ヘウォンは、これまで血のにじむような苦しみと忍耐を重ねて、ソ・ミヨンとの仲もようやくいいかたちになってきたところなのだという。二人の間には、潮止祭の頃にささやかな結婚式を挙げようという約束まであるのだという。それは今では島内で話題になるほどの公然の事実なのだともいう。

「ところで、あのサンウクとやらは、ついに私たちを祝ってもくれないのですよ。癩者のくせして健常者の女と結婚するなんて、どうしても認めがたかったのでしょう」

ユン・ヘウォンもまた、サンウクが幼い頃に未感染児として島の外に出て、大人になってから島に戻ってきたという過去（チョ院長にもサンウク自身はそのことを話してはいないのだが）には、気づいていなかった。それゆえ、チョ院長にとって、ユン・ヘウォンはなおさら厄介で扱いにくい相手なのである。ソ・ミヨンに対するユンの想いは、健常者であるサンウクの何倍もの迷いと自己卑下を味わい、諦めまじりの嫉妬と苦しみに満ちた忍耐の歳月を重ねて、ようやく実ろうとしていたのだ。健常者であるサンウクの威容を前にして、ソ・ミヨンを深く想えば想うほどにユンの絶望は深まるばかりだったのだ。それに打ち勝ち、乗り越えてきたからこそ、今日の二人があるのだ。

その一方で、そのサンウクが、ユン・ヘウォンたちがついに結ばれようとしている頃を見計らって、健常者として、いかにも健常者らしく、見せつけるようにして島を出た。それこそが、ソ・ミヨンとユンに対する、健常者が持つ選択権の傲慢な示威に他ならないと言うのである。

サンウクの脱出劇は、ユン・ヘウォンの場合においては、より深刻な破壊作用を引き起こしていた。サンウクの脱出劇の大きな動機を、ユン・ヘウォンは自分たちのほうに引きつけて探そうとしていたのである。チョ院長としてももちろん、ユン・ヘウォンのそういう感情的な反発にも十分に肯くだけのことはあるように思えた。ユン・ヘウォンが推測するように、サンウクはきっと二人が結ばれることに耐えられなかったのだろう。あるいは、二人が結ばれることに対して、ユン・ヘウォン自身のなんらかの反発や自己抑制を引き出すために、わざわざあんな脱出劇を仕組んだ可能性も否定できない。サンウクが最後まで自分の過去を隠していたという事実が、ひとつの証拠にもなりうる。ソ・ミヨンを間に置いて、サンウクが自身の秘密を隠しつづけたという事実が、つまりは、サンウクがユン・ヘウォンの前では皮膚がきれいな健常者であることを見せつけつづけたという事実が、ユン・ヘウォンをどれだけ苦しめ、どれだけ迷い惑わせたか、それを想像できぬサンウクではない。それにもかかわらず、サンウクはユン・ヘウォンに過去を明かさなかった。ユン・ヘウォンを押しとどめたかったからであろう。さらに、サンウクが島を出る日まで、とうとう過去を隠しとおしたのは、ユン・ヘウォンの推測どおり、ユンのとんでもない反発や新たな絶望を誘い出して、二人を破綻させたかったのかもしれぬ。

この疑惑は、数日後にソ・ミヨン本人がチョ院長を訪ねきて、この間の事情をすっかり話している時にも、またもや拭いがたく浮かび上がってきたのである。この日、ソ・ミヨンは院長に、サンウクが島を出てからというもの、ユン・ヘウォンとの関係が様変わりしてしまったのだと打ち明け、力添えを請うたのだった。二人の関係は、酔っ払ったユン・ヘウォンが院長を訪ねてきた時よりも、さらに悪化していた。サンウクの脱出をきっかけに、ユン・ヘウォンの健常者に対する嫉妬がふたたびめらめらと燃え上がっているのだという。ユン・ヘウォンはほとんど盲目的な憎悪をもってサンウクに嫉妬し、健常者の健やかさに嫉妬し、健やかなソ・ミヨンにも嫉妬しはじめたというのだ。そして、その恐るべき絶望と諦念の中にあって、異常なまでに病的な薄紅色執着症の症状をふたたび見せはじめているのだともいう。ユンは工事現場で石運びをする以前に完全に戻ってしまい、潮止祭の日に予定していた結婚式も儚い夢となって粉々に砕け散った。

そのうえ、さらに驚くべきは、サンウクはソ・ミヨンにも自身の秘密を明かしていなかったのだ。ソ・ミヨンがサンウクに自身の過去を告白したにもかかわらず（これについては、チョ院長も初めて聞くことであったが）、サンウクの側からは秘密を匂わす気配すらなかったという。ソ・ミヨンに対してまで秘密を隠しつづけていたサンウクの態度を、意図のない偶然と呼ぶことはできまい。後ろ暗い同類意識を利用して、ミヨンを自分のものにしようとするような人間ではなかった、という解釈はありうるだろう。だが、サンウクが心からソ・ミヨンを求めていたのが事実だとすれば、あるいは、逆に、ソ・ミヨンとユン・ヘウォンの関係を虚心坦懐に受け容れられる心情だったとすれば、どちらにしても当然にサンウクは秘密を明かすべきだった、というのがチョ院長の考えである。だが、サンウクは不自然なほどに秘密を明かそうとはしなかった。ユン・ヘウォンに対して、自身の健康を意識していたことは明らかだ。その意識ゆえに、ことさらに、二人が接近するままにまかせていた。そして、二人の結びつきが決定的な段階に至るや、自分が健康であることをより積極的に見せつけようとした疑いを洗い流すことはできない。二人が結ばれることに耐えられなかったのか、あるいは、サンウク自身も含めて、三人もろとも破綻に追い込んでしまいたかったのか。自身の秘密にまつわるサンウクの沈黙と健常者としての脱出劇は、院長にもソ・ミヨンにもそのような疑いを抱かせるに十分なものであった。

しかし、チョ院長はもはや、そんな絶望的なソ・ミヨンの訴えにさえ、たいした助言もできずにいた。サンウクが未感染児として育ったというような過去の話は、今のソ・ミヨンにはもうなんら意味のない秘密だった。誇らしげに脱出を選択して、これ見よがしに島を出ていったサンウクの、その傲慢な健康に対する意識についての解明をしたところで、感情が極度に昂ぶっているユン・ヘウォンにとってはどうでもいいこと。もう取り返しはつかないのである。チョ院長がソ・ミヨンに言えることは、今からでも自身の過去を告白して、健常者に対するユン・ヘウォンの盲目的な嫉妬を解きほぐしてみてはどうかということ、ただそれだけだった。

だが、チョ院長のそんな助言すらも、ソ・ミヨンたちにとってはまったく役に立ちはしない。

「私が健康であることで彼が受ける苦痛を知っていながら、今まで私がユン先生に自分の秘密を隠しとおしてきたのは、私のそんなちっぽけな健康を誇ろうというつもりではなかったんです。私はユン先生がその苦痛に打ち勝つことを願ってきました。身障者同士が肩寄せ合って暮らすなどという、努力もなしに低きにつくようなだらしなさを植えつけたくはありませんでした。健康な女性に対する、健常者に対する、健康に対する劣等感と嫉妬を忘れ、自身の病歴を忘れ、健康な女性と普通に堂々と暮らすという、きわめて当たり前で人間的な矜持を持たせてあげたかったんです。これからも私はそれを断念するわけにはいきません。少なくとも時が来るまでは、私は秘密を明かすつもりはありません。結婚を急ぐ必要もないでしょう。最後まで口を閉ざしたまま、今日の苦しみを噛み締めて、ふたたび立ち上がる日を待ちつづけます」

院長の助言に対するソ・ミョンの答えである。チョ院長はこれほどまでに気丈なソ・ミョンを前にして、もうなにも言うべき言葉を持たなかった。

いずれにせよ、待ち受けていた結果は恐ろしいものである。

サンウクの脱出の動機について、もちろん、はっきりしたことはわからない。その真の動機がなんであれ、サンウクの脱出劇がきっかけとなって、今や島の人間は不信と反発の虜となり、今ひとたびの凄まじい破壊を夢見るようになっていた。

チョ院長は手も足も出なかった。作業の督励をしに現場を回ることもできず、かといって、院長室の片隅で力なく息を潜めて転任の日だけを待っているわけにもいかない。事態がここまでになれば、辞表を書いてでも島に残ろうというのも、さらなる偽計にしか見えないだろう。何も為しえぬ状況ならば、転任の日を待たずに島を去るという選択もありうるだろうが、今さらそんな選択をするのも、なおさら考えようがないことであった。

27

チョ院長は完全に進退窮まった。

悪いことは重なるもので、院長の立場をさらに追いつめることが、またひとつ起きた。

ある日、院長のもとに新たに一通の電信が届けられた。新院長赴任時には五馬島作業現場の業務引継ぎのための事前準備をすべて終えておくようにという指示と、業務引継ぎに備えて別途に工事実績評価班を派遣する際、その業務遂行に万全の協力体制を望むという依頼が電信の骨子だった。それは、言うならば、チョ院長の感情的反発を考慮し、干拓事業地の業務をいったんは後任院長に引き継ぐ形式を取りながらも、工事実績の評価班は実際の業務引受者から作業を請け負っているのであり、便宜的になんとかことを丸く収めようとしている印象が拭えない依頼であった。新たに派遣されてくる工事実績評価班とは、事実上の業務引受機関として内定している、あの開発会の者たちであることは問うまでもない。

だが、チョ院長としても、そのことについては、もうこれ以上はどうしようもないというのが現実だった。もはや、揉めることを覚悟してまでも上部からの命令に真っ向から立ち向かうことはできはしない。結局、評価班はふたたびやってきた。実際にやってきてみれば、院長として彼らの身辺の安全について知らんふりを決め込むわけにもいかない。院長は薄氷を踏む思いで、院生たちに言葉を尽くして自粛を求めた。

――このたび、再度、作業進捗状況を評価しようという者たちが島にやってくる。だが、われわれも今や明確に定められた目標のもとで作業を進めている以上、彼らを敵視する必要はない。彼らが島にやってきて、どんなことをしようとも気にかけず、やりたいようにやらせておくように。彼らがなにをしようとも、われわれがしていることになにを言おうとも、関わりを持つことなく、われわれが定めた目標に向かって為すべきことを着実に進めていくだけのことである。

その評価班の者たちが五馬島干拓工事現場に姿を現わした時のこと。評価班は、もちろん、前回に第一次工事現場にやってきた開発会所属の技術者たちだ。院生たちは技術者たちが島に入ってくることに対して、まったくの無関心であった。

チョ院長は意外に感じた。

五馬島を守るためならば殺人だってやってのける院生たちの手を逃れて、幸いにも島を脱出した者たちが、ふたたび同じ目的で島に舞い戻ってきたというのに、院生たちの反応はあまりにも薄い。それは、つまり、五馬島を守るも奪われるも、院生たちにとってはもうどうでもいいということなのだ。どうぞご勝手に。そういうことなのだ。結局は、いつもの陰湿で危険を孕んだ反発なのである。いったい、この禍々《まがまが》しくも無表情な院生たちの沈黙を、陰惨なまでに徹底したこの服従と無反応を、どう理解し、どう向き合えばよいのか。チョ院長を取り巻く空気は冷え冷えとしていた。

とはいえ、院生の沈黙や陰惨な無関心よりも、むしろ、評価班のあきれるばかりのわがもの顔ぶりのほうが問題であった。

院生たちが自分をどう思おうとも、時が来ればいやでも島を去らねばならぬとしても、院長は作業現場では最善を尽くそうと考えていた。いずれにせよ、現場作業に関することが、結局は病院関係者の手を離れて開発会側に渡ることになる状況ならば、そして、院長が辞令の日付どおり島を去ることにするならば、チョ院長は後任の院長の到着前に病院業務の引継ぎ準備をすべて終えていなければならない。後任の院長の赴任予定日まで、もう二週間あまりしかなかった。状況が変わり、院長がずっとこの島にとどまるようなことがありうるとしても、五馬島干拓事業地の工事実績評価だけは開発会の者たちだけに任せておくわけにはいかないことだった。後任の院長の立場のためにも、院長が今できるところまでは、ことを有利に運んでおく必要があった。具体的な工程も評価の対象となっている以上、潮止祭を執り行うかどうかなどは、もはや問題にもならない。

院長は病院業務についてはは各部課長にそれぞれの基準に沿って所管部署の業務の現況を整理するよう指示を出し、自身は五馬島干拓事業地の作業を少しでも有利に仕上げておこうと、ほとんどの時間を本来の業務ではないことに注ぎ込んだのである。

院長は開発会所属の評価班の者たちに、遅くとも二月末までには一切の工程の評価を終えるよう要請した。そして、自身は工事現場の技術陣で構成されている自主評価班の評価作業の過程に逐一同行し、その評価の方法と根拠をひとつひとつメモして、自分なりの技術的な基準をつくっていった。

二月下旬。ついに、予定どおり、両評価班はこれまでの工事実績評価の結果をそれぞれにまとめて出してきた。

驚くべきことだった。

両者の結論はすさまじく異なっている。院長指揮下の開拓団側の結論は、二月二十五日現在、工事進捗度は八十三パーセント。それに対して、開発会側は、やはり二月二十五日現在の工事実績が開拓団側の半分にも満たぬ四十パーセント。

八十三パーセントと四十パーセント。

チョ院長は呆れ果てた。

とはいえ、チョ院長としても、最初からこのような結果をまったく予想していなかったわけでもない。チョ院長がとにかくこの工程評価に関心を傾けてきたのは、干拓事業地の管轄権が開発会側に渡った後も、院生の手で成し遂げた作業成果分については正当な評価とそれ相応の対価の配当を受けられるようにとのことだったのだ。事業地管理者が替わっても、開墾農地の分配権は道当局に属するようにするということや、その農地の分配比率は管理権移管時の工程評価とは関係ないとの、当局による一応の約束はある。だが、チョ院長としては、なんとしても、この事業に対する院生の寄与度について高い評価を受けることが島のためであり、自分自身のためにも絶対に必要なことと強く思ってきたのである。院長は、できることなら実際よりも高い評価を受けておきたかった。

チョ院長側がそうだとすれば、干拓事業地を新たに引き受ける開発会側の立場は、なおのこと言うまでもない。工程評価を可能なかぎり低いものにすることが、言うならば、開発会側評価班の基本業務であるのだ。両者の評価にかなりの差が出るであろうことは最初からある程度予想はしていた。だが、それも程度問題である。四十対八十三というとんでもない数値の違いまでは、チョ院長もさすがに想像できなかった。

もちろん、開発会側の評価を認めることはできない。

院長は四十パーセントという数字が算出されるに至る実績評価の方法と基準の根拠について説明を求めた。そして、開発会側が提示した方法と根拠について、開拓団側技術陣によって厳密な検討を加え、瑕疵を是正させようとした。チョ院長自身もこの間に身につけた知識を総動員し、開拓団側の立場を熱心に擁護した。院長は開発会と開拓団双方の技術陣を網羅した共同評価班の設置を提議してもみた。

だが、結果は変わらない。

最初から相容れない利害関係にある両者である。どんな論理や説得によっても、双方に公平な共通の基準を立てることはできなかった。

この工事には施行段階からの技術的な瑕疵が数多く発見されており、目に見える結果だけをもって、それをそのまま作業実績として評価するわけにはいかないというのが、開発会側評価班の主張だった。発見された瑕疵の補完責任や設計の部分的な修正や変更は、目に見える作業実績の数値をかなり低めることになるというのである。例えば、堤防の幅を広めにとらねばならないとか、水深と海流から算出される潮水の圧力に対して、堤防の外壁の傾斜角度の変化の測定と設計に無理があるといったことが、開発会評価班から指摘された技術的瑕疵の実例である。

開拓団の技術者にももちろん、彼らなりの多くの主張がある。

しかし、利害が極端に相反する立場にあって、開発会側がその主張を譲ろうとしないかぎり、チョ院長としてもなんら手の打ちようもなかった。相手側に距離を縮めようという意思がない以上、チョ院長側もみずからに不利な確認手続きをとってやる必要はない。

チョ院長はまたも無残に裏切られたという思いを抱えながら、熱病にうかされるようにして必死に闘いつづけた。そのうえさらにチョ院長の心をどうにも虚しくしているのは、院生たちの態度であった。院生たちは相変わらず、五馬島の事業に対してなんら心を動かさない。院長が本当に島を去るのかどうかについても、あるいはもう数日後に迫っている潮止祭を本当に予定どおりに執り行うことができるのかどうかについても、なにひとつ気にかけている様子はなかった。

五馬島の前に広がる海にわが血と汗を注ぎ込んだこの数年間の努力の結果に対して、干拓事業地全体の工程の四十パーセントに過ぎないという実績評価が出された時も、そして、チョ院長がその数値を少しでも高くしようと、島の内外をひとり駆けずり回っているさまを見ても、実際の利害当事者である院生の側からは誰ひとり関心を示すこともなかったのである。

院生たちのそんな不可思議な沈黙と無反応にはある程度慣れているチョ院長ではあるが、今回ばかりは院生たちの態度がひどく寂しく感じられた。院長は島と島の人々に捧げた数年間のかけがえのない歳月が、自身の生涯から突然に痕跡もなく消えゆこうとしているような虚しさに襲われていた。

いや、思うに、悔しいばかりの工程評価への院生たちのこの無関心は、楽土に期待し夢みることだけで、もう既に楽土の恩寵をいやになるほどたっぷりと享受した院生たちの、夢がみすぼらしい現実となって姿を現わそうという瞬間の虚脱感に対する本能的な恐怖の表現のようでもある。あるいは、その虚脱感から生まれ出る無残な復讐の始まりのようでもあった。

チョ院長は、日ごとに自分の立場がますます無力になっていくのを感じていた。

28

三月初旬のある日。

その頃にもなれば、チョ・ベクホン院長自身、定められた日に島を去ることはもはやほぼ不可避のことと思い定めつつあった。確かに決めたわけではないが、チョ院長自身がとうとうそんな自分をおぼろげながらも意識しはじめていたある日の午後のこと——チョ院長はこの日、自身のそんな心情にも整理をつけようと思い、作業指揮所がある五馬高地の丘へと、体を引きずるようにして力なく登っていった。院長は、あたかも、長きにわたった戦闘の最後の決戦がはじまる前に戦線離脱する指揮官のように、心残りの多い複雑な心持で五馬島一帯の景色をしばらくの間じっと見つめていた。

海中から何度も姿を現わしては沈んだ広大な干潟は、ひと月前に比べたらかなり分厚くなった堤防の内側で、白い塩の花を咲かせていた。くらくらと目がかすむほどに果てしなく続く堤防の向こう側には、今もひんやりと冷たい印象を与える海が禍々しさをたたえつつ蠢いている。

マンジェ島が消えた堤防の外の海上では、島が存在した証しとして残された石の柱が夕陽を受けて白く輝いていた。

ここに——

あれほどまでに人間たることを願ってきた癩者のために
その疲れ果てた魂が安らう大地を創らんと
大山が海となり、海がふたたび陸地となることを見せてくださった
偉大なる神の摂理よ！

じっと黙って海を眺めていたチョ院長は、不意にどこからか耳を痛烈に打つ声を聴いた。もちろん、それは初めて聴く声ではない。それはまさしく、チョ院長の胸の奥にずっと仕舞われていた院長自身の心の声。

いつの日か五馬島一帯が癩者の文字どおりの楽土となったあかつきには、この大地に身を捧げた者たちとそれを後々まで守りつづけるその子孫のために、マンジェ島が消えたあとに残された石の柱に刻んで後世に伝えようと深く心に決めていた院長自身の言葉なのだ。

だが、チョ院長はいまだにその言葉を刻むことができずにいる。それどころか、みずからの手でそれを刻む日を待つことすらできぬ立場に追い込まれていた。

ついに癩者たちはこの地の主になることもできぬのか！

こうして、自分は、誰に惜しまれることもなく島を去らねばならぬのか！

院長はどうしようもない悔恨の思いに胸が締めつけられた。なにより、あの石の柱に、これほど長い間胸に秘めてきた言葉の、たったひと言すらも刻めずに島を去ることになったのが、どうしようもなく悔しかった。

誰がこの地の主になろうとも、あの石の柱にはあの言葉が刻まれねばならぬというのに。誰がこの地の主

になろうとも、最初にこの海を陸地に変えた者たちが何者であり、ひとかけらの土地の主になろうとしたその人々の願いがどれほどのもので、このような事業が成し遂げられたのかを示すために、石の柱にはあの言葉が刻まれねばならぬというのに。誰がこの地の主になろうとも、癩者の祈りと努力だけは永遠に消し去られてはならぬことを知らしめるために、石の柱にあの言葉を刻んでとどめておかねばならぬというのに……。

チョ院長はただ茫然として、もう手遅れなのだという虚しさに打ちのめされている、その時であった。

「院長もずいぶんと人が変わったものよ」

背後からだしぬけに院長を現実に引き戻す声がした。

今度は錯覚でも幻聴でもない。本当の人間の声だった。

振り返ってみれば、いつやってきたのか、十歩ほど離れたところにファン長老が視線を少し逸らせたまま、手を後ろに回してのどかな様子で立っている。

老人は、かつて、どんなに石を投げ込んでも海中から堤が一向に姿を現わさぬために失望と恐怖に追い込まれた院長をこの五馬高地の丘の上に訪ねきて、有難くも老人なりの励ましと勇気をくれたあの時のように、今また忽然と、このうえなくのどかな風情で、眼差しはことさらに遠くへと向けて立っている。

この老人が、今日またなにか、自分に話があるのだろうか……。

思いもかけぬファン長老の出現に、院長の心にかすかな緊張が走る。院長は老人の顔をじっと見つめた。

「人が変わったとおっしゃいますか。私はどう変わったのでしょう」

まるで今まで老人と話していたそのつづきであるかのように、院長はいきなりファン長老の言葉尻をつかまえて話し出す。とはいえ、チョ院長とファン長老の間のやりとりは、いつもこんな調子なのである。

ファン長老もまた、例のごとく、チョ院長に最初のひと言を突然に投げてよこした次の瞬間には、もう自分の言ったことをすっかり忘れてしまったかのように、しばしの間、院長の言葉になんら反応を示さない。

チョ院長が老人の次の言葉を待つ間、老人は目を細めてゆっくりと足下の景色をぐるりと見渡し、そしてようやく院長の存在にふたたび気づいたかのように、ゆったりと口を開く。

「院長が初めてこの島にやって来た時は、暗い夜でしたな。あの時は、いきなり船着場にやってきて、出迎えの者たちにひどく不機嫌な態度で応じて恥をかかせたのではなかったかな。院長もまだ覚えているだろうが、私はその話を聞いて実に不思議に感じて、今でもそれを忘れずにいるのだよ」

なおも、ことさらにとぼけてみせる。

それがファン長老の話し方なのだ。本心を口にする前に遠回しにほのめかす。独特の話法である。老人の本心が語られるまで、チョ院長はもうしばらくおとなしく待つしかない。

「たぶんそうだったのでしょう……しかし、そんなことを、まあ、仔細によく記憶されているものですね」

「記憶するもなにも、それが私にとっての、これまでずっと変わることのない院長の姿であるのだよ。何の話か、わかるかな。院長が初めてこの島にやって来た時は、それほどに素朴で謙虚な人間だったということだ」

老人の本心が少しずつ見えてくる。この日ばかりは、ファン老人は院長を慰めたり励ましたりしようとして丘に登ってきたのではない。そう思わせる話しぶりだ。

「では、今はもう、そうは見えないということでしょうか」

「今はそう見えない。少しばかり変わった。そうだ、変わったとも。そして、これからもますます変わろうとしている！」

「……」

「今、院長は、島を去ることについて、あれこれあまりにひねって考えすぎている。そうじゃないふりをしながら、本当は華々しく島をあとにしたいと思っている。島に来た時とは、そこのところがまるで違う」

話を聞いてみれば、老人は院長が島を去ることを変えようのない既定の事実として念押ししているようである。そういう人なのである。

チョ院長としては、そんなことにはもう気を遣ってもいられない状況にあった。

ファン長老の指摘はまったく思ってもいないことだった。

華々しく島を去っていきたがっているとは……。自分が、いつ、そんな夢を見たというのか？

ファン長老と院生たちには、いつから自分がそう見えるようになっていたのだろうか？

「それが、私がはっきりと変わりつつあるところなのですか？」

チョ院長はやや不快さを滲ませた口調で、しかしここまで来てあえて気分を害することもなかろうと、できるだけ自分の立場を損なうことなく老人の誤解を解くつもりで、注意深く尋ねた。

しかし、いったん本題を切り出したファン長老の口調は、予想外に厳粛で頑なものであった。

「院長がこの島を華々しく去りたがっているとすれば、院長自身がただちに違うと否定するだろう。それは、おそらく院長自身もまだわからずにいることでもあろうから。だが、この年寄りの目にははっきりと見えている。私の目に間違いはない。院長が今ひそかにそんな願いを隠し持っていることの証拠を、ひとつ言ってみようか」

老人は本当に否定の余地もない明らかな証拠でも差し出すように、一歩二歩と院長ににじりよると、悠然と腰をおろす。その瞬間、チョ院長の心の中に、今しがたマンジェ島の石柱に刻むことをひとり願っていた文言が浮かんできた。ぎょっとした。

島を華々しく去りたがっているという老人の言葉は、否定できぬことかもしれぬ。

だが、ファン長老の次の言葉は、もちろん、チョ院長の心の奥深くに隠しこまれているそんな文言への是非ではない。

「ここのところ、院長が例の作業実績のために開発会の技術者たちとひどく争いながら工事現場を回って歩いているのを、よく見かけたものだ。ああまでして院長がわれら癩者の働きが少しでも認められるよう頑張ってくれているのは、われらとしても大いに感謝すべきことであり、院長の人品からすれば、それもまったくもって当然のこととも言えるだろう」

老人はそこでしばし言葉を切って、煙草を取り出す。火をつけてくわえると、視線だけは依然として院長から遠く離れた彼方に向けたまま、ゆっくりと核心に入ってゆく。

もちろんそれは院長も推察していたとおり、マンジェ島の石柱に刻んで残すことを念願していた院長の胸の内の文言に関することではない。とはいえ、それは結局、その文言をとおして院長がこの島に残すことを願っていた以上のなにか、言うならば、ファン長老も院長も院生たちもあれほどまでに用心深く警戒してきた銅像やそれに似たものにまつわる話なのである。そして、それこそが、ファン長老がこの日わざわざ五馬高地まで院長を訪ねきて伝えようとした忠告であることは明らかだった。

「院長がそこまで気遣ってくれるのは、なんにせよありがたいことだ。が、私には、院長がどうもわかっていないことがあるように思えてならない」

「長老は、私が作業実績を高く評価させようとしている、そのすべてが、私の功績を大いに認めて欲しい、そして島を去る時にはこの島の人々の溢れんばかりの感謝と名残り惜しさに包まれて渡し舟に乗りたいという私のひそかな欲望から出たものだとおっしゃりたいのでしょう。まるで長老ご自身は、この五馬島の土地を少しでも多く所有したいという思いとはまったく無縁であるかのようなおっしゃりようです」

「私の聞き間違いかもしれぬが、今までわれらが成し遂げたことにどんな評価が下されようとも、あらかじめ約束したところでは、実際に農地を分配する際に道知事がそれ相応の土地を確保してくれることになっているのではないか」

「そのとおりです。でも、今しがた長老もおっしゃったようには、すべてのことが約束どおりにはいくものではないのではありませんか。われわれがあの人々に判をついてやった作業実績表が、土地の分配に本当になにも影響しないと長老には思えますか？」

「影響するとしても、仕方のないことではないか」

「それは長老の偽りのない本心ですか」

「本心だとも。われらは、われらのやるべきことを、ただやっただけ。われらに土地を少しでも分けてくれるのくれないのといったことは、もう、その次のことを任された者たちの領分なのだ。たとえ、彼らがわれらにはひとかけらの土地も分け与えたくないと言ったとしても、それもまたその者たちの領分のことじゃないか」

「この島の五千名の院生の誰もが、長老のように泰然とした考え方を持ちえましょうか？」

「同じでなくとも、仕方がないことだ。ふむ、院長も知らないのか？　癩者というのは、そもそもがそんなふうに生きてきたということを。われらはみな、こんなことにはもう慣れきっているのだよ」

「……」

「だからといって、癩者をむやみに哀れむこともあるまい。というのも、いつだったか、癩者は他人のためには働かないと言ったが、癩者は癩者でこの干拓事業に携わるなかで、もう既に受け取るべき分け前の恩恵はすべて手にしているのだから。癩者どもがすすんで作業に出て、自力で生きてゆくための土地を手に入れようと、この数年間は実に多くの汗を流したではないか。それぞれに、わが天国を思い描いて。それだけでも癩者にとっては大変な恩恵なのだよ。それを疑ったり哀れんだりすることはなにもない。院長がまだわからずにいるというのは、そこのところだ。そこのところを誤解しているから、いまだに院長はあの人々と無意味な闘いをつづけているのだ。確かに、さあすべては終った、いざ島を去らん、ということになった時には、院長としても自分なりに満足のゆく終り方をしたいことだろう。それを責めることはできまい。だが、傍から見ていると、どうもな……」

「どうやら、それこそが、私がこの島の人々の功労をまるごと自分のものにして、またひとつ、新たな銅像を建てたがっている証拠ではないか、ということですね」

ついに、院長はこらえていた言葉を思わず口にして、苦い笑いを浮べた。院長は華々しく島を去りたがっているという、ファン長老の言葉の意味はもう十分に理解していた。華麗なる転出とは、すなわち、もうひとつの新たなる院長の銅像の夢を意味しているのだ。そして、それはともすれば、今や自分自身でも容易には否定できない、ある種の無意識のうちに潜む本心であるのかもしれぬ。そんなことをも院長は思った。

痛かった。同時に実にすっきりとして気持ちのよい忠告であった。

とはいえ、今さらファン長老に自身の率直な心情を明かす気にはなれない。院長はなにやら恥じ入るような微笑を口元に漂わせ、いま一度自分に言い聞かせた。

――そのとおりだ。島を去ることに決めてからもなお、私は華々しく去っていきたいという欲だけは最後まで捨てきれずにいるのかもしれない。だとすれば、もうここまではっきりした以上、明日にでもすぐに島を去るべきなのだろう。

その時だった。

ファン長老が、今度はまるで院長を慰労する機会を待ち構えていたかのように、院長のほうを振り返ると、しばらくじっと見つめ、やがて少し和らいだ口調で話しはじめた。

「あのイ・サンウクという人間がこんなことを言っておった……、おお、そうだった、今の今まで、このことを忘れていた。あのサンウクが島を出る前に私を訪ねてきたことを、院長にまっさきに言わなくてはいけなかった。あの晩、サンウクは、島をあとにする前に、私のところに来ていたのだよ。訪ねてきて言うことには、島を出るつもりだというではないか。自分が島を出るのは、かれこれこういう考えがあってのことだと延々話すのを聞くうちに、私もあの人を止めようがなくなったというわけだ。そして、あの晩のイ課長の話のなかに、今さっき院長が口にした銅像のことも出てきた。その銅像というのは、目には見えぬ院長の銅像だと。しかも、われら癩者は、まかりまちがえば、その目に見えぬ院長の銅像の僕になると言うのだな。だが、院長、私がこんな話をするからと、院長までがこの年寄りに寂しい思いを抱かぬよう、言っておかねばならないことがある。私も院長には誤解を残したくないから言うのだが、さて、そろそろ私の本心を明かすとするか……、院長ももう島を去る気持ちが固まったようであるからな……」

「……」

「単刀直入に言うならば、私はまず、ありがとうという感謝の言葉を院長に言わねばなるまい。なぜだかわかるかね？　ちょうど銅像の話が出たから、私もまたその銅像にことよせて言うならば、院長は最後までこの年寄りの銅像を粉々に打ち砕くようなことをしなかったからだ。この年寄りにとっての、ただひとりのかけがえのない銅像を」

思いもよらぬ話だった。

老人はそれまで院長に話していたことと正反対のことを言いだしている。ファン長老が銅像を持っているだと？　しかも、それを最後まで打ち砕かなかったから、長老は院長に感謝しているのだと？

「銅像とおっしゃる？　長老は今まで私に、愚かしい銅像のことなど夢にも見るなとおっしゃっていたのではないですか。長老はいったい誰の銅像を持ってらっしゃるというのですか？」

院長は戸惑い、たてつづけに問いかける。

しかし、ファン長老の声は既に、ゆったりと落ち着いている。そののどかな口調には、ファン長老ほどの年配の老人誰しもが感じさせる、なにか深い信頼と確信のようなものがある。

「そうとも。ついさっきまで私は院長に愚かな銅像など夢にも見るなと、確かに言っていた。だが、それこそがまさに院長の誤解なのだよ。院長にしてみれば、無理もないことだろう。私は、さっきは、この島の癩者の醜い声でのみ話をしていたのだから。それも院長が少しでも決心を容易にできるようにとのことだ。ついに島を去る日に、院長が少しでも軽い心で島を去ることができるようにとの思いからだ。しかし、癩者ではない、ごく普通の人間の声で話すならば、私の言葉は実際には正反対なのだよ。さあ、院長も考えてもごらんなさい。いや、実のところ、院長は私よりもそのことについては、よくわかっているはずだ。誰が何と言おうと、人間というのは、誰もがおのが心の奥深いところに、それぞれに銅像の夢を抱いているものではないか。それは別に悪いことでもなかろう。ただ問題になるのは、その銅像を建てる方法だろう。院長の採った方法はよかった。院長の方法は、この島が持つ悪い経験すらも軽々と乗り越えることができたからな。そう、実際には、院長がそれを望むと望まずとにかかわらず、この島の癩者たちの心の中には、既に、知らず知らずのうちに、あなたの銅像が立派に建っているのだ。その、あなたの方法というのが、どんなものなのか分かっているかな？　いったいどうして、あなたの方法だけが、この島の癩者たちをして、すすんであなたをわが銅像とするに至らせたのかを。確かに、それゆえに、あなたにはあなたなりの痛みを伴うことも多かったろう。本心を偽ることもなくはなかったろう。いずれにせよ、私の見たところ、あなただけは最後まで、自分の銅像を立てまいと、ひとりじっとこらえつづけた。あなただけがあの銅像というやつを他の者たちの手で建てさせようとはしなかった、だから他の者たちがすすんであなたの銅像を持つようになった、ということなのだ。しかし、サンウクという人間は、それを受け容れようとはしなかったのだな。それこそが、まさに、院長と院長の銅像の僕になる道だというわけだ。だがな、この年寄りは違う。もちろん、サンウクの気持ちがわからぬわけではないが、私ももうずいぶん年老いた。もうそれほどの気力はない。私は今ではもう、私の心に建つ院長の銅像を恐れることもなくなったということだ……」

老人の声がどこか普通ではないように思えて振り返ってみれば、老人は話しながら、いつしか、ひとりひそかに泣いていたのである。院長とは相対さずに腰をおろしている老人の二つの目から、かすかな涙の筋が頬を流れ落ちている。

母親の死を見ても、悲しみ恐れることのなかったというファン長老である。寒さに凍え死んだ鋳掛け屋の老人の懐のなかで目覚めても、一掴みの麦が残されていたことを喜び、これで旅をつづけられると思ったというファン長老である。癩病にかかったことを知っても、特に驚くこともなく生きてきたというファン長老である。そんな老人が、今初めて、院長の前で幼な子のように隠しもせずに涙を流している。その様子に、院長はなによりただならぬ印象を受けたのである。本来の姿をしのぶすべもないほどに病で歪み、重ねた齢ゆえに萎びた老人の両頬を、静かに、そして絶えることなく、涙が濡らす。あたかも、過ぎ去った日々に味わった苦難と恨みの歳月を痛切に語って聞かせるかのように。

自分が涙を流していることに気づいていないのだろうか、遥かな海をただじっと見やっている老人の荒涼とした姿。かすかな涙の筋がまだらになった、ひどく醜い顔。しかし、院長は、これまでずっと目の前にかかっていた幕がさっと払われて、ようやく老人の本当の顔を見ているように感じた。そこには、癩病患者ではない、人間としての深みを感じさせる顔があるようだった。そして、老人が院長に話しかけるあらゆる言葉が、今こそ確かに理解できるようであった。

だが、チョ院長には老人に尋ねたいことが、まだあとひとつだけ残っていた。いや、老人の涙を見て、その奥に人間の顔を見出して、ようやく老人の言葉が理解できるようになったからこそ、なおいっそう聞いてみたいことがひとつ残されたのである。

サンウクが島を去る前にファン老人を訪ねたという事実に、もう今さら院長は驚かない。サンウクが老人を訪ねて交わした会話についても、老人が院長を訪ねてきた今となっては、もうこれ以上尋ねるべきことはなかった。知りたかったのは、そんなことではない。いったいファン老人と島の人々は、ああ言いながらも、なぜに、いまだに、院長を受け容れようとはしないのか。老人はもう院長を恐れはしないと言うのに、何ゆえに院長はこの島でなにも成し遂げることができず、なにも成し遂げぬままに島を去りゆく院長のことを見て見ぬふりをするのか——。

「お話を聞くうちに、ますますわからなくなりました。長老がそうおっしゃるにもかかわらず、私は今どうして島を去らねばならないのでしょう。それがわかりません。このチョ・ベクホンはなにも成し遂げることなく、こんなざまで、赦されぬ身のまま島を去らねばならぬ理由がわからないのです」

チョ院長は心のうちを率直に吐露した。

ファン長老は、しかし、チョ院長のそんな言葉はもうまったく耳にも入らぬような風情で、遥かな海をただじっと、とりつくしまもない冷たさで見つめている。しかしながら、やはり、院長の問いかけを最後までそんなふうに黙殺してしまうわけにもいかぬと考えたのだろう。ずいぶんと経ってから、ふたたび簡潔に答えを返す。

「それはおそらく、われらが、神と人間の歴史を、信じるということをもっては織り上げることができずにいるためだろう」

「信なくして、長老はこの島で今まで何をよりどころにしてこられたのですか？」

チョ院長はすぐさま老人に問い返した。

海を見やっている老人の顔からは、いつのまにかあの涙の跡は消え失せていた。

「さあな……、信なければ、愛もなかろう……、信も愛もないのならば、憎しみと疑いによって動かされてきたと考えるしかないのではないか……？」

「どうして憎しみと疑いだけなのです？　長老とこの島の人々は誰よりも主に従う者ではありませんか」

「さて、どうして主に従う者たちが、そうではない者たちよりも、疑いと憎しみでしか何事も為しえぬのか、その憎しみや妬みがいずこから生まれいずるものなのか、私もずいぶんと考えたものだよ。これは、あるいは、われら癩者の紛うかたなき習性ではなかろうか。主の御名のもと、主の信と愛とを語りながら、実のところは誰もその信と愛をもっては生きようとしていないのは、それこそまさにわれら癩者の習性ゆえなのかもしれぬな。ところが、あのイ課長がこんなことを言ったのだ。島を出る前に私を訪ねきて言ったことだ。あの人は自由と呼ぶんだそうな。イ課長にしろ、私にしろ、この島の癩者どもが今までこの島でやってきたことというのは、すべてがその自由とやらによるのだと。そして、癩者が誰の僕にもならぬ道とは、その自由とやらで創りあげるしかなく、他の方法はないのだと言うのだな。考えてみれば、それはかなり正しいようにも思える。この島では、確かに、自由によってしか物事は動かず、自由によってしか何事も為されてこなかった。イ・サンウクという人間も結局はすべてのよりどころを自由ひとつに求めて、自由によって島を出ていった人間なのではないか。あの人があれほどまでに院長の銅像を警戒し、島の人々を警戒し、そしてついにはみずから島を捨てて出ていったのも、きっと、そのすべてがこの島の自由とやらのためなのであろう」

老人はチョ院長がサンウクの秘密を知っているのを前提に、サンウクのことを語っていた。チョ院長もまた、ファン老人がサンウクの秘密を知っていることをなんら奇妙に思わなかった。

「長老の話が本当ならば、そういうことであるならば、その自由とやらをよりどころに生きるということが、この島の人々の習性や私を受けいれることのできない理由とどう関わってくるのですか。自由をよりどころにすることが、この島ではなにかの過ちにでもなるというのでしょうか」

「過ちにもなろうよ。少なくともこの島ではな。この数日間考えつづけた末に辿り着いた結論が、まさにそれなのだから。なあ、この島ではどうして自由が過ちへとつながるのか、わからないのかな、院長には」

「……」

「つまり、この島ではな、自由とやらよりも、もっとずっと貴い別のなにかによって生きねばならぬからだ。自由よりももっと貴くて、かけがえのないものと言えば、それは愛だろう。この島では、自由よりもまず愛であらねばならぬのだよ」

「……」

「自由とやらが、まさしく文字どおり自由そのものであるなら、それ以上に良いものはなかろう。自分が行きたいところに行き、自分が住みたいところに住み、自分の思うとおり話したいとおりに思って話せるものならば、われらのような癩者にはそれ以上願うものはない。だが、院長も知ってのとおり、われらが、いつ、その自由とやらを文字どおり自由に生きえただろうか。いつもなんだかんだと争うばかりではなかったか。追いつめられ、恨み、疑い、それが習いとなって、身に染みついて。それでも、つくづくと考えてみれば、それもまた当然のことかもしれぬな。自由とやらは、もともとそういうものなのだから。座して待つだけでは、自由というやつを、誰もわれら癩者のもとには持ってきてはくれない。結局は、自分の力で奪い取ってくるものではないか。奪い取るには闘いもするし、闘えば、おのずと疑いと恨みと憎しみがついてまわる。イ・サンウク課長という人は、あるゆることを自由だけをもって為そうとし、あるいは、ただただ自由によって生きているつもりであったのだが、自由につきものの悪い癖、例えば、むやみに人を疑い、恨み、憎むような心の癖にまでは、まだまだ目が向かず、気づけなかった。人を赦すということをあの人は知らなかったじゃないか。ただ自由ひとつをもって、すべてのよりどころとしたがゆえの過ちだ。ともすれば、島を抜け出そうとするのもそういうことであろうし、院長が癩者のためにどんなに血の汗を流そうとも、信じることができず、感謝することすら知らぬのも、そういうことだろう。人を赦せぬこと、信じられぬこと、疑うこと、憎み、嫉妬すること、そのすべてが自由というたったひとつのことをよりどころに生きようとしたがゆえの過ちだったのだ。闘えば、奪う者と奪われる者に分かたれるのも当然のこと。なるほど、この島でもわれら癩者に特有の習性や話しぶりというのはあるようだな。さっき私が院長に島を出ていけと言った時のような、ああいうふてぶてしくて底意地悪い癩者の悪癖のことだよ。考えてみれば、自由というやつには、信じること、それがまずなければならぬのに、信なくしてむやみに自由を振り回してはならぬのに、われら癩者にはそれが不足していたのだな。信なくして、それでも自由を、ということになれば、不信と憎しみばかりが広がることになる」

「ならば、長老は、この島では自由をもう断念するのですか。自由をよりどころに生きることを断念するならば、この島では、これから先、何をもって生きることが正しい道となるのですか」

チョ院長は今ではファン長老の言わんとすることを、ほぼ理解していた。

それでも、チョ院長にはファン長老に問いたいことがまだ残っていた。

そういうことならば、この老人は今から本当に自由であろうとすることを断念するのだろうか。とすれば、この島は、今後いったい、どのようになっていくのか。あの危険で無意味な脱出劇がこの島からついに消える日はくるのだろうか。

だが、ファン長老は既にチョ院長のそんな気がかりに対しても、驚くほどに明快な答えを用意していた。

「もちろん、それは愛しかない。この島では、もはや自由をもってしてはだめだということがわかったのだから、ふたたびまた自由だけをもってなどとは言えまい。自由とは闘って奪い取るものであり、必ずや勝者と敗者が生まれるものだが、愛は奪うものではなく、与えるもの。だから、勝者も敗者もなく、みながともに勝つことになる。だが、これはもちろん、自由をよりどころとすることを、はなから断念するという話ではないのだよ。さっきも少しだけ言いはしたが、これからはこの島では自由よりもなおいっそう貴い愛によって生きねばならぬ、ただそれだけの話だ。自由が愛をもって行われ、愛が自由をもって行われる。互いが互いのうちに宿って実現されていきさえすれば、愛だの自由だのと、ことさらに分けて考えることもなかろう。ただ、この島で起きたことを振り返るならば、自由のなかに愛が宿るのは難しくはあるが、愛をよりどころに生きる道には、自由もともにありうることの兆しは見えているではないか。そして、おそらく、この島がふたたび愛に溢れ、その愛のなかで本当に自由が実現される日がくるならば、その時こそはこの島のありようもずいぶんと変わることだろう」

ファン長老は、話したかったことはもうほとんど話したようである。老人は話し終えると、もう去ったほうがよさそうだとでも言うように、丘の下の工事現場のほうへとそろそろと何歩か先に歩き出した。

南海の三月とはいえ、海辺の風が運んでくる冷たい空気が服の中まで染みいってくる。チョ院長ももうこのくらいにして立ち上がろうとしていた、その時だった。

何歩か先を歩いていた老人が、またなにか思いついたように、ふっと足を止める。振り返って、独り言のように低く呟く。

「しかしなあ、因縁と言えば本当に不思議な因縁じゃないか」

ファン長老は、チョ院長の返事があろうとなかろうとおかまいなしに、ひとり話しつづける。

「この島では、まさに愛をもって生きるべき者たちは愛を知らず、むしろ、愛というものを知りたいと祈りを捧げねばならぬような者から逆に愛を教えられるという因縁……」

だが、その言葉には、チョ院長も、もうどんな言葉も返しようがなかった。そして、ファン老人のこの最後の言葉こそが、この日の午後、老人がチョ院長にその意を汲み取り記憶してほしいと願っていた、なによりもかけがえのない誓いの言葉にほかならなかったのである。

「院長はそれでもやり抜こうとしたではないか。今思えば、院長がこの島でやってきたことは、すべてが愛から始まったことなのだな。その院長を、院長とともに愛によって生きることのできなかった出来損ないの癩者たちは受け容れることができなかったというわけだ。まったく取るに足らぬ自由ひとつをよりどころに生きようとした浅はかな癩者どものほうこそが、院長を受け容れることができなかったのだよ。今までなにもかもが引っくり返っていた。だからといって、これまで院長がこの島でやってきたことが、今日をもってすべてが泡と消えるわけではない。この荒涼とした癩者の心に、それでも院長は実に温かい愛を灯そうとしたではないか」

いつのまにかふたたびゆっくりと歩き出していた老人は、まるで神が降りてきたかのように、とどまることなく独り呟きつづける。

「それは、おそらく、初めてこの島に残される愛の銅像になるだろう。目には見えないが、それでもこの島では初めて、われらの手で、われらが建てて、われらのものとなる、そんな銅像だ。誰もその首を絞めて引き倒そうなどとは思わない。この島がわれら癩者のものでありつづけるかぎり、永遠にこの地に建つ、ただひとつの愛の銅像……」

第三部

天国の囲い

29

チョ・ベクホン院長が島を去ってから、いつしか七年あまりの歳月が流れていた。

七年といえば、山も川も姿を変える、けっして短くはない歳月である。だが、七年という時の流れのなかで、他のどこよりも変わっていてしかるべき島が、むしろなにも変わってはいない。

移り変わるのは、人間だけである。

この七年間に、島の病院の院長としてやってきては去っていった者の数だけでも、三名になる。なかには、ほんの半年ほどで、院生の闘病の状況やその他の島の実情にもほとんど通じないまま島を去った院長もいる。

移り変わりということでは、院生側も同じである。院生たちもまたとどまることなく変わりゆく。チョ院長が島を去った頃にはもうそれなりの年齢であった人々は、既にその多くが万霊堂という魂の家を住みかとしていた。チョ院長の最後の友人であったファン・ヒベク長老もまた、ある年の秋、ついに終りなき《主の日》を迎え、永遠なる安息へと旅立った。島では、しかし、去りゆく人々よりもずっと多くの新しい命が生まれ育っていた。新しい命の父母たちは、彼らよりも先に永遠へと旅立っていった数多くの人々のあとを追うように、齢を重ね、やがて年老いていった。

移り変わったのは、人間だけなのである。

人間のほかには、この島で七年前と今とで変わったものはほとんどなにもない。五馬島干拓地はいまだに事業が完了していなかった。終っているのは堤防の工事だけ。それから先の開墾事業は進められてはいない。三百万坪の干拓地には何年もの間、白い塩の花が咲いていた。開墾地の分配権を譲り受けた郡当局が、いまだに土地の所有者を決められずにいるからである。

島の人々の暮らしは、五馬島の工事が始まる前の暮らしへと戻っていた。なにより、今もなお脱出者が絶えることがなかった。理由らしい理由のない脱出が、人々が忘れた頃を見計らったかのように行われては、そのたびに島を騒がせた。

よくよく考えてみれば、島で変わったのはただ人間だけだと言うのも、正しいことではない。なるほど、確かにそうだ、島では人間すらも特に変わってはいないのだ。人々が変わったというのは、外見や名前だけ。今もかつても、その心情に変わりはない。暮らしぶりも以前のままだ。

島はなにも変わっていない。

院長がやたらと替わるのも、実のところ、そこに原因があった。そもそもこの島の院長という職自体が、誰もが好んでなりたがるようなものではない。島に行けと言われれば、たいていは躊躇した。だが、この七年に四回も院長が替わったということであれば、その責任が院長たちの側だけにあるのでもなかろう。島を変えようがない。そこのところに、院長がすぐに替わる理由があるのだ。

島を変えようとするならば、なによりも五馬島の事業が正しい方法によって解決されねばならない。最初の約束と希望に応えて院生が流した汗の分だけのものを院生に分け与えねばならない。院生たちが自分の土地を耕し、収穫できるようにしなければならない。五馬島の問題を公明正大に解決することだけが、島の人々に変化をもたらしうるのだ。五馬島だけが、島の人々の心から消えゆこうとしている信じる力をよみがえらせるのだ。五馬島だけが、島の人々の習いとなっている非生産的な暮らしを変えることができるのだ。しかし、どの院長にもそれはできなかった。誰も五馬島干拓地の分配問題について望ましい解決策を得られなかった。

院長たちは誰もがまず五馬島のことから解決しようとしたが、むしろそのためにかえって無力感に陥った。そして、慌しく島を去っていった。

五馬島の問題には誰も簡単には答えが出せずにいたのである。

そんなある年の春、三月も下旬の頃、もう二、三日もすれば、島の通りという通りが雲のような桜で覆いつくされるという早春の一日、この島にとっては馴染みの深い客人がやってきた。今では患者も健常者も席を同じくしている、あの小鹿島―鹿洞間の渡し船に乗って、南海の由緒ある海峡を渡ってきたのはC日報のイ・ジョンテ記者だ。

――院長、くれぐれも、ただいたずらに待ちつづけようとはなさいませんよう。彼らがどれだけ待ってくれるものか、誰もはっきり言い切ることなどできないではないですか。

五馬島の干拓工事開始から半年後――海中にどんなに石を投げ込んでもいっこうに堤が姿を現わす気配がなかったちょうどその頃に、五馬島工事現場を取材しようと、現場で院生たちに入り混じって石を担いで運ぶことまでしていたイ・ジョンテ記者――そして、最後にはとても受け容れがたい不吉な警告を残して島を去ったあのイ・ジョンテ記者が、ふたたび島を訪ねてきたのだ。

陸地の人間としては見過ごすことのできない奇妙な結婚式の準備が、島では進められていた。桜咲く春を迎え、島では近々、健康な女と菌陰性の病歴者の男との、まことに珍しい結婚式が執り行われる予定であった。

その結婚式の取材が、イ・ジョンテ記者のとりあえずの来島目的だった。そして、イ記者には結婚式のほかにもうひとつ、別の目的があった。それは、この二人の男女の困難に満ちた関係を取り結び、この結婚の仲人および後見人の役割を果たしてきた執念の男に会うこと。この結婚式の当事者であるユン・ヘウォンとソ・ミヨンのことは、かねてより知っている。イ・ジョンテは二人が結ばれることに格別の関心と理解をもっていた。そのことがこの島と島の人々にとってどのような意味を持つのかということも、わかっていた。この二人の結びつきの陰には、ひとりの後見人のなみなみならぬ努力がある。二人が結ばれたのも、結婚式の日取りを決めて準備を進めているのも、すべてがその後見人の尽力によるものなのだという。

チョ・ベクホン元院長、その人こそが後見人なのである。チョ・ベクホン院長――そうなのだ、七年前、転任の日に予定されていた潮止祭を二日後に控えた三月初旬のある晩に、離任の挨拶ひとつなく突然に島を去っていったあのチョ・ベクホン院長、ファン・ヒベク老人と庶務課長の二人だけに静かに見送られて、そっと船着場をあとにしたチョ・ベクホン元院長が島に戻ってきていた。

チョ・ベクホン院長がふたたび島にやってきたのは、だから、院長自身にしてみれば、宿命にほかならなかった。

院長は島を去った後も、もちろん島を忘れることはなかった。いつも、ずっと、島の消息を気にかけていた。五馬島の事業は今では院生たちを失望させていると伝え聞いた。病院長が次々替わるとも聞いた。心が騒いだ。自身の病院の仕事も手につかなかった。

チョ院長は自分がなすべきことを知っていた。

自分が本当になすべきことを知っているがゆえに、馬山での病院の仕事には自分がふさわしくないこともわかっていた。

島に戻りたかった。戻らねばならなかった。

チョ院長は関係筋の上層部の人々に接する機会があるたびに、小鹿島病院への再任を希望した。そのたびに、院長の願いは黙殺された。そうでなくとも火がついている五馬島干拓地分配問題に、このうえさらに危険な火種を近づけまいとの判断だとすれば、それはあまりに当然のことだろう。

辞表を叩きつけてやろうかと何度も考えた。だが、その勇気をなかなか持てなかった。転任の辞令が出されないことよりも、もっとチョ院長の心を迷わせるものがあったのだ。島に戻らねばならぬと心から言い切れる、自分なりの理由と名分を見出せずにいたのである。自分を島から去らしめたファン長老とサンウクへの返答としての自分なりの名分や理解が、まだ十分とは言えなかった。島は自由をもってよりどころとしているがゆえに、自分を受け容れることができなかったと聞かされた。島の人々は自由をもって、院長は愛をもって生きようとしていたのだとファン長老は語った。そう言いながらも、ファン長老は、その個人的な感謝の気持ちを表わしただけ、チョ院長の愛という方法を言葉のうえで認めただけ、彼らの島にあってはそれを受け容れるすべを知らなかったのだ。あの島では自由が愛のなかにも宿りうることを、自由を愛によって実現させうることを、ファン老人は信じようとはしなかった。愛の兆しめいたことを語りはした。だが、おそらく、老人はそれを感じることも信じることもできなかった。そして、ついに、老人はチョ院長を島から去らせた。チョ院長はいまだに、島の自由と自分自身の愛というものがあのように排他的でしかありえない理由がわからずにいる。愛という方法が島の人々の胸に、彼らの自由のなかに、深く染みいっていかない理由がわからないのだ。それをはっきりとつかみ取るまでは、転任命令を引き出したところで戻ることのできぬ島。戻ったところで意味はない。

五年待った。院長は、自由と愛とが互いに受け容れあう道を、そして、自身と島の人々の間で自由と愛とが受け容れあえなかった謎の答えを探し求めつづけた。

そんなある日のことだった。予期せぬ一通の手紙が飛び込んできたのだ。院長よりも一足先に島を捨てて出ていったイ・サンウクからだった。そして、そのサンウクの手紙のなかに、院長はすべての答えをついに見出したのである。

院長はとうとう馬山の病院をみずから辞めた。その足でまっすぐ島へと戻っていった。だが、今回はもちろん病院の新院長としてではない。島のためになにかをしたいというひとりの人間、チョ・ベクホンとしてである。こうして院長がふたたび島に戻ってから二年が過ぎた。

しかし、チョ・ベクホン院長（島の人々が今もなおチョ院長、チョ院長と呼ぶように、ここでも彼を院長と呼ぶのは、前職に礼をもって遇するという意味において当然の呼称であろう）が戻った後の二年間も、やはり五馬島問題についてだけは院長もなんら解決の糸口をつかめずにいた。

正体すら定かではない相手との、あまりにも長い闘いがつづいていた。しかも、今や現役の院長の身分でもないのだ。島に戻ってきた時には、それをむしろ望ましいことのようにチョ・ベクホン院長は思っていた。自由と愛の和解の実践のために、島の人々と院長の間の目に見えぬ葛藤を解消するうえで、それこそが最良の立場なのだと考えていた。だが、実際にことに当たってみれば、その考えは間違っていた。院長はまたもや失敗してしまったのだ。

そんな状況のなかに院長はいた。

もとよりイ・ジョンテ記者がチョ院長のそんな状況をよく知るわけではない。院長がどのような経緯で島を去り、どのような動機で、どのような覚悟をもって、ふたたび島に戻ってきたのか、院長の思いを聞いたこともなく、推し量りようもなかった。とはいえ、イ記者は当初より、この島と島の人々の運命に、島の運命とチョ・ベクホンという諦めを知らぬ男との関係に、誰よりも関心と理解を示してきた人間である。チョ院長が島を去った後も、この島に関する噂には常に注意を払っていた。

そして、いつ頃だったろうか、あのチョ・ベクホン院長が島に戻ってきたという話を耳にしたのだ。イ記者は、いつかチョ・ベクホンという男をふたたび訪ねてみようと思いはじめていた。チョ院長を訪ねて、島を去ることになった経緯と、官職を投げ打ってふたたび島に戻ることとなった動機と覚悟といったことを聞いてみたかった。イ・ジョンテ記者の目にも、五馬島は失敗だった。チョ院長に会ってみれば、自分の目には見えていない失敗の原因を聞くこともできるだろう。チョ院長を一度訪ねてみよう。ここ数年、チョ院長を訪ねることは、ほとんど、なにか義務のように感じられていた。それにもかかわらず、イ・ジョンテ記者はなかなか時間をつくることができず、機会を先延ばしにしていたのである。

そんなイ記者に、ついにその機会がやってきた。

島に桜が咲き乱れる四月に実に珍しい二人の男女の結婚式が行われる、という情報を耳にしたのである。しかも、その結婚を取りもち、結婚式を急がせているのは、島の病院の現職院長ならぬチョ・ベクホン。その個人的な努力が大いに寄与しているという話なのだ。

——あの人が、また何をしようとしているのだろうか。

イ・ジョンテはようやく島を訪ねる決心をした。そして、三月下旬のほのかに暖かい日曜日の朝、ついに島へと向かう渡し船に乗ったのだった。

島の対岸の鹿洞邑の旅館で一晩を過ごしたイ・ジョンテ記者が、海を渡ってチョ院長の宿所を訪ねたのは、日曜の朝十時頃のことだった。チョ院長は、健常者地帯の官舎村の空き家を一軒借りて暮らしている。家族はない。菌陰性病歴者である若い娘に身の回りの世話をしてもらいながらの、なにかと不便の多いやもめ暮らしであった。

ところが、イ・ジョンテがチョ院長の宿所を訪ねた時には、日曜の朝にもかかわらず、院長は外出していた。日曜の朝であるから院生たちはみな教会に行き、島の通りには人影ひとつなかった。しかし、チョ院長は信徒ではない。

院長は朝から山に木を掘りに行っているという。

手伝いの娘がすぐさま院長を呼びに山に行き、連れて帰ってきた。

「いやあ、誰かと思えば、イ・ジョンテ記者じゃないか！」

娘にあらかじめ言づけたということもあるが、チョ院長はまだイ・ジョンテを覚えていた。覚えていただけでなく、イ・ジョンテの来訪を心から喜んでいるふうである。

「どういう風の吹きまわしだ？　どうしてまた、こんな遠いところまで訪ねてきてくれたのか？」

木を掘りに行っていたという人間が、気が急いていたのか、草の一株も持ち帰っていない。院長は官舎の門を入るや、鍬とスコップを娘に預けて、イ・ジョンテを抱きしめるようにして両手を広げて飛びついた。土まみれの手でイ・ジョンテの両手をぐっと握り締めると、院長は長い間ずっと人恋しくてたまらなかった者のように、心から嬉しく愉快でたまらぬという顔をする。イ・ジョンテが自分を何ゆえにふたたび訪ねてきたのか、というようなことはどうでもいい、再会できたことがただただ嬉しいとばかりに、とにかくイ・ジョンテを家の中に引っ張ってゆく。そうして、まずは畳の敷かれた応接室にイ・ジョンテを座らせると、自分はひとしきり人気のない家の中をあちこちひっくり返して、慌てて客人をもてなす準備をする。土のついた手を洗い、服を着替え、使いに出る手伝いの娘にあれこれと言いつける。

「休憩室にチョンスンという子がいるはずだ。あの子にここにお茶を持ってくるように伝えておくれ。お客様が来たのだと」

「今日はもう、誰が訪ねてきても会わないからな。共同売店に行って、酒でも持ってくるように言ってくれ。つまみになりそうなものがあれば、それもな――」

「そうそう、それから、あとで救癩会館に行って、チェ老人にお客様が休む部屋をひとつ用意してくださいと伝えなければいけないよ」

院長はイ・ジョンテの意向を確かめもせずに、あれこれとすべてのことを決めていく。聞かなくとも、イ・ジョンテの訪問の目的も滞在日程もわかっているといった風情だ。確かに結婚式の取材をして帰るならば、イ・ジョンテとしても、一日二日は泊まる場所を決めておかねばならない。

そして、ようやく、チョ院長はイ・ジョンテとともに腰をおろし、さあ、二人で心ゆくまで酒を、というわけである。

「さて、一献といきますか。イ記者は結婚式のために島に来たのでしょうが、結婚式は四月一日のことですから、まだ数日あります。島の通りの桜が満開にならなくちゃいけませんしね。それまでは心置きなく酒を飲むことができます」

間もなく休憩室の菌陰性病歴者の若い娘がお茶が運んできて、酒の準備もすぐに整った。朝っぱらから、二人はまるで喉が渇ききった酒神のように酒盃を空けはじめた。そうしてすっかり酔いが回ると、イ・ジョンテは不意にあらためて去来する思いに絡めとられていく。チョ・ベクホン院長は元来快活な性格ではない。快活というよりも、むしろ無愛想。豪放と言うよりも、むしろ愚直。

ところが、目の前の院長はまるで別人だ。

イ・ジョンテにしてみれば、想像もつかぬほどに明朗快活な人物になっている。そのうえ、とんでもなく豪放だ。

酔うほどに、院長のその豪放なさまは、ついには、本人も意識せぬなにか強烈な狂気へとなりかわっていく。

だが、イ・ジョンテにはわかっていた。

チョ院長は心から愉快なわけでも、真から豪放なわけでもない。奇妙なことに、その快活さ、豪放ぶりにイ・ジョンテが感じるのは、なんというか、チョ院長の凄絶なまでの狂気なのである。

イ・ジョンテはむしろ、その狂気のうちに院長の願いと苦しみを見ていた。その寂しい沈黙のうちに、どれだけ多くの言葉にならぬ言葉があることか。口を閉ざして耐えるしかない院長の真実、それがどれだけ苦しく寂しいものであることか。その苦痛に満ちた言葉を人々と分かち合って生きることを、院長はどれだけ願っていることか。イ・ジョンテにはわかっていた。

「ひとつ、兄《けい》に見せたいものがあるのだが、これがなんだか兄には言い当てられるかな?」

すっかり酔っ払ったチョ院長は、とうとうイ・ジョンテ記者のことを兄と言いだした。一升瓶の酒を飲み干して、新しい酒瓶に手をつける、その時院長は不意に思いついたかのように、イ・ジョンテを指さしてそう呼びかけた。

「私は兄のほうから先に聞いてくると思っていたのだが……、あれは兄には何に見える？　あの隅っこに立ててあるあれのことなんだが」

チョ院長が指し示しているのは、なにか大きな古木の根をまるごと掘り出して置いてあるものだった。表皮を剝がし小さな根を切り落とした白っぽい古木の根には、点々と火で焦がした跡がついてある。

「それは何ですか？　古木の根のようではないですか？」

イ・ジョンテはわけもわからず、院長に問い返す。院長は、しかし、もちろん、それを尋ねたのではない。

「そのとおり。古木の根を掘り出して、皮を剝いだものです。しかし、私が兄に訊きたいのはそういうことではない」

「では、何です？」

「それが芸術作品たりうるかどうかということです。兄は都会でたくさんのものを見ているから、わかるでしょう。たとえば展覧会のようなところに行けば、あんな感じの彫刻がたくさんあるじゃないですか？　でも、似たようなものがあるからといって、芸術か否かを言うことはできません。あれが本当に芸術作品と言えるかどうか、それを知りたいんですよ」

「では、院長は、あれを彫刻作品として手ずから仕上げたということですか？」

「いいえ、私はただ根を掘り出して、皮を剝いで、小さな根を適当に切り落としただけです。そうしたら、なんと、これが、本物の作品のようではないですか。美しいでしょう？　それで……」

なるほど、院長が山に木を掘りに行ったというのは、生きている木ではなく、枯れ木や古木の根を求めてのことだったらしい。家の中のそこかしこにそのようなものが置かれているのを見れば、きのう今日のことではない。

「院長が美しいと感じられるのならば、それだけで作品としての価値は十分にあるのではないですか」

イ・ジョンテは次第に注意深く言葉を選ぶようになっていた。

チョ院長はそんな答えでは満足できない様子である。

「いや、そんな言葉を聞きたいのではありません。私は確信を得たいのです。言うならば、認められたいということです。私ひとりにとってではなく、他の人にとってもこれが作品と呼びうるかどうかなのです。他の人々もこの木の根の美しさを見出し、これと対話ができるのかどうかということなのです」

「……」

驚いたことに、院長は今、芸術を問うている。院長が問うているのは、いわば、創作者と創作物の間の対話に関すること、創作者とその対象物の魂の交感にまつわることなのである。

チョ院長にとっては、おそらく当然のことなのだろう。

いずれにせよ、それもまた、院長の狂気のひとつの表れであった。

イ・ジョンテはしばし言葉を失っていた。

「私はこんなことをよく考えるのです。目を見開いて探し出そうとさえすれば、この大地には美しくも貴いものはいくらでもあるのだと。しかし、その美しく貴いものは、われらが目を見開いて探そうとしなければ、簡単にはその姿を現わしてはくれない。見ることができないのです。誰の目に触れることもなく、われらの目の前から姿を隠したまま消えていくものがどんなに多いことか」

イ・ジョンテが答えに窮していると、チョ院長はひとり話しつづける。目をぎらぎらとさせて、突きつめるように話しつづけるのである。

「まさにあの木の根こそが、そういうもののひとつなのです。山に入りさえすれば、あんな古木の根はいくらでもあります。どれも土の中に隠れています。放っておけば、そのうち腐ってなくなるものばかりです。でも、私が山に登っていって、土を掘り、朽ちゆく根を探し出したなら、その根は本来の美しさを取り戻して、あんなふうに私に語りかけはじめるのです。最近の人たちは、現象の実体だか何だかを探求するのだと、ガラス窓を叩き割ってみたり、縄をあちこちに巻きつけてみたり、難しいことをやっているようですが、この木の根はそんなに苦労する必要はありません。わざわざなにかをつくり出す必要がないのです。それがもともと持っている美があるのですから。そのひそかに埋もれている美を探し出してやりさえすればよい。放っておけば土のなかで朽ち果ててゆくだけの木の根を、探し出してやりさえすればいいのです。これは芸術ではないですか。これでは芸術作品とは言えないですか？」

「しかし、院長も、ただ木の根を探し出して置いてあるわけではないようですが。ここに、ほら、焦げ目がついているのは何ですか。院長がわざわざつけたものではないですか。木の根そのものだけでは物足りないから、そこにたぶん院長なりの造形の意志を実現する目的で……」

イ・ジョンテはどうしてもあの黒々とした焦げ目のほうに注意が奪われてしまうのだ。

イ・ジョンテの問いに対するチョ院長の答えは、あまりにも真摯で明快だった。

「ああ、それそれ！　それはすべて、私が木の根と語り合った跡なんです」

「語り合った跡ですって？」

「闘いに疲れてしまったら、たったひとりでも話さないではいられないのです。こう言えば、兄にはすぐにわかるでしょうが、闘わねばならぬことがどれほど多いことか。五馬島の農地のこと、院生たちの目に見えぬ反発……。医師が不足していますから、ときには善行を積もうと協力を買って出るのですが、あの難儀な癩者の手術のすさまじい緊張……。ただ待つだけ、耐えがたい闘いです。とはいえ、誰か目に見える闘いの相手がいますか。仲間がいますか。そんな時、私は話さずにはいられない。たとえひとりきりでも。ひとりで話す方法はいろいろあるでしょう。酒を飲み、山に行き、木の根を掘り起こし……、それだけではどうにもならなければ、その時には鉄串を火で炙《あぶ》り、あんなふうに木の根に押し当てる。自分の体を焼くような痛みを感じながら、あんなふうに焼いてみる。そうすることで、少しは心も晴れます。それが私にとって話すということです。黒い傷跡は、そのすべてが、あの木の根と私の間を行き交う言葉の痕跡にすぎません。そうやって辛うじて自分を支えてもいるのです。意識して作品を創ろうとしているわけではありません」

彫刻家が作品を制作する時には、本当にその被造物となにか言葉を交わしているのだろうか。仮にそうだとしても、人と作品の間の魂の交感というものが、チョ・ベクホンという人間にとってそうであるように、それほどに熾烈なものなのだろうか。

話を聞けば、院長の木の根は実にかけがえのない芸術作品にほかならぬように思われる。地中に埋められている美を探し当て、それと言葉を交わし、魂の交感をとおしてなににも代えがたい癒しを得ているとするならば、院長の木の根こそは院長にとって真の意味の芸術そのものなのだ。そして、その木の根の美しさと、それと院長との間の交感と癒しが、他の人々との間でも分かち合うことができるものなら、それは院長が願うように万人の芸術として認められるだろう。少なくともイ・ジョンテ自身はそれを十分に感じ取ることができた。

点々と黒く焦げ目のついた木の根が、だんだんとイ・ジョンテ記者の目に呼吸をしている生命体のように映りだす。院長の言葉と魂を内に秘めた美しき救い主のように感じられてくる。チョ院長自身がそれを意識しているかどうかはわからぬが、この島の人々とチョ院長自身との間の、なくてはならぬものでありながら、同時に熾烈でもある関係を、木の根が象徴的に表しているようにも思える。

とはいえ、いずれにしても、それはやはりチョ院長の狂気のひとつの表れなのだ。

院長は、時にはピンを抜いた爆弾を手にしているかのように、不安げな闘志と自信を滲ませ、時にはすべてのことを断念した無気力で疲れ果てたひとりの中年の男になりもした。自信に溢れていても、疲れた顔をしていても、そんな院長の姿と言動にイ・ジョンテは絶え間なく揺れつづける恐るべき狂気と不安の感情の渦を感じていた。

「島にばかり長いこといらっしゃるから、今では院長はなにかにすっかりとりつかれているように見えます」

イ・ジョンテは院長本人を前にして、とうとうそれまで抑えていた言葉を口にしてしまった。実のところ、イ・ジョンテは、院長はもう狂いつつあるのだと思っていた。

もちろん、イ・ジョンテはそれを危険なこととは考えていない。それどころか、そんな院長を見出したことをなによりも幸いに思った。長い間抱え込んでいた宿題の答えが、ひとつ見つかったように思われたのだ。院長の狂気を見て、島まで院長を訪ねずにはおかせなかった長きにわたる宿題の重荷のひとつを降ろしたかのように感じたのだ。

「私が狂ったというのですか？　兄にはそう見えるのですか？」

イ・ジョンテの思いがけない言葉に、院長は少しばかり酔いが醒めた顔で相手を睨みつける。だが、イ・ジョンテには院長が怒ってはいないことがわかっている。イ・ジョンテもチョ院長も今さら怒る必要はない。チョ院長にも、もちろんそれがわかっていた。

「確かに、そんなふうに見えもするでしょう。そうでなくとも私は島の人々からときおり、そんな声を聞きもしているのですから。私もそれはわかっています」

院長は少しばかり力ない口ぶりで心情を吐露する。

「でも、恥ずかしくはありません。こんなふうに狂うのでもなければ、この島にはいられないのですから。狂えばこそ耐えられる。わかりますか？　狂わないのであれば、この島を耐え抜くことなどできないのですよ」

「私もそれをどうこう言うつもりなどありません」

イ・ジョンテももうすっかり落ち着いた声になっている。

やはりチョ院長はそんな狂気なくしては、もうこれ以上持ちこたえることはできないのかもしれないと、イ・ジョンテも思っていたのである。

「院長が狂っているのを難じるつもりなどさらさらなく、むしろ、そんな院長を見て、私は一個人として本当によかったと思っているのですから」

「一個人としてよかったと？」

院長は面食らった表情でイ・ジョンテを見つめる。

「本当のことを言えば、私はある目的を持って島にやってきました。院長と酒を飲むためにここまで来るわけにもいかないでしょう」

「そりゃ、もちろん目的はあるでしょう。明後日にはこの島で結婚式があるのですから」

「結婚式ももちろん見なくてはいけないでしょう。でも、それよりももっと重要な目的があるのです」

「もっと重要な目的とは？」

「この島で巨人の偶像を破壊することだと言いましょうか」

「……」

「実のところ、私はこの島と院長にどうにも気まずい借りがひとつあります。自分なりの答えを出さねばならぬ宿題のようなものと言いましょうか……」

「……」

「いつだったか、院長があの五馬島の工事を立ち上げた頃に、私はある雑誌に院長とこの島の人々の話を書いたことがあります。それは、私が五馬島事業地で一週間働いて去った後、一か月ほど経ってからのことだったと思います。ところが、その記事を書いたことによって、私はかえって宿題をひとつ抱えることになったのです。あの時、私は島を去る前に、院長に、このままただ待ちつづけるだけならば、いつか必ず院生たちが院長に対して怖ろしい裏切り行為に出るだろうと、不愉快な忠告を残していったように記憶しています。ところが、私は、島を出たあとに、それとは正反対の記事を書いたのです。五馬島の工事は最終的には成功することになるであろうと。チョ・ベクホンという院長の人となり、その超人的な執念と意志の力で、必ずやそうなるであろうと、ためらうことなく言い切りました」

「で、つまりは、その記事が兄に厄介な宿題を残したということなのかな？」

「そういうことです。院長は私の記事のなかで素晴らしい巨人として描かれていますから。実際の結果はどうなりましたか？　工事はどうにか終ったとはいえ、ことの成り行きは当初の予定とは異なるものになっているではありませんか。五馬島のことは決着の気配すら見えず、院長は今もなお、ただひたすら時を待っているありさま。この点については院長も率直にお認めになるはずです」

「兄もこの島のことを失敗と見ているようですね」

「少なくとも、今この時点までは失敗と見るほかない状況ではないのでしょうか」

「それで、とんでもない英雄をひとりつくり出す結果となってしまったから、あの記事に責任を感じているということなのだな……」

「理解していただけるなら、話も早いというものです。私が記事に誤って紹介してしまった英雄に対する責任をとらねばならぬとすれば、その英雄についてあらためて正しい記事を書かねばならないではないですか」

「あの時の英雄はニセモノだったと書けば済むこと」

「それができるなら、ことは簡単です。あるいは逆に、院長がこの先、必ずや五馬島のことを島の人々の期待を裏切ることなくやり遂げるならば、それでもいいでしょう。でも、そんな簡単な話ではない、というのは、実のところ、あの時に私が書いた記事に対する責任は、五馬島の工事だけをもって弁明できるものでもないというところに問題があるのです」

「……」

「私はあの時、院長のために院長を巨人として書いたのではなく、この島のために必要な巨人をひとりつくったのです。ところが、結局こういうことになってみれば、この島にそんな巨人が本当に必要な存在だったのかという懐疑が生じるのも当然でしょう。院生たちはいまだに島を脱出するというではないですか。この島に楽土を夢見る者など、もう誰もいないではないですか。五馬島のことがあんなふうになってみれば、院生たちの不信感は以前よりもますます深いものになっている……、英雄は結局失敗したのです。英雄の失敗はますます苦く寂しいものとなる。島にとっても、それは、耐えがたい不幸です。私は記事をいま一度書かねばなりません。英雄はなぜ失敗したのか。英雄が島を治めるというのに、島はなぜますます不幸にばかりなっていくのか、この島に本当に英雄は必要なのか、この島の人々の幸福は果たしてどこにあるのか……」

「……」

「申し訳ないことでありますが、答えはすべて院長にとっては否定的なことばかりでした。私があらためて書かねばならぬ記事も、当然に院長に対してはきわめて否定的なものにならざるをえません」

「ならば、このチョ・ベクホンがとんでもない野郎だったと書いてしまえば済むものを、何をまたそれくらいのことで宿題だのなんのと、それほどまでに思い悩む必要があるのだろうか？」

「いいえ、そうではないのです。院長がついに本当に、この島で失敗してしまったのだとしても、私はまだ院長の犠牲と善意の気持ちだけは信じていますから。院長に犠牲と善意の気持ちがあったとしても、支配し支配されるということは、支配し支配される者たちの間の関係のなかで形づくられるもの。そのどちらか一方だけの善意や意欲だけで完結するものではないですから。院長の失敗も、おそらく、院長に善意や犠牲の気持ちや意欲がなかったからではなく、院長の支配を受ける院生たちとの関係においての失敗だったはずです。だから私は次の記事を、前のものとは違ってどんなに否定的な方向で書くにしても、院長個人の善意の気持ちだけは踏みにじりたくはなかったのです。院長にとっても、それは実に耐えがたい苦痛となるのは間違いのないことです。私は院長という個人だけは救ってさしあげたかった。とはいえ、実際に私の否定的な記事のなかで個人としての院長を救ってさしあげようにも、その方法がずっと見つかりませんでした。おそらく私が院長をまだよく知りえていなかったからなのでしょう。ところが、今回院長にお目にかかってみれば……」

「私を救う方法を思いついたということかな？」

「そのようであります」

「どうやって？」

「院長が狂ってしまわれているのを見て……、院長が狂われているのを見てみれば、既に院長みずからがこの島の物語からご自身を救い出す道を見出したように思われます。私は狂気の院長の話だけを書けば、それをもって私の記事においても院長は救われることでしょう」

「ありがとう。私が救われることを、それほどまでに考えつづけていてくれたとは！　しかし……」

チョ院長は心からイ・ジョンテに感謝するかのように、しばしの間、じっとその顔を見つめていた。だが、院長がその言葉どおりに心からありがたく思っているのかどうか、その真意はいまだ計りかねた。

「しかし、兄がそれほどまで私が救われることを考えてくれたなら、今度は私が私の失敗を説明しなければならぬという厄介な荷を背負ったことになる。私を救う道がそうやって用意されたならば、いよいよ兄はこの島の失敗についての兄の宿題にとりかからねばならぬことにもなるわけで」

チョ院長は、ここまできたならなんでも島のことを聞けとばかりに、イ・ジョンテに言うのであった。

しかしながら、院長はそう言いつつも、その場ですぐさまイ・ジョンテに自身の失敗を肯定するということでもなかった。

「そういうことであれば、まずは島をひと巡りしてくるのがいいでしょう。ただ話を聞くよりも、兄がその目で直接見て、一度自分の頭で判断してみるとよいのでは。兄は島のことはもうわかっているでしょうが、それでも兄が知らぬ間にずいぶんと変わったところもあるのですよ……」

その変化したところをイ・ジョンテ自身の目で直接見てこそ、この島が本当に失敗しつつあるのかどうか、あるいは、失敗しているならば、その原因がどこにあり、どのような形で失敗したのかも、判断がつくだろうということなのだ。

そう言うと、院長は今すぐにでもイ・ジョンテに島を見せてまわろうと、酒膳を蹴って勢いよく席を立った。

31

チョ院長が、イ・ジョンテに、自分の目で島を見て、自分の頭で判断を下すように仕向けたことは、もちろんそれなりの考えがあってのことだった。

チョ院長のあとをついて島内を巡ってみれば、イ・ジョンテの目に新たな印象で飛び込んでくるものは一つや二つではなかったのである。

通りの桜の枝々には、たくさんのうっすらと紅いつぼみ。桜が満開となれば、花の雲になる。花の喚声、花の叫びが溢れかえる。南向きに伸びゆく枝の先には、既にいくつか、気の早い花が白くほころびかけているが、それは来る日のまばゆいばかりの合唱のための、用意周到な、そして胸弾む開花の予行演習のようなものだ。柔らかな春の風が桜並木をくだって、女たちの長い髪をくしけずるかのように、麦畑の盛り上げられた畝《うね》の間を滑らかに吹き抜けてゆく。

島は話に聞くよりも平和で、思っていたよりも幸福そうに見えた。それは島の通りの外観だけから感じることではなかった。むしろ外観はそう変わっていない。変わったのは、島の人々の暮らしぶりだった。少なくともイ・ジョンテが目で見て、耳で聞いたところでは、島では多くのことが変わっていた。島の職員地帯と病舎地帯を隔てていた鉄条網が消えたのは、チョ院長在任時代のことだ。今では鉄条網がなくなっただけでなく、院生たちには禁忌事項とされていた職員地帯への出入りまでもが自由になっていた。職員地帯の事務本館の横には喫茶店のような休憩室が設けられているのだが、その休憩室でお茶を用意するのも全員が外傷の少ない菌陰性の若い娘たちばかりだった。チョ院長の宿所の世話を任されている娘も、そんなふうにして病舎地帯から職員地帯へと入ってきているのだった。イ・ジョンテは、ふっと、島を行き来する渡し船もまた以前とは違って、院生と健常者が同じ船で席を同じくして乗っていたことを思い起こした。

「病が癒えた院生に仕事を任せて自活の意欲を持たせようという意味もありますが、施療の当事者たる職員地帯の職員とその家族に、まずは病気に対する理解を求め、先入観を洗い流そうというところに、より大きな目的があるのです。とはいえ、これはもちろん私が決定したことではなく、現在の院長が断行したことです。私はその傍らで助言をしたくらいです」

チョ院長の説明である。

病院職員やその家族は当初は院長の措置をひどく嫌いもしたが、時が経つにつれ、おのずと先入観を取り払うようになり、そのうち自分から休憩室に出入りして、病の跡を残す娘たちに対しても特に抵抗がなくなったというのである。

そのようにして菌陰性病歴者が職員地帯を出入りするのは、もちろん、休憩室だけのことではない。救癩会館もまた同じである。

陸地からもまた、患者の慰問や、健常者の立場から理解を深めるために、遠路はるばる島まで訪ねてくる客人も多かった。島にはこの人々のための宿泊施設がなかった。やむなく一泊する場合、客人は院長の官舎に一夜の宿をとるか、夕刻の渡し船で対岸の鹿洞に渡って一泊した後、翌朝また島に戻ってくるという不便をかこっていた。救癩会館とは、もともと、そんなありがたい陸地からの客人が島を出ることなく夜を過ごせるようにと造られた簡易旅館のようなものだった。その建物は病院本館の建物と院長官舎の中間に位置し、本来はもちろん、健常者がそこでの業務に携わっていた。

それを、ついに新しい院長が、人をすべて入れ替えてしまったのである。外傷が目立たぬ院生たち自身の手によって救癩会館を運営し、島を訪ねてきた客人に宿と食事を提供するようにしたのだという。チョ院長があらかじめイ・ジョンテの宿所としてとってくれたのも、院生が運営する救癩会館だった。

「島に訪ねてくる方々は誰よりもここの人々への関心が高く、病気に対しても深い理解を持っています。そういう方々であれば、その方々のための救癩会館の仕事も当然に院生自身がやるべきでしょう。でも、実際のところ、面白いことが多いのですよ。救癩会館で出す食事にはまったく手をつけようとはしないというじゃないですか。旅館とばかり思っていたところに院生を見たなら、布団を敷こうともしない。体面上、いやだとは絶対に言えず、海老のように丸くなって夜を過ごして、次の日には慌てて島を出て行く。まあ、むしろそっちのほうが当然のことなのかもしれないのですがね」

癩病に対する不当な偏見を払拭し、患者に人間らしく生きる道を開いてやろうと島にやってくる人々も、いまだにその偏見をどうすることもできないようだと、チョ院長は苦い思いを滲ませて付け加えた。

とはいえ、それでも島は変わりつつある。未感染児童を両親のもとから引き離していた保育所も閉鎖された（両親のもとに帰った子どもたちの発症率はむしろ低くなったという）。島の外に出かけたければ、誰でも自由に渡し船に乗ることもできる。

院生たちの歪んだ人間体験を勘案して、情緒を健やかにしていくさまざまな対策も立てられた。公園をつくり、世に知られた島の詩人の「麦笛」の詩碑を建て、鹿の動物園を設置するといったことも、すべてがそのような心の治療の効果を期待したものだった。それだけでなく、島の村々の青少年の文芸サークルが組織され、読書や創作活動が活発に繰り広げられるようになった。学校の児童たちはもちろんのこと、各村の青少年、特に少女たちが中心になって合唱団も結成され、歌の練習や音楽鑑賞会も盛んに行われた。村ごとに建てられた教会もまた、なにより望ましい魂の浄化所にほかならなかった。

サッカーの試合と五馬島工事を契機に幽霊の眠りから目覚め、激しく心が揺れ動きはじめた院生たちのその無秩序な成長も、今ではおのずと健やかで安定した情緒の時期へと入っていきつつあるような印象である。

振り返れば、島はこれまでの数十年間、もっぱら院長というひとりの人間の一糸乱れぬ統制と規律によって支配されてきた。院長は帝王であり、島はその王国であった。ところが、その島が今や新しい秩序を夢見ている。そんな兆しがありありと見えた。新しい秩序とは、統制によるものではなく、調和によるもの。院生たちが本を読み、文を書く。公園を散策し、歌をうたう。そして、教会で礼拝し、祈る。そのすべてのことに、まずは院生たちの健やかな情緒のためという意義が担わされているわけであるが、それはまた、すべての院生が独立した人格を獲得するという、かけがえのない個人化の過程でもあった。島全体が一つの運命の単位であったなかで集団としてのみ存在してきた院生たちが個別の独立した人格に分化していく現象、そして、その人格の調和による新たな秩序への志向は、この島を今まで貫いてきた画一的な支配秩序からの目には見えぬ解放の兆しであった。

今や、島では多くのことが変わりつつある。なにより、数多くの規制と抑圧の規律が、ひとつひとつその鉄鎖を解きつつある。それが今の島の姿なのだ。すべてを明確に理解しつくすことはできなかったものの、イ・ジョンテにとってもそれは胸が熱くなることだった。そのうえさらに、この島では近々、感動的な行事が執り行われる。ユン・ヘウォンとソ・ミヨンの結婚式は、その意味でも、イ・ジョンテにとっては、なおいっそう関心を惹かれることなのだった。

この島でも、これまで結婚式がなかったわけではもちろんない。癩病患者の断種手術は、そもそもが神の摂理に反することだった。どんなに症状が重い患者であっても、生殖機能だけはけっして損傷を受けないのがこの病気のひとつの特徴だ。四肢がすっかりだめになっても、傷が性に関わる部位にまで広がることはけっしてないという。

それは絶対に偶然ではありえない神の摂理だ。院生たちは神の摂理にみずから背きはしない。患者同士、縁を結び、それなりに家庭を築いて暮らしてきた。立派な結婚式を挙げずとも、教会での簡素な式と隣人の祝福だけによって身も心も一つになることが多いのだという。

だが、今回だけは場合が違った。院生同士の結婚ではないのだ。健常者と院生の正式な結婚なのである。菌陰性の判定を受けてはいるが、新郎は今もなおみずから癩者であることを自認している男性であり、新婦は誰よりも新郎のそのような事情をすべて知り尽くしている健常者の女性だ。それは心揺さぶられる出来事であった。

「馬山から戻ってきたら、この二人がまだぐずぐずしているではないですか。当初は潮止祭の日に結婚式を挙げようとしていたのが、保健課長をしていたあのイ・サンウクという者が島を脱出したあおりで破綻に至ってしまったのです。島が苦境にある時に逃げ出す健常者を見たために、それまでソ・ミヨンの努力で収まっていた健常者に対する嫉妬が、ユン・ヘウォンの心のうちでふたたび爆発してしまった。サンウクに対する嫉妬が、ソ・ミヨンに対する憎悪に変じたというわけです。もともとそういう病的なところが見受けられた男ですから。さらに状況を悪くしたのは、そんなことがあって少しも経たないうちに、今度は病舎地帯で治療を受けていたユン・ヘウォンの姉が自殺をしたことです。ユンのやつが島にやってきたのも、島にいるうちに病を得てしまったのも、すべてが姉に対する異常な執着ゆえのことでした。私がふたたび島に戻ってきてみれば、やつは薄汚れた酔っ払いに成り果てているじゃないですか。それでもまだ、女のほうはただひたすら待ちつづけている。保育所が閉鎖された後には、そんな二人が中央里の小学校へと揃って異動した。

それは神の采配でしょう。で、とうとう私が乗り出した……、私としても、そうするだけの事情があったのですが」

結婚式を挙げるに至る経緯についてのチョ院長の説明である。

ともかくもそのようにして決まった結婚式のために、島は今やその準備で塗りつぶされている。式のあらゆる準備は、もちろん、現院長の了解を得たチョ・ベクホンの力添えによるものだ。かつては鉄条網で隔てられていた職員地帯と病舎地帯、その中間の緩衝地帯であった場所に、既にチョ院長は院生たちの手で一軒の小さな家まで建てさせていた。ユン・ヘウォン、ソ・ミョン夫婦の新婚生活のための家だ。今や、島では、健常者も患者も分かれて別々に暮らす必要はないということを、自分たちが結ばれることで示そうという二人のために、院長はその場所に家を造ることにしたのだと言う。一軒ではじまる村が、歳月とともに次第に戸数を増やして大きくなって、やがて島全体が患者の村と健常者の村の別なく一つの大きな町に変わることを願って、その場所に二人の家を建てることにしたというのである。二人の結婚式のためのチョ院長の計画は、それだけではない。院長は結婚当日の祝祭気分を盛り上げるために、しばらくの間行われていなかったサッカーの試合まで計画していた。

そして、四月初旬頃には南海の各地から花見見物の人々が押し寄せてくるという毎年の恒例行事を利用して、近隣の村々にその日の結婚式のことを広く知らせたのである。

式の主礼は中央里のプロテスタント教会の牧師に頼んである。式場はその中央里の教会。病舎地帯の学校の教師たちによって式場は飾り立てられていた。

島は、船に乗って渡ってくる時に抱いていたイメージとは、本当に大きく異なっていた。そうは言っても、イ・ジョンテとしてもまだ一つ、二つは気がかりがないこともない。式の準備で心弾んでいるはずの院生たちが、あまりにも無表情だった。院生たちはただ黙々と準備をするばかりで、二人の結婚をわがことのように心から喜んでいる様子が見えない。それはイ・ジョンテにとって理解しかねることだった。そして、それよりさらにわからないのは、あらゆる規制が解かれているこの島で、いまだに、あの意味不明の脱出劇が絶えることなく続いていることだった。

一つ、二つのこんな気がかりがなければ、イ・ジョンテは島に来る前に抱いていた考えをもうあらためてもいいようにも思っていた。

だが、まだそこまで言い切ることもできない。チョ院長の表情や口ぶりが、イ・ジョンテの判断をそれほどまでに迷わせる。イ・ジョンテは、たぶん自分はまだ島を見誤っているのだろうと考えた。目に映るままに語るのであれば、いずれにしても島はかつてとは大きくその姿を変えている。島が失敗ばかりを重ねているなどとは、むやみに断言できない。島が失敗しているのではなく、チョ・ベクホン院長ひとりだけが失敗しているということもありうる。あの脱出という長年の島の風習が断たれずにいることに対する、チョ院長の行き過ぎた完璧主義。そして、五馬島のことに決着をつけられずにいることへの、チョ院長の動揺する心。そんなことに失敗の原因を求めることもできるかもしれない。チョ院長が自身の失敗を島全体の失敗へと誇張するだけの理由も十分にある。

しかし、イ・ジョンテはやはり自信を持てない。

そして、チョ院長はといえば、そうやってすべてにわたってイ・ジョンテが迷いを抱きながらも、それでも関心をかきたてられずにはいられぬ道案内の最後の部分を急いでいる。急ぎつつも、チョ院長は、島の宿命的な失敗とでも言うべきものがそこにある、中央里教会の横の特別病舎を訪ねてゆくその途上で、それまでとは正反対のことを語りだした。

「ところで、ひどく頭の痛いことがひとつあるのです」

チョ院長はふっと立ち止まり、不意に思いついたかのようにイ・ジョンテを振り返り、不安そうに言うのである。

「あのユン・ヘウォンのことです。やつが最近とんでもない意地を張っているのです。いずれ兄の耳にも入ることですから、先回りして話してしまいますが、やつが結婚式の前に絶対に自分の一物に傷を入れてほしいと騒いでいましてね。あの大馬鹿者が、断種手術をやってくれというわけです」

病院がその手術をしてくれないなら結婚式などやめてやると、ユン・ヘウォンはいきなり脅迫してきたというのだ。

「どういうわけなんでしょうか？　ようやく結婚を決めたというのに」

イ・ジョンテの問いに、チョ院長は、

「ええ、もちろん、その断種手術とやらは、もとよりこの島では恨みの的の慣わしでありましたから、その疑問も当然です。しかも、ここでは、今もって断種手術を大いに勧めてきたということもあります。結婚する娘の眉の植毛手術と、婚前断種手術というのは、この島においてのみ多く行われる手術です。それに対する反発も大きいのでしょう。しかし、ことを厄介にしているのは、病院側も今回の結婚では、今しきりにやつが要求している手術をできない状況にあるということです」

「どうして手術ができないのですか」

おぼろげに推測はできるものの、イ・ジョンテは院長に問わずにはいられなかった。

「やつの反発には、実は、より根深い不信と島に対する絶望が潜んでいるからなのです」

「どういうことですか？」

「この島は、今まで、癩者たちの子孫の名のもとに支配されてきたということなのです。子孫の名を持ち出して、そこから見える未来を口実に現在が支配されているという思い、しかし島の現実には失敗しかないのだという思い、現実が未来によって欺かれているという思い、でも本当はこの島では未来よりも現実のほうがもっと重要なのだという思い、そんな思いゆえに、やつの反発も生じるのでしょう。現実のために未来を否定するというよりも、そもそも、現実における失敗ゆえに島の現実がこれ以上欺かれたまま見過ごされぬようにしたいとの思いが、あのような反発へとつながるのだろうということです。子どもを持たないという決意は、結局は現実の失敗に対する、やつ特有の皮肉交じりの問いかけなのです。ということであれば、こちらとしては、手術をしてやることもしないこともできないというわけです。手術をすることは、すなわち、現実の失敗を認めることになりますから」

「女のほうはそれに同意しているのですか？」

「やつは最初から女の了解を得ていたということです。まあ、女の側ももともと結構きついところのある性質ではありますから。しかも、今では、あの女も島のことなら誰より深く知っているほうでもある……」

「ならば、あの二人は、島の現実をそんなふうにただ失敗とだけ見ているのですか？」

「さて。失敗と見ているのかどうか、私が断定しうることではないけれど、子どもを持たない手術を願い出ているということは、少なくとも自分の現実には問題があると思っているのでしょう。心配です。いずれにせよ、現実がより問題とされなければならないというところには、私もある面、共感するところが多いのです……」

　チョ院長はそこまで話すと、黙ってしまった。だが、間もなく、あの中央里教会の横の特別病舎にイ・ジョンテを案内して入ると、院長みずからの口で語るかわりに、その病院の惨状をとおして目には見えぬ奥深い島の現実を語らしめたのであった。

チョ院長がイ・ジョンテを案内して入っていった病舎の最初の建物には、手指や足の指、ひどい場合には手足そのものがない高齢の重症患者が収容されていた。体が自由に動く若い院生数名が、重症患者たちの保護者兼看護人となっていた。病舎村では、志のある若者がみずから申し出てその仕事を引き受けているのだという。

患者たちはそのほとんどが聖書を読んでいたり、若い院生が読んでくれる聖書の言葉に静かに耳を傾けている。粛然と目を閉じて祈る者たちもいる。患者の大部分は動けない。食事や排便までもが、すべて他人の助けを受けねばならぬ状況であった。

その次の建物には、手足だけでなく、目、耳、鼻といった重要な感覚器官が麻痺している患者たちがいた。目が見えれば耳が聞こえず、耳が聞こえれば目や鼻がない。そんな患者たちだった。

目か耳か、どちらか残っているほうで、全ての知覚活動を行っている人々だった。ここでも若い院生たちが重症患者のあらゆる世話をしているのであるが、その惨状はとても直視できるようなものではない。

院長はなにも言わずに最後の病舎までイ・ジョンテを案内していった。

今度は、ほとんど歪んでしまっている口のほかは、すべての感覚器官を失くした患者たちがいた。四本の手足、目、鼻、耳、そのすべてが傷つき失われている人々だった。目も鼻も耳も跡形もなく消えてなくなっている。まるで衣服に包まれた肉塊のような姿であった。見ることも聞くこともできなくなってから、長い歳月が流れている。口を開いても、発せられるのは、人間の声とは思われぬ奇怪な声なのである。

このような特別病舎の患者たちの数は、全部で三百名以上にもなる。

「神に仕え、祈ることで生きている人々です。そして誰よりも神の恩寵と慰めに満たされ、それに感謝している。見ることも聞くことも話すこともできないとしても、この人々の祈りだけは、神も、他の誰の祈りより喜んで聞いてくださいます。あれほどに言葉が不自由な者たちの祈りを、われら人間が聴き取ることができなくとも、神だけは誰よりも確かにそれを聴き取ってくださるのです」

病舎を出ながら、チョ院長が重々しく付け加えた言葉である。

わずかにそう言っただけで、院長はふたたびじっと黙ったまま、病舎を去ろうとしていた。ありのままを見せることはできる。だが、自分にはこれ以上の説明を加えることはできないということなのだろう。

イ・ジョンテもそんな院長のあとを行きつつ、同じような思いに捕らわれていた。

──あのような姿で生きうるとは。人というのは、あのようなところでも祈り、感謝することができるとは……。

それは実にイ・ジョンテにとっては今まで経験することのなかった衝撃だった。

そして、言葉では形容できない異様な感動だった。院長の言葉はもう必要なかった。

──失敗と見るべきかどうかは、私が断定しうることではないのだけれど……、現実がより問題とされなければならないというところには、私もある面、共感するところが多いのです……。

チョ院長の声がふたたび耳の底から響いてきた。なるほど、それは確かに未来というものとはほとんど関わりを結びえない島の姿であった。未来よりも、今ここにある現実が、彼らが生きるということに対して何をしてやれるのか。それこそがより切実な島の姿なのだ。

イ・ジョンテは、なにかそれまで目の前を覆っていたものが、今ひとたび、少しずつ、姿を変えていきつつあるように感じていた。そして、チョ・ベクホン院長のあの異常な狂気の正体についても、今ならば、より深い理解ができそうな気がしていた。

五馬島をめぐっての長い闘い、島の人々の言葉なき圧力、島の人々を押しつぶさんとする疑念、無情な一般社会の偏見。この島と島の人々のためのチョ院長の願いは、ますます深いものとなっていく。なのに、その願いは、なにひとつ叶えられることはない。その意味においては、この島の人々全体が、まさにチョ院長に勝るとも劣らぬ狂人と言えよう。そして、それはまた、この島と島の人々全体の失敗でもありうるのは言うまでもない。

32

その夜、イ・ジョンテは島での第一夜を、チョ院長がとっておいてくれた救癩会館の宿所でひとり迎えていた。気が進まなければ、自分の宿所で一緒に過ごせばいいとチョ院長は言ったが、イ・ジョンテは病舎地帯からの帰路、夕食を救癩会館でとったら、もうそのまま泊まるということにして、まっすぐ会館へと来たのであった。島を訪ねくる人々が救癩会館で一晩お世話になったきり、恐れをなして次の日にはすぐに島から逃げ出すというチョ院長の言葉が思い出されたからだ。五馬島で院生たちに交じって石を担いだイ・ジョンテとしては、救癩会館で一夜を過ごすことくらい、どうということはない。だが、実際に部屋に入ってみれば、さすがのイ・ジョンテも思っていたほどには心が落ち着かなかった。会館の規模に比べて、人の気配があまりにもない。気配がないどころか、影もない。会館の泊り客はイ・ジョンテただひとりであるうえに、客人にことさらに五体満足ではない姿を見せまいとしてのことなのだろうか、会館の管理人たちもイ・ジョンテを部屋に案内した老人ひとりが部屋の入口の前をちらちらと行き過ぎただけ、あとの人々は影も形もない。

夕食の膳を運んできた時も、誰かが入口の外から扉越しに、

「お客様、夕食の御膳をお持ち致しました。召し上がられましたら、御膳は外に出しておいてくださいませ」

ひそやかに伝えるのみ。イ・ジョンテが扉を開けて食膳を受け取ろうとした時には、もうその姿はない。夕食を済ませて膳を扉の外に置いた時も同じである。いったい誰が膳を片付けにくるのか、気配がない。待ちきれずに扉を開けてみれば、まだ膳はそこにある。そのうちにまた、ふっと思い立って扉を開けてみれば、今度は足音もないままにいつのまにやら見事に膳が片付けられている。すべてがこんな調子だ。

そうこうするうち、イ・ジョンテが夕食を終え、ひとり外出しようと救癩会館の宿所から出ようとしたその時だった。どうして分かったものか、チョ院長がイ・ジョンテの夜間外出を邪魔するかのように、暗闇の中からぬっと姿を現わし、行く手をさえぎる。

「それでなくとも、今夜、兄がじっとしているわけがないと睨んで、待ち伏せていたのですよ。結婚を控えた新郎新婦に会いに行こうとしているところですね？」

チョ院長は、やはり思ったとおりと、そしてそれだけは絶対に許さないとばかりに、イ・ジョンテをふたたび部屋の中へと押し戻しながら、断定するようにきっぱりと言うのであった。

そのとおりだった。イ・ジョンテはユン・ヘウォンとソ・ミヨンに会いに行こうとしていた。いずれは会わねばならぬ者たちなのだ。また、これまでの経緯や結婚式を前にした心境や覚悟といったことを本人たちの口から直接聞かねばならぬ義務がイ・ジョンテにはあった。この日、チョ院長と一日過ごしてからというもの、ますます二人に会わねばならぬと思っていた。夕食を口実にチョ院長と早めに別れたのも、実のとこ

ろ、そんなひそかな目論見があってのことだった。

「いとも簡単に見抜かれましたね。いずれにせよ、私は二人の結婚式取材を理由に島に来たのですし」

だが、院長は反対する。

「むやみにことを急いては、容易に仕損じるだけです。どんなことにも順序というものがあるのですから。患者が患者ではない者と結婚してうまくやっていけるという自信や覚悟といったことを、本人たちから直接聞いておくのも悪くはないでしょう。でも、一組の男女が結ばれることに対して、そんなふうに、ことさらに関心を抱くこと自体が、患者と健常者の違いを念頭に置いた先入観の所産というふうに受け取られてしまうとしたら、それは望ましい振舞いとは言えません。既に覚悟はできているとはいえ、先ほども説明したとおり、まだ危ういところのある二人なのですから。もちろん、兄の立場からすれば、どんな形であれ、一度、二人に直接会ってみなければいけない。でも、二人の関係とこの島のことを真剣に考えるならば、そういう性急なやり方は考えなおしていただかないといけません。少なくとも、あの断種手術をめぐる騒ぎがなんらかの決着を見るまでは。二人に会うのは結婚式が終ってからでも遅くはないでしょう。その代わり、今夜は私が兄に面白いものをひとつお見せしましょう」

そして、チョ院長は、二人が部屋に引き返すその時に、イ・ジョンテになにか手紙の入っている封筒を差し出したのだ。

「兄が記憶されているかどうか。以前この病院の保健課長をしていた者で、今では島を出ているイ・サンウクという人間からの手紙です。馬山の病院にいる時に、イ・サンウクが私に送ってきました。それをお読みになれば、おそらく兄も、島の宿命というか、そのようなものとしてのなんらかの失敗の姿を見出すことができるでしょう。兄も実はそれが知りたかった、それが昼からの関心事ではなかったのですか？　さっき、昼に、このチョ・ベクホンというひとりの人間の救済策が見つかったと言った時から、そうだったのでしょう」

イ・ジョンテは、ユン・ヘウォンたちと会おうという計画をいったん断念せざるをえなかった。そしてまた、院長のそんな行き届いた配慮は、イ・ジョンテには、この場を取り繕うためだけのものとは到底思えなかったのである。二人はふたたび部屋の中へと入り、腰をおろした。

「今読んでもよいですか?」

腰をおろしてすぐにイ・ジョンテが尋ねる。チョ院長はもちろん、読めと言う。そう言ってから、院長は、今度は人の気配すらない寂しい会館の奥に向かって大声で叫んだ。

「おーい、そこに誰かいないか……、誰かいるなら、共同売店に行って、ここに酒を持ってきてくれ。大切な客人がいらしたというのに、このままただ寝かせるわけにはいかないじゃないか。客人のおかげで今夜は私も心置きなく酔ってみたいしな……」

イ・ジョンテはそんなチョ院長には目もくれず、院長が手渡したサンウクの手紙をすぐに読みはじめた。チョ院長が言ったとおり、それはサンウクが島を出てから五年後に、やはり島を離れていたチョ・ベクホン院長に宛てて、まことに長い告白を書き記した手紙であった。イ・ジョンテはサンウクの長い手紙を読むうちに、この夜わざわざ院長が自分を訪ねてきたその意味をはっきりと理解できたように感じた。

サンウクの手紙は二つに分かれていた。ひとつは、イ・サンウクが島を出て五年後に馬山の病院のチョ院長宛に書き送ったもの。もうひとつは、サンウクが七年前に院長よりも一足先に島を出た時に書いて、ずっと持ち歩いていたもので、それを遅ればせながら同封して送ってきたのだった。

チョ院長様
院長にこのような手紙を差し上げるのも、今さらという思いが先に立ちます。院長もおそらく意外に思われるでしょう……。

チョ院長への挨拶にはじまるサンウクの第一の手紙は、このような文面へとつづいていく。

――しかし、私は、あの年の春、院長に先立って突然に島を出てからというもの、いつか一度きちんと院長への謝罪と感謝の言葉をお伝えしようと、機会を待ちつづけていました。そして、私が島を出るに至った動機や理由についても、より明確な私なりの弁明を申し上げようと心に決めておりました。なのに、私は待たなければならなかったのです。自信がなかったのです（院長も既に私の出生にまつわる過去をご存知のことでしょうから、包み隠さず申し上げます）。自信がなかったというのは、私と私も含めたあの島の人々はいったいどうしてあれほどまでに院長を受け容れがたかったのか、自分でも説明ができなかったからです。そして、何ゆえに私は島を捨ててまでして院長を裏切らずにはいられなかったのか。たとえ、あの時、私なりの理由があったとしても、それが誰に対しても恥じ入ることのない、正直かつ堂々たるものであったのかどうか。それが自分でも明確ではなかったのです。
ともかくも、あの時はもちろん、私にも私なりの理由はありました。そして、私はそれを手紙に書いて院長に差し上げるつもりでもいました。しかし、結局、私はその手紙を院長に差し上げることができませんでした。手紙の代わりに、いつかのあの晩、院長をお訪ねして、どうしようもない言葉だけを吐き出して、去っていったというわけです。そうして島を出た私でした。

それも、その手紙の中で私が主張していた理由に対する自信を持てなかったからなのです。そして、それが仮に、私や私の隣人たちにとっても恥じることのない真実を代弁するものだったとしても、ならば、あんなかたちで院長と私たちがあの島でともに成し遂げてきたことを否定しさったそのあと、島は果たしてどうあるべきなのか、何を成し遂げていくことができるのか。それについても、なにひとつ答えを見出せなかったのです。自信を持ちえないのは、院長に手紙を書いている今、この日、この瞬間も、なんら変わるところがないというのが実情でもあります。自信を持てぬがゆえに、私は院長に差し上げられなかった手紙を、島を出てからもずっと携えたまま暮らしてきました。そして、ときおりそれを読み返しては、私と私の行為について、さらには院長と島の運命について、数限りない自問を繰り返してもきました。そして、待ったのです。

しかし、私は答えを得ることができませんでした。ずっと変わることなくはっきりしているのは、院長があの島に注ぎ込んだ関心と院長の個人的な労苦に対する感謝の念だけでした。感謝しながらも、院長の天国を全面的に受け容れられなかった、それを受け容れてはいけないのだということだけでした。そして、私はあの時、あの島を去らぬわけにはいかなかったのであり、島と院長と私の置かれている立場、そのすべてが、それを不可避のこととしていたということだけでした。

島を去らねばならなかった私の立場などと言うと、おそらく院長はなにか妙な想像をされることでしょう。実際、島を出た後に、私が島を捨てることによってユン・ヘウォンとソ・ミヨンという若い二人が結ばれるのを邪魔しようとしたという噂も耳にしていますから。院長も私とソ・ミヨンたちとの関係はお察しのことでしょうから、率直に申し上げますが、あの頃、あの二人のことで私は神経が苛立っていたとか、それゆえにより陰湿に、そしてますます決定的に島の破綻を願っていたのだろうと思われても、それを否定することはできないかもしれません。しかし、あの時、私が健常者として島を出て行ったことについて正直に申し上げるなら、ただ一介の健常者として島を捨てて出ていくことで、健常者なら誰もがそうすることができるという可能性を島の人々に見せたかったというほうが、より大きな動機だったのです。噂によれば、実際、院長もそこのところを苦慮されたと聞いています。院長に当時のつらい記憶をふたたび思い出させるつもりはありません。

ただ、院長がどんなに二度と思い出したくはないと言っても、私がなぜにあれほどまでに院長の天国を認められず、院長を最後まで受け容れられなかったのかについて、もう少し語らねばいけないように思うのです。なぜならば、今日、この手紙を院長に差し上げるために、私はあまりにも長い時間待ちつづけ、そしていまだにそれに対する明快な答えを得られずにいるからです。待ちつづけた末に答えを得たからではなく、答えが見つからぬもどかしさ（答えを手にすることができているなら、私はもうずっと前に院長に手紙を書き、島に戻っていることでしょう）は、今もなおあの島に格別の関心を抱きつづけている院長のほかには話せる人がなく、院長に今いちどそれを申し上げたくて、この手紙を差し上げているのです。もちろん、私があの時、島を捨てざるをえなかった事情や、あの島が最後まで院長を受け容れられなかった理由について言うならば、私にもそれなりの言い分はあります。同封した、以前に書いた手紙にも、そのことについては何度も申し上げているところなのですが、それはひと言で言えば、院長と島の人々では生きる道が異なるということです。院長がどんなに島の人々のことを思い、島のために力を尽くしておられたとはいえ、院長は結局はあの島の人々と同じ運命を生きることはできません。それゆえ、院長がつくろうとなさった島の人々の楽土は、院長と島の人々共通の天国にはなりえないということです。院長はわたしたちの天国と言い、彼らは院長の天国と言うようになるでしょう。

人と人の運命というものは——その距離がどれだけ深く遠いかということを、私は島を出てからますます切実に感じています。島を出てからというもの、私は実にさまざまな仕事をしてきました。仕事をとおして、陸地の人々の思考と意識のなかに自身を溶け込ませようともしました。しかし、無理でした。島への思いが消えなかった。陸地の人々が私をそのようにしたのであり、私自身もまた自分をそのようにしてしまったのです。見分けがつかぬほどに溶け込むのは不可能なことだったようです。無理に入り混じろうとするなら、それは身を潜ませるということになります。超人的な忍耐と勇気がないかぎり、運命をともにするということは、かくも難しいことなのです。だから、私は、せめて隠れて生きているという思いが自分自身から消える時までは、この陸地でがんばってみようと、今日まで必死に持ちこたえてきました。

いずれにせよ、あの島と院長の間の和解が不可能であったのは、最初から両者ともにそれぞれの運命を別々に生きていたためです。島の人々はその運命の教えのとおりに自由であろうとし、自由をよりどころにその運命を生きねばならなかった。絶えることのない脱出劇の倫理が、島と島の人々の来歴に根ざした自由に根拠を持つことを、院長はご理解していることと信じます。

しかしながら、あの島はどこかまだ間違っているのです。院長との不和が島の人々の目的であるわけがありません。脱出が目的のはずもありません。不和と脱出のほかには島で実現されたものはなにもない。なにも実現しようがなかったのです。実現しうることも、実現されたものも、ありません。実現できないということが、院生たちの望む島の姿でもありません。どこかまだたくさんの間違いがあるのです。

しかし、私は今もって、その間違いが何であるのかがわかりません。どこか間違っているとしても、何ゆえにそんな間違いが重ねられてきたのかも、そしてその間違いを正すために何をなすべきなのかも、なにひとつわからないのです。私は、結局は陸地の人々のなかに運命を溶け込ませることのできぬ自分を知っています。島を離れていようとも、私の運命は島にあることを知っています。そして、いつかは、ついに島に戻ることになる私の宿命を知っています。しかし、院長は今ではあの島を離れて生きています。島を去って、はや五年です。とはいえ、院長はあの島をご存知です。今でも島に対する理解は、ますます確かに、ますます深くなっていることでしょう。いつの日か私がふたたび院長をお訪ねする時、院長のその深い智慧を私にお与えください。院長が島を離れていらっしゃるというのに、あえてこのようなお願いを申し上げることができるものか、わからないのですが。

最後のご挨拶として、あらためて、院長が島の人々のためにあの島で成し遂げようとなさった努力と真心に感謝を捧げます。また、そのような院長の努力と真心をもってして島で実現されたことがあろうとなかろうと、それが永遠に忘れられることなく、島と島の人々の胸に生きつづけますよう、お祈り申し上げます――。

サンウクの最初の手紙はこのようにして終えられていた。そして、つづいて、自分が島を去った時の思いを書いたものが真だったのか偽りでしかなかったのかはさておき、はっきりとした理由もなく島を去り、院長を苦しめることになったあの日の罪にお詫びし、遅まきながらもあの時の理由と心境を明かすのが筋のように思われるので、あの時書いた手紙を同封して送るという旨の追伸が数行書き添えられていた。

「そういうわけで、追伸とともに送られてきたものは、今読んだ手紙よりも五年も前に書かれていたものということになるわけです。とはいっても、これにしろ、それにしろ、どちらも私の手元に届いて読んだのは二年ほど前、私がまだ馬山の病院にいる時のことですが」

今度は部屋の中まで運ばれてきた酒膳を前に、ひとり酒盃を傾けていたチョ院長が、ようやくのことでひと言、口を差し挟む。

イ・ジョンテはそんな院長に目もくれず、つづけて二通目の手紙を読みだした。今度のものは、最初の手紙よりもさらに内容が険しく長いものであった。一貫してチョ院長を問いつめ、そして説き伏せようとしているサンウクの二通目の手紙はこのようなものであった。

尊敬申しあげるチョ院長様――

この手紙を本当に院長に差し上げてもよいものか、私としてもまだ疑問に思っています。というのも、私は今この手紙を書いているこの瞬間にあっても、既に心に決めている私の行動について、すっきりと説明申し上げることができないのです。その動機と目的について、あるいはその名分と正当性について、ひとつもすっぱりと明快な説明の言葉を用意できずにいるのです。しかし、私はもうこの島を去らぬわけにはいかないということだけは、もはやこの島を去るほかないのだという事実だけは、私にとってなによりも確かなこととなっています。私が心に決めた行動とは、そう、この島を出ることなのです。私はついに島を出ます。それは私にとってもう変えようのないことです。

動機や目的がはっきりしていなくとも、理由や名分を堂々と説明申し上げられなくとも、とにかく私はもうこの島を出るほかありません。そして、島を去る私の決心に加えて、今日は院長に対するこれまでの私の思いをすべて包み隠さず申し上げる機会をいただきたいと思っています。それが、院長よりも先に島を出ることになる私の、院長に対する最小限の道義と心得るからです。

それゆえ、この手紙を院長に差し上げることになったとしても、院長がこれをお読みになる時には、私は既にこの島を出てしまっていることでしょう。卑怯な言いようかもしれませんが、だからこそ私は院長に対して、わずかでも、より正直になれるかもしれません――。

ということは、サンウクは島を去る時に、その言葉のようにはこの手紙をチョ院長に届けることができなかったということだ。手紙を届ける代わりに、あの夜、チョ院長に直接会い、院長に対する自分なりの問いと暗示だけを残して、その足でそのまま島を出たのである。

そして五年後にようやく、島を離れている院長にその手紙を送ってきた。当然のことであるが、それゆえにサンウクの手紙は直接チョ院長に会っている時よりも、その口調はずっと辛辣ではっきりとしていた。

サンウクの手紙は、すぐに、単刀直入に、本論に入っていた。

――私が院長に申し上げたいことは、なによりもまず、院長はもう既にその時を迎えているのですから、この島を出て行かれるのがよろしい、ということです。それが私の考えです。

院長にもうこの島を出て行ってほしいと願う気持ちは、もちろん、昨日今日、突然に芽生えたものではありません。院長もご存知のとおり、院長がこの島にいらしてからというもの、私が絶え間なく院長を疑い、警戒してきたことは、もうこれ以上否定しようのない事実です。そして、私は院長を疑い警戒するたびに、いつか時が来たら、院長が虚心坦懐にこの島を去る心構えをお持ちになることを、ずっと願ってきました。そして、今、院長が島を去らねばならぬ、まさにその時が来たのです。

院長はおそらく、もしかしたら、どうしていまだに私が院長をこれほどまでにひどく警戒し、今この時に島を去ってほしいと願っているのか、明確な理由を理解できずにおられるかもしれません。しかし、あえて申し上げるならば、おそらく、院長が今までこの島について誤って理解されているいくつかの根本的な誤解を解明申し上げさえすれば、おのずとその答えになることでしょう。

この島に対して院長の誤解が及んでいたところと言えば、ほかならぬ院長のあの意欲的な天国をまずは挙げることができるでしょう。

癩者の天国――そうです。院長は確かにこの島を癩者の新しい天国とすることを約束し、そして院長の偽りのない努力と誠実さによって、この島がいつの日か本当に島の五千名の癩病患者の誇るべき故郷となる日がやってくると、固い信念を持っていらっしゃいました。それゆえ、院長はこの数年間、島のために本当に血の滲む努力を重ね、その結果、今では、功績として賞賛を受けるに値するほどの顕著な成果をあげられたということも否定できない現実です。

しかし、事実を申し上げるなら、院長のその意欲的な天国設計には、最初からいくつかの誤解が伴っていました。

いえ、今さらあらためて、院長にあの周正秀院長時代の話を持ち出そうというのではありません。周正秀時代の銅像の亡霊を理由に、院長を心無くも咎めだてしようというのでもありません。周正秀の銅像が産み落とした、島の人々の長きにわたる猜疑と警戒の心は、これまでの院長のたゆまぬ努力によって、今ではすっかり取り払われています。院長はご自身のあらゆる人間的な欲望を封じ、長らくあの銅像の亡霊に苦しめられてきた島の人々を前にして、実に非凡な忍耐と奉仕で院長の真実を見事に証明してみせました。

私は今では院長の銅像のことなど心配していません。私が今まで不安に感じ、また今も気がかりなのは、院長の動機ではなく、その天国の真実なのです。院長の真情に根ざす動機にもかかわらず、院長ご自身もただただ心を奪われてしまっていた、あの天国というものの奥深い正体なのです。

いったい院長の天国とは、誰のためにつくられる、誰の天国なのですか？

もちろん院長は、追放され、虐待されてきたこの島の五千名の癩病患者のために天国をおつくりになりたかったのであり、今もその信念に変わりはないでしょう。しかし、院長がこの島のためにおつくりになってきた癩病患者の天国が、本当に彼らの天国になりうるのだとは、院長ご自身もまだ断言はできない、そのいくつかの確かな証拠があります。

それはまず、院長の天国には今も高く聳える鉄条網が張りめぐらされているということです。鉄条網の囲いが張りめぐらされた天国――それは誰にとっても真の天国ではありえません。

この島のどこに鉄条網が――

当然に、この島のどこにまだ鉄条網が残っているのかと、問い返されることでしょう。院長は、島の病舎地帯と職員地帯を隔てていたあの高く聳える鉄条網を院長ご自身が撤去させた事実を、今もはっきりとご記憶されているでしょうから。

しかし、院長もまさか目に見えている鉄条網を撤去したくらいで、本当にこの島のあらゆる鉄条網が消え去ったとはお思いになってはいないはずです。この島に関するかぎり、鉄条網は目に見えるものだけでなく、目に見えないもののほうがより根本的に院生を支配している。それは、院長も十分におわかりのはず。いや、院長は、実のところ、あの目に見える鉄条網を撤去なさることによって、同時に、より高くて頑丈な鉄条網で島をひそかに囲い込みたかったのかもしれません。

いつかも申し上げたことがありますが、わたしたちは誰もが、今日の自分の現実を最終的で不可避のものとして生きているのではありません。今日の現実は明日また選択し改善していくことのできるという可能性があってこそのもの、たとえ今日の現実がどんなに満足で幸福なものであっても、そこに明日のふたたびの選択が前提とされていないならば、その現実は誰にとっても天国ではありえないのです。選択と変化が前提とされていない生涯不変の天国など、むしろ耐えがたい地獄にすぎません。

とすれば、この島におつくりなってきた院長の天国はどうなのでしょうか？　正直に言うなら、それはこの島の院生の天国である前に、まず、院長の天国であるのです。いえ、それは、なんとなれば、院長ただひとりの天国かもしれない。

院長は、この島の院生たちが生涯を終えるまで平穏に暮らすことのできる天国をつくろうとなさいます。院生たちもまた喜んでその天国を受け取るべきだと、固く信じておられます。そして、明日またその天国をつくり変えたり、捨てたりすることがあってはならないと思っておられます。院長は、そんな、誰も院長の天国に背くことのできぬような、不変の天国をつくろうとしていらっしゃいます。

しかし、本当の天国ならば、それを享受しようという者にこそ、真っ先に選択の可能性は与えられていなければならず、少なくとも、いつの時にか、よりよい人生の実現のためにその天国を捨てることもできなければならないと、私は信じています。天国とは、実際には、その設計や中味がいかに幸福そうに見えるかということよりも、それを享受する者たちの選択の行為と明日の変化に対する希望がどの程度許容されているかということにこそ、より大きな意味があるのですから。

形ばかりの、院生による真の選択がありえない最後の定着地としての天国——生涯不変の天国——それは院生たちの天国ではなく、ただ院生たちがそこを天国と信じることを願いつつ、ほとんど一方的に天国を与えようとなさる院長や院長と同じような考えを持つ人々――島の外で、この島を院生たちの天国だと言うような、まさにそんな人々の天国であるにすぎません。そして、その天国は、それをつくりあげようという人々が、それを完璧につくりこむほどに、それを生きねばならぬ者たちにとってはむしろ息の詰まる地獄にもなりうるのです。

院長は結局、そのようなものに等しい天国として、この島にもうひとつの鉄条網を、目には見えないけれども、見えるものよりもさらに高く非情な鉄条網の囲いをおつくりになっていた。

院長の天国に目には見えぬ鉄条網が張りめぐらされていることの証拠は、これだけではありません。院長の天国が、けっして彼らの天国にはなりえないという明らかな証拠は、院長ご自身のまさに局外者的偏見のうちにあります。院長はこの島を、誰もが暮らしやすい人間の天国ではなく、逐われ虐げられてきた癩者のための、癩者だけの天国としてつくろうとなさる、それこそがまた、天国の鉄条網にほかならないのです。院長はこの島をあらゆる癩者の誇るべき故郷としてつくりあげ、ここで癩病患者だけで仲睦まじく暮らしていくことを願っています。癩病患者の悲しき人生の歴程や習性をふまえて、癩病患者だけのための、そして癩病患者に相応しいさまざまな特別の慣習と秩序を、この島に新たにつくってこられました。もとよりそれは、健康な者ならば喜ぶはずもない、けっして馴染むこともできない、憐れな癩者だけの天国です。院長は癩病患者がその天国にやってくることを、癩病患者の誰もがその天国を捨てて出てゆくことがないことを、願ってきました。ここにおまえたちの天国がある――院長はもう既に、この島を出て行こうとする院生に、この島と仲間の院生たちに対する裏切り者だという烙印を押していらっしゃる。

癩者だけのための天国——ここには院長がつくりだした、目には見えぬもうひとつの鉄条網があるのです。

そもそも、たとえ不幸な病に冒されているとしても、あらゆる人間的な願いと自身の人生の実現の欲望は、彼らもまた人間として他の誰と変わることなく持っているはずです。数奇な人生を歩んできた者たちであるとはいえ、彼らがこいねがってきた天国が世間の人間のそれと変わりがありましょうか。彼らがついにはそのことを忘れ果ててしまったとしても、わたしたちはそれを忘れてはならず、わたしたちが彼らにそれをふたたび思い出させてやらねばなりません。

院長は、しかし、彼らに人間の天国をつくってやろうというのではなく、癩者の天国をつくろうとなさっています。院長の天国計画は、最初から、この国の癩病患者を一箇所に集めようというものでした。そして、この島の院生たちが島を出ることがないようにするものでした。島に楽土をつくってやろうという院長の計画は、島を出れば必ずや陸地の人間たちの怖ろしい報復を受けるであろうと脅迫することで院生たちの手足を島に縛りつけようとする者たちのやり口とはその方法が違うだけ、現われた効果を見れば、目的は同じと言わざるをえません。院長は、彼らをひとりの人間としては見ておられません。特殊な条件と譲歩のもとに置かれて、それを受け容れうる癩病患者としてのみ理解しようとされている。だからこそ、逆に、彼らをして院長のものである癩者の天国をつくらせることになっているのです。

確かに、貧しき者の天国はまずは富を享受するところに、病める者の天国は健康を取り戻すところに立ち現われてくるのかもしれません。しかし、富や健康はそれが極度に窮乏しているところでのみ、ある種の特殊な天国の条件になりうるもの、それがいつどこでもあらゆる人間の究極的な天国の条件だということはありえません。おまえたちがこの世の誰からもその病ゆえに受け容れられぬ憐れな癩者であるゆえに――、おまえたちの過去は焼けるように痛む傷に疼くばかりだから――。

院長が彼らにつくってやろうとされている天国とは、まさに、結局は金のない者には金を、病める者には健康をもって、それぞれの天国とするもの以上の意味を持ちえないのです。たとえ貧しく病んではいても、けっして目をつぶって捨て去ってしまうことのできない熱い真実と人間的な願いが貧しき者と病める者のうちに息づいているかぎり、それは、その真実と願いへの、そして人間に対する、傲慢かつ乱暴なテロ行為にほかなりません。

囲いが張りめぐらされている天国が、本当の天国であるわけがありません。そして、癩者のための、癩者だけの天国をつくろうという院長の意志、まさにそのうちにこそ、既にあの見えない鉄条網が用意されているのです。

とはいえ、院長は今まで一度も、そんな鉄条網のことなど考えてもみたこともないでしょう。そして、おそらく、今も院長はその存在を信じようとはなさらないでしょう。院長の天国に対する信念は、それどころか、なにか神聖不可侵の啓示のように、いつでも確固不動のものでしたから。

とすれば、何ゆえにこの島の人々が院長の天国をあれほどまでに受け容れようとしないのか、院長はお尋ねになりたいことでしょう。院長の選択が島の人々の選択と一致しうるように院長はご自分の選択をされてきた、だから、わけもなく排斥されるはずがないではないか、と反問なさりたいことでしょう。院長の善意を信じて受け容れることだってできるではないか、と問われることでしょう。そうなのです。実はその思い込みこそが問題なのです。不幸にも島の人々は、院長に絶対的な信を置くことはできませんでした。絶対的な信を置くことができないがゆえに、院長とその選択を、院長の天国を、無条件に受け容れることはできないのです。

だからといって、島の人々が院長に絶対の信を置けなかったのは、院長に咎があることでもありません。もともと院長は島の人々とは生きる道が違うのですから。島の人々にとっては島が生涯の天国であらねばなりませんが、院長にはそんな必要はないのですから。院長が島につくろうとした天国は、院長ご自身の運命を埋めるような、実のところ、院長ご自身がそこで生きるような天国ではないのですから(不幸な癩者のために、島に癩者の天国をつくる、というお言葉の意味をいま一度想い起こしてくださいますよう)。院長は、いつの日かこの島を去るであろう可能性は否定せずにおられました。そして、このたび島を去らぬわけにはいかなくなった院長のご事情は、動機や経緯がどのようなものであれ、それを決定的に見事に証明してしまいました。院長はこの島や島の人々と運命をともにすることはできません。運命をともにすることができぬ者たちの間に、絶対の信が生まれるはずもありません。それは、この島では、なおのことそうなのです。そして、同じ運命を生きることのできぬ者たちの間での信なき愛や奉仕は、恵みを施す者による単に傲慢で自己陶酔的な同情にしか見えません。信じることができない人間を、その人間の天国を、受け容れることは難しいことです。恵みを施す者による一方的な同情だとはいえ、そのことひとつを理由にしてその貴い奉仕がむやみに排斥されてはならないかもしれません。あるいは、それゆえに院長を責めるということでもないでしょう。院長と島の人々は、最初からそれぞれに違う運命を生きているのですから。それでもまだ問題はあります。癩者の天国というものは、そこにおのずとその限界と正体が露呈されているのですから。私は院長のあの目には見えぬ鉄条網のことを申し上げているのです。

いずれにせよ、院長はそのようにして、自分でもわからぬうちに、この島に癩者の天国という名の、もうひとつの目には見えぬ囲いを高く築かれた。そして、それが本意であれどうあれ、院長はその高く聳える鉄条網の囲いのなかで、今までこの島の人々をあまりにも巧みに支配してこられた。

　とはいえ、このような、あってはならない事実の確認が、私がいま院長にこの手紙を書いている目的ではありません。より重要なのはそんな事実の確認ではなく、あの鉄条網をもってこの島につくられつつある院長の天国が、今までどのように姿を変えてきて、さらにこれからどのように変わりゆくのか、ということです。それを確かめるには、院長の赴任以来この島で次第に影を潜めていった院生の脱出について、これまでそれがこの島でどのような意味を持っていたのかということから、まずは申し上げておかねばなりません。

　なぜなら、院長があれほどまでにお嫌いになった島からの脱出行為とは、言うまでもなく、院長がこの島につくろうとされている天国に対する、もっとも直接的な裏切りの行為にほかならないからです。脱出――それはもちろん、この島で行われた労役と窮迫にもうこれ以上耐え切れなくなった時に、そう、その時からはじまったものです。島を支配する者たちが院生を懐柔するために口にした、あのうっとりとさせる楽土の約束。それにもかかわらず、果てしない労役と暴力的な抑圧によってこの島全体が耐えがたい地獄に変じていったその時を境に、彼らは命がけで島を脱出するようになったのです。

　ときには、故郷に残してきた人々に会いたくてたまらずに島を抜け出る者もいました。ときには、陸地から流れてきた根拠もない治療薬の噂に誘われて、この島を捨ててゆく者もいました。

　しかし、院長もご存知のとおり、いつの頃からか、この島ではそんな危険な脱出という冒険を敢行する必要がなくなってしまいました。かつてのような過酷な労役も姿を消し、陸地から根も葉もない馬鹿げた噂が流れ込んでくることもほとんどなくなりました。なによりも、今では、ひとたび島にやってきたならば生きては二度と出られないという、かつてのあの絶望的な強制収容制度が廃されて、もうずいぶんになります。望みさえすれば、島の人々はもうあの危険なトルプリ海岸からではなくとも、堂々と安全に、いくらでも島を出ていけるようになりました。ある時期には患者が溢れて、そこそこ健康な院生にはむしろ陸地で暮らすよう勧めるようなこともありました。脱出劇は当然に影を潜めるはずです。

ところが、事実はどうだったのでしょうか。

脱出劇は、相も変わらず、絶えることなくつづきました。

院長がここにいらっしゃった頃までにしても、それはまだ頭の痛い問題として残されていました。

なぜなのでしょうか。

院長がこの島の病院に赴任されてきた直後のことだったと記憶しています。私はあの時、この島の人々が長らく脱出の拠点としてきたトルプリ海岸に院長をご案内し、院生たちの脱出の動機について申し上げたことがあります。――近頃は病院では完治した患者まで強いて島に留めおこうとはしない、むしろそのような者たちを一日でも早く島から出そうと努力しているくらいだ、あるいは病が完全に癒えていない者でも、島を出たい者は誰でも一定期間の帰郷休暇を許されて島を出ることもできる、しかし、そういう場合には、あえて島を出ようという者はいない、なのに、彼らは機会さえあれば、しばしばこのトルプリ海岸から命がけで島を脱出しようとする、そんな奇妙な冒険を敢行することが多いというのが実情だ――

院長はあの時、島を出るように言われた時に素直に島を出ようとはしない者と、わざわざ危険な脱出劇まで繰り広げて苦労して島を出ようとする者とが、つまりは同じ島の人間であるという謎かけめいた事実に対して、そしてその不可思議な行動の矛盾に対して、まったく納得されていませんでした。だから、私は院長に、島を出ろと言われた時には出ることのできない者と、わざわざ危険な冒険を敢行して島を脱出する者を、それぞれ「患者」と「人間」とに分けて説明申し上げた記憶があります。今こそ、その患者と人間の区分をとおして、彼らの理解しがたい行動の矛盾をもう少し詳しく説明申し上げる時が来たようです。

あの時も申し上げましたように、島を出ろと言われても、どうしても出ることのできない者たちというのは、もちろん「患者」です。この者たちは病を得て、外の世界からこの島へと逐われてきたのであり、ひとたび島に入ってきたならば二度と島の外に出ようなどという勇気を持たぬよう、病院当局は外の世界に対する限りない恨みと呪いと恐怖を育んでやります。――おまえたちは実に無惨な虐待と逼迫に耐えながら世間に生きてきて、ついにこの島にやってきた、おまえたちが安心して生きていける場所はこの島しかないのだ、おまえたちはおまえたちだけでこの島で生きねばならない、島を出ようとすれば、ふたたびまた怖ろしい虐待と復讐がおまえたちを打ちのめすだろう、脱出は病院が罰する以前に、まず外の世界の人間がそれを許しはしない、怖ろしい復讐が待っていることだろう、おまえたちのような患者には健康な人々の土地はむしろ恥辱になりうるだけだ……。院長も五馬島の事業を始める前に、あの五馬島の前に広がる海に長老たちを船に乗せていき、これはあなたたちのやるべきことであり、院長自身のために院長がすることではないと言われました。石を投げ込んでも投げ込んでも堤が姿を現さなかった時、そしてあの五馬島の防潮堤が台風で崩壊した時に、島の人々の勇気を奮い起こさせるために、陸地の人間による虐待と迫害を持ち出して院生たちを説得なさりもしました。あの時、陸地の人間の虐待と迫害をどれだけ威嚇的に誇張なさったことか、それを想い起こされれば、院長もおそらく納得がゆくでしょう。

そうやって外の世界を理由に育まれた恨みと呪いと恐怖のために、彼らはあえて島を出ることなど考えることすらできない完全なる「患者」にされてしまうのです。病院が穏やかに彼らに島を出てもよいと言う時にも、彼らはもうどうしようもなく患者であるしかなく、むしろ病院が彼らに植えつけた徹底した恐怖に捕らえられて、島を出ることができません。それは、つまりは、呪わしい土地への、怖ろしい追放であるからなのです。

しかし、彼らも、ときには「患者」であることからの解放を夢見ます。彼らも「患者」である前にひとりの「人間」なのです。患者としての生存様式と一般のそれとの区別にとことん嫌気がさした者たちは、しばしば患者としての自身の特殊な立場を脱ぎ捨て、より深い生存の衝動に突き動かされて、島を脱出することを願うようになります。

もちろん、それは、この島と病院当局に対する裏切りにほかなりません。しかし、この島の患者にそんな裏切りの企みが芽生えはじめたのならば、彼らはもう「患者」ならぬ「人間」へと戻ってゆこうとしているのです。

言うならば、この島を生きるようすがとしている者はみな、患者としての特別な立場と人間としての普遍的な生存条件を二重に同時に生きているというわけです。「患者」としての特殊な立場をあまりに強要されると、彼らはかえって患者であることを拒否し、人間たる自覚と冒険へと向かっていきます。だから、彼らは患者として怖ろしい土地へと島から追われる追放の道ではなく、島の支配者たちが彼らに植え込みつづけてきた恐怖を蹴りとばして、自身の選択と勇気に根ざした希望溢れる人間への冒険の道を選ぶようになるのです。

だとすれば、動機がなんであれ、そしてその無謀な企図が成功であれ失敗であれ、この島の人々の脱出劇は、いわば、島に縛りつけられた自身の運命にみずから新たな突破口を開こうという、熾烈で涙ぐましい身悶えの表現というほかありません。そしてそれは、彼らの支配者が一方的に彼らに強要してきた意味のない天国への痛快な裏切りです。諦念と服従のなかで無気力に《主の日》だけを待たねばならぬ僕《しもべ》の天国からの、一度だけでも自身の運命の重荷をみずから背負おうという健気な冒険なのです。

脱出は、命を享けて生きている者の最後の自己証明です。そして、それは、この島が悲しき幽霊たちの墓所などではなく、生きている人間の島でありうることの唯一の証明でもあります。脱出が続いているかぎりは、この島はまだ息をする人間の島として生きていくことができるのです。

脱出はこの島においては至高なる美徳でした。

ところが、院長がいらっしゃってからというもの、脱出劇はついに影を潜めてしまった。

いったいどうしてなのでしょうか？

そして、脱出が影を潜めてしまってからというもの、この島はどうなったのでしょうか？

院長は当然に、この島に乗り越えねばならぬ鉄条網はない、真の楽土になりつつあるからだとお考えになってきたことでしょう。そしてそれは、この島が今では無意味な脱出劇の悪夢から醒めて、みながひとつに心と力を合わせて働く模範的な療養所に変わりつつある証しだと、誇らしげにおっしゃりたいことでしょう。

果たして本当にそうなのでしょうか？

脱出者が現われない理由は、越えねばならぬ鉄条網が本当にないからでしょうか、脱出者が影を潜めた島は、本当に理想的な楽土になりつつあるのでしょうか？

違います。

私はいまだにそんなことは信じられません。信じられないだけではなく、院長の信念とはむしろ正反対の疑念を抱かずにはいられません。

先にも申し上げましたとおり、島では今も鉄条網が完全に取り払われずにいるのですから。院長以前のすべての方々がそうであったように、院長もこの島にいらしてからずっと、変わることのない願いをひとつ、持ちつづけてこられました。それは言うまでもなく、この島のすべての院生をより患者らしい患者にすることでした。そして、院長はご自身の願いを完璧に叶えました。

院生たちは本当に患者らしい患者になっていきました。誰もわざわざ島を出ていこうとはしなくなった。院長は、他の方々のようにただ脅迫ばかりするのではなく、より積極的に、院生たちをしてみずからすすんで島の建設へと向かわせ、島に暮らすことに不満を感じようもないほどの強い矜持を植えつけたのです。患者の患者たる矜持を植えつけるのに成功したのです。鉄条網を張りめぐらし、ただ怯えさせるのではなく、院生たち自身がその目には見えぬ鉄条網を高くしていくようになさったのです。

院生たちが本当に患者らしい患者になりゆくほどに、そして彼らの天国が誇らしいものになるほどに、その鉄条網を飛び越えようという者はもう誰もいなくなりました。

誰も越えようとしない囲いほど、高く安全な囲いはありません。

しかし、そのようにして院長がこの島におつくりになっている天国とは、どのようなものなのでしょうか？　患者らしい患者にとってのみ天国たりうる天国、患者としての不幸をすすんで受け容れる諦念があってこそ初めて天国たりうる天国、そのような意味の天国にすぎないのです。

院長の天国が島の人間たちにとっても天国たりうるのは、院長の天国の論理に島の人々の思いや欲望がすすんで閉じ込められ、それに慣れ親しんでいく時のみです。支配し支配されるということは、獣を縛りつける綱のようなもの、支配が楽になれば、支配されることも楽になるという道理。その秘密が、ここにあります。そして、それで満足してしまうのならば、島の人々は一日も早く脱出を忘れ、院長の天国に馴染んでいかねばならぬのかもしれません。

院長、しかし、今や脱出が絶えた島はどうなりつつありますか？　この島は今では命の証しを失った死の島に変わりつつあるのです。

院長がこの島に実現しようとなさった天国へと近づけば近づくほどに、この島は院長の名分ただひとつに見事に縛りつけられた、顔なき幽霊集団の島になりゆくばかりです。そうしてますます支配するのも容易な、しかし、生きている人々の姿を見出せない、生気のない幽霊たちの島になっていくのです。そして、おそらく、願いさえすれば、院長はついにはこの島をそのようにつくりあげることもできるでしょう。なぜなら、院長がこれまでいつもそうであったように、これからも院長が願うほうへと島の人々を説得し、動かしていくことは、そう難しいことでもないでしょうから。

島の人々を院長の意向どおりに説得し、動かすことができるというような言いようは、お気に召さないかもしれませんが、それもまた、おそらく、間違いない事実です。

私の経験から言えば、なんらかの形態の囲いの中に隔離された社会の秩序とは、その社会を構成している個々の成員の意思によるのではなく、たいていはその社会を支配し代表する数名の上層部の意思によって左右されるものであり、この島に関するかぎり、これまでのあらゆる院長の時代がそれをはっきりと証明しています。院長もまたその例外ではありえません。なるほど、院長は島の人々を率いるうえで、他のどの院長よりも多くの人々の意見に耳を傾け、ほとんどの場合、その意見を受け容れ、それに従うかたちをとりはしています。院長は最初に長老会をつくり、どんなことにも長老会の諮問と同意をお求めにもなりました。しかし、それは、結局は形式的手続き以上の意味を持ちえぬものでした。長老会が進んで何事かを発議することはなく、いつも院長の意に沿って、院長の計画をその願うかたちに確定させる手続きをとるという奉仕をすることで、院長の名分を用意して差し上げることがせいぜいでした。いえ、だからといって、長老会の方々を責めようというわけでは、もちろんないのです。これまでのこの島でのあの方々の経験を思えば、見あげるほどに高い囲いによって素晴らしい隔離が達成されつつあるこの島の現実は、たとえ長老会の方々といえども、それしか道がなかったでしょうから。

実を言えば、私は、院長の赴任直後から、この島の善意の支配者としての院長と被支配者としての院生たちの間でどの程度まで協議による支配秩序が可能なものなのか、きわめて大きな関心を抱いてきました。しかし、結局は、院長に対してすらも、私のそのような期待がどれだけ無意味な幻想であったかを確認しただけのことでした。

そもそもある種の絶対的な状況のうちに隔離された人間集団内部においては、支配者と被支配者の間の協議のもとに成立する支配秩序など、その状況を取り巻く壁を打ち壊す殉教者的勇気と犠牲なくしては、究極的には不可能なものです。支配する者に善意や正義があろうと、そしてその支配権がどこに根拠を持つものであろうと、その支配秩序だけは揺るがぬ絶対の前提になっているかぎり、支配を受ける側は耐え切れぬ状況自体の圧力ゆえに常にみずから無力化していくからです。そして、そのような不幸な社会の秩序は、私たちはとかくそう信じがちではありますが、大衆の希望や祈りのようなものとは関わりはない、まずは支配者ただひとりの責任と覚醒に左右されるほかはない、というのが私の悲しい結論です。

けっして長老会の方々を責めることはできません。院長はひたすら院長の天国を強調しつづけた。島を出た時に島の人々が陸地の人間から受けるであろう呪いや虐待を、適切にも説明なさった。そうすることで、院生みずからが囲いを高くするよう仕向けました。その囲いの中で、繰り返し、一定のある適切な状況認識を喚起させることで、長老会と島の人々をいくらでも意のままに動かすことができたのです。

結局、私は、この数年間、院長と島の人々との関係に、ひとりの善意の支配者と被支配者たちの間の対等な相互支配秩序や、万人共有の麗しい支配秩序が誕生するのを見ることはありませんでした。むしろ、ひとりの支配者がなんらかの不変の絶対的状況に閉じ込められた多数の人間集団を、どれだけ容易に、そして、どこまで抵抗もなしに操っていくことができるかという、悲しき支配術の模範例を見ることになったわけです。その支配者が、はじまりにおいては、どんなに誠実な人間性と善意の名分を持つ人間だったとしても、そして、閉じ込められた人間の群れが彼らの支配者をどんなに正しく警戒したとしても、支配する者とされる者のどちらもが自分たちを閉じ込めている囲いに対する深い覚醒に到達しないかぎり、結局は支配する者がその人間の群れを一方的に操作することになるのであり、支配される者もまた支配者の意をすばやく受けて、それに奉仕するしかなくなるのです。

囲いが張りめぐらされているかぎり、院長は今後も、いくらでも、そのような操作が可能でありましょう。そして、院長は、ついにはこの島に院長の天国を完成させることもできるでしょう。しかし、先に申し上げましたとおり、おそらくそれは、この島の院生たちが喜びを享受する天国である前に、それをつくりあげる院長ただひとりの画一的で生気のない天国にしかなりえないでしょう。院生たちは自分たちのものと言われている天国の真の主人ではなく、むしろ、天国を崇め、天国に服従し、天国の下僕としてつらい奉仕ばかりを強要されることでありましょう。

院長——。こうして私は、院長にこの長い手紙を差し上げるに到った最後の動機を申し上げるところまで、ようやくたどりついたようです。

院長、どうか、けっして、この島に一糸乱れぬ院長の天国を完成させようなどとはなさらないでください。天国を完成させるまでは島を出るまいなどとは、お考えにならないでください。せめて潮止祭を見届けてから島を去ろうという院長のお考えもやはり同じこと。それをやり遂げずに島を去ることになるのを、寂しくお思いにならないでください。それはこの憐れな島の人々のためにだけではなく、院長ご自身のためにも、きわめて賢明で幸いなる決断となることに間違いありません。冷たく響くかもしれませんが、最後まで院長の天国に固執されるなら、おそらく、その天国の夢が島に実現されたまさにその瞬間から、天国の耐えがたい裏切りと復讐が院長に対して新たに始まることになるからです。

妙な話ではありますが、この島の院生たちは、実のところ、天国が完成する前に、既にその天国のあらゆる祝福を享受しています。院長ももうご存知と思いますが、この島を支配してきた方々は、島の人々をなだめすかし説き伏せるために、かねてより、しばしば天国の祝福の前払いをしたものです。天国が実現もせぬうちから、島の人々を何年後かにやってくる天国の夢で酔わせて、彼らをたやすく支配してきたのです。明日の夢を前倒しで払ってやり、その仮想現実を今日の現実と錯覚させて喜ばせて、真の現実の葛藤を眠り込ませてしまう言葉の魔術は、この島を支配してきた者たちの常套手段でもあります。しかし、そんなものでも、今日を生きることが常に苦しく耐え難い人々に対しては、それこそきわめて容易に効果をあげる支配術のひとつでした。

知ってか知らずか、この数年間、院長もまた、この島の人々にそのような操作を絶えずつづけてこられた。そのことはもはや否定できないはずです。とすれば、いざ天国の夢が現実となった日に、島の人々はその天国からこれ以上何を得て、何を享受することができるのでしょうか。彼らは繰り返し夢見てきた天国からあらゆる祝福の前払いを既に受け取り、すっかり使い尽くしてしまっているのですから。天国は彼らに新たな祝福など与えることはできないでしょう。そして、祝福のない天国とは、ただその内に彼らの生を閉じ込めようとする息苦しい囲いであることに気づかされるだけのことです。

復讐がはじまります。

裏切りが企てられます。

復讐とは、もちろん、院長が彼らを明日の天国の前払いを受け取って生きるよう仕向けたことに端を発するもの。裏切りは、一糸乱れぬ天国の囲いに対する彼らの覚醒によってもたらされる脱出の冒険として立ち現われることでしょう。

院長の天国は実現されようのないものであり、実現されたとしても実現されたことにはならないのです。院長が院生たちのあの五馬島農地を実現するにしても、それはやはり出小鹿の道ではなく、もうひとつのさらに完璧で心休まる彼らの囲いになるであろうからです。堂々と島をお去りになってください。院長でなくとも、それを院長に代わって実現させようとする別の誰かが現われるだろうなどという脅迫はなさいませぬよう。いつかまたそのような者が現われるとしても、それはもう院長とは関係のないことなのですから。院長が彼らの天国を願うのであれば、この島の真の主人であるべき彼らにも、彼ら自身がみずからを試す機会を与えてください。

この島は院長でなくてはだめなのだという、院長だけがこの島のためになり、院長だけが本当に天国を可能にし、院長だけが唯一の善であるという、その傲慢な独善。それは、この島を人間の天国どころか、醜悪な癩者の収容所にしてしまうだけです。なにより院長は結局のところ、この島や島の患者たちとは運命をともにするお立場にはないのです。

最後にもう一度、心からのお願いを申し上げて、そろそろ筆を擱《お》きたいと思います。そして、私のこの願いがどれだけ強く真情溢れるものであるのかを示すために、必要とあらば、今夜、今すぐにでも、私はこの島を出て行きましょう。

院長によってこの島で実現されうるものはこれ以上なにもなく、この島で私ができることといえば、院長にそれを悟っていただくこと、それ以外にもうやるべきことはなにもないのですから。そして、今も私は、この島が一様に顔をなくした幽霊集団ではなく、生きているひとりひとりの人間の島としてあることを証明する最後の手段を忘れずにいるのであり、今この島で生き、これからもこの場所で生きつづける人々にそれを消えない記憶としてとどめておきたいのです。

院長——。

どうか私の思いを打ち捨てないでください。憐れみ深い主のとりなしによって、この手紙では言い尽くせぬ私の思いを院長が曇りなく読み取ってくださることと信じています。

主よ、願わくば、人間の言葉では語りえぬ私の偽りなき心をありのままに院長が感得なさいますよう、ただひたすら心よりお祈り申しあげます。

33

「実に凄まじい追及だ……」

サンウクの手紙を読み終えて、渦巻く思いにしばし茫然としていたイ・ジョンテが、やがてチョ院長をじっと見つめて口を開いた。

「院長がどうしてここまで責め立てられねばならぬのか、どうにも納得しかねます。あのサンウクという人間自身が、手紙のなかで告白しているように、この島ではあらゆることが、何ゆえに、必ずやこのようにしかならず、このようにしか理解されえないのか、ということについてもです」

チョ・ベクホン院長は、イ・ジョンテを待ちつつひとり飲んでいた酒で、顔がもうすっかり赤くなっていた。そして、ようやくイ・ジョンテに酒を満たした盃を差し出し、思わせぶりな笑みを浮べている。

「そうおっしゃるでしょうね、兄は。確かにイ・サンウク自身も、何ゆえに、このチョ・ベクホンがあれほどの侮辱を受けねばならぬのか、あるいは、サンウク自身があのような形で島を出ねばならぬのか、その名分を確信を持って差し出せずにいるありさまなのですから。とはいえ、それもまた簡単なことです。ほら、あの、開拓団副団長をされていたファン・ヒベク長老という方がいらっしゃったでしょう。あの方が、ある時、それを見事に説明してくださったのです」

「あの方がなんとおっしゃったのですか？」

イ・ジョンテは前に置いた酒盃を一気に飲み干して、性急に問う。チョ院長は、イ・ジョンテの酒盃にふたたび酒をなみなみつぐと、ゆっくりと話しだす。

「サンウクの手紙にもそんな話がちらりと出てきましたが、ファン長老の言葉によれば、それはすべて自由というものをよりどころにしようとするためだと。この島はあらゆることを自由をもって為そうとするがゆえに、その自由というものがそもそもは闘いとられねばならぬものであるがゆえに、お互いにおのずと葛藤と不信が生まれるのだという話でした。イ・サンウクという人間も結局は、そういう島の自由のことを言っているのであり、その自由を行使していたということになるのでしょう。サンウク自身がそのように語っている部分もありますし。しかし、やつは自身の口で自由を語り、自身がそれを行使しながらも、ファン・ヒベク老人ほどにはその自由自体を深く自覚するに至っていないようです。自由の行使がもたらす結果や現象を、その自由そのものをもって説明する術を持たなかったのです。だから、サンウクは、何ゆえに島がこのようにしかならぬのか、それに悩み苦しみながらも、自身がこの島を捨てねばならぬ理由も、私をあれほどまでに責め立てうる確かな名分も、見出しえませんでした。手紙の中で、やつは、逆にそれを私に問うているではないですか。後日書いた手紙を読めば、その時にはある程度の自覚があるようにも見受けられますが、それでも満足のゆく答えを自分のうちに見出していなかったのは明らかです。島が私を受け容れえなかったこと、やつがあのようにこの島と私を裏切るほかなかったこと、そして私に宛ててあのような手紙を書いていること自体も含めて、あらゆることがこの島の宿命的な自由ゆえのものなのです。やつがこの島の自由だけをよりどころにしようとし、島の自由を案じていたからなのです」

「自由をよりどころとすれば、葛藤と不信が生まれ、なにも成就することはない……。ならば、あのファン・ヒベク長老や院長は、この島において、その自由をお認めにはならなかったということですか」

「いいえ。この島の来歴と島の人々の長きにわたる経験をふまえて言うならば、島の人々は当然にその自由をよりどころにするほかはなかった、と思わざるをえません。島の人々にとってはむしろそれは当然の主張であり、権利のように見なされてきました。しかし、いま一度ファン長老のお考えに則って言うならば、この島は自由だけをよりどころにしようとして失敗してしまったのだから、自由よりももっとよいものをよりどころとしなければならないのです」

「ファン長老は、では、その自由をよりどころとするよりももっと秀でた方法を知っていたのですか？」

「あの方は、それを愛だと言いました。愛は、自由のように奪うのではなく、与えるのだと。愛は、自由のように闘いと憎しみと恨みを産み出す代わりに、赦しを教えるのだと。そして、島を支配する私の側は、まがりなりにも愛を実践しようとしてはいたともおっしゃった。愛を生きるべき自分たちがただ自由だけをよりどころとしてきたというのに、島を支配する私の側には愛を実践しようとした痕跡があるのだと。とはいえ、あの方は、自由と愛とをまったく別のものとして分けているようではけっしてなかった。なんと言うか、愛をよりどころにしようと、自由をよりどころにしようと、互いが互いのうちに宿っているのでなければ、意味はないと言われたのです。自由を行使するにしても、その自由のうちに愛が宿り、愛を行使するにもその愛のうちには必ず自由が宿っているならば、結果は同じことじゃないかと。それは、つまり、こうも言えるでしょう。自由は愛をもって行使し、愛は自由をもって行使する」

「でも、それがわかっていたファン長老は、どうして自由のうちに愛を宿らせることができなかったのでしょうか。そして、院長もまた、それを知ってもなお、どうして自由を院長の愛のなかに宿らせることができなかったのでしょう。ファン長老はそう言いながらも、結局は院長を島から去らせ、院長もついには島を去らねばならなかったではないですか」

「それは、たぶん、互いを信じていなかったからでしょう。ファン長老は、信なくしては自由というものはむやみに行使できないもの、信なくして自由を行使すれば葛藤と不信と憎しみしか残らないのだと言いました。そして、信をよりどころにできぬということは、すなわち愛をよりどころにできぬということであり、信なき愛の行使は、愛の行使たりえないということだったのです。そういうことならば、結局は愛も信も同じ次元の話ではないかと思われたのですが、あとでつくづくと考えてみれば、立場によって少しずつ違いのある話だったようでもあります」

「立場の違いですか？」

「島では、ということです。この島では、支配を受ける立場である院生たちが宿命的に自由だけをよりどころとするほかない人々だとすれば、島を支配する院長が拠って立つところはおのずと愛になるほかなかったろうと考えたのです。支配する者は愛をよりどころに、支配を受ける者は自由をよりどころに、というわけです。そして、支配する者の愛のうちに支配を受ける者の自由が宿り、支配を受ける者の自由のうちに支配する者の愛が宿って、ついには両者が同じ道を歩んで、和解による調和を成し遂げていくことができるようになる、そんな意味での立場の違いです。院長である私は愛をよりどころに、院生たちは彼らにとっての正しき自由をよりどころにしなければならなかったということです」

「しかし、結局、双方とも挫折するほかなかったとすれば、院長と島の人々の間では、互いに対する信を持ちえなかったということになるのでしょうか」

イ・ジョンテの問いは果てしなくつづく。チョ院長もまた、そんなイ・ジョンテの問いに対して答えをためらうような気配はない。院長はむしろある種の使命感すら感じているかのように、精力的な声で熱心に説明をつづけた。

「そういうことです。信を得られなかったから、結局は島を去らねばならなかった。私もあの時には、そのことをめぐって多くのことを考えました。ファン長老はあそこまで説明しながらも、その信なるものを求めようという素振りはまったくなかったのですから。私はあの時、ファン長老もおそらくそれに対する処方までは持ち合わせていなかったのだろうと考えました。自由が、信なき自由というものが、不信というものが、ファン長老としてもどうすることもできないこの島の宿命なのだろうと。ファン長老は最初から私が島を出ることを前提に話していたようでしたから。互いに信を求めて、この島に愛を植えようという考えはなかったのです。ファン長老は、私に対する信を最初から断念していました。でも、私はあとでそのわけを悟ったのです。ファン長老も、私も、互いに信を求めえなかったそのわけを。それは実に奇妙な因縁によるものでした。島を出て五年ほど経った頃に、あの馬山の病院で、イ・サンウクという人間の手紙を受け取ってのことでしたから」

「いま読んだあの手紙のことですか？」

「そうです。まさにその手紙を受け取ったからこそ、私はそれまで抱えていた謎を解くことができたのです。ファン長老が私を信じることを断念したのも、当然のことと思われました。そして、その長きにわたる謎が解けると、そのまままっすぐ私はこの島に戻ってきた。サンウクという人間は、最初は私を島から去らせるために手紙を書き、次には私をふたたび島に戻らせるという奇妙な因縁の手紙を書いていたというわけです」

「院長が探し当てた謎の答えが聞きたいものです」

「いいでしょう。そう言われずとも、今からそれを話そうとしていたところでした。それは、ほかでもない、まさにこの手紙の中で語られている共同の運命ということだったのです。サンウクという人間は、だから、自分自身それについて語りながら、今度もその言葉の意味するところをつかめなかった。つまり、その共同の運命というものが、この島の自由と、自由をよりどころとしてもなんの実りも結ばない宿痾《しゅくあ》とも言える退行現象と、いかなる関係にあるのか、深いところまでは見抜くことができなかった。そして、それを私にだけ問うているというわけです。ところが、まさにそのサンウクの問いの中に、既に答えはあった。さきほどの、信が生まれえなかった理由にまつわる話です。人と人の間の絶対の信とは、究極的には、やつが言うところの、運命をともにしうるところでのみ生まれるものであったということです。やつが好んで使うあの天国というものをよくよく考えてみれば、理解がより容易になることでしょう。私がつくった天国を信じようとはしない理由、私の動機や天国を虚心坦懐に受け容れられなかった理由、私の善意と努力を自己陶酔的な同情だと斬って捨てる理由、そのすべての理由は、つまりは私がこの島の院生たちと同じ運命を生きてゆく人間ではないというところにあるのです。サンウクという人間が、たとえ島を離れていようとも、いつでもどこでもこの島の運命を生きているという、そんな運命のことです。真の愛とは、一方的に求めるものではなく、共同の利益を分かち合うところでのみ可能だったのです。そして、それは、天国をつくるなら、つくりあげた後もずっとその天国を去ってはならない、ということを意味します。まさしく、その意味では、私と院生の間に真実の「信」など生まれようがなかった。そして、おそらく、ファン長老もまた、そのことがわかっていたから、もうそれ以上は私に信を求めようとはしなかったのかもしれません。いずれにせよ、私はやつの手紙でようやくそのことに気づいたのです。そして、そのことに気づいたから、ふたたび島にやってきました。運命をともにする覚悟で。そして、信を求めようと……」

遥か十字峰の松林を抜けて吹き降ろしてくる夜風の音が、イ・ジョンテのいる南側の宿舎の窓を、囁くように静かに吹きすぎてゆく。

チョ院長はいよいよ結論を考えているかのように、そこでしばし話すのをやめて、じっとイ・ジョンテの表情を見つめている。薄暗い宿舎の白熱電灯の光が、ほんのり赤く酒に酔った院長の顔を妙に沈鬱に見せる。

「それでは、院長は島に戻ってこられて、信を得ることができたのですか。この島と島の人々の運命とともに生きながら、院長の求めてこられた信のもと、この島の自由と愛を正しく行使することができたのですか」

しばしの沈黙。イ・ジョンテのほうから院長に話の先を催促する。ようやくチョ院長は静かに首を横に振る。イ・ジョンテが予想していたとおりだった。

「失敗でした。兄もごらんのとおり。あの特別病舎の人々のことです。この島に真の自由と愛があるならば、あのような悲劇はもう姿を消していなければいけません。いや、すっかり消えてなくなることはなくとも、私たちは、あの人々のために信念を持ってなにかをしていなければいけません。しかし、私たちはいまだにあの人々のためになにもできずにいる。依然としてなにも為されていないのです。ただ見ているだけです。あのユン・ヘウォンという人間のことにしても、同じです。この島で自由と愛が正しく行使されているならば、そもそもあの人が結婚を前にしてあんな手術を要求してくるようなこともなかったでしょうし、そんなことが問題になった以上は、それに正しく対処して解決を図る道がなければいけません。しかし、この島も病院も、いまだにただ手をこまねくばかりではありませんか。やつがそんな厄介な手術を要求してきたことも、そして病院がその手術を受け容れるにしても、受け容れないにしても、そのすべてが自由と愛を正しく行使する道ではありえません。それはもうひとつの怖ろしい闘いです。島の人々はこの闘いにどんな決着がつくのか、息を潜めて見守っています。しかし、どう決着をつけるにしても、それはまたひとつ、失敗を重ねるだけのことでしょう。五馬島もあんなざまで残されていますし。なにより、この島ではいまだに、院生がことさらに海峡を泳いで渡るあの不可思議な脱出の慣習が絶えることがないではないですか」

「……」

「とは言っても、あのイ・サンウクなら、今回のことでもずいぶんと違う考え方をするかもしれません。あの人は、どこまでもこれはチョ・ベクホン個人の失敗であって、島の失敗だとは考えてはいないかもしれない。そもそも、やつは、このチョ・ベクホン個人を失敗させることによって、島の人々の自由を行使しようしたのであり、私の失敗を島と島の人々の自由の勝利と見なしたかったのですから。いつかふたたび島に戻ると言っておきながら、そして島に戻った時にやつがここで為すべきことを尋ねたいと言いながら、その後ふたたびやつからの連絡がないことを見ても、やつが依然として私を受け容れられずにいるのは明らかでしょう。やつが尋ねたかったことへの私の答えとは、つまり、私がふたたびこの島に戻ってきたことであるわけですが、やつはいまだに姿を現さない。それもまた、この私を受け容れることができないからなのでしょう。今回も、結局、私を失敗させたいやつの願いは、見事に叶ったわけです。やつの願いの成就のためには、このチョ・ベクホンの宿命的な失敗が期待されているということでもあります。いずれにせよ、この島はもうほとんど動きを止めてしまっている状態です」

「理解しがたいことです。院長は信を求めてこの島に戻ってきて、島の院生と運命をともにしていらっしゃるというのに、この島の自由と愛を正しく行使することができない、とすれば、その理由はまた何だったのでしょうか」

「当然、兄も気になるでしょう。わかってしまえば、実に簡単な道理でした。私は島に戻ってきて、すぐにそれに気がつきましたから。どういうことかと言えば、私は島に戻る時には、もうこの病院の院長ではありませんでした。院長として島にやってきたのではなく、無力ながらも島のために働こうと、島の平凡なる一住民として戻ってきたのです」

「それがそれほどまでに大きな違いになるのですか?」

「自由や愛を行使するうえでは、大いに違いのあることでした。島の人々とひとつの運命の単位となって、互いに信を得たならば、いったんはその自由や愛をともに実践していくことはできます。しかし、その自由は何をもって行使されるのですか。愛は何をもって行使されるのですか。自由や愛を実践するには、絶対的に力がその前提になければなりません。力なき自由や愛と言えば聞こえはいいですが、なんの役にも立たない。自由や愛をもって成し遂げるということは、その自由や愛をうちから支える力があってこそです。愛や自由の原理は力にこそある、とまでは言わずとも、それが行使され、成就されうる実現性や実践性の根拠は、力でなければならないのです。そして、自由も愛も実践的な力を根拠としてこそ、初めて価値を持ちうるという点においては、そのふたつは同じ次元の価値概念として理解しうるでしょう。私の話は、つまりは、同じ運命を生きることで互いの信を求め、信をよりどころに自由や愛をもって何事かを為そうとしても、その信や共同の運命の意識は、さらには自由や愛は、なんらかの実践的な力の秩序のなかに確かな位置を占めてこそ、その価値を見出され、実現されうるものだということなのです」

「院長は結局、院長として島に戻れなかったから、院長の権能によって島を支配できなかったから、またしても自由と愛において失敗するしかなかったということですか？」

「運命をともにしない場合の力の秩序は、恐るべき力の偶像を生み出すだけです。しかし、運命をともにしようと心に決めてからは、私には院長の権能が必要でした。無私で無欲の力の秩序のなかでこそ、島の自由と愛は行使されなければならなかった。でも、私はもう、この島の病院の院長ではありませんでした」

「ならば、現在の院長はどうですか。現院長が島の運命というものに対して理解が深まってさえいれば、そして院長の失敗の秘密をご存知ならば、あの方は現職の院長の権能をもって自由と愛を正しく行使していくことができるのではないでしょうか」

イ・ジョンテはもう酒盃を空けることすら忘れてしまっていた。

チョ院長はときおり、話の区切りがつくたびに、喉を少し湿らせている。しかし、チョ院長は今度もイ・ジョンテの問いに相も変わらず否定的な答えをするだけであった。

「ええ、実際、私は今、現院長とも島についてよく議論をしています。あの方もまた、この島については誰よりも理解が深いほうでしょう。とはいえ、あの院長にしても誰にしても、この島と運命をともに生きるということは、容易なことではありません。仮に現院長にその覚悟があったとしてもです。ファン長老もサンウクという人間も、とっくにそれがわかっていたのかもしれません。人間の運命とは、どちらかがどちらかにそれを重ね合わせようとしたところで、一つにはなりえないものなのですから。結局、人間の運命というものは、それぞれに生きるものだということなのでしょう。重ね合わせてみたくとも、重ね合わせられるようなものではないのだということです。そう考えてみれば、私が今この島で運命をともにして生きようとしていることも、私自身、疑わしく思われるところがなくもないのです」

チョ院長の口調には、今では次第になにか暗く痛々しい惑いの色が滲んでいる。気がつけば、それはチョ院長だけではない。

「ならば、院長は結局、この島はどうにも変わりようがないとおっしゃるのですか。誰もこの島では、これ以上為しうることはないと」

イ・ジョンテはもう耐え切れぬのか、思わずチョ院長に対して詰問するかのような声になっている。しかし、チョ院長ももうイ・ジョンテに気を遣う様子はない。イ・ジョンテの詰問調の追及もすべて受け容れているチョ院長の声には、今ではその人生を貫いてきた信念と人間の生に対する理解の重みがそのまま滲み出しているようであった。

「運命とはそれぞれがそれぞれに生きるものでしかありえないとすれば、それぞれの運命の一部分として選択されるべき力の根拠が――院長の職位と権能が、今日のように島の人々の運命や選択とはまったく関わりもなく一方的に君臨するばかりの状況では、どうしようもないことでしょう……」

「それぞれの運命の一部分として選択されるべき力の根拠という言葉の意味は、院長や院長の権能が島の人々自身の意思によって、彼らのうちから選択されるべきという意味ですか……」

「もちろんそうです。そうでなければ、力とは常に力自体の欲望を充足させるための、きわめて利己的な名分を立てようとするものです。名分はいつでも力に対する奉仕だけをこととしてきたのですから。そして、それがこの島を失敗させてきたもっとも深い原因です」

「この島に、果たして、そんな時がやってくるでしょうか？」

「そんな時が来るのかどうか、それはわかりませんが、島がついに失敗ばかりで終らぬようにするのは、きっとその時が来なければならぬのでしょう。どんなに時間のかかることであっても……、もしかしたら、想像を遥かに超えた長い歳月が必要なことなのかもしれませんが……」

そこでチョ院長はふたたび酒盃を手に取り、喉を湿らす。

イ・ジョンテは院長が怖くなってきた。そして、この島と島の運命に、ただただ鳥肌が立った。チョ院長が飲み干した酒盃にまた酒をついでいる間、イ・ジョンテは言葉もなく待っていた。

チョ院長はイ・ジョンテの前の置かれた空の酒盃にも酒を満たした。そして、ようやく口を開くと、イ・ジョンテにこう尋ねるのであった。

「さて、これくらい話せば、兄も事情が理解できるかな？　この島と私がどうしてこんなにも凄惨な失敗ばかりを重ねているのかということを」

もうすっかり話してしまったことで心が軽くなったのだろう、院長の口元が今までになくにこやかに緩んでいる。

「ある程度はわかるような気もするのですが……」

イ・ジョンテはチョ院長を前にして、思わず深くうなずいている。そして、おそるおそる院長に尋ねた。

「では、院長はまだこの島を諦めずに、耐えて待つおつもりですか。この島と院長がこんなにも失敗を重ねるしかないのであれば、院長がまだこのうえこの島にいつづける理由があるのでしょうか。しかも、院長の言葉どおり、運命を重ね合わせるということすら、考え違いだったとするならば」

チョ院長は相変わらず口元に笑みを浮かべている。大らかな笑みを浮かべたまま、しかし、失敗を重ねてきた者らしく必死に自分を抑えている声で、自身の覚悟を淡々と語りはじめた。

「もちろん待ちつづけなければいけないでしょう。運命を一つにすることが実際にはどれだけ難しいとしても、私はそうしようとすることで、まずは島の人々の信の種子とでもいうべきものだけは得られたのですから。ふたたび島を去ることによって、せっかく芽生えてきたその信の芽を踏みにじることはできません。信の種子と芽さえあれば、それをよりどころに待つこともできます。最初はどんなに小さくて、育つのも遅くて弱々しいものであっても、それが育って、あの共同の運命の揺るぎない架け橋となる時を待ちつづける……、私たちがついにこの島でなにかを成し遂げる日が、どれほど長い歳月を待ちつづけた末のことになるとしても。信は、この島においては、すべてのはじまりなのですから」

「しかし、そんなふうにただ待ってばかりもいられないのではないでしょうか」

「ええ、もちろんただ待っているだけではありません。信の芽さえあれば、この島では今からでもやるべきことはあります。信をよりどころにしてできることならば、それがどんなに小さくて取るに足らないことであっても、私たちはそこから、ひとつひとつ、力を合わせて成し遂げていかねばならないでしょう。それこそが信を広げていくことであるばかりでなく、この島ではなにより重要なことでもあるのです。目にも留まらぬような些細なこととは、たとえば、まずは、健康な女と病歴者の男が結ばれるようなことことでも言いましょうか」

「ユン・ヘウォンとソ・ミヨンの結婚のことですか？」

「ユン・ヘウォンとソ・ミヨンが結ばれるということは、なによりも、健常者と院生との間では初めてのことであるという点において、この島が始まって以来このかた、健常者と院生の間を結ぶもっとも確かな信頼感の確認であり、その最初の一歩なのです。だから私は今回、この一事に積極的に関わったというわけです。島ではなにかが新たに始まらねばならないのであり、それは可能なことでもあり、それがなにより重要なことなのですから」

「……」

「そして、そのようにしながら、この島がそれ自体の力を育んで、その自由と愛を真に実践し、その運命を選択しつつ生きていくことができるようになる日を、忍耐強く待ちつづけます。そのためには、おそらく、兄も兄なりに協力すべきことが出てくるでしょう……」

34

四月一日、ついにユン・ヘウォンとソ・ミヨンの結婚式の日がやってきた。

結婚式の朝は、願っていたとおり南海特有の暖かくうららかな春の日和であった。山間に延びゆく黄土の道は、夜の間に桜並木がさんざめくように咲きほころび、煌々と灯りで照らされているかのようであり、平地を囲んで一面に広がる麦畑の青々としたさまは、今まさに春が生き生きと力強く歌っているようであった。十字峰の上に広がる空は頂きの松よりも遥かに高く、島を取り巻く得糧湾の海はいつのまにかひんやりと暗鬱な冬の色をすっかり脱ぎ捨てていた。

結婚式は十二時に予定されている。式場の飾りつけや式次第といったことは前日の夜までにすっかり準備が終っていた。緩衝地帯のなかほどに建てられた二人の新居も、前日までに内も外もきれいに整えられた。挙式後の新婚旅行は、二人の希望により、五馬島干拓地に日帰りで行ってくることをもってそれに代えた。すべてが順調に進んでいるというわけである。

なにより、チョ院長の心配の種であったユン・ヘウォンの手術の件が、こじれることなく事前に解決を見たのはまことに幸いなことだった。それは、実に、今では島の人々と心を一つにしようとしているチョ院長の深い理解と神の妙《たえ》なる御業のおかげというほかないものである。ユン・ヘウォンが最後まで婚前の手術にこだわるならば、チョ院長が困ったことになるのは火を見るより明らかなことだった。ところが、チョ院長はイ・ジョンテが島を訪ねてきた翌日の夜、意を決して突然にユン・ヘウォンを訪ね、すぐさま、あっさりと決着をつけて戻ってきたのだ。

――この島ではもう癩者の断種手術を勧めるようなことはしないと約束したのですよ。それはあらかじめ現院長の了解を取っておいたことです。病院では未感染児童問題で頭を痛めて、今まで結婚する患者には断種手術を勧めてきたという経緯があるのです。

病院から断種手術を勧めないという約束との引き替えで、ユン・ヘウォンからは病院に対して二度とふたたび婚前の手術を要求しないという約束をとりつけたのだ。癩者の子孫の名を持ち出し、島の未来に事寄せて島を支配することを断つために、断種手術を要求していたユン・ヘウォン。そのユン・ヘウォンが、逆に、この島から断種手術を廃止するほうに回って約束をしたとは、簡単には納得のいかない矛盾である。

しかし、島を知り、島の人々の心と逆説に通じているチョ院長にしてみれば、それはそう難しいことではない。唯一、困難で厄介だったのは、現職の院長ではないチョ院長が、島での断種手術廃止の約束をとりつけてくることだった。

——癩者の子どもを持ち出して、未来という名のもとに島を騙して支配するという言葉も、骨の髄まで染み込んだ真実の声ではあるけれど、そもそも婚前の断種手術というのは、あの人々にとっては恨みの的の慣習でしたから。この慣習に対する全面的な反抗であったのか、さもなければ、結婚や女に対して、なにか、こう、信を試したのだとでも言いましょうか。そんな心理の働きが、やつには大いにあるのですよ。しかも、やつは、あのソ・ミヨンという娘を純粋な健常者と今も信じている……、つまりは、やつにしたって、子どもを持ちたいという欲望がないということではなかった。ただ、その子どもを、よりうしろめたさのないところで、堂々と持ちたかったのだと言いましょうか……。

ユン・ヘウォンのために、どうせ癩者の集団だけで寄り集まって生きるしかないという諦念まじりの敗北感にのまれぬために、健康な女性と相対してユン・ヘウォン自身が堂々と自己克服をするために、チョ院長とソ・ミヨンの二人は今も彼女の出生にまつわる秘密をユン・ヘウォンに隠しているという事実を語りつつ、あの二人が堂々と結ばれるためにイ・ジョンテにも協力してほしいのだと、チョ院長は言うのであった。

——兄の仕事は人の秘密を探り出すというのがひとつの属性で、今回のことも兄のほうで先に勘づいてしまったなら、むやみやたらな騒ぎになる恐れがあります。それで、あらかじめ話しておくわけなのですが、ソ・ミヨンという女性も実は未感染児童として育ったのです。ただ、その事実は、島では、今まで本人と私チョ・ベクホンのほかには誰も知らない。そのことは肝に銘じてもらわねばなりません。ユン・ヘウォンのやつはもちろん、この島の誰もそれを知らないのです。兄もただこのようにだけ知っておけばよい。今回の結婚は、どこまでも、ひとりの健康な女性と患者が結ばれることなのだと。

いずれにせよ、そのようにして、二人の結婚はそのすべてがチョ院長の思慮深い理解と決断によって、どうにかつつがなく式当日を迎えたのである。そして、さまざまな事情があまりに深く複雑に絡み合っているため、イ・ジョンテとしても当事者への事前インタビューなど思いもせぬまま、注意深く配慮をしつつ、結婚式が無事に終ることだけを待ったのだった。

しかし、いよいよ結婚式となれば、イ・ジョンテやチョ院長が考えていたよりはずっと穏やかでのどかな空気に島は包まれていた。式の準備が慌しく進められている。二人の結婚の背後に潜む事情に気を回す者はひとりもいないように見えた。うららかな日和のなか、人々の表情もまた春の空気のように澄みきって、おおらかだった。職員地帯から中央里へと入ってゆく通りは、朝十時頃にはもう、式場に向かう人々が列をなした。そのなかには職員地帯の職員の家族もいる。病舎地帯の患者の家族もいる。花見を兼ねて、この日の結婚式のことを伝え聞いて海を渡ってきた陸地の人々もいる。島に格別の関心を傾けてきた高興郡守や郡庁職員数名も既に海を渡って島に入っているということだった。イ・ジョンテが宿所としている救癩会館のほうでも、もう既に道を急ぐ人々がぱらぱらといる。救癩会館では、前日から島にやってきている救癩運動関係の人士と、元患者で社会に復帰している有志数名が、ともに一夜を過ごした。救癩会館に宿泊した客人のなかでも真っ先に式場に向かったのは、養女の健気な結婚のために島までの遠い道のりをはるばるとやってきたソ・ミヨンの養父母である。ソ・ミヨンが、あるいは誰かが前もって話したのだろうか、養父母はソ・ミヨンを大切に育てた実の両親のごとく、養父母であることなど微塵も感じさせずに、この日新婦を式場に導くために早めに宿所をあとにしたのだ。

十一時になろうという頃には、イ・ジョンテもそろそろ式場に向かう仕度を急ぎ、宿所を出た。宿所を出て、確かめてみたところが、チョ院長はまだ式場には向かっていないようだとのことだった。イ・ジョンテは病院本館の近くでしばしチョ院長を待ったが、職員地帯の院長の宿所のほうからは一向にやってくる気配がない。中央里の式場のほうから戻ってくる者もチョ院長を見かけなかったと言い、人々に遅れて式場に向かう現院長一行のなかにもチョ院長の姿はなかった。

イ・ジョンテは次第に不審に思いはじめた。いったんはひとりで先に式場に行こうとしたものの、職員地帯の院長の宿所のほうへとまずは急いだ。誰より早く式場に駆けつけるべきチョ院長が、もう挙式が始まろうというのに姿を現わさないのは、どう考えてもおかしかった。

ところが、イ・ジョンテが職員地帯の一隅にあるチョ・ベクホン院長の宿舎にまでやってきた時のことだった。イ・ジョンテはそこでまったく予期していなかった光景に出会って、大いに戸惑ったのである。チョ院長の宿所の人影のない軒下の隅で、どうしたことか、ひとりの男がチョ院長の部屋の様子を立ち聞きしていたかと思うと、宿舎の入口に立っているイ・ジョンテに向かって、指を口元に持っていき、物音を立てるなという仕草をする。イ・ジョンテは最初は式場から院長を呼びに来た者だろうと思い、わけもわからず男の言うとおりに、ただ気配を消した。じっと息を潜めてチョ院長の部屋の様子を一緒にうかがっているうちに、どうも、以前にどこかでこの男を見たことがあるような気がしてきた。記憶をたどってみれば、やはりそうだ、間違いない。イ・ジョンテは確信した。この男はイ・サンウク。確かにあの男だ。イ・サンウクがついにふたたび島に戻ってきたのだ。しかし、イ・ジョンテを戸惑わせたのは、そんなイ・サンウクの突然の出現だけではなかった。さらにイ・ジョンテを異様に驚かせたのは、部屋の中から聞こえてくるチョ院長の声だった。

「……最後に、私は新郎と新婦に、私もまた今では島の人間になったということで、心からのお願いをひとつ、申し上げます……」

チョ院長の部屋の中には当のチョ院長ひとりだけ、他には誰もいないというのに、なぜかそんな演説調の声が部屋の外まで響きわたってくるのだ。

「いえ、私はこの場で私のお願いを申し上げる前に、今日の結婚式にあたって私が感じている格別の思いをひとつ、まずは申し上げます。私が今日、この結婚式にあたって格別に感じていることとは、ほかでもありません。もうずいぶん前のことではありますが、ここにお集まりのみなさまも私たちの血と汗の結晶であるあの五馬島干拓地の潮止祭《しおどめさい》の日のことを今もご記憶のことと思います。そして、今もあの日をご記憶の方たちは、あの長きにわたった干拓工事が、二つの堤をつないで隙間を塞ぐ潮止をもって、困難に満ちた工事の峠を越したものと固く信じたことも、合わせてご記憶のことでしょう」

聞いてみれば、チョ院長はどうやら、この日の結婚式で院長が行う祝辞のあらましをひとり予行演習しているのであった。そして、島に戻るなり、まっすぐ院長の宿所を訪ねたイ・サンウクは、入口で院長の声を聞き、その祝辞の内容に注意が惹きつけられた様子であった。

チョ院長の独白調の演説はそんな調子でつづき、しばらくは終りそうにない。チョ院長の声に聴き入るイ・サンウクは、その表情に、単なる好奇心以上の、なにか厳粛な緊張感すら漂わせている。実に驚くべき光景だった。しかし、イ・ジョンテはそんなサンウクをむやみに押しとどめることができなかった。声にかなりの熱気がこもりはじめたチョ院長を途中でさえぎることも、もちろんできない。イ・ジョンテは、チョ院長のその奇妙な雄弁に対して、そして、それを立ち聞きしているサンウクの態度や関心に対して、深い好奇心を覚えた。イ・ジョンテはサンウクとともにそこで院長の祝辞をもう少し聞くことにした。そうでなくとも、待つほかないのである。

ちょうど、また、そこから、奇妙なチョ院長の祝辞はいよいよ本論に差しかかったようである。さえぎるものもなく部屋の外へと流れ出てくるチョ院長の声に、サンウクとイ・ジョンテは恥じ入ることもなく、二人ともが盗人のように静かに息を殺して立っている。

「しかし、私は不幸にも、その日の喜ばしい潮止祭に参席できぬまま、島を去りました。みなさんが堤防を塞いでつないだのは、私がこの島を去った翌日のこと。私はあの時、長きにわたり潮止祭を待ち焦がれていながらも、私の目の前で防潮堤がつながるのを見ることができなかったのです。ひどく運のない男であります。ところが、本日の新郎ユン・ヘウォン君と新婦ソ・ミョン嬢が結ばれることによって、今日、私はようやく、あの時の願いを叶えたのです。あの時、私の目の前では結ばれなかったもうひとつの防潮堤が、今日、私の目の前で固く結ばれるのを見ることになったということです。いえ、率直な心情を申し上げるならば、私たちのあの五馬島防潮堤は、今日という日まで、確かにつながってはいなかったのかもしれません。みなさんの手で潮止祭を行った後も、あの五馬島の防潮堤は実は今まで互いに結ばれたことはなかったというのが事実でありましょう。防潮堤が本当は結ばれていなかったがゆえに、五馬島は今も土地の態をなしていないではないですか。主なき大地となって、打ち捨てられているではないですか」

チョ院長は、そこで、目には見えぬ聴衆の反応を確かめるように、しばし沈黙する。

サンウクはいまだにチョ院長が何を言おうとしているのか腑に落ちない様子で、次第に表情が固く深刻になっていく。そして、窓の向こうのチョ院長の心臓を撃ちぬくかのような、厳しい問いを秘めた怖ろしい眼差しで、声が流れくる部屋の中を睨みつけている。しかし、チョ院長が、外にいるサンウクやイ・ジョンテの様子に気づくはずもない。時間を気にして、言葉を急ぐ気配もない。

「五馬島は、いまだ潮止祭が終っていないのと変わりはありません。何ゆえでしょうか。土を積み上げて防潮堤はつながりはしましたが、一つに結ばれたその防潮堤を行き交うべき人々の心が結ばれていないからなのです。心が隔てられているのです。誰と誰の心がいま一度結ばれなくてはならぬのか、誰と誰の心が隔てられているのか、誰のためにそれほどまでに心が隔てられ、つながった防潮堤までがその役割を果たせずにいるのか。その咎については、ここでは問わないことにしましょう。いずれにせよ、人の心が結ばれえず、土と石だけをもってしてはそれを確かに結ぶことはできないのは否定できぬ事実です。土と石よりも、人の心がまず結ばれねばなりません。そして、そのような意味において、今日のこのユン・ヘウォンとソ・ミヨンの両名の結びつきは、この両名の立場がとりわけ人とは異なるものであっただけに、人の心と心が結ばれるということのなかでも、よりいっそう意味深く、確かな結びつきにほかならないのです。土や石で表側だけが結びついたまま打ち捨てられている二つの防潮堤が、今日、ようやく、私たちの目の前で固く結ばれる潮止祭を迎えたのであります。これは、実に、かつて潮止祭を見ることのできなかった私にとっては、二重の幸運なのです。そして感謝の念に堪えないのです……」

緊張していたサンウクの顔にようやくかすかな微笑がふっと浮かんだ。しかし、イ・ジョンテはそのサンウクの微笑の意味を読み取れない。それは、あるいは、チョ院長のあまりに直線的で純粋な思いに少なからず感動しているようでもあり、またあるいは、むしろ、そんなチョ院長への憐憫の入り混じった冷笑であるようにも見えた。

部屋の中のチョ院長には、今またそんなサンウクの反応を気にかける必要はない。

院長は根気強く、あらためて冷静に、声を落ち着かせる。そして、さらに虚心坦懐な口調でゆっくりと語りはじめる。

院長は、もうここまで話したからには、この日の結婚式が院生と健常者が結ばれるものであるという特殊性についても、なにか禁忌でもあるかのように言葉をあまりに慎む必要はなかろうと前置きしたうえで、結ばれることをとおして、この島と健常者の間にもっとも確かな防潮堤をつくりあげた両名の勇気に対して、心からの賛辞と敬意を表した。そして、声をいっそう高めて、力強く訴えかけはじめた。

「しかし、今日、両名が私たちの前で結んだ心の防潮堤は、まだはじまりに過ぎません。そして、それは、今なお私たちを取り巻く強い偏見と無知な因襲の荒波に耐えて打ち勝っていくには、あまりにか弱いのです。みなさんは、今や、この防潮堤が険しく大きな波に二度と押し流されぬよう、絶えず力を合わせていかねばならないことでしょう。それはここで席を同じくしていようと、していまいと、院生のみなさんであれ、健康な人々であれ、等しい義務であり、神の御心にかなう道であるのです。院生のみなさんは、みなさんがあの五馬島で既にそうしてきたように、この新しい堤の道にも心の土を一層また一層と積み重ね、私たちの堤を日々大きく育てていかねばならぬのであり、そのようにしてこそ、あの五馬島に打ち捨てられている私たちの堤の道も、永遠に私たちのものとすることができるのです。今日の私たちのこの思いがあの場所で成就するしないにかかわらず、みなさんがあの土地の主人になるならないにかかわらず、私たちは、今日この両名によってふたたび道が開かれた私たちの心のうちの防潮堤をしっかりと持ちつづけてこそ、五馬島の防潮堤をもまた、私たちのものとして豊かに享受することとなるでしょう。天はみずから助くる者を助く、といいます。私たちがまず私たちの思いを確かに積みあげ、結んでいった時、初めて、堂々と隣人の到来を待ち、その隣人がこの場所を行き来する日を迎えることができるのです」

　結婚式が始まる時間がもう過ぎているにもかかわらず、チョ院長の祝辞の練習はまったく終りそうにはない。サンウクもまた依然として意味をつかみかねる微笑を浮かべたまま、微動だにしない。どうやら、この日の結婚式は時間に遅れる者が多くなりそうだ。結婚式を見るために海を渡ってきた陸地の人々が、桜が咲き乱れる中央里の礼式場のあたりの通りを、今なお流民のように行列をなして歩いている。ほとんどがこの日の結婚式に遅れてきた人々だ。

だが、今や自身の声に熱中するだけ熱中したチョ院長は、もう自分が式の時間に遅れていることすら、きれいさっぱり忘れている様子である。

チョ院長の時を忘れた祝辞の練習は、そして、自身の狂気にのまれた異様かつ真摯な演技は、まだまだ滔々とつづく。

「ここで両名への私の願いを申し上げます」

院長はようやくユン・ヘウォンとソ・ミョン両名に対する願いというものを話しだそうとしていた。

「両名への私の願いとは、特別なものではありません。前にも言いましたように、こうして両名は並外れた愛と勇気をもってこの一事を成し遂げたのですから、これからもずっと、あなたがた自身の防潮堤を崩すことなく、誰よりも強くそれを守り育んでいっていただきたいのです。絶壁を打ち倒し、その絶壁に代えて、温かな人情が行き交う信と愛の架け橋が必要なところは沢山あります。橋のこちら側とあちら側が一つの町、一つの村となって混じりあい、仲睦まじくあらねばならぬ場所は多いのです。私が両名の暮らす家を職員地帯と病舎地帯の中間に用意したのも、実はそのような意味でのことでした。両名の結びつきとその定着地を出発点として、一日も早く、まずはこの島で二つの心が一つに重なり合うことを願います。両名の定着地が一日も早く新しい村となり、この島が職員地帯と病舎地帯の別のない一つの村となることを祈ります。今や両名によって、あの長い歳月を越えて堤が結ばれ、道が開かれました。そして、あなたたち両名の隣人が力を合わせて、その道を守り広げていくのです……」

訳者あとがきにかえて

――「未来の故郷」への脱出行、そして「問いの島」へ

「これは難しい小説です」
矍鑠《かくしゃく》たる声でそう言ったのは、『あなたたちの天国』の主人公であるチョ・ベクホン院長のモデルとなった趙昌源《チョチャンウォン》氏である。現在はソウルに暮らす元小鹿島病院長であり五馬島開拓団長であった氏に、本書の表紙に氏の描いた小鹿島の絵の使用許可を求めるために電話をした、その折の言葉だった。

確かに、ある意味、難しい小説である。それは読み手にとってというよりも、むしろ、書き手である作家李清俊《イチョンジュン》にとって困難な小説であったというべきかもしれない。なぜならば、小鹿島という韓国のハンセン病の島を舞台としたこの小説は、小鹿島の歴史の凄まじさゆえに、さらには歴史に忠実なうえに、主要な登場人物にもそれぞれにモデルがいるという、一見実録のようにも見える体裁をとっているがゆえに、李清俊が小説中に深々と打ち込んだ私たちの生きる世界に向けた痛烈かつ痛切な普遍的なメッセージが目くらましされる危うさを秘めてもいるから。

島のファン長老が、迂回して、ほのめかして、暗示としてみずからの物語を語るように、ハンセン病の両親のもとに生まれたという来歴を隠し持つイ・サンウクがまわりくどく、暗喩としての言葉ばかりを口にするように、作家李清俊もまた明快なメッセージを、強烈な毒を秘めた小鹿島の歴史に潜ませて語るほかなか

った。

李清俊は、なぜ、そのような危険な隘路を文学の方法として選択したのだろうか。そして、なぜ、『あなたたちの天国』が李清俊の代表作の一つとして韓国で読みつがれているのか？

隘路を切り開く文学

李清俊という名前は、日本では韓国映画「風の丘を越えて（原題・西便制）」の原作者として知る方々も多いことと思う。林権澤監督によって映画化され、一九九三年に韓国映画史上最大の観客動員を記録した映画だ。その原作『南道の人』（一九七八年）は、一九九四年に『風の丘を越えて――西便制』（訳・根本理恵　ハヤカワ文庫）として日本でも出版されている。そして、それは、パンソリという「道ゆく者」たちによって担われた芸能に潜む「恨《ハン》」に仮託して、朝鮮半島の近現代史が抱え込む「恨」を照らし出したものと評されている。

「恨」。この世界で、力まかせの時の流れに人間の生が押し流されていくなかで、人間が何かに捕らわれ、馴らされ、けっして見失われてならないのに、見失われ、忘れられていく何かがある。それを見つめる文学者の眼がある。

李清俊が厳しく見つめ、『あなたたちの天国』において描き出したものとは、人間を呪縛し、その呪縛さえ忘れさせる「支配と服従」という関係性だった。真摯に時代と社会と世界を見つめる文学者として、李清俊はそれを描かざるをえなかった。

李清俊は、一九三六年に、植民地という典型的な支配と服従の場であった朝鮮に生まれた。植民地支配からの解放後には、米国の後ろ盾のもとに韓国の独善的な支配者となっていた李承晩が学生や市民によって退陣を迫られた一九六〇年の四・一九革命を、一学生として経験した。そして、一九六一年の軍事クーデターによって成立した朴正熙独裁政権下の韓国で、一九六五年より作家としての活動をはじめた。いわゆる四・一九世代である。

『あなたたちの天国』が刊行された一九七六年当時、朴政権はますます独裁色を強め、あらゆる表現物が厳しい検閲のもとにあった。日本でもその名をよく知られた詩人金芝河が、韓国の支配者に向けた痛烈な風刺詩「五賊」によって逮捕され（一九七〇年）、死刑判決を受ける（一九七四年）というような時代だったのである。

そんな時代にあって、文学は何をなすべきか、何を語りうるのか、どう語るのか？

そもそも文学とは、声を奪う者に対して、支配と服従のはざまの危険な隘路を切り拓いて、声を取り戻していく営みなのではないか？

かつて、植民地時代、近代韓国文学を切り拓いたさまざまな文学者たちの営みがあった。その一方で、危険な隘路につまずき、力に押し倒された文学者たちによる「親日文学」という挫折もあった。その挫折の歴史を内に抱え込む現代韓国文学にとっては、それは、なおいっそうの痛切な問いとなる。

いや、しかし、それは韓国文学にのみとどめおかれる問いではないはず。支配と服従の呪縛に絡め取られて人間たちが生きるすべての場所で、つまり、この私たちの世界のあらゆる場所で痛切に問われるべき普遍の問いなのではないか？

李清俊に『あなたたちの天国』を書かせたものは、おそらく、このような問いだ。

李清俊は、この問いを、問いきるために、危険な隘路を切り拓いた。小鹿島という、きわめて具体的で凄まじい歴史を持つハンセン病の島を小説の舞台として設定したのも、一見、実録とも読みうるほどに小鹿島とそこに生きる人々に事寄せて書いたのも、そうして目くらましをほどこしたのも、文学が文学としてその声を取り戻す必死の試みとして私たちは心して受け取らねばならない。読み手は、この真摯な書き手によって厳しく試されている。チョ院長のモデルである趙昌源元小鹿島病院長の「これは難しい小説です」という言葉も、そのような意味で、私は聞いた。

『あなたたちの天国』とは、ハンセン病の島の物語ではない。果てしなく繰り返される「支配と服従」の呪縛の中に生きるすべての人間たちの普遍の物語なのである。

「支配と服従」の呪縛

思うに、この普遍の物語を私たちの物語として受け取るための必然が、それぞれの読み手にはある。それに気づいているか否かにかかわらず、誰もが、個の経験が普遍へとつながりゆく回路を持っている。私にも私なりの必然があった。翻訳を業としない私が、どうしてもこの小説を翻訳せざるを得なかった必然。

二〇一〇年五月に、長島愛生園、邑久《おく》光明園、大島青松園という三箇所の離島のハンセン病療養所を抱え持つ地域で催されたハンセン病市民学会の瀬戸内交流総会のパネルディスカッションの場で、日本のハンセン病の歴史と現在を踏まえて、初めてはっきりと語られた「パターナリズム」という言葉がある。「支配的立場にある者の父権主義」という意味合いのこの言葉によって、ようやく、今までハンセン病問題というかたちで囲い込まれ、具体的で個別的な問題として扱われてきた現象が、支配と服従の関係性による呪縛という普遍的な問題へと橋渡しされ、語りなおされる糸口が見えてきた。

つまり、韓国では、一九七〇年代に『あなたたちの天国』によって差し出された問いが、日本では今に至るまで切実に問われることがなかったわけである。そして、実を言えば、この「支配と服従」の呪縛こそが、私自身が生きていくうえで長きにわたって抱えつづけてきた問いの源にあったのであり、数年前にハンセン病問題に行き会った私が、ハンセン病療養所を訪ね歩きながら考えつづけてきたことでもあった。

ハンセン病問題と出会ったことで、よりはっきりと意識されてきた私自身の問題であり、同時に普遍の問題でもある「支配と服従」の呪縛を乗越えるために、その問いをひとりの真摯なる文学者から受け継いで、さらに私自身の言葉としてあらためてこの世界に向けて語りだすために、私は「難しい小説」の翻訳に向き合うことになったのである。

長い語りとなってしまうが、翻訳を進めるうちに私のなかで明確になっていった、私自身の必然の物語を、あとがきを締めくくる文章として、以下に記しておこうと思う。

なるほど、この二十数年間島から島へと漂い歩くような旅をして、私はここにたどりついたのか。訳了の瞬間、思わずこんな呟きがこぼれおちた。さらに、実に奇妙な感覚が体のうちから沸き起こってきた。

赦された。

じわじわと、しみじみと、赦された……。

いったい、何が起きたのだろうか。

さかのぼれば、旅のはじまりは、自分自身の現在地を確かめるようにして書いた『ごく普通の在日韓国人』（一九八七年　朝日新聞社）という文章が世に出た時、それが二十三年ほども前のことになる。そう、あの時、私は実に思い切りよく、明快に、若い声で、日本人でもない韓国人でもない、日本という国にも韓国という国にも収まらない、そういう存在として「在日韓国人」を意味づけなおし、それを自身の出発点とした。以来、なにか大きなよりどころを持たず寄りかからず生きることをわが原則としてきた。それは作中の登場人物になぞらえるならば、一切の銅像を否定したイ・サンウクに近いものかもしれない。

そして、サンウク同様、脱出を企てた。

逃げる、逃げる、島から、島へと、繰り返し。

いや、でも、サンウクならぬ私は、小鹿島ならぬ私の「島」とそこからの脱出行について、まずは語らねばなるまい。

「島」伝いの旅

たとえば、こんな言葉がある。

「陸のなかにも／島がある。島です　此処は——。」

これは、草津温泉にほど近いところにあるハンセン病療養所、栗生楽泉園《くりゅうらくせん》に暮す詩人谺《こだま》雄二の詩「鬼の恋」（詩集『鬼の顔』所収　一九六二年　昭森社）の一節。ゆえあって、この世にふるさとを持たない者たちが仮寝の宿とする場所、そこを谺は「島」と呼ぶ。私が言うところの「島」もまた、そのようなものだ。

それが強いられたものであれ、みずからの意思であれ、安住の地を持たぬ者たちは、仮寝の宿の島を出発の地に、島から漂いだし、島伝いの旅をつづける。

「キミのことは、きっと／ボクの記憶にとどめておこう。／しかし、ボクは出発する」（谺雄二 詩集『ライは長い旅だから』所収、「出発する」より 一九八一年 皓星社）

私の場合――。

在日の「島」から出発して、韓国、上海、中国東北地方へと漂い歩いた。過去から私を追いかけてくる見知らぬ故郷の記憶を振り払うようにして、島々をめぐった。民族とか国家とか、なにか大きなものと結びついてまとわりついてくる故郷を棄てよう、棄郷という生き方をしよう、幾度も自分にそう言い聞かせながら歩いた。

コリアン・ディアスポラを訪ねて、中央アジア、ロシア沿海州、南ロシア、サハリンも旅した。とらわれのないわれらの故郷は未来にある、だから歩きつづけるのだと、自分で自分の背を押し、手を引いた。

やがて、コリアン・ディアスポラの旅路で行き会ったさまざまなディアスポラに引き寄せられて、さらに多くの島々を伝い歩いた。台湾にも、日本の八重山諸島の石垣島、西表島《イリオモテ》にも、ハワイにも立ち寄った。世界は島でできている！ 無数の島でできている！ 口ずさむように呟きながら。

ところが、そう呟くうちに、だんだんと気が遠くなってきたのだ。いかにも大げさな言い様ではあるが、自分がシーシュポスかプロメテウスのような心持ちになってきた。

なぜ？

おそらく、イ・サンウク同様、何も信じるものを持たぬがゆえの脱出行とは、実のところ、信じるものを求めての、信じうるものはどこにあるのかという痛切な問いを隠し持っての脱出行でもあったのだろう。その脱出行には終わりがない。それは今になって、ようやくわかることでもある。

巡り歩いたどの島にも、「島」を生き抜くことで鍛え上げた智慧の語り部、ファン長老がいた。齢七十八の谺雄二という詩人もまた、私が流れ歩いた島々で出会った数多くのファン長老のひとり。そして、そんな長老たちとの出会いは、問いつづける力を、つまりは、旅する力、生きる力を私に与えてくれるものだった。かけがえのない出会い。「棄郷という生き方」も、「未来の故郷」も、島々のファン長老たちの大切な教え。しかし、同時にその教えは、我知らず、あらかじめ自分のうちに隠し持っている答えをファン長老たちの言葉のなかから探し出したものでもあった。

ひそかな問い、それに対するひそかな答え。自問自答、自縄自縛。

その息苦しさが、未来の故郷へとつながるはずの脱出行へと私を駆り立てもしていたのだ。

自縄自縛をもたらす何かがある。そこにこそ真の問いが隠れている。

だが、それに気づくには、どうやら、イ・サンウクのような人間とは別の、もうひとりの問いつづける者と出会わねばならなかったようである。

そう、チョ院長だ。

そもそも、『あなたたちの天国』という小説の存在を知ったのは六年前、小鹿島を訪ねた折のこと。しかし、それを翻訳するに至るまでには――チョ院長と確かに出会うまでには――私のほうにそれなりの準備が必要だった。

この六年間、私は、ゆえあって、西表島を経由して、日本のハンセン病療養所という島々を巡り歩くようになっていたのだが、私は島々の長老たちからひそかな答えを引き出すだけでなく、思いもかけぬさまざまなことも教えられてきたのである。

たとえば、詩人谺雄二の仮寝の宿である栗生楽泉園という「島」を訪ねるうちに知るようになったこと。「癩者の楽園」「第二の故郷」という別名を与えられているこの「島」には、白系ロシア人の詩人も在日韓国人の詩人も歌人もいた。

白系ロシア人コンスタンチン・トロチェフは、革命のロシアから日本に難民としてやってきたロシア貴族の末裔。彼は日本語でこんな詩を書いた。

せかいの王
はやく　こい！
あたたかい日を　つれてこい！
おまえのちからで　せかいをおこせ！
おまえの光で　くるしみをなくせ！
あかるい　しんじつのみちをみせておくれ！
この　さむい
　　　　ながい
　　　　　　くらい
　　　　　　ふゆのあと

（『ぼくのロシア』所収、「はるのうた」　一九六七年　皓星社）

あるいは、香山末子（本名　金末子）。

第二の故郷だとちょこちょこ出る言葉
あたしは
第二の故郷だとは今も思わん
国の言葉すっかりわすれているのに
何かの時すぐ
あっと言う間に韓国人
ポツリと出てくる言葉
言葉は忘れていても
発音だけ国の発音
残っているせいか不意に出て来る
韓国人の言葉
私は韓国人ということ
忘れているのに

（『青いめがね』所収、「忘れている韓国人」一九九五年　皓星社）

「非在」を見つめなおす

つくづくと思い知らされる、「島」は移民、難民、植民地からの流民、近代の旅人たちの宿り木。宿り木でしかないのに、その宿り木に身を縛られる旅人たち。

トロチェフと交流して、彼の詩作を大いに励ましたのは、詩人大江満雄だった。同じく、香山末子を熱心に励ましたのは、詩人村松武司。村松は、大江のあとをひきつぐかたちで「島」を訪れるようになった。この二人の詩人のことを、「島」のファン長老たる谺雄二は深い敬意をもって私に語って聞かせた。

「村松さんには驚かされたよ。発想が抜きん出ていた。「ライ」を見すえて、「非ライ」という概念を言いだすんだ！　村松さんとは大いに語り合った」

彼ら、日本という大きな島の詩人が、療養所という閉ざされた小島から大きな島を見つめ返すその目に映ったのは、「非ライ」、「非朝鮮」であることによって形作られた日本の姿だった。そこは、「非在」なくしては実在しえない大きな島だった。

とりわけ朝鮮の植民者の息子であった村松は、「日本人が近代化のなかで切りおとしてきた二つもの」として「ライ」と「朝鮮」を語り、それこそが「二つの中心をもった楕円形」として自身の戦後三十年の主題でありつづけ、やがて、その二つが重なり合い、一つの円になったのだとすら言う。

「非ライ」、「非朝鮮」。そして「非在」。

見えないもの、そこに確かにあるのに見えなくされているもの、あるのにないとされているものとしての「非在」、さらには、実在を実在ならしめ、見えない囲いで実在を取り囲む、ひそかな仕組みとしての「非在」。

それは、たとえば、日本という大きな島にとっても、療養所という小さな島にとっても、互いが互いにとって「非在」となって、それぞれの見えない囲いのなかに、それぞれの実在がある、そんな風景として立ち現われる。
　それをしかと見つめる詩人たちの目、問いつづける詩人の言葉。その目をわが目に、その問いをわが問いに、私はこの世の島々をいまひとたび、ぐるり見渡す。脱出ばかりに気をとられてきた私が置き去りにしてきたものがじわじわと浮かび上がってくる。「非在」を見つめなおす視線の先に、チョ院長の小鹿島が姿を現わす。

楽園と銅像

　朝鮮のハンセン病患者を収容するために、「別天地」という名目のもと、朝鮮総督府によって全羅南道の小鹿島に慈恵医院が開設されたのは、一九一六年のことである。これが百年にもなろうとする小鹿島の歴史のはじまり。そして、ちょうどその頃、日本では、「絶対隔離＝民族浄化」を唱え、絶海の孤島に「癩者の楽園＝療養所」を作ることを目指す光田健輔によって、「西表癩村構想」が内務省に提出されていた。光田は、マラリアの蔓延地帯であった西表島を楽園の最適地として挙げていた。

具体的には、「西表島に三か所の「癩村」を設け、全患者をそこに隔離する」、「「癩村」では、結婚を希望する患者については、男性は輸精管切断、女性はエックス線照射により妊娠不能にさせる」「裁判所・警察署・監獄を設け、監獄にはハンセン病の受刑者を収容する」「患者には農業・林業・商業・加工業をおこなわせる」というもの。健常者でも生き難いマラリアの島に、癩者の手で「癩者の楽園」を創らせようというのだ。

　しかも、これは熊本のハンセン病療養所菊池恵楓《けいふう》園のファン長老とも言うべき智慧の人・志村康が話して聞かせてくれたことであるが、圧倒的に男性が多いハンセン病患者の人間としての当然の欲望を満たして宥めて反抗的な空気を鎮めるために、光田は植民地から女性患者を連れてくることまで構想に含めていたという。もしかしたら、この時既に光田の念頭には小鹿島があったのかもしれない。菊池恵楓園のファン長老は、光田からその構想を直接聞いた人物から、後日、当時の打ち明け話としてこの話を聞いた。

「西表癩村構想」は、結局、マラリアの蔓延地であることが理由となって消えた。そして、その構想を引継ぐものとして、瀬戸内海の離島である岡山の長島に愛生園が開設されることになる。

光田健輔もまた、みずからが園長を務めた長島愛生園に、生きながら自分の銅像を持った人である。それも二度にわたって。最初の銅像は戦後間もなく岡山の各界知名人士が「古稀」の祝いに贈ったもの。この銅像は、昭和二十八年、特効薬プロミンによってハンセン病の治癒と社会復帰の希望が療養所にもたらされていた頃、「癩予防法」が「らい予防法」へと改定されようとしていた時期、その改正のための光田の国会での証言が療養所入所者たちの反発を大いに呼び起こしていたさなかに、入所者によって破壊された。

「手錠でもはめてから捕まえて、強制的に入れればいいのですけれども、今のなんではそれがやりかねるのであります」（『隔絶の里程　長島愛生園入園者五十年史』より　一九八二年　長島愛生園入園者自治会）

反発を呼んだのは、癩予防法に対するこの言葉だった。

――ハンセン病患者は、手錠をはめてでも療養所に連れてくるべし。なぜなら、そこは、「癩者の楽園」なのだから。

おそらく、光田は心からそう信じていた。

二つ目の銅像は、光田が長島愛生園の園長職を退官した時に、園内に設置された「光田前園長胸像建立委員会」によって贈られた。その胸像の除幕式で、光田は参席した入所者たちに、「銅像を倒したり、建てたり、迷惑なことだ」と語りはしたものの、銅像を拒むことはなかった。あの周正秀のように。

そして、銅像が建てられた時期は周正秀が光田に先んじてはいるものの、実のところ、周正秀のほうこそ、光田を仰ぎ見て、光田の道を歩もうとしていた人物なのだ。

周正秀には実在のモデルがいる。一九三四年に小鹿島更生園（慈恵医院を改称）の園長として着任した周《す》防《おう》正季《まさすえ》。慈恵医院時代から数えて第四代の園長である。

周防正季が在任中に行なったさまざまな過酷な事業は、本書の中で描かれているとおりだ。在任中に銅像が建てられ、毎月二十日に定められていた報恩感謝の日に銅像とともに参拝を受けたことも、その報恩感謝の日に患者のひとりによって刺殺されたことも本書のとおり。一九四二年六月二十日のことだった。

思い起こされるのは、詩人村松武司の言葉。

「わたしの記憶の植民地経験のなかに多くの浮浪ライがいた。それは中国・朝鮮人であった。わたしが植民地において日本人労働者階級に会うことがなく、戦後、日本においてはじめて発見したことと、その位相を同じくして、わたしは、日本に上陸してはじめて日本人ライ者に出会うのである。まさにライの階級性がそこにあった。しかし、と思う。ライの解放のたたかいにわたしが加わることは可能であろうか？　旧植民者として朝鮮の独立・解放・統一の戦いに加わることは可能であろうか？　いずれも答は否に等しい。しかし、拒まれる存在であっても、その戦いから離れることはできず、いまなお植民者であり非ライ者であることの自己認識は、彼らの側からは傲岸、わたしの側からは羞恥にちかい」（『遥かなる故郷――ライと朝鮮の文学』所収、「遥かなる故郷」より　一九七九年　皓星社）

村松は自身を「非ライ」を病み、「非ライ」からの回復を痛切に願う者として、この言葉を記している。

韓国がいまだ朴正熙独裁政権下にあった一九七〇年代、「朝鮮の独立・解放・統一」「植民者」「階級」といった用語が現在とは異なるリアリティを持っていた時代の言葉ではあるけれど、「非ライ者」として自身の生きる世界を見すえて村松が発した問いは、時代を超えて、いまなお、「非在」を病む者たちが噛み締めるべきもののように思われる。

そう、われらは「非在」を病んでいる。「非在」の病は、ひそかに、静かに、世界のすみずみにまで染みとおっている。「ライ者」も「非ライ者」も、「朝鮮人」も「非朝鮮人」も、誰も彼も、世界に向けて問うことをやめたとき、たとえ問いつづけるにしても、その問いの立て方を誤ったとき、人はいとも簡単に「非在」の病にのみこまれていく。

ここまで思い至ったとき、実にそれはごく最近のことなのだが、ついに私はチョ院長のいる場所へとたどりついた。

そして、そこから、チョ院長とともに、問いに問いを重ねつつ、『あなたたちの天国』の奥深く、病の秘密、呪縛を解く問いのあるところまで、迷いながら、揺れながら、さらに長い道のりをゆくことになったのだった。

「いま」「ここ」への信

『あなたたちの天国』は、ここまで語ってきた私なりの言葉で言うなら、小鹿島の歴史を物語の背景として借用し、この世界のあらゆる場所で人間を呪縛しているある普遍的な関係性への気づきへと、「非在」を病む読み手を引き連れていく。

そして、ついには、「非在」を病むわれらの世界を貫き、「非在」を空気のように知らず知らず受け入れさせるさらに根深い病、「支配と服従」の病への痛切なる気づきへと、読み手を導く。支配する側だけが支配される側を支配するのではない。支配される側もまた、知らず知らず、支配と服従の関係性を内面化し、あるいは再生産し、関係性にみずから縛られていくという、出口なしの関係性の病。

人間は、「あなたたちの天国」に、つねに明日の世界にしかない天国に、のみこまれずに生きることはできるのか？

やがて、『あなたたちの天国』から投げかけられる問いを反芻する私は、「非在」とは、「非‐実在」であると同時に、「非‐現在」の謂でもあるということを、つくづくと思い知らされたのである。「いま」「ここ」に、信を置かない。置かせない。呪縛はそこから生まれる。呪縛から呪縛への果てしない脱出行は、そこからはじまる。

では、いかにして、「いま」「ここ」への信を取り戻すのか？

それは、周正秀が天国の名のもとに呪縛を島に持ち込んだ植民地時代はもちろん、銅像の亡霊がさまよい歩くあらゆる時代、あらゆる場所に、時空を超えて差し向けられた問い、呪縛を解くための最初の問いとして、私たちの前に置かれている。なぜ、なぜ、なぜ、と諦めることなく愚直に問いつづけたチョ院長によって。

思うに、銅像を心に持とうと、否定しようと、ただそれだけでは、どちらにしても呪縛されていることには変わりはない。問わねばならないのだ。心して問わねばならないのだ。呪縛を解くための問いがある一方で、呪縛を深める問いもあるのだから。

不信から生れでて、ひそかな答えを隠し持つ自問自答へと閉ざされていく問いがある。「非在」の病、それを貫く「支配と服従」の病がもたらす呪縛の中の問いとは、おそらくそういう類の問いである。

明日の天国、明日の故郷があってもいい。しかし、そこにたどりつくには、いま、この島でやるべきことがある。いま、ここでこそ、信を結ぶこと。次の島に信じうるなにかを探すのではなく、いまここで、「私」と「あなた」の信を結んでいくこと。脱出という方法ではなく、信をよりどころに、明日の天国、明日の故郷へと連なる確かな道を開いていくための問いを投げかけつづけること。

こうして、小鹿島は、愚直に問う者、チョ院長との出会いをとおして、「問いの島」として私の前に確かにその姿を現した。そこは、実に平凡、同時に、ひどく困難な問いの島。私たちが生きる世界そのものでもある島。

だから、この「問いの島」で、非在の病、支配と服従の病を見すえて、その乗り越えを模索して、閉じることなく揺らぐことなく問いを生きていくために、栗生楽泉園のファン長老たる谺雄二から手渡されたこの言葉――あまりに当たり前すぎて、どこかに置き忘れがちな大切なこと――を、「問いの島」に生きるすべての人々に伝えよう。

「私は七歳でハンセン病になったのだが、両親はその私にたっぷりと愛情を注いでくれた。注がれた愛情が私の血となり肉となった。そりゃ、ここに生きて、いろんなことを経験すれば、人間ってしょうがないなぁ、馬鹿だなぁ、と思いはする。でもね、愛された記憶があるから、けっして人間不信にはならないんだよ。人間を信じる力が、問いつづける力になるんだよ」

さあ、脱出行はもうおしまい。縛めは解かれた。すべての出会いに、ありがとう。

二〇一〇年　夏　横浜の小さな島にて

姜　信子

本書ではハンセン病および患者について「癩」「癩者」という呼称を使用しています。それは、原作において「ハンセン病」という表記が使われていないこと、「癩」「癩者」という表現は、患者・回復者・関係者が自分たちについて複雑な思いを込めて発した会話中に多出すること、その意味において、こうした言葉を背負わされて生きてきた人々の生を直視した作品の表現性を尊重するという判断によるものです。読者各位のご賢察をお願いいいたします。

ハンセン病は遺伝性ではなく、乳幼児期に未治療の患者と繰り返し接触することによって感染する、伝染力の弱い感染症といわれています。社会の状態から強く影響を受ける病気であり、栄養や衛生状態のよい今の日本や韓国のような社会では終息に向かっています。飢餓・戦争状態などの極限状況では大人への感染もあるものの、有効な治療薬のある現在では治る病気です。回復者から感染することはありません。

現実に一九六二年に着工された五馬島干拓事業は、六四年、事業主管が全羅南道に替わり、結果として患者・回復者の定着計画は却下されます。三三〇万坪の干拓は中断・曲折をへて、八八年に完工しました。

作中のチョ・ベクホン院長のモデルとされる趙昌源氏が後年、小鹿島をテーマに描いた油彩画を、カバーと部扉（絵のタイトルは第一部「波濤の歌」、第二部「我らも生きている（未感染児）」、第三部「五馬島開拓団1」）に掲載しました。ご快諾くださった趙昌源氏と作品を所蔵する国立ハンセン病資料館（東京都東村山市）に厚く御礼申し上げます。

（編集部）

著者略歴

（イ・チョンジュン 1939-2008）

全羅南道長興に生まれる．ソウル大学文理学部独文学科卒業．1960 年に李承晩政権を倒したいわゆる「四・一九世代」であり，戦後韓国文壇を代表するひとり．伝統演唱芸能パンソリの旅芸人を描いた大ヒット映画『西便制』（邦題『風の丘を越えて』1993 年公開，原作邦訳はハヤカワ文庫）の原作者．邦訳のある著作に『書かれざる自叙伝』（泰流社）「くちなしの花の香り」（『韓国現代文学 13 人集』新潮社）「仮睡」（『韓国短篇小説選』岩波書店）「自由の門」（『韓国の現代文学』第 1 巻　柏書房）『海辺の人たち』（『現代韓国文学選集』4　冬樹社）など．2009 年，一周忌を機に，韓国ではすべての作品と日記などの未公開資料も収めた 30 数巻の全集の制作が開始された．

訳者略歴

姜 信子〈きょう・のぶこ〉1961 年横浜市生まれ．東京大学法学部卒業．作家．恵泉女学園大学客員教授．86 年に『ごく普通の在日韓国人』でノンフィクション朝日ジャーナル賞を受賞．著書に『うたのおくりもの』（朝日新聞社），『日韓音楽ノート』『ノレ・ノスタルギーヤ』『ナミイ！　八重山のおばあの歌物語』『イリオモテ』（いずれも岩波書店）『棄郷ノート』（作品社）『安住しない私たちの文化　東アジア流浪』（晶文社）など．島伝いの旅を続けつつ，近年，小鹿島・日本・台湾・ハワイなどのハンセン病療養所を訪ね歩いている．本作品で初めて韓国語からの翻訳を手がけた．

李 清俊
あなたたちの天国
姜 信子訳

2010年10月 5 日 印刷
2010年10月15日 発行

発行所 株式会社 みすず書房
〒113-0033 東京都文京区本郷 5 丁目 32-21
電話 03-3814-0131(営業) 03-3815-9181(編集)
http://www.msz.co.jp

本文組版 キャップス
本文印刷所 平文社
扉・表紙・カバー印刷所 栗田印刷
製本所 誠製本

Printed in Japan
ISBN 978-4-622-07553-0
［あなたたちのてんごく］